BRUCE BAXTER

Lost Cargo: Operation Nordsturm

Weitere Titel des Autors:

Lost Cargo – Tempeljäger

Über den Autor:

Bruce Baxter hat sich schon immer für Fliegergeschichten begeistert. Er liebt das Streamline-Design der 1930er-Jahre, und die TV-Wiederholungen der alten Abenteuerserials hat er in seiner Kindheit mit den Augen verschlungen. Aus all diesen Einflüssen sind seine Romane um die Lost-Cargo-Company entstanden. »Ich liebe die alten Cliffhanger«, sagt er. »Action und historische Rätsel mit einer guten Prise Indiana Jones – genau wie in meinen Büchern.«

BRUCE BAXTER

LOST CARGO

OPERATION NORDSTURM

Roman

lübbe

Dieser Titel ist auch als E-Book erschienen

MIX
Papier aus verantwortungsvollen Quellen
FSC® C014496

Vollständige Taschenbuchausgabe

Originalausgabe 2021 by Bastei Lübbe AG, Köln
Lektorat: Stefan Bauer
Risszeichnung: Daniel Ernle, dec3 GmbH & Co., Berkheim
Titelillustration: © Arndt Drechsler, Leipzig
Umschlaggestaltung: Thomas Krämer
Satz: hanseatenSatz-bremen, Bremen
Gesetzt aus der Adobe Caslon Pro
Druck und Verarbeitung: GGP Media GmbH, Pößneck
Printed in Germany
ISBN 978-3-404-18427-9

2 4 5 3 1

Sie finden uns im Internet unter
www.luebbe.de
Bitte beachten Sie auch: www.lesejury.de

PROLOG

Nordmeer
Anno Domini 1387

Die Planken der Kogge ächzten, und ihr breiter Rumpf schien zu erbeben, als sie über den Wellenkamm kippte und in die nächste dunkle Kluft stürzte, die sich unter dem Kiel auftat.

Detward von Hoya harrte vorn am Bug aus, die kräftigen Arme um den senkrecht aufragenden Spriet geschlungen und Wind und Wetter trotzend. Die weiße Gischt, die immer dann emporspritzte, wenn das Schiff den Grund des Wellentals erreichte, hatte seinen vollen, silbergrauen Bart durchnässt und seine wollenen Kleider bis auf die Haut durchdrungen.

Doch Detward spürte weder Nässe noch Kälte, noch empfand er Furcht. So hoch die Wellen sich auch auftürmen mochten, sein Blick blieb fest auf den Horizont gerichtet, so als könnte er in der Dämmerung zwischen Nacht und Tag etwas sehen, das kein anderer vor ihm erblickt hatte …

»Herr!«, versuchte eine Stimme gegen das Tosen der See und das Heulen des Windes anzukämpfen. Sie gehörte einem dürren Mann mit tief liegenden Augen, dessen Kleider nicht weniger durchnässt waren als die des Kaufmannes. Doch in seinen ausgemergelten Zügen stand blanke Furcht zu lesen. »So nehmt doch Vernunft an, ich bitte Euch …«

»Ich bin vernünftig, Kapitän«, versicherte Detward. Anders

als der schmächtige Befehlshaber des Schiffes war er ein vierschrötiger Mann, dessen breiter Wanst von Annehmlichkeit und Wohlstand zeugte – Wohlstand, den er auf dieser Reise noch unendlich zu mehren gedachte. »So vernünftig, wie ich es nur sein kann«, versicherte er.

»Aber die Weisung der Hanse lautet …«

»Die Hanse hat hier nichts zu befehlen«, fiel Detward dem Kapitän barsch ins Wort. »Dieses Schiff mag unter dem Bremer Banner segeln, aber ich habe dafür bezahlt – und ich allein bestimme, wohin die Reise geht.«

»Aber das ist Wahnsinn!« Der Kapitän deutete am Mastbaum empor. Das Rahsegel war eingeholt worden, wie ein stummes Mahnmal ragte der Mast jetzt auf, den Winden schutzlos ausgeliefert. »Lange hält das Schiff das nicht mehr aus! Die Mannschaft ist kurz davor zu meutern!«

»Dann bringt die Männer dazu, ihre Pflicht zu tun, Kapitän«, beschied Detward ihm kaltschnäuzig. »Der Kurs wird beibehalten!«

»Aber …«

»Kurs beibehalten!«, schrie der Kaufmann gegen den Wind, dass seine Stimme sich überschlug. Damit verließ er seinen Platz am Bug und hangelte sich am Sicherungstau entlang nach Achtern, wo sich das hölzerne Kastell erhob und eine Luke unter Deck und in sein Quartier führte. Es war wenig mehr als ein fensterloser Verschlag, doch es war die geräumigste Kammer an Bord und gewöhnlich dem Kapitän vorbehalten. Es sei denn, der Eigner selbst war auf Reisen.

Detward bückte sich unter dem niederen Sturz hindurch und verriegelte die Tür hinter sich. »Meuterei«, maulte er dabei in seinen nassen, salzstarrenden Bart. »Das könnte diesen faulen Hunden so passen.«

»Die Männer fürchten sich?«

Detward wandte sich um. Im Schein der Laterne, die unterhalb der Decke hing und ob des Seegangs hin und her schaukelte, saß eine junge Frau auf einem der grob gezimmerten Stühle. Sie war eine Schönheit, allerdings nicht auf die aufreizende, marktschreierische Weise wie die Dirnen im Bremer Hafen. Eher auf eine ruhige, überlegene Art, die Detward stets in Unruhe versetzte. Ihr Haar war so schwarz wie die nächtliche See und umrahmte ihre wie immer ein wenig entrückt wirkenden Züge. Ihr weites Gewand aus grauem Stoff hatte infolge der Reise gelitten.

Als Detward sie an Bord gebracht hatte, war sie gefesselt gewesen, doch er hatte schon bald auf diese Maßnahme verzichtet – wohin sollte sie auch fliehen?

»Diese Feiglinge würden am liebsten umkehren«, knurrte er. »Sie wissen ja nicht, was ich weiß.«

»Ihr wisst nichts, Herr«, sagte die junge Frau leise.

»Ich weiß genug«, widersprach er. Über die schwankenden Planken trat er an die Seemannskiste, die an der Rückseite der Kammer stand. Er nahm den Schlüssel, den er an einer Lederschnur um den Hals hängen hatte, öffnete die Truhe und holte eine kleine hölzerne Schatulle hervor, der er einen filigranen Gegenstand entnahm.

Es war ein Pfeil aus einem schimmernden Metall, der an einer kurzen Kette aus Silber befestigt war. Detward hielt sie mit Daumen und Zeigefinger seiner rechten Hand und ließ den Pfeil frei daran hängen. Schon nach kurzer Zeit hatte er sich eingependelt und deutete bugwärts.

»Welchen Weg zeigst du mir?«, murmelte der Kaufmann dabei und leckte sich die salzigen Lippen in kaum verhohlener Gier. »Er führt nicht nach Norden …«

»Nein«, sagte die Frau. »Der Pfeil hat seinen eigenen Willen. Seine eigene Bestimmung.«

»Und er wird mich ans Ziel bringen«, flüsterte Detward. Seine Augen glänzten im unsteten Licht der Laterne. »Das ist *meine* Bestimmung.«

»Nein«, sagte sie nur.

Detward wandte seinen Blick von dem Kleinod und sah sie an. »Was soll das heißen?«

Die Frau sah ihn gleichmütig an. »Wie jeder Kompass kann auch dieser nur die Richtung zeigen, nicht mehr und nicht weniger – Eure Bestimmung jedoch müsst Ihr selbst finden, Herr. Wollt Ihr wissen, was Eure Bestimmung ist? Was die Zukunft Euch bringen wird?«

»Reichtum und Ruhm wird sie mir bringen«, meinte Detward überzeugt. »Die Stadtherren werden sich mir beugen müssen – und am Ende gar die mächtige Hanse!«

»Nein, Herr«, sagte sie nur und schüttelte ruhig das Haupt. »Eure Männer haben recht, wenn sie sich fürchten, denn dieses Schiff wird seinen Bestimmungsort niemals erreichen.«

Sie sagte es mit derartiger Endgültigkeit, dass Detward schauderte. »Schweig, Weib!«, zischte er dennoch. »Ich will nichts davon hören!«

»Nein? Warum habt Ihr mich dann hierhergebracht, wenn Ihr meine Worte nicht hören wollt?«

»Schweig«, verlangte er noch einmal. »Ich bin nicht hier, um mir dein Gewäsch anzuhören!«

»Das ist wahr«, bestätigte sie. Der Blick ihrer dunklen, beinahe schwarzen Augen intensivierte sich und wurde stechend. »Ihr seid hier, um zu sterben.«

In diesem Moment wurde das Schiff von etwas getroffen.

Detward vermochte nicht zu sagen, was es gewesen war,

aber die Erschütterung war deutlich zu spüren. Gleichzeitig erklang aufgeregtes, beinahe panisches Geschrei an Deck.

»Diese elenden Feiglinge«, stieß Detward zwischen gefletschten Zähnen hervor. Rasch legte er den Kompass in das Kästchen zurück und verstaute beides in der Truhe. Dann verließ er die Kapitänskajüte wieder und stieg über die schwankende Leiter zurück auf Deck.

Das Erste, was ihm dort begegnete, war die furchtverzerrte Miene des Kapitäns. Todesangst sprach aus seinen weit aufgerissenen Augen. »Ich habe es Euch gesagt!«, brüllte er gegen Wind und Wellen an, dass seine dünne Stimme sich überschlug. »Wir sind zu weit gefahren! Zu weit nach Norden, dem Rand der Welt entgegen!«

»Unfug!« Detward stieß ihn zur Seite und wankte nach Backbord, wo sich die Matrosen entlang der Reling reihten und in die See starrten, vor Entsetzen wie versteinert.

Der Kaufmann packte zwei von ihnen und riss sie zurück, um für sich selbst Platz zu schaffen, dann starrte er hinaus in die noch fast schwarze See, die sich unablässig zu schäumenden Bergen türmte, um schon im nächsten Moment wieder in ungeahnte Tiefen zu stürzen.

Und aus dieser Tiefe brach im nächsten Moment das blanke Grauen hervor.

1

Argentiera, Sardinien
23. August 1937

Als Jack erwachte, brummte sein Schädel, als würde ein schwerer Pratt & Whitney darin auf niederen Touren laufen.

Verdammter Tequila!

Er blinzelte, Sonnenlicht blendete ihn. Es musste bereits Tag sein, vermutlich schon spät. Im gleißenden Gegenlicht sah er eine schlanke Gestalt am Fenster stehen, mit nichts als ihrer Schönheit bekleidet.

»Casey?«, stieß er halbwach hervor.

»*No*«, kam es mit italienischem Akzent zurück. Die Schöne drehte sich zu ihm um und strich ihre schwarze Mähne zurück. »Wir hatten uns auf Allegra geeinigt – aber wenn du willst, bin ich auch gerne Casey für dich, *mio caro*.«

Jack schüttelte den dröhnenden Kopf.

Ein anderes Mädchen.

Eine andere Zeit …

Er zwang sich dazu, vollends zu erwachen. Ächzend richtete er sich im Bett halb auf und tastete nach der Zigarettenpackung auf dem Nachtkästchen. Er schüttelte eine heraus, schob sie sich in den Mund und steckte sie an. Er rauchte in ruhigen Zügen, während er zusah, wie Allegra sich ankleidete.

An besonders viel konnte er sich nicht mehr erinnern, was

die vergangene Nacht betraf, aber an ihre perfekten Rundungen ganz bestimmt. Sie gehörten zu den wenigen erfreulichen Seiten, die Argentiera zu bieten hatte.

Die Ortschaft existierte eigentlich nur wegen des Silbers, das an der Westküste Sardiniens abgebaut wurde. Den Kern der Siedlung, die sich in einer hufeisenförmigen Bucht erstreckte, bildete dementsprechend die Förderanlage, die sich an eine zerklüftete Felswand schmiegte. Rings herum waren weitere Gebäude wie Pilze aus dem Boden geschossen – Verwaltungsbaracken und Unterkünfte, aber auch eine Reihe von Läden, Lokalen und Bordellen, in denen die Minenarbeiter ihr sauer verdientes Geld verjubeln konnten. Und natürlich das schäbige Hotel, in dem Jack und Otto wohnten, seit sie wieder in Europa weilten.

Eine Zeitlang hatten sie sich nach ihrem Abenteuer in Amazonien* noch in den Staaten herumgetrieben, auf den Florida Keys und in der Gegend um Atlantic City, wo sie aus den guten alten Tagen der Prohibition noch einige Verbindungen hatten. Als die Vergangenheit sie jedoch in Gestalt eines etwas übereifrigen FBI-Beamten wieder einzuholen drohte, waren sie mit ihrer S 55 über die Nordroute zurückgekehrt, auch wenn das bedeutet hatte, dass sie sich mit ihrem alten Freund Emile Rochas auseinandersetzen mussten, dem sie noch immer Geld schuldeten. Und so waren sie hier gelandet, in diesem Kaff am Arsch der Welt, um im Auftrag eines französischen Gangsters Waffen für den spanischen Bürgerkrieg zu schmuggeln. Und dabei wussten sie noch nicht einmal, ob das Zeug für die Republik oder für die Putschisten bestimmt war. Es hätte Rochas ähnlich gesehen, beide Parteien zu beliefern und so doppelt Geschäfte zu machen.

---

* siehe LOST CARGO – TEMPELJÄGER

Allegra hatte ihr Werk vollendet. Ihre schwarze Mähne hatte sie mit einer Schleife gebändigt, ihr rotes Kleid setzte ihren aufregenden Körper perfekt in Szene. »Kann ich noch etwas für dich tun, *amore mio*?«, fragte sie lächelnd.

Jack grinste. »Ich bin versucht, sofort Ja zu sagen. Aber da unten am Kai steht ein Deutscher und wartet auf mich. Und du weißt ja, wie die sind.«

»*Si.*« Sie nickte. »*Sempre puntale.*«

Sie warf ihm noch einen Handkuss zu, dann huschte sie zur Tür des Hotelzimmers hinaus – nur um beinahe mit dem Mann zusammenzustoßen, der auf der Schwelle stand.

Er war hager, groß und kahlköpfig, und in seinem Gesicht wucherte unter einer riesigen Habichtsnase ein gewaltiger Schnurrbart mit kunstvoll gezwirbelten Enden. Zu seinen sandfarbenen Drillichhosen trug er ein gestreiftes Hemd, dessen Ärmel er aufgekrempelt hatte. In seinem Mundwinkel hing eine Pfeife. Allegra huschte an ihm vorbei und verschwand.

»Wenn man vom Deutschen spricht«, meinte Jack.

»Ich hab das gehört«, stellte Otto klar.

»Und?«

»Stimmt absolut.« Er grinste. »Und deshalb weiß ich, dass du zu spät dran bist. Wir werden bereits am Pier erwartet.«

»Verdammt.« Jack kniff die Augen zusammen und schüttelte den Kopf, doch der Kater ließ sich auch damit nicht vertreiben. Trotzdem schlug er die Decke zurück und schwang die Beine aus dem Bett. Das war schon mal ein Anfang.

»Schwere Nacht gehabt?« Otto paffte kleine Wölkchen.

»Ging so.«

»Was immer die Kleine mit dir angestellt hat, ich hoffe, du hast es genossen. Könnte nämlich für eine Weile das letzte Mal gewesen sein.«

Jack schaute auf. »Wieso? Was meinst du?«

Otto nahm die Pfeife heraus und deutete mit dem Mundstück zum Fenster. »Wirf mal einen Blick nach draußen, Skipper.«

Jack stöhnte und fuhr sich durch das schwarze Haar. Jedes einzelne davon konnte er auf seinem Schädel spüren. Schließlich tat er seinem Geschäftspartner den Gefallen und erhob sich endgültig aus den Federn. Nackt wie er war, die Zigarette im Mundwinkel, durchquerte er das spärlich möblierte Zimmer, trat ans Fenster und schaute hinaus.

Unterhalb des Hotels, das den schönen Namen *Bella Ventura* trug, erstreckten sich die Baracken der Arbeiter den Hang hinab bis zur Bucht. Das Meer glitzerte tiefblau im Licht der Vormittagssonne, aber Jack hatte keine Augen für die Schönheit der Natur. Denn unten am Kai, wo neben ein paar heruntergekommenen Fischkuttern auch die Savoia-Marchetti im Wasser dümpelte, hatte eine Jacht festgemacht: schneeweißer Rumpf, zwei Masten, das Deck aus Teak, die Aufbauten aus Mahagoni. Und auf den Planken standen ein paar Figuren, die Jack ganz und gar nicht gefielen.

Es waren wahre Kleiderschränke, die in ihren schwarzen Anzügen und mit den Borsalinos auf den Köpfen so aussahen, als wären sie einem Gangsterfilm entsprungen. Zwei von ihnen hatten Thompson-Maschinenpistolen mit Trommelmagazinen in der Armbeuge und schienen auch zu wissen, wie man damit umging. Jack war klar, dass das nur eins bedeuten konnte.

»Scheiße«, sagte er.

2

Monte Carlo, Fürstentum Monaco
Zur selben Zeit

Peter Henderson hatte die Augen geschlossen und atmete tief ein und aus. Er konnte das Salz des Meeres riechen, hörte, wie die Wellen gegen die Klippen schlugen, und spürte die warme Sonne auf seiner blassen englischen Haut.

Es war schön, wunderschön ... und doch wäre er gerne an einem anderen Ort gewesen, weit weg von hier.

Henderson zwang sich, die Augen wieder zu öffnen. Er stand auf einem der von schmiedeeisernen Geländern umgebenen Balkone im obersten Stockwerk des Hôtel Hermitage. Das Panorama, das sich vor ihm ausbreitete, war im wahrsten Wortsinn atemberaubend: Zur Linken lag das ehrwürdige Casino, in dem die Roulettes sich unaufhörlich drehten; von Palmen umgeben thronte es einem Palast gleich über den Klippen und der azurblauen See, der unbestreitbare Grund dafür, dass sich Adelige, Politiker, Geschäftsleute und Bonvivants aus der ganzen Welt an diesem Ort ein Stelldichein gaben. Das Gewirr der Straßen und Plätze, das sich unterhalb davon erstreckte, wurde von hohen Häusern beherrscht, deren verspielte, pastellfarbene Fassaden aus der Zeit gefallen wirkten, die letzten Überreste einer anderen, weniger komplizierten Ära; jenseits davon das Hafenbecken mit all den stolzen Jachten und Schonern, die dort festgemacht hatten. Auf der anderen Seite schließlich, geschützt vom *Tête de Chien*, der sich riesenhaft und schützend über der Bucht erhob, das Fort Antoine und der Palast der Fürsten, die es in all den Jahrhunderten geschafft hatten, die Eigenständigkeit ihres kleinen Reiches zu bewahren.

Es war ein seltsamer Ort, der Zeit und der Welt scheinbar entrückt. Wer sich hier aufhielt, konnte leicht vergessen, dass nur rund dreihundert Meilen entfernt ein blutiger Bürgerkrieg tobte; dass sich andernorts dunkle Wolken über Europa zusammenballten und die Welt auf einen weiteren verheerenden Konflikt zusteuerte, nachdem doch der letzte alle Kriege hatte beenden sollen.

Vielleicht, dachte Henderson, lag es an der Natur des Menschen, dass er gerade in solchen Zeiten nach Zerstreuung verlangte.

Nervös sog er an der Zigarette, die er zwischen den Fingern hielt, und genoss die Aussicht noch etwas länger. Es war eine Illusion, das wusste er, nichts als schöner Schein. Aber er wollte daran festhalten, solange es möglich war.

Zwei schwere Renault-Limousinen wälzten sich die Serpentinen der Uferstraße herauf – neue Gäste für das Casino. Bereits seit achtzig Jahren drehte sich das Roulette in dieser Stadt und hatte auch zu Kriegszeiten niemals stillgestanden. Fortuna hatte sich als wahrhaft neutral erwiesen, und den Betreibern des Casinos war es schon immer herzlich gleichgültig gewesen, wer sein Geld an ihre Spieltische trug.

So wie in diesen Tagen …

Henderson sah zum blauen Himmel. Eine Maschine flog von Nordwesten ein. An der Art, wie sich das Sonnenlicht auf ihrer Aluminiumhülle brach, hätte Henderson schwören können, dass es sich um eine deutsche Junkers handelte.

Ob es *die* Maschine war?

Henderson wusste es nicht mit Bestimmtheit, aber es spielte auch keine Rolle. Das Treffen würde stattfinden, der Termin war festgesetzt. Nur noch ein Wunder konnte sie vor dem bewahren, was nun folgen würde.

Oder eine verzweifelte Maßnahme …

Henderson tat noch einen Zug, den Rest der Zigarette schnippte er in die Tiefe. Mit einem letzten sehnsüchtigen Blick auf die Bucht und den trügerischen Frieden wandte er sich ab, schlug den Vorhang beiseite und ging ins Zimmer zurück. Blütenduft schlug ihm entgegen und der Geruch von poliertem Holz. Die Einrichtung war in Weiß gehalten, die Wände mit lackiertem Holz getäfelt, Stuck an der Decke. Ein Ventilator sorgte für angenehm frische Luft.

»Sie werden bald da sein«, sagte Henderson.

Die Frau, die an der Frisierkommode saß und ihr kurzes blondes Haar kämmte, hielt für einen Moment inne. Der Blick ihrer katzenhaft grünen Augen war heiter, beinahe amüsiert.

»Du machst dir immer noch Sorgen?«, fragte sie.

»Mehr denn je. Und du solltest ebenfalls besorgt sein.« Er trat zu ihr und legte die Hände auf ihre schmalen Schultern. Sie trug nur das Untergewand, ihre reifen Formen zeichneten sich durch den dünnen beigefarbenen Seidenstoff deutlich ab.

»Du hättest diesem Treffen niemals zustimmen dürfen, Larna. Nicht unter diesen Voraussetzungen.«

»Das klingt, als hätte ich die Wahl gehabt.« Sie legte die Bürste beiseite und wandte sich zu ihm um. Und wie immer, wenn sie ihn direkt ansah, konnte er nicht anders, als sich einzugestehen, wie wunderschön sie war. »Du weißt, dass es nicht so gewesen ist.«

»Trotzdem, London war ein Fehler. Nun sieh, wohin es uns gebracht hat.«

»Wie ich schon sagte, Peter – ich hatte keine andere Wahl. Wenn wir herausfinden wollen, was die andere Seite weiß, dann ist dies der einzige Weg.«

»Es ist ein Risiko«, beharrte er.

»Das habe ich nie bestritten.« Sie lächelte. Ein offenes, entwaffnendes Lächeln, dem er schon oft nachgegeben hatte. Aber nicht dieses Mal …

»Du darfst ihnen nichts verraten, hörst du?«

»Ein wenig werde ich preisgeben müssen«, widersprach sie. »Wie sollen wir sonst an die Informationen kommen, die wir brauchen? Und wir müssen nun einmal herausfinden, ob die Deutschen das Logbuch haben.«

»Du spielst mit dem Feuer, Larna.«

»Ich weiß.« Sie lächelte wieder. »Aber ist es nicht das gewesen, was dir stets an mir gefallen hat?«

Ihr auffordernder Blick und ihre halb geöffneten Lippen, durch die ihre schneeweißen Zähne blitzten, kamen einer Einladung gleich, und er beugte sich zu ihr hinab und küsste sie. Er spürte ihren warmen Atem, roch den Duft ihres Haars und sagte sich, dass das alles ihm gehörte, ganz gleich, was kommen mochte. Der Gedanke beruhigte ihn, wenn auch nicht sehr. Zu viel stand auf dem Spiel.

»Ich werde zum Flugplatz gehen und dort warten«, kündigte er an, nachdem sie sich wieder voneinander gelöst hatten. »Ich lasse dich benachrichtigen, sobald sie eingetroffen sind.«

»Das könntest du tun«, räumte Larna ein. Sie strich sich eine Haarsträhne aus dem Gesicht und ließ wie zufällig einen der Träger ihres Hemdes herabgleiten. Makellos weiße Haut kam darunter zum Vorschein, der Ansatz ihrer Brüste. »Du könntest aber auch noch ein wenig bleiben«, fügte sie hinzu.

Er konnte nicht widerstehen.

Abermals beugte er sich zu ihr hinab, und ihre Arme schlangen sich um seinen Hals und zogen ihn an sich, als wollten sie ihn niemals wieder loslassen.

Henderson war kein Idiot.

Er wusste nur zu gut, welchem Zweck dieses Manöver diente, und oft genug schon hatte sie ihn damit weichgekocht.

Aber nicht dieses Mal.

Sein Entschluss stand fest.

3

In aller Eile hatte sich Jack angezogen.

Nicht, dass er sich jetzt viel wohler fühlte – sein Schädel dröhnte immer noch, und sein leerer Magen rebellierte. Aber immerhin sah er jetzt in seinen beigen Fliegerhosen und mit der ledernen Schott A2 über dem zerknitterten Hemd halbwegs wie ein Mensch aus.

Zusammen mit Otto ging Jack den Pier hinab. Die Sonne war hell und stechend und nur durch die getönten Gläser der Sonnenbrille zu ertragen. Auch wenn es angesichts des unerwarteten Besuches vermutlich mehr als angemessen gewesen wäre – den Colt Army 1911 hatte Jack vorsorglich im Hotelzimmer gelassen. Er wollte nicht, dass die Sache außer Kontrolle geriet. Zumal die Kleiderschränke auf der Jacht die sehr viel überzeugendere Artillerie hatten.

Mit zu Schlitzen verengten Augen sahen die Kerle ihnen entgegen. Ehemalige französische Fremdenlegionäre, die nun im privaten Auftrag arbeiteten und denen es auf ein Menschenleben mehr oder weniger nicht ankam. In Bizerte hatten Jack und Otto bereits das Vergnügen mit den Gentlemen gehabt …

»Ahoi«, rief Jack ihnen zu, um gute Laune bemüht. »Ist es gestattet, an Bord zu kommen?«

Einer der Ballermänner, dem Akzent nach ein Belgier, rief sie zu sich herüber. Jack warf Otto einen vielsagenden Blick zu, dann passierten sie die schmale Planke und gingen an Bord. Sie hatten das Deck kaum betreten, als ein vierschrötiger Kerl daherkam, mit einem Kinn wie ein Kassenschrank, und sie nach Waffen durchsuchte.

»Jungs«, meinte Jack gedehnt, »wir hatten schon das Vergnügen mit eurem Boss. Glaubt ihr wirklich, wir wären so dämlich, eine Knarre mitzunehmen?«

Die Gorillas verrieten nicht, wie dämlich sie Jack und Otto fanden. Während die einen sie in Schach hielten, machte der andere seine Arbeit.

»Sie sind sauber«, erklärte er schließlich gleichmütig.

»Natürlich sind wir das.« Jack grinste breit. »Wir sind doch unter Freunden, oder etwa nicht?«

»*Bien sûr*«, sagte eine nur zu vertraute Stimme – und aus dem Niedergang, der unter Deck und in den Salon des Schiffes führte, wälzten sich ungeheure Körpermassen, die von einem dunkelgrünen Samtbademantel und dem dazugehörigen Gürtel nur mühsam in Zaum gehalten wurden.

Der Kopf, der ohne Hals darauf zu sitzen schien, war ebenso rund wie der Körper selbst; kleine schwarze Augen stachen daraus hervor, so heiter und verzeihend wie die eines Raubfisches. Auf seinem spärlich behaarten Haupt saß der unvermeidliche Fes, der sein Markenzeichen war.

Dies war Emile Rochas.

In Nordafrika und im südlichen Mittelmeerraum besser bekannt als *l'araignée* – die Spinne.

»Emile.« Jack setzte ein entwaffnendes Lächeln auf – auch wenn ihm eher nach Kotzen war. »Welch unerwartetes Vergnügen an diesem entlegenen Plätzchen!«

»Es ist ein Rattenloch«, meinte Rochas mit despektierlichem Blick zum Ufer, wo die aus Stein, Wellblech und morschem Holz errichteten Baracken den Hang hinaufwucherten. »Ist es schon immer gewesen. Anständige Leute kommen nicht hierher, das macht es zu einem idealen Versteck.«

»Schön, dass es Ihnen gefällt.« Jack nickte. »Ist es auch erlaubt zu fragen, welchem günstigen Wind wir diesen Besuch zu verdanken haben?«

»Jack, mein Junge.« Rochas hatte seine Massen vollständig auf Deck gezwängt. Mit einem Seufzen ließ er sich auf dem riesigen, orientalisch gemusterten Diwan nieder, der dort eigens für ihn errichtet worden war. »Was bringt dich auf den Gedanken, dass ich nicht rein zufällig hier gelandet bin?«, fragte er mit jenem starken französischen Akzent, den er sorgfältig kultivierte. »Ich verbringe die Sommermonate gerne auf dem Wasser, wie du weißt.«

»Klar«, knurrte Otto halblaut und vorsorglich auf Deutsch, »du bist ja auch ein skrupelloser Halsabschneider, der mit dem Elend anderer Leute ein Vermögen verdient.«

»Ruhig, Oz, sonst haben wir hier sehr schnell ausgezaubert«, raunte Jack ihm mit Blick auf die schussbereiten Thompsons zu. »Ich kann mir nicht vorstellen, dass ein vielbeschäftigter Mann wie Sie etwas dem Zufall überlässt«, sagte er dann laut und an Rochas gewandt.

»Da hast du recht.« Rochas schnipste mit der goldberingten Rechten, worauf ein mit Pluderhosen bekleideter Diener auftrat und ihm Eiswasser brachte. Rochas trank einige Schlucke, Schweiß glänzte dabei auf seiner breiten Stirn. »Setzt euch, meine Freunde«, forderte er Jack und Otto dann auf.

Die beiden tauschten Blicke.

Ein Gangster vom Schlag eines Emile Rochas war schon

übel genug, wenn er sein wahres Gesicht zeigte. Diese zur Schau gestellte Freundlichkeit jedoch war geradezu furchterregend. Irgendetwas führte er im Schilde, das stand fest.

Jack und Otto kamen der Aufforderung nach und setzten sich auf die beiden Decksstühle, die dem Diwan gegenüber aufgestellt waren. Rochas' Schießmänner ließen sie dabei keinen Moment aus den Augen.

»Eine kleine Erfrischung?«, fragte Rochas.

»Nein, danke.« Jack schüttelte den Kopf.

»Warum so misstrauisch? Ihr müsst wissen«, eröffnete Rochas ihnen mit einer Miene, die so feierlich war wie falsch, »ich bin sehr zufrieden mit euch. Zugegeben, nach dieser Sache in Gibraltar* war ich ziemlich enttäuscht, und es hätte nicht viel gefehlt, und ich hätte euch Betonschuhe verpassen lassen und euch auf den Meeresgrund geschickt. Aber es hat sich wieder einmal gezeigt, dass Nachsicht und Milde reifere Früchte tragen als rohe Gewalt.«

»Hört, hört«, brummte Otto.

»Zugegeben, zuerst hatte ich den Verdacht, dass ihr abhauen und mich um die zehntausend Dollar prellen wolltet, die ihr mir noch schuldet. Aber als die Ehrenmänner, die ihr beide nun einmal seid, seid ihr zu mir zurückgekehrt und arbeitet nun schon … wie lange für mich?«

»Etwas über sechs Monate«, erwiderte Jack. Dass Otto und er tatsächlich vorgehabt hatten, sich abzusetzen und nur aus dem einen Grund nach Nordafrika zurückgekehrt waren, weil die Notwendigkeit sie dazu gezwungen hatte, überging er geflissentlich.

»Wie die Zeit vergeht.« Rochas grinste versonnen, Gold-

---

* siehe LOST CARGO – TEMPELJÄGER

zähne blitzten. »Und anders als damals in Gibraltar habt ihr in all den Monaten gute Arbeit geliefert. Von den zehntausend Dollar Schulden sind gerade mal noch achttausend übrig.«

»Siebentausendzweihundert«, verbesserte Jack. »Wir wollen korrekt bleiben.«

»Natürlich.« Rochas nickte. »Wie würde es euch gefallen, eure Schulden auf einen Schlag zu halbieren?«

Wieder tauschten Jack und Otto Blicke. Wenn ein Schlitzohr vom Schlage eines Emile Rochas von sich aus ein solches Angebot machte, war Vorsicht geboten …

»Worum geht es?«, wollte Otto wissen.

»Oh, dieses deutsche Misstrauen!« Rochas rieb sich die dicken Hände. »Wie habe ich das vermisst!«

»Ist eine berechtigte Frage«, wandte Jack ein.

»Natürlich, und ihr sollt sie selbstverständlich beantwortet bekommen. Ich habe einen neuen Auftrag für euch, ein Flug von Monte Carlo nach Lissabon.«

»Welche Fracht?«

Rochas grinste. »Gehört es nicht zum Berufsethos der *Lost Cargo Company*, keine Fragen zu stellen?«

Jack schnitt eine Grimasse. Er mochte es nicht, wenn seine eigenen Worte gegen ihn verwendet wurden. Otto würde ihm das wieder ewig vorhalten …

»Es ist nur eine Kiste, die ihr fliegen sollt. Das ist alles.«

»Warum gerade wir?«

»Aus drei Gründen – erstens seid ihr in der Nähe und verfügbar, soweit ich das sagen kann. Zweitens habt ihr Erfahrung mit den Spaniern und kennt die Routen, die derzeit am sichersten sind. Und drittens …«

»… stehen wir bei Ihnen noch ordentlich in der Kreide«, vervollständigte Otto.

»Genauso ist es.« Rochas entblößte sein Gebiss noch weiter.

Jack überlegte fieberhaft.

Er versuchte gar nicht erst, dahinterzukommen, worum es sich bei der geheimnisvollen Fracht handeln mochte. Waffen, Gold, Diamanten – es gab kaum ein krummes Geschäft, bei dem Rochas seine kurzen Finger nicht irgendwie im Spiel hatte. Eines stand allerdings fest: Wenn er von sich aus bereit war, dafür dreitausendsechshundert Dollar springen zu lassen, musste für ihn noch sehr viel mehr bei dem Handel drin sein. Oder er stand aus irgendeinem anderen Grund unter Druck, das Geschäft möglichst zügig abzuschließen. Beide Fälle boten eine gute Grundlage, um noch ein wenig zu verhandeln …

»Wir wollen fünftausend«, erklärte Jack rundheraus.

Otto, der auf dem Mundstück seiner Pfeife herumgekaut hatte, verschluckte sich beinahe daran.

Rochas lachte nur.

»Jack, *mon ami* … du weißt, dass ich dich mag. Du bist ein guter Schmuggler, und ich bin bereit, dir dafür manches zu verzeihen. Aber du solltest es nicht übertreiben, hörst du?«

Aus dem Augenwinkel konnte Jack erkennen, wie die Gorillas ihre Thompsons hoben. Vermutlich hätte keiner dieser Kerle ein Problem damit gehabt, jemanden am hellen Vormittag auf offenem Deck zu erschießen und an die Haie zu verfüttern, von denen es in der Bucht nur so wimmelte. Der Abfälle wegen, die täglich von der Minenkolonie ins Meer gekippt wurden …

»Viertausendfünfhundert«, sagte Jack.

Rochas lachte nur noch lauter und klopfte sich auf die fetten Schenkel. Die Sache schien ihm tatsächlich Vergnügen zu bereiten – wie wenn eine Katze mit der Maus noch ein bisschen spielte, ehe sie sie fraß.

»Okay, okay.« In einer Verständnis heuchelnden Geste hob Jack die Hände. »Viertausend. Aber das ist mein letztes Wort.«

Rochas hörte jäh zu lachen auf.

Sein Mund blieb offen stehen. Seine Raubfischaugen musterten die beiden Männer, die ihm auf Deck gegenübersaßen. Die Zeit schien plötzlich stillzustehen.

»Oh, Scheiße«, knurrte Otto auf Deutsch.

»Na ja«, meinte Jack, »vielleicht ist es doch noch nicht …«

»*D'accord*«, erklärte Rochas unerwartet. »Ich bin einverstanden.«

»Wirklich?«

»Natürlich«, versicherte der Franzose und klatschte in die Hände. »Das wollen wir begießen, Champagner für alle«, befahl er dem Diener mit den Pluderhosen. »Oder bevorzugen die Gentlemen ein anderes Getränk?«

»Ein Bier wär mir lieber«, knurrte Otto und verzog das Gesicht. »Vielleicht ist es ja mein letztes auf dieser Welt.«

»Aber, wer wird denn so pessimistisch sein?«, fragte Rochas freudestrahlend. »Es ist nur ein Auftrag wie unzählige andere, die ihr beide schon erledigt habt – nur, dass ihr diesmal viertausend Dollar damit verdienen werdet. Auf euer Wohl, *mes amis*«, sagte er und stieß das mit prickelndem Schaumwein gefüllte Glas hoch in die Luft.

»Cheers«, erwiderte Jack und hob ebenfalls sein Glas.

Aber etwas in Emile Rochas' tief liegenden, wie kleine Kohle glimmenden Augen sagte ihm, dass etwas an der Sache faul war. Und dass es nicht so einfach werden würde.

4

Flugfeld nahe Les Salines, Monaco
Zwei Stunden später

Die Junkers hatte aufgesetzt.

Es war nicht die Maschine gewesen, die Henderson vom Hotelbalkon aus beobachtet hatte, aber ein Flugzeug desselben Typs. Die Drillingsmotoren der Ju 52 röhrten, als das Flugzeug langsam zum Auslauf kam. Die aus gewelltem Aluminium bestehende Hülle gleißte in der Mittagssonne, auf dem Leitwerk ließ das schwarz-weiß-rote Emblem mit dem Hakenkreuz keinen Zweifel daran, woher die Maschine kam.

Endlich kam sie zum Stillstand.

Das Luk an der Seite wurde geöffnet und eine Ausstiegshilfe herangefahren. Der Erste, der sich zeigte, war ein junger Fähnrich in der Uniform der deutschen Luftwaffe.

Dann stieg der Mann aus, dessentwegen Peter Henderson seit mehr als einer Stunde am Rand des Rollfelds wartete – und der der Grund für das satte Dutzend Zigarettenstummel war, das zu seinen Füßen verstreut auf dem Boden lag. Zuletzt hatten sie einander in London gesehen, vor etwas mehr als zwei Monaten, und auch nicht für lange. Doch dieses Gesicht hätte Henderson unter Tausenden wiedererkannt. Und nicht nur der Klappe aus schwarzem Stoff wegen, die über dem linken Auge lag.

Baron Eugen von Troneck war ein außergewöhnlicher Mann.

Außergewöhnlich in seiner Erscheinung, die eine hochgewachsene, sehnige Statur und ein entschlossen wirkendes Gesicht mit harten Zügen umfasste. Außergewöhnlich aber auch in seinem Auftreten, aus dem eine natürliche, beinahe angeborene Autorität sprach. Dieser Mann war von Kindesbeinen an daran gewohnt, Befehle zu erteilen. So wie er gewohnt war, dass sie ohne Widerspruch befolgt wurden.

Von Troneck kam die kleine Gangway herab.

Anders als in London, wo sie sich bei einer Veranstaltung im Adelphi Theatre begegnet waren, trug er jetzt seine Uniform: schwarze Reithosen, die in glänzenden hohen Stiefeln steckten, dazu ein hüftlanger schwarzer Rock. Insignien von Rang oder Waffengattung suchte Henderson vergeblich, das fremdartig aussehende Symbol auf den Kragenspiegeln sagte ihm nichts. Die Offiziersmütze saß korrekt auf dem Haupt, ihr Schirm beschattete die bleichen Züge, die trotz des kantigen Kinns nicht militärisch wirkten. Die milde Verständigkeit, die aus dem verbliebenen Auge sprach, ließ eher an einen Gelehrten denken. Wie Henderson inzwischen wusste, traf in von Tronecks Fall sowohl das eine als auch das andere zu.

Er trat die Zigarette aus, an der er bis zuletzt gesogen hatte, und hob die Hand, um auf sich aufmerksam zu machen. Von Troneck sah ihn und winkte zurück, und im nächsten Augenblick standen sie einander gegenüber. Der Baron überragte die schmächtige Gestalt des Engländers beinahe um einen ganzen Kopf, und angesichts der perfekt sitzenden Uniform des Deutschen kam sich Henderson in seinem weißen Sommeranzug schäbig und unpassend gekleidet vor, fühlte sich beinahe erniedrigt. Er rief sich ins Bewusstsein, dass dies vermutlich genau der Zweck war, den der Baron mit dem geschniegelten Aufzug verfolgte.

»Herr Henderson, welch eine Freude«, sagte von Troneck. Seine Stimme war angenehm, sein Akzent deutlich, aber nicht störend, der Inbegriff kühler Kultiviertheit. »Ich kann kaum glauben, dass zwei Monate vergangen sind, seit wir uns in London trafen. Es kommt mir vor, als wäre es erst gestern gewesen.«

»Mir ebenso«, erwiderte Henderson – und das war noch nicht einmal gelogen.

»Ist *sie* … ebenfalls hier?« Von Tronecks verbliebenes Auge sah sich begierig um. Henderson glaubte, eine gewisse Nervosität darin zu erkennen.

»Im Hotel«, entgegnete er ausweichend. »Sie bereitet sich auf ihren Auftritt vor.«

»Natürlich.« Der Baron grinste wie ein Pennäler, der sich in seine Lehrerin verschossen hatte. »Aber es ist mir doch gestattet, ihr vorher noch meine Aufwartung zu machen?«

»Selbstverständlich«, entgegnete Henderson mit einem Lächeln, für das er sich am liebsten selbst geohrfeigt hätte. »Sie wäre sehr enttäuscht, wenn Sie sie nicht besuchen würden, Baron.«

»Sehr gut. Ich bin ein großer Verehrer ihrer Kunst, wie Sie wissen. Und wie ich Ihnen in London schon sagte, verspreche ich mir viel von dieser Zusammenkunft.«

»Pandora hofft, dass sie Ihre hohen Erwartungen erfüllen kann«, entgegnete Henderson ausweichend. »Ihr Metier ist nicht gerade das, was man eine exakte Wissenschaft nennt …«

»Wissenschaftler haben wir in Deutschland genug, daran hat es noch nie gemangelt, Herr Henderson. Intuition ist das, wonach ich suche – das, was sich mit reiner Wissenschaft eben gerade nicht erklären lässt.«

»Nun«, meinte Henderson und straffte sich innerlich, »dann hoffe ich, wir werden Sie nicht enttäuschen.«

»Davon bin ich überzeugt«, entgegnete von Troneck – und Henderson konnte sich des Eindrucks nicht erwehren, dass eine leise Drohung in diesen Worten mitschwang.

Es bestärkte ihn in der Entscheidung, die er für sich allein getroffen hatte. Es war notwendig, zu ihrem Schutz und zu seinem eigenen.

Und womöglich auch zu dem der gesamten menschlichen Zivilisation ...

»Wenn Sie mir bitte folgen möchten, Baron von Troneck – eine Limousine steht bereit, die uns zum Hotel bringen wird.«

»Sehr gerne.« Der Deutsche nickte. »Ich bin sicher, wir werden uns ausgezeichnet verstehen.«

Hendersons Zögern währte nur einen kaum merklichen Augenblick. »Davon bin ich überzeugt«, sagte er dann.

5

Es war ein ruhiger Flug.

Glatt wie ein Brett lag das Meer unter ihnen und glänzte und glitzerte, als hätte eine übermütige Fee Sternenstaub darübergeschüttet.

»Bestes Flugwetter«, meinte Jack, der im Pilotensitz der Savoia-Marchetti hockte. Dicht über seinem Kopf wölbte sich die flache Verglasung des Cockpits, darüber geißelten die beiden mächtigen Propeller die Luft mit ihren harten, wuchtigen Schlägen.

Die S 55 war mit anderen Hydroplanen nicht zu vergleichen. Während gewöhnliche Wasserflugzeuge meist nur zwei Schwimmer anstelle eines Fahrgestells hatten und so die Landung und das Starten auf dem Wasser ermöglichten, hatten die italienischen Konstrukteure einen anderen Ansatz gewählt: Die beiden länglichen Rümpfe der Maschine beherbergten nicht nur Raum für Fracht und Passagiere, sondern bildeten zugleich die Schwimmer, auf denen sie startete und landete; nach achtern gingen sie in eine Konstruktion aus Leichtmetall über, die das Höhen- und die drei Seitenleitwerke trug und zur besseren Stabilität mit den Tragflächen verspannt war. In deren Mitte, in der Verbindung der beiden

Rümpfe, befand sich das entsprechend hoch gelegene Cockpit, das über Leitern von beiden Frachträumen aus erreicht werden konnte.

Den nötigen Antrieb erhielt die S 55 von einer über dem Cockpit angebrachten Triebwerksgondel, an der zwei schwere Isotta-Fraschini-Motoren vom Typ Asso 750 ihren Dienst versahen; mit ihren zusammengenommen rund 1800 PS beförderten die beiden in Tandemmanier angebrachten Propeller die Maschine durch die Luft. Es war eine ungewöhnliche, um nicht zu sagen abenteuerliche Konstruktion, die jedoch schon kurz nach ihrer Indienststellung mehrere Rekorde in Sachen Geschwindigkeit, Höhe und Reichweite gebrochen hatte. Es war ein Triumph moderner Ingenieurskunst, der zur Ausnahme einmal nicht aus England, Frankreich, Deutschland oder den USA gekommen war – entsprechend hatten die italienischen Faschisten alles unternommen, um die S 55 zu Propagandazwecken einzusetzen. Die Transatlantik-Überquerung von gleich vierundzwanzig dieser Maschinen unter dem Kommando des italienischen Luftmarschalls Italo Balbo vor vier Jahren war nicht die einzige, aber die spektakulärste Aktion in dieser Hinsicht gewesen, entsprechend groß war der Bahnhof, den man den Italienern bei ihrer Ankunft in Chicago bereitet hatte. Und entsprechend berühmt war die S 55 dadurch über Nacht geworden.

Trotzdem hatten Jack und Otto die Savoia-Marchetti nicht ganz freiwillig gegen ihre alte Maschine getauscht – eine französische Latécoère 28-3, der sie den Namen *Liberty III* gegeben hatten*. Inzwischen jedoch hatten sie sich an die S 55 gewöhnt und ihre Vorzüge im Hinblick auf Ladekapazität und Reichweite schätzen gelernt. Und obwohl Otto stets eine gewisse

---

* nachzulesen in LOST CARGO – TEMPELJÄGER

Skepsis gegenüber allem hegte, was nicht von deutschen Konstrukteuren gebaut worden war, war es schließlich sein Vorschlag gewesen, der Savoia-Marchetti den schönen Namen *Liberty IV* zu geben …

»Ja, bestes Flugwetter«, bestätigte er vom Sitz des Co-Piloten aus. Die besondere Konstruktionsweise des Flugzeuges und die flache Überdachung des Cockpits bedingten es, dass man auf den Pilotensitzen mehr lag als wirklich saß; wegen seiner hageren, baumlangen Statur musste der Deutsche jedoch noch zusätzlich den Kopf einziehen, was ihn in unregelmäßigen Abständen dazu veranlasste, über Südeuropäer zu lamentieren, die in seinen Augen alle kleinwüchsig veranlagt waren.

»Komm schon, Oz, lass mich ein Lächeln sehen«, verlangte Jack und sah ihn durch die grün getönten Gläser seiner Sonnenbrille herausfordernd an. Otto revanchierte sich mit etwas, das mehr wie ein Zähnefletschen aussah. »Immerhin habe ich's geschafft, Rochas viertausend Piepen abzuluchsen.«

»Abwarten, noch haben wir den Zaster nicht«, brummte Otto. Um sein kahles Haupt vor der Sonneneinstrahlung im Cockpit zu schützen, trug er wie immer seine lederne Fliegerhaube. »Aber ich muss zugeben, das war ganz schön ausgebufft, Skipper.«

»Auch ein Schwergewicht wie Rochas kann mal unter Zugzwang geraten, das muss man ausnutzen – und es kommt noch besser«, versicherte Jack. Mit einem Blick auf den Kompass korrigierte er den Kurs. Die Maschine neigte sich ein wenig, und es sah aus, als würde die spiegelglatte Fläche des Meeres nach unten kippen.

»Noch besser?« Von der Seite sandte ihm Otto einen zweifelnden Blick. »Inwiefern?«

Jack grinste breit. »Hast du vergessen, was das Ziel dieses Fluges ist? Wenn wir es in Monte Carlo nicht schaffen, echtes Geld zu machen, weiß ich auch nicht!«

»Was?« Otto fuhr vom Sitz hoch und vergaß dabei ganz, den Kopf einzuziehen. Mit Wucht stieß er ihn sich an der metallenen Verstrebung der Kanzel.

»Sachte, Oz.«

»Verdammter Mist!« Otto zog sich die Fliegerhaube vom Kopf und rieb sich die schmerzende Stelle. Dann erst schien er sich zu erinnern, was zuletzt gesprochen worden war. »Sag mal, hast du wirklich gerade gesagt, dass du unser sauer verdientes Geld ins Spielcasino tragen willst?«

»Vor allem will ich es *vermehren*, großer Zauberer«, entgegnete Jack. »Stell dir das blöde Gesicht von Rochas vor, wenn wir ihm nach unserer Rückkehr das Geld unter die Nase halten und den Rest unserer Schulden damit abbezahlen.«

»Das würde ich gerne sehen.« Otto schnaubte so verächtlich, dass das Kanzelglas über ihm beschlug. »Du vergisst dabei nur, dass wir unser Geld noch gar nicht haben. Nur zweihundert Dollar Anzahlung. Und davon müssen wir auch noch das Benzin für den Weiterflug kaufen.«

»Aye, keine Sorge«, bestätigte Jack. »Wenn wir die Roulettekugel eine Weile für uns rollen lassen, werden wir sehr viel mehr haben als das. Bis wir um drei Uhr nachts die Ladung übernehmen, sind wir bereits zwei gemachte Männer, Oz – und als solche werden wir zu Rochas zurückkehren und ihm sagen, dass er und seine Schießmänner uns in Zukunft mal kreuzweise können. Ist das nichts?«

»Der Gedanke hat was«, gab Otto zu. »Aber wie willst du das anstellen? Soviel Glück, wie dazu nötig wäre, hast du nicht, Skipper – und Texas-Poker wird da drin nicht gespielt. Ganz abgesehen davon, dass sie zwei arme Schlucker wie uns gar nicht erst reinlassen werden.«

»Das überlass getrost mir«, entgegnete Jack, der unverdrossen weitergrinste. »Ich habe schon einen Plan.«

»Bitte nicht«, stöhnte Otto. »Das letzte Mal, als ich das hörte, saßen wir anschließend in Atlantic City im Knast.«

»Nun vergiss doch mal diese dumme Geschichte. Und wenn du schon dabei bist, vergiss auch gleich noch deine deutsche Sparsamkeit, die bringt uns hier nicht weiter.«

Otto erwiderte etwas in seiner Muttersprache, das Jack nicht verstand – und er fragte auch nicht weiter nach.

»Das ist eine Chance, Oz, eine echte Chance! Oder willst du noch ein ganzes weiteres Jahr in Rochas' Auftrag Waffen nach Spanien schmuggeln? Ich möchte gar nicht wissen, wie viele arme Schweine wegen dem verdammten Zeug schon draufgegangen sind, das wir geliefert haben!«

Otto biss sich auf die Lippen, die trocken und rissig waren von der Sonne. Genau wie Jack wusste auch er nur zu gut, wie es sich anfühlte, Soldat zu sein und Befehle zu empfangen, von jedem Tag aufs Neue um sein Leben zu fürchten. Beide hatten sie im Großen Krieg gekämpft, und auch wenn sie auf verschiedenen Seiten gestanden hatten, hatte es sich für beide gleich beschissen angefühlt.

»Nein«, stellte er deshalb klar, »das will ich nicht.«

»Rochas wird uns niemals aus seinem Dienst entlassen, Oz, das muss dir klar sein«, fuhr Jack fort. »Solange sie sich in Spanien gegenseitig die Schädel einschlagen, wird er von uns verlangen, dass wir für ihn Waffen fliegen, dafür läuft dieses Drecksgeschäft nämlich viel zu gut. Es sei denn, wir schaffen es, uns endgültig von ihm loszukaufen. Und das geht nur mit einem Haufen Geld, oder?«

Otto presste weiter die Lippen zusammen, während er stur geradeaus durch das Cockpitfenster starrte. Dass sein Partner recht hatte, ließ sich nicht von der Hand weisen.

Rochas war ein gerissener Mistkerl. Solange sie keinen Weg fanden, ihre Schulden endgültig abzubezahlen, würde er immer wieder eine Möglichkeit finden, sie an sich zu binden. Er würde sie für sich arbeiten lassen, bis ihr Flugzeug irgendwann abgeschossen würde oder sie in irgendeinem Dreckloch von Gefängnis landeten. Und das war es sicher nicht gewesen, was ihnen vorgeschwebt hatte, als sie die *Lost Cargo Company* gründeten, zwei ehemalige Feinde, die sich geschworen hatten, niemands Diener mehr zu sein und die Freiheit über den Wolken in vollen Zügen auszukosten …

»Also gut«, erklärte er sich bereit, »du hast gewonnen. Hoffentlich bist du am Spieltisch genauso überzeugend.«

»Noch viel überzeugender«, feixte Jack.

»Was noch nicht erklärt, wie du in den Laden reinkommen willst. Hast du überhaupt eine Ahnung, was für ein nobler Schuppen das ist?«

»Vertrau mir, es wird alles wunderbar«, versicherte Jack. »Kleider machen ja bekanntlich Leute – und ich weiß schon, wie wir an die passenden Klamotten kommen.«

»Will ich das auch wissen?«

»Wahrscheinlich nicht«, gab Jack grinsend zu, während er abermals den Kurs korrigierte und die Maschine nach Norden steuerte. Die französische Küste zeichnete sich dort bereits ab, während sich fern im Westen der Himmel orangerot färbte und das Heraufziehen jener Nacht ankündigte, die nach Jacks Auffassung alles ändern würde.

Er sollte recht behalten.

Aber anders, als er gehofft hatte.

6

Hôtel Hermitage, Monte Carlo
Zur selben Zeit

Der Salon war mondän eingerichtet.

Mit grünem Leder bezogene Sessel bildeten kleine Gruppen, und die bunten Schirme von Tiffany-Lampen spendeten diffuses Licht, das sich in der dunklen Holztäfelung der Wände spiegelte. Die Fenster und die Läden davor waren geschlossen, um die Hitze des Nachmittags nicht einzulassen.

In den blauen Dunstschwaden, die sich hier niemals zu legen schienen, saß eine einzelne Gestalt. Sie trug ein leichtes Sommerkleid aus blauer Seide mit einem dazu passenden Tuch, das sie sich turbangleich um den Kopf gebunden hatte. Ihre Gesichtszüge waren anmutig, von einer stolzen, geradezu klassischen Schönheit, mit einer spitzen Nase und hohen Wangenknochen. In unregelmäßigen Abständen sog sie an der Zigarette, die sie an einer langen Spitze in ihrer Linken hielt. Es war nur eine beiläufige Geste, und auch wenn Henderson ihr schon unzählige Male dabei zugesehen hatte, konnte er nicht anders, als davon fasziniert zu sein.

»Larna?«

Sie sah auf. Wenn sie überrascht war, dass er zurückgekehrt war, ließ sie es sich nicht anmerken.

»Ist er hier?«, fragte sie nur.

»Draußen.« Henderson nickte.

Larna griff nach dem Highball-Glas, das vor ihr auf dem kleinen Tischchen stand. Die Eiswürfel darin klirrten leise, als sie einen Schluck von ihrem Ginfizz nahm.

»Ich lasse bitten«, sagte sie.

Henderson blieb stehen. Der Blick, mit dem er sie bedachte, wurde eindringlich, beinahe warnend.

»Ich lasse bitten«, wiederholte sie.

Henderson nickte wiederwillig und ging nach draußen – um schon im nächsten Moment wieder zurückzukehren, Eugen von Troneck im Schlepp.

»Larna – Baron Eugen von Troneck. Baron von Troneck – Miss Larna King, besser bekannt als …«

»… die einzigartige Madame Pandora«, vervollständigte der Deutsche. Begeisterung sprühte aus seinem einen Auge. In preußischer Höflichkeit nahm er die Mütze ab, schlug die Hacken zusammen und deutete eine Verbeugung an. »Ich kann Ihnen nicht sagen, wie sehr ich mich über diese Begegnung freue, Madame.«

»Die Freude ist ganz meinerseits, werter Baron«, versicherte Larna. Sie streckte ihm eine Hand entgegen, auf die von Troneck einen galanten Kuss hauchte.

»Sie gestatten, dass ich mich zu Ihnen setze?«

»Aber natürlich. Wenn du uns bitte entschuldigen würdest, Peter.« Sie sandte Henderson einen auffordernden Blick.

»Ich …« Er zögerte, während von Troneck Platz nahm. »Sollte ich nicht lieber bleiben? Womöglich gibt es rechtliche Dinge zu klären, bei denen ich …«

»Mein Manager ist um mein Wohl besorgt, Baron von Troneck«, sagte Larna lächelnd und an ihren Gast gewandt. »Hat er denn Grund dazu?«

»Selbstverständlich nicht«, beteuerte der Deutsche. »Ich bin lediglich ein aufrechter Bewunderer Ihrer Kunst, nicht mehr und nicht weniger.«

Larna nickte. »Du siehst, du kannst beruhigt sein, Peter«, beschied sie Henderson mit einem Blick ihrer grünen Augen.

Henderson rang sich ein Lächeln ab. »Wenn du mich brauchst, ich bin draußen«, erklärte er dann und verließ den Salon.

Larna und von Troneck waren allein.

»Er ist eifrig«, stellte der Baron fest.

»Bisweilen ein wenig zu eifrig.« Sie nahm erneut einen Schluck aus ihrem Glas. »Darf ich Ihnen eine Erfrischung anbieten? Der Ginfizz hier ist ausgezeichnet.«

»Nein, danke.« Von Troneck schüttelte den Kopf, während er sie mit dem verbliebenen Auge taxierte.

»Sie wirken überrascht«, stellte sie fest.

»Ein wenig«, gab er zu. »Ich gestehe, dass ...«

»... ich nicht die bin, die Sie erwartet haben?«

»So würde ich es niemals ausdrücken, schließlich sind Sie eine Frau von berückender Schönheit.«

»Ich danke Ihnen, Herr Baron. Dennoch sehe ich Ihnen ein gewisses Befremden an, und das ist nicht verwunderlich. In London haben Sie nur das von mir gesehen, was Sie sehen sollten. Was alle sehen sollen, die Fassade. Ein wenig Pomp und Gloria gehören bei meinem Berufsstand gewissermaßen dazu.«

»Natürlich, aber ... was ist mit Ihrem Haar?«, fragte er, auf die kurze blonde Strähne deutend, die keck unter dem Kopftuch hervorlugte.

»Eine Perücke«, erklärte sie.

»Ich verstehe.«

Sie sog an ihrer Zigarette. »Ich hoffe, ich habe Sie nicht enttäuscht.«

»Durchaus nicht«, sagte er schnell. »Ich habe die weite Reise nicht wegen Ihrer Haare gemacht, Madame Pandora – sondern weil ich davon überzeugt bin, dass Sie eine sehr außergewöhnliche Frau sind. Und dass es etwas gibt, das uns beide verbindet.«

Sie sah ihn unverwandt an. »Und das wäre?«

»Unsere Leidenschaft für die Vergangenheit«, entgegnete von Troneck ohne Zögern. »Was ich mit dem Verstand und den Mitteln der Wissenschaft zu durchdringen suche, das tragen Sie in Ihrer Seele. Wir sind zwei Seiten derselben Medaille.«

»So habe ich es nie betrachtet«, gab sie zu. »Gewöhnlich werden Leute wie ich von seriösen Wissenschaftlern ausgelacht.«

»Weil es Idioten sind«, entgegnete der Baron. »Ohne Visionen für die Zukunft und ohne Vertrauen in das Schicksal.«

Larna nahm wieder einen Zug. »Sie glauben an Schicksal?«

»Ich glaube an Chancen, die die Geschichte uns sterblichen Menschen von Zeit zu Zeit gewährt – und ich habe nicht vor, diese Chancen ungenutzt verstreichen zu lassen. Deshalb war ich sehr dankbar, als Sie über Ihren Manager dieser Zusammenkunft zugestimmt haben.«

Larna lehnte sich in ihrem Sessel zurück. Durch die Dunstschwaden des Rauches taxierte sie ihr Gegenüber. »Ich genieße einen gewissen Ruf, Baron von Troneck, und die Liste derer, die meine Dienste gerne in Anspruch nehmen möchten, ist lang. Das bedeutet, dass ich es mir leisten kann auszusuchen, wen ich zu meinen privaten Séancen zulasse und wen nicht.«

»Dessen bin ich mir bewusst«, versicherte er.

»Und ich kann Ihnen auch keine Versprechungen machen, was Ihr spezielles Ansinnen betrifft.«

»Auch das ist mir klar. Aber wenn es überhaupt jemanden gibt, der mir bei meinen Forschungen helfen kann, dann sind Sie es. Das ist mir in dem Augenblick klar geworden, als ich Sie in London gesehen habe. Nicht nur mit meinem Auge«, versicherte er, auf sein verbliebenes Sehorgan deutend, »sondern auch mit dem Herzen.«

Sie taxierte ihn, ohne dass zu erkennen war, was sie dachte. »Verstehen Sie mich nicht falsch, Baron von Troneck, aber ich würde gerne sichergehen, dass Sie mich nicht für eine Närrin halten. Mir ist bewusst, dass Sie nicht aufgrund einer Schwärmerei hier sind. Für wen arbeiten Sie genau? Was ist das für eine Uniform, die Sie da tragen?

»Ich dachte, ich hätte es Ihrem Manager gegenüber erwähnt – ich stehe im Dienst der in meinem Land neu gegründeten Forschungsgesellschaft für Ahnenerbe.«

»Was darf ich mir darunter vorstellen?«

Von Troneck lächelte. »Jedes Volk hat Wurzeln, nicht wahr? Ursprünge in der Vergangenheit, die es näher zu erforschen gilt – mit dem deutschen Volk verhält es sich nicht anders.«

»Und dazu brauchen Sie mich?« Larna hob die Brauen. »Eine Engländerin mit einer russischen Mutter?«

Von Troneck lächelte nur. »Ich halte Sie nicht zum Narren, Pandora. Wie Sie schon richtig vermutet haben, bin ich nicht aufgrund einer romantischen Schwärmerei hier, obschon ich Sie für eine außergewöhnlich attraktive Frau halte …«

»Ich danke Ihnen.«

»… sondern weil ich Sie bereits seit einer ganzen Weile beobachten lasse.«

»Mich«, echote sie und nippte an ihrem Ginfizz.

»Die Person, die Sie auf der Bühne darstellen«, wich er aus. »Ihre Arbeit. Ihre Methoden.«

»Und? Zu welchem Schluss sind Sie durch Ihre Beobachtungen gekommen, Herr Baron?«

»Dass Sie anders sind als all die übrigen selbst ernannten Wahrsager und Medien da draußen«, eröffnete er ohne Zögern. »Ich denke, dass Sie tatsächlich eine Verbindung in die Vergangenheit unterhalten – und dass diese Vergangenheit und jene, nach der ich suche, einander womöglich berühren.«

»Jetzt haben Sie mich neugierig gemacht«, entgegnete Larna und stellte ihr Glas zurück auf den Tisch. »Was hat Sie zu diesem Gedanken bewogen?«

Von Troneck sah sie durchdringend an. »Im Jahr 1387«, begann er dann, »ist vor der nordnorwegischen Küste ein Schiff gesunken – ein Bremer Kauffahrer aus dem Besitz eines gewissen Detward von Hoya. An Bord der Kogge befand sich eine Frau. Eine Seherin, wie es heißt. Ein Medium.«

»Woher wissen Sie das?«

»Weil ich durch – nennen wir es einen glücklichen Zufall – in den Besitz des Logbuches des Schiffes gelangt bin. Sie müssen wissen, der Kapitän überlebte als Einziger das Unglück. An eine Schiffsplanke gebunden, erreichte er die Küste der Lofoten. Unglücklicherweise hatten ihn die Strapazen wohl den Verstand gekostet – er faselte immerzu etwas von einem Ungeheuer, einer Kreatur aus der Tiefe, die das Schiff zerstört hätte. Er muss bereits wenig später gestorben sein, vermutlich infolge der Entbehrungen und der Unterkühlung, die er erlitten hatte. Seine Aufzeichnungen jedoch blieben auf geradezu wundersame Weise bis zum heutigen Tag erhalten und fanden ihren Weg zu mir.«

»Von ganz allein«, sagte sie.

»Nun, ein wenig mehr Aufwand war schon dafür vonnöten«, gab von Troneck zu, ohne erkennen zu lassen, worin dieser Aufwand bestanden hatte. »Aber aufgrund dieser Aufzeichnungen weiß ich, dass Detward von Hoya damals auf der Suche gewesen ist. Auf der Suche nach etwas, das …«

»… ich für Sie finden soll«, unterbrach Larna ihn.

Von Tronecks Züge strafften sich. »Ich gestehe, dass ich mehr Worte gebraucht hätte, um die Situation zu erklären – aber im Grunde trifft es das, in der Tat.«

»Seien Sie vorsichtig, Herr Baron.« Ihre grünen Augen funkelten. »Sie wären nicht der Erste, der sich auf die Suche nach der Vergangenheit begibt und dabei sehr viel mehr findet, als er eigentlich finden wollte.«

»Das kann mich nicht schrecken«, versicherte er. »Die Vergangenheit ist meine Leidenschaft, so lange ich denken kann – und durch Sie, Teuerste, erhalte ich die Gelegenheit, in direkten Kontakt mit ihr zu treten.«

»Und wenn ich das gar nicht kann? Ihre Wertschätzung meiner Fähigkeiten in allen Ehren. Aber die Seherei ist keine exakte Wissenschaft, Herr Baron. Es ist mehr ein Tasten im Dunkeln, ein Suchen nach Spuren …«

»Und ebendiese Spuren sollen Sie für uns finden.«

»Wer ist *uns*?«

Von Troneck lächelte, diesmal voller Stolz. »Wie Sie schon richtig festgestellt haben, trage ich eine Uniform. Diese macht mich zum Repräsentanten sowohl des Deutschen Reiches als auch einer Reihe äußerst einflussreicher Menschen.«

»Von wem sprechen Sie?« Larna sog an ihrer Zigarette und blies blauen Rauch in die Luft. »Von Ihrem Führer?«

»Und wenn?«

Sie sah ihn an, und einmal mehr war nicht zu erkennen, was sie dachte. »Nichts weiter«, versicherte sie. »Ich möchte nur gerne wissen, woran ich bin.«

»Diese Verbindungen, von denen ich spreche, statten mich nicht nur mit umfassenden Befugnissen aus, sondern auch mit der Möglichkeit, Sie für Ihre Dienste fürstlich zu belohnen. Helfen Sie mir, und Sie brauchen nie wieder in Theatern und Varietés aufzutreten.«

»Wer sagte Ihnen, dass ich das nicht gern tue?«

Ein verächtliches Schnauben war alles, was er darauf erwiderte. Dann griff er in eine der Taschen seiner Uniform und entnahm ihr ein kleines Kästchen, das er Larna reichte.

Sie nahm es entgegen und legte die Zigarette an den Ascher, um das Kästchen zu öffnen. Es befand sich Schmuck darin, Ohrringe im Girlandenstil, von kleinen Diamanten umrahmte Brillanten. Ihr Wert musste astronomisch sein.

»Dies ist nur ein Vorgeschmack, von einer wohlhabenden deutschen Familie bereitwillig gespendet«, erklärte von Troneck wie beiläufig.

Larna betrachtete die Diamanten, die im Licht der Tiffany-Lampen glänzten. Dann klappte sie das Kästchen wieder zu. »Nehmen wir an, ich würde einwilligen, Ihnen bei Ihrer Suche zu helfen – Sie wissen, dass ich Ihnen keine Garantie auf Erfolg geben kann.«

»Natürlich weiß ich das«, versicherte er. Die Zuversicht, die aus seinem verbliebenen Auge sprach, strafte seine Worte allerdings Lügen.

»Und ich brauche etwas, womit ich Verbindung zur Vergangenheit aufnehmen kann. Einen Gegenstand, auf den ich mich fokussieren kann ...«

»Das Logbuch«, sagte er nur. »Es befindet sich in meinem Besitz und steht zu Ihrer Verfügung.«

»Wann?«

»Wann immer Sie es wünschen.«

Sie nickte nachdenklich. »Heute Abend werde ich im Casino eine öffentliche Sitzung abhalten«, erklärte sie dann. »Kommen Sie um Mitternacht auf mein Zimmer hier im Hotel, Nummer 507. Und bringen Sie das Logbuch mit.«

»Verstanden.« Er nickte. »Ich danke Ihnen.«

»Danken Sie mir nicht zu früh, Herr Baron. Wer sich mit der Vergangenheit befasst, findet häufig mehr Fragen als Antworten.«

»Die Vergangenheit ist beendet«, konterte er. »Was zählt, ist das, was wir in der Zukunft aus ihr machen. Wir können nur gewinnen«, fügte er hinzu, ohne dass zu erkennen war, ob er sich selbst oder das ganze deutsche Volk meinte.

»Wir werden sehen«, sagte sie nur. Darauf klappte sie das Kästchen wieder zu und hielt es ihm entgegen.

»Es ist ein Geschenk«, versicherte er.

»Wenn ich für Sie arbeite, dann nicht, weil Sie mich beschenken. Ich bin nicht käuflich, Herr Baron – und wenn, dann nicht mit derlei Dingen.«

Von Troneck hielt ihrem kritischen Blick stand. »Wir beide ähneln uns in mancherlei Weise«, sagte er dann, während er das Kästchen wieder an sich nahm. »Wir beide beschäftigen uns mit der Vergangenheit – aber nicht aus bloßer Profession, sondern aus Leidenschaft.«

»Bei allem Respekt, Herr Baron«, beschied sie ihm ebenso freundlich wie kühl, »ich denke nicht, dass Sie wissen, wofür ich Leidenschaft empfinde.«

Von Troneck erhob sich, um den Salon zu verlassen. Sein einzelnes Auge taxierte sie wissend. »Seien Sie sich da nicht so sicher, Madame Pandora«, sagte er. »Wie ich schon erwähnte, habe ich Sie beobachten lassen – und ich fürchte, ich kenne Sie besser als Sie sich selbst.«

7

Es war eine laue Sommernacht.

Strahlendes Licht beleuchtete die weiße Fassade des Casinos, das mit all seinen Säulen und Balkonen, den prächtigen Bogen und filigranen Verzierungen aus einer anderen Ära stammte. Die Kuppeldächer, die sich über dem ehrwürdigen Gebäude wölbten; die beiden Zwiebeltürme, das große Uhrwerk und der gläserne Jugendstil-Baldachin über dem Portal – all das kam Jack und Otto so unwirklich vor, als stamme es aus einer anderen, besseren Zeit.

Kurz vor Einbruch der Dunkelheit hatten sie die S 55 im Hafenbecken zur Wasserung gebracht und an einem der kleineren Piers vertäut. Da der Name Emile Rochas auch diesseits des Mittelmeeres wohlbekannt war, konnten sie davon ausgehen, dass niemand es auch nur erwägen würde, Hand an Miss *Liberty* zu legen, die inmitten all der Jachten und Schoner einen ziemlich eigentümlichen Anblick bot.

Schon im Anflug auf Monte Carlo hatten Jack und Otto einen Eindruck von diesem Ort bekommen, der als Zuflucht all jener galt, die der bitteren Wirklichkeit zu entkommen suchten. Krisen und Kriege schienen hier weit entfernt zu sein, die Menschen in höheren Sphären zu schweben. Oder vielleicht hatten sie auch nur das nötige Geld, um sich eine gute Portion Ahnungslosigkeit leisten zu können.

Blendend hell stachen die Leuchtfinger von Scheinwerfern empor und machten die Nacht über dem Casino zum Tag. Und aus den Sportwagen und Limousinen, die unter dem Glasdach vorfuhren, aus all den silbergrauen Bentleys, den jagdgrünen Morgans und den dunkelroten Mercedes-Cabriolets stiegen Männer in langen Fräcken und perfekt sitzenden Smokings, mitunter auch in prächtigen Uniformen mit glitzerndem Lametta. Die Frauen, die an ihrer Seite über den Teppich schwebten, waren jung und attraktiv, ihr Gelächter laut und schnatternd. In ihren engen, schleifenverzierten Satinkleidern wirkten sie wie wandelnde Geschenke, fand Jack – und vermutlich würden die meisten von ihnen zu vorgerückter Stunde auch ausgepackt.

»Willkommen in der Welt der Schönen und Reichen«, feixte er und nahm einen letzten Zug von seiner Zigarette, ehe er den Stummel wegschnippte.

»Was habe ich mir nur dabei gedacht, in deinen dämlichen Plan einzuwilligen«, maulte Otto, der neben ihm stand und an sich herumzupfte. »Ich komme mir vor wie ein Idiot.«

»Was denn? Wir sehen doch gut aus«, erwiderte Jack überzeugt. Im Seitenfenster eines am Straßenrand geparkten Wagens prüfte er den Sitz seines Tuxedos. »Wie Cagney in ›Blonde Crazy‹.«

»Du vielleicht«, maulte Otto. »Mein Anzug ist zwei Nummern zu klein. Ich komme mir vor wie ein Zirkusaffe.«

»Trag's mit Fassung, Oz.« Jack warf einen Blick an seinem hageren Freund empor. Die Ärmel von Ottos Frack waren tatsächlich etwas kurz geraten, ebenso wie die Hosenbeine. Und eine schnelle oder gar ruckartige Bewegung würden die

Rückennähte vermutlich nicht verzeihen. »Wenn jemand fragt, sag einfach, man hätte das gute Stück zu heiß gewaschen.«

»Du hast leicht reden.« Otto schaute unglücklich aus seinem gestärkten Hemdkragen. »Hättest du nicht wenigstens Klamotten klauen können, die passen?«

»Erstens war die Auswahl nicht besonders groß, und zweitens, wer redet denn von Klauen? Die Klamotten sind nur geliehen und werden nach Gebrauch wieder zurückgebracht.«

»Natürlich«, schnaubte Otto und schickte eine deutsche Verwünschung hinterher, so als könne er selbst nicht glauben, wozu sein Partner ihn mal wieder überredet hatte. Wie ein Pennäler hatte er Schmiere gestanden, während Jack durch das Kellerfenster in die Büglerei des neben dem Casino gelegenen *Hôtel de Paris* eingestiegen war und die Anzüge besorgt hatte.

»Bereit, großer Zauberer?«

»Nein«, knurrte Otto mit einem letzten resignierenden Blick an sich herab, »aber bringen wir's hinter uns.«

Sie gaben ihren Platz unter der großen Palme am Place de Casino auf, wechselten die Straßenseite und gesellten sich zu all den anderen Vergnügungshungrigen, die vor dem Spielcasino auf Einlass warteten.

Glücklicherweise ging es rasch voran.

Jack nutzte die Zeit, um vom Revers eines grau melierten Herrn eine weiße Nelke zu stibitzen, die er sich selbst ins Knopfloch steckte. Dann ging es auch schon die Stufen hinauf durch den Eingang, der die Besucher im Dutzend verschlang, ungeachtet ihrer Hautfarbe, ihres Geschlechtes oder ihrer Religion. Vor Fortuna waren alle gleich.

Vorausgesetzt, man hatte genügend Geld in der Tasche.

Der Sicherheitsmann, der in seiner roten, goldbetressten Uniform an einen Nussknacker erinnerte, bedachte Ottos Aufzug zwar mit einem tadelnden Blick, erhob jedoch keinen Einwand. Unbehelligt gelangten sie in das Foyer. Ein gewaltiger Kristalllüster hing hier unter der Decke und funkelte mit den Colliers der Damen um die Wette. Albernes Gelächter erfüllte die schwüle Luft, dazu das Klirren von Champagnergläsern, mit denen übermütig angestoßen wurde, und irgendwo spielte ein Orchester *Begin the Beguine*. Die roten Teppiche, die samtenen Vorhänge, die Standbilder entlang der Wände – Jack und Otto fühlten sich regelrecht erschlagen von all dem Prunk.

Sie wollten dem Schild zum Casino folgen, als Jack auffiel, dass die meisten Gäste gar nicht dorthin drängten, sondern über eine marmorne Treppe nach oben in den ersten Stock.

»Verzeihung, Sir«, wandte er sich an einen untersetzten Mann im Smoking, »können Sie mir verraten, wo all diese Leute hingehen?«

»Ist das Ihr Ernst?« Der Mann, dem Akzent nach Franzose, lachte spöttisch auf. »Wo haben Sie die letzten Wochen verbracht, mein Freund? Auf dem Mond?« Kopfschüttelnd ging er weiter, eine Antwort blieb er schuldig – dafür fanden Jack und Otto sich plötzlich vor einer mannshohen Werbetafel wieder, die am Treppenaufgang stand, in einen goldfarbenen Rahmen gefasst.

Heute Abend:
Die einzigartige und unvergleichliche
Madame Pandora
blickt in Vergangenheit und Zukunft!

war auf Französisch darauf zu lesen. Darunter war eine Silhouette abgebildet, die dazu angetan war, einen Mann um den Verstand zu bringen: eine vollendete Schönheit mit rasanten

Kurven, das Haar lang und offen, das Kleid durchsichtig im Gegenlicht.

»Eine Wahrsagerin?«, fragte Otto.

»Sieht ganz so aus.« Jack sah dem Strom der Gäste hinterher, der sich die Treppe emporschleppte – und schloss sich ihm kurzerhand an.

»He, du alter Schwerenöter«, zischte Otto halblaut hinterher. »Wir sind nicht zum Vergnügen hier, hörst du?«

Jack hörte nicht.

Er wusste selbst nicht zu sagen, was ihn die Stufen hinauftrieb, den anderen Gästen hinterher. Vermutlich war es die Begierde, die wahre Gestalt hinter der atemberaubenden Silhouette zu erblicken. Vielleicht war es aber auch nur dieselbe Neugier, die den zehnjährigen Jack schon während seiner Kindheit in Brooklyn dazu getrieben hatte, sich durch Kellergitter und Lüftungsklappen in Kinos und Varietés zu stehlen, in denen Zauberkünstler ihre Tricks vorführten.

Die Treppe mündete in einen großen Saal. Die Sitzplätze waren bereits belegt, sodass die neu hinzukommenden Gäste sich entlang der mit Brokat beschlagenen Wände drängten. An der Stirnseite gab es eine Bühne, deren blauer Samtvorhang noch geschlossen war. Kristallleuchter an den Wänden sorgten für stimmungsvolles Licht.

»Was willst du hier? Lass uns gehen!«, drängte Otto noch einmal, aber Jack dachte gar nicht daran. Sie fanden einen Stehplatz am Rand, von dem sie einen guten Blick auf die Bühne hatten. Dann erloschen die Lichter auch schon, und gespannte Stille legte sich über den Saal. Ein Mann im weißen Smoking trat auf die Bühne, vom Lichtkreis eines Scheinwerfers verfolgt. Den blassen Gesichtszügen und dem rötlichen Haar nach war er Engländer. Sein Akzent bestätigte diese Vermutung.

»Ladies und Gentlemen«, begann er, »ich danke Ihnen, dass Sie sich so zahlreich eingefunden haben. Mein Name ist Peter Henderson, ich habe die außerordentliche Freude und Ehre, der Manager jener Person zu sein, deretwegen Sie heute alle gekommen sind. Doch bevor ich diese bitten werde, vor Sie alle zu treten und Sie Zeuge ihrer einzigartigen Gabe werden zu lassen, möchte ich Ihnen noch versichern, dass es kein Taschenspielertrick ist, den Sie hier sehen, es gibt kein Netz und keinen doppelten Boden. Madame Pandora ist, was sie ist. Sie hat den Schwarzen Freitag vorausgesagt und das Erdbeben von Jalisco, den Sieg Italiens in der Fußballweltmeisterschaft von 1934 und den Brand des Reichstags zu Berlin. Begrüßen Sie nun mit mir die Einzigartige und Unvergleichliche! Das Medium, die Erbin von Delphi und das Orakel der Zeit: Madame Pandora!«

Damit öffnete sich der Vorhang, und Applaus brandete auf, begleitet von begeisterten Rufen. Jack und Otto wechselten einen Blick, ganz offenbar waren sie die Einzigen im Saal, die noch nie etwas von dieser Madame Pandora und ihren außergewöhnlichen Fähigkeiten gehört hatten.

Auf der Bühne stand, von zwei lodernden Feuerschalen umrahmt, ein mit fremdartigen Zeichen versehener Thron. Obwohl er aussah wie aus Stein gehauen, war er in Wahrheit wohl aus Pappmaché – andernfalls hätte er die Planken der Bühne wohl schlicht durchbrochen. Aber die Leute im Saal, Jack und Otto eingeschlossen, hatten ohnehin nur Augen für die Frau, die auf dem Thron saß, aufrecht und erhobenen Hauptes wie eine Königin. Ein Raunen ging durch die Menge – und nicht nur, weil die Gestalt auf dem Thron alabastergleiche Haut hatte und eine goldene Gesichtsmaske trug.

»Donnerwetter«, hauchte Otto mit vor Staunen offenem Mund. »Ist sie etwa …?«

»So ziemlich«, bestätigte Jack.

Bis auf einen weißen Lendenschurz und die Perlenketten, die sie um ihre Hand- und Fußgelenke geschlungen trug, war Pandora unbekleidet. Nur das feuerrote Haar, das wild und ungezähmt über ihre Schultern floss, verhüllte ihre Brüste. Auf dem Kopf trug sie eine Art Turban, der mit Pfauenfedern verziert war. Von der golden schimmernden Maske verborgen, war ihr Gesicht nicht zu sehen. Lediglich ein grünes Augenpaar war zu erkennen, das durch die schmalen Sehschlitze ins Publikum blickte und dabei seltsam entrückt wirkte.

»Madame Pandora befindet sich bereits in Trance«, erklärte Henderson dazu. »Sie ist mit den Ahnen in Verbindung getreten und mit jenen, die vor ihr auf dem Pfad der Priesterinnen der Wahrheit wandelten. Und sie ist nun bereit, Ihre Fragen zu empfangen.«

Er hatte kaum zu Ende gesprochen, als sich ein untersetzter Mann in der ersten Reihe erhob. »Ich möchte gerne!«

»Dann kommen Sie auf die Bühne, mein Herr!«

Die Menge applaudierte, während der Mann die Bühne erklomm. Seiner Aussprache nach war er Deutscher, Schweizer vielleicht. Jack tat sich schwer, die Akzente zu unterscheiden.

»Was begehren Sie von Madame Pandora zu erfahren?«, wollte der Manager wissen.

»Ich befinde mich an einem Scheideweg«, gab der andere bekannt. »Man hat mir ein aussichtsreiches Geschäft angeboten, aber ich weiß nicht, ob ich einschlagen soll, das Risiko scheint mir recht bedeutend zu sein.«

»Geben Sie mir Ihre Hand.« Nicht der Manager hatte gesprochen, sondern Pandora selbst. Ihre Stimme war tiefer, als ihr filigranes Äußeres erahnen ließ, rauchig, vielleicht sogar ein wenig verrucht.

Der Mann auf der Bühne ergriff die Hand, die sie ihm reichte, und Augenblicke lang sah sie ihm in die Augen, ehe sie ihn wieder entließ.

»Sie können das Geschäft getrost abschließen«, sagte sie dazu, »es wird Ihnen beträchtlichen Gewinn und großen Einfluss eintragen. Aber seien Sie auch gewarnt – denn Ihre Seele werden Sie dabei verlieren.«

Noch einen Augenblick schwang das Timbre ihrer Stimme nach, dann wurde es völlig still im Saal.

»Wenn's weiter nichts ist, das soll mir recht sein!«, rief der Mann im Frack, worauf die Menge in Gelächter ausbrach. Unter begeistertem Applaus kehrte er an seinen Platz zurück.

Die Nächste, die Madame Pandoras Rat suchte, war eine junge Frau. Ihr Kleid war so glitzernd und dunkelblau wie der Nachthimmel über der Bucht, ihr Haar offenkundig mit Wasserstoffperoxid gebleicht, die Züge puppengleich. Mit dem Denken allerdings schien sie ihre liebe Not zu haben.

»Mein Name ist Delphine«, stellte sie sich vor, »und ich würde gerne wissen, ob ...« Sie verstummte und errötete, flüchtete sich in ein mädchenhaftes Kichern.

»... ob der Mann, in dessen Begleitung Sie sich befinden, Sie zu seiner Gemahlin machen wird?«, ergänzte Madame Pandora. »Ob er Sie heiraten wird und Sie glücklich bis an Ihr Ende leben?«

Die blonde Frau nickte und gab ihr die Hand.

»Nein«, beschied ihr das Medium, und eine erschreckende Endgültigkeit sprach dabei aus ihrer Stimme. »Der Mistkerl nutzt Sie nur aus. Werden Sie ihn los, ehe er Ihnen das Herz bricht oder noch Schlimmeres tut.«

Wieder ging ein Raunen durch die Menge der Zuschauer, diesmal vor Empörung. Die Blondine schlug die Hände vors

Gesicht und stürzte weinend von der Bühne, in den hinteren Reihen stand ein Mann auf und bahnte sich unter unschönen Verwünschungen einen Weg zum Ausgang.

Vermutlich der Mistkerl, dachte Jack.

Er konnte sich ein Grinsen nicht verkneifen. Man mochte über diese Madame Pandora denken, was man wollte – Mut hatte sie jedenfalls.

»Madame Pandora sagt stets die Wahrheit«, erklärte ihr Manager im Bemühen, die Wogen wieder ein wenig zu glätten. »Die Wahrheit ist vielleicht nicht immer das, was wir gerne hören wollen, doch es bleibt die Wahrheit. Wer möchte als Nächstes auf die Bühne kommen?«

Sein Blick ging hinaus in den Saal, aber niemand hob die Hand. Offenbar hatte Madame Pandoras Wahrheitsliebe einige verschreckt.

»Niemand?« Hendersons Stimme wurde flehend. »Ladies und Gentlemen, dies ist eine außerordentliche Gelegenheit! Madame Pandora ist hier und heute anwesend, Sie sollten nicht zögern, ihren Rat zu …«

»Ich würde gerne.« Noch ehe er selbst recht wusste, was er da tat, hob Jack die Hand.

»Bist du verrückt, Skipper?«, raunte Otto ihm zu. »Was …?«

Aber es war zu spät.

»Applaus für den mutigen Mann im Tux«, verlangte Henderson. »Amerikaner, wie ich annehme?«

»*Yessir*«, bestätigte Jack und stieg von Händeklatschen begleitet auf die Bühne.

»Und Ihre Frage an Madame Pandora?«

Jack wandte sich dem Medium zu. Aus der Nähe betrachtet wirkte sie noch schöner als aus der Ferne – und noch unwirklicher. Ein betörender Duft stieg ihm in die Nase, verführerisch und geheimnisvoll zugleich. »Ich bin ein Spieler, Ma'am«, erklärte er rundheraus, »und ich würde gerne wissen, was heute Nacht meine Glückszahl ist.«

Pandora reichte ihm ihre Hand, und er ergriff sie.

Dann geschah etwas Eigenartiges.

Ob es an ihrer Schönheit lag, an ihrer Stimme oder an ihrem Parfum, das ihn benebelte – für einen Moment hatte Jack das Gefühl, als würde die Zeit stillstehen. Alles, was er wahrnahm, waren die smaragdgrünen Augen, die ihn aus der Tiefe der Maske ansahen, und er hatte das Gefühl, in ihren entrückten Blicken zu versinken. Doch plötzlich schien die Hellseherin sich zu verkrampfen. Abrupt ließ sie ihn los, mehr noch, sie schien seine Hand förmlich von sich zu schleudern, als hätte sie sich daran die Finger verbrannt.

»Alles okay?«, fragte Jack.

Pandora ging nicht auf die Frage ein. Aber als sie ihn jetzt ansah, wirkte ihr Blick weniger verschwommen als zuvor, so, als wäre sie aus ihrer Trance erwacht.

»Es ist die Sieben«, sagte sie nur. »Die Sieben ist heute Nacht Ihre Glückszahl.«

»Danke, Ma'am«, erwiderte Jack und grinste.

Was konnte jetzt noch schiefgehen?

8

»Die Sieben!«, wiederholte Otto zum ungezählten Male. Schiere Fassungslosigkeit schwang in seiner Stimme mit. »Das war deine ganze Taktik? Alles auf die Sieben?«

»Das hätte uns satte fünftausend Dollar eingetragen«, verteidigte sich Jack.

»Vor allem hat es uns eine *satte Pleite* eingetragen«, verbesserte Otto. Er erinnerte Jack an eine Lokomotive, wie er schnaubend und in kurzen Abständen blaue Rauchwölkchen aus seiner Pfeife stieß. »Wir können von Glück sagen, dass wir die Tanks noch gefüllt haben, ehe du unser Geld in den Orkus geschickt hast.«

»Nicht absichtlich«, versicherte Jack. »Du musst zugeben, dass diese Wahrsagerin ziemlich überzeugend gewesen ist.«

»Was dich überzeugt hat, sind vor allem ihre Möpse gewesen«, maulte Otto. »Die haben dir das Hirn gegrillt.«

Es war eine der seltenen Gelegenheiten, wo Jack nicht widersprach. Schweigend standen sie am Kai, wo die *Liberty IV* vor Anker lag. Ihre Anzüge hatten sie wieder gegen ihre Fliegerkleidung getauscht, in der zumindest Otto sich ungleich wohler fühlte, und warteten nun darauf, dass die Ladung eintraf, die sie in Rochas' Auftrag fliegen sollten.

Dunkelheit hatte sich über die Kais gebreitet, nur vom Land her drang noch Licht zu ihnen. Die Fassaden der Hotels und Casinos waren nach wie vor hell erleuchtet und spiegelten sich glitzernd im Wasser. Der laue Wind trug leise Musik herüber, in die sich der Glockenschlag von Saint Charles mischte.

Jack und Otto zählten in Gedanken mit.

Drei Uhr.

»Wenn sich unser geheimnisvoller Lieferant nicht zeigt, sitzen wir schön in der Tinte«, sagte Otto voraus. »Ich möchte Rochas nicht erklären müssen, dass wir den Auftrag vergeigt und die Anzahlung verjubelt haben.«

Jack schnaubte – danach verspürte auch er kein Verlangen. Im Nachhinein fragte er sich selbst, was ihn geritten hatte, das Risiko einzugehen und beim Roulette alles auf eine Zahl zu setzen. Aber für einen kurzen seltsamen Augenblick war da etwas gewesen … eine Verbindung zwischen ihm und dieser Wahrsagerin, von der er angenommen hatte, dass sie …

»Da kommt jemand.«

Otto klopfte seine Pfeife aus, während er mit dem Kinn zum Kai deutete. Tatsächlich kam knatternd ein Fahrzeug die Zufahrt herab – ein Lieferwagen vom Typ Fiat 514, dessen große, halbkugelförmigen Frontscheinwerfer durch die Nacht schnitten. Otto räusperte sich und griff in seinen Rücken, wo er die Mauser im Hosenbund stecken hatte. In dieser Branche konnte man nicht vorsichtig genug sein, zumal zu vorgerückter Stunde.

Der 514 verlangsamte seine Fahrt und blieb schließlich stehen. Jack und Otto blinzelten in das Licht der Scheinwerfer, bis die Glühfäden endlich erloschen. Soweit man es feststellen konnte, saß nur ein einzelner Mann im Führerhaus, der einen breitrandigen Borsalino trug. Der Motor lief weiter, während der Mann ausstieg und auf sie zukam.

»*Lost Cargo Company*?«, fragte er mit einer Stimme, die Jack entfernt bekannt vorkam, britischer Akzent.

»Aye«, bestätigte er. »Mit wem haben wir das Vergnügen?«

»Mein Name tut nichts zur Sache«, sagte der Mann, während er langsam näherkam. Sein Gesicht war im Gegenlicht nicht zu erkennen. »Ich möchte nur sichergehen, dass die Fracht, die ich Ihnen übergebe …«

Abrupt blieb er stehen.

»Was nicht in Ordnung?« Otto hatte die Hand bereits am Griff der C96, bereit, sie rasch zu zücken.

Der andere atmete hektisch ein und aus, so, als müsse er sich zur Ruhe zwingen. Dabei drehte er sich ein wenig, sodass seine Gesichtszüge sichtbar wurden – und jäh wurde Jack klar, woher er die Stimme des anderen kannte.

Es war der Kerl aus dem Casino!

Madame Pandoras Manager.

»Wenn das mal kein Zufall ist«, feixte er.

»Ich weiß nicht, was Sie meinen.«

»Henderson«, sagte Jack nur. »So heißen Sie doch, oder nicht? Sie sind der Manager der Lady, der ich mein Pech im Spiel verdanke!«

Der andere stieß eine Verwünschung aus. Offenbar hatte er mit manchem gerechnet, aber nicht damit, bei dieser nächtlichen Aktion erkannt zu werden. Einen Moment lang schien er zu überlegen, ob er weiter alles abstreiten oder sich zu erkennen geben sollte. Er schien sich für irgendetwas dazwischen zu entscheiden, denn er schnaubte nur und trat dann auf Jack zu.

»Wie ist Ihr Name?«, wollte er wissen.

»Jack Kelley. Dies ist mein Partner Otto Keller.«

»*Moin*«, sagte Otto.

»Ein Deutscher?« Henderson hob die Brauen.

»Bleiben Sie ruhig, Oz ist einer von den guten Jungs«, versicherte Jack. »Andernfalls wären wir wohl kaum hier.«

Der Brite schien sich abermals zu besinnen. Das Argument leuchtete ihm wohl ein, denn schließlich nickte er, wenn auch widerstrebend. »Also schön«, sagte er. »Die Fracht ist im Wagen. Und beeilen Sie sich.«

»Okay.« Jack nickte Otto zu, gemeinsam gingen sie zum Heck des Wagens, wo Henderson die Flügeltüren öffnete. Im Laderaum stand eine Kiste aus Holz, an die sechs Fuß lang und rund drei Fuß hoch und breit.

»Und das gute Stück soll nach Lissabon?«, fragte Otto.

»Noch in dieser Nacht.«

»Was ist da drin?«, wollte Jack wissen. Ihm war klar, dass er damit Regeln brach, und er wusste auch gar nicht genau, wieso er dies eigentlich sagte. Sein Partner und er hatten schon zahllose Frachten geflogen, die sie an dubiosen Orten und zu dunkler Stunde übernommen hatten, und keine Fragen bezüglich der Natur der Fracht zu stellen, war die Butter auf dem Brot der *Lost Cargo Company*.

Aber etwas an dieser nächtlichen Begegnung kam Jack seltsam vor, sodass er nicht anders konnte – auch wenn er sich dabei naiv und dämlich vorkam.

»Erwarten Sie, dass ich darauf etwas erwidere?«, fragte Henderson prompt. »Ihr Auftrag besteht darin, diese Kiste sicher nach Lissabon zu bringen und den Leuten zu übergeben, die sie dort bereits erwarten. Die Bezahlung, die Sie dafür bekommen, ist mehr als großzügig.«

»Aye«, knurrte Jack und schalt sich selbst einen Idioten – warum hielt er nicht einfach mal die Klappe?

Sie luden die Kiste ab. Sie war groß und unhandlich, aber weniger schwer, als es den Anschein gehabt hatte. Gemeinsam trugen sie sie zum Kai. Über das Seitenluk, das Otto für Zwecke wie diesen eigens vergrößert hatte, beförderten sie die Fracht in den rechten Schwimmkörper der S 55.

»Sehen Sie sich vor«, sagte Henderson. »Die Ladung muss ihren Bestimmungsort unversehrt erreichen.«

»Keine Sorge«, erwiderte Jack. Auf der Südroute gab es mehrere Korridore, die vergleichsweise sicher waren. Dank der Tatsache, dass Emile Rochas beiden Kriegsparteien seine Unterstützung zukommen ließ …

»Dazu ist notwendig, dass die Kiste zu jedem Zeitpunkt fest verschlossen bleibt. Und fliegen Sie zu keiner Zeit höher als siebentausend Fuß«, fügte der Brite hinzu.

»Warum nicht?«, wollte Otto wissen.

»Weil die Folgen fatal wären – in jeder Hinsicht.«

Jack hob die Brauen. »Ist das eine Drohung?«

»Eine Tatsache«, entgegnete Henderson, und die Endgültigkeit, mit der er es sagte, gefiel Jack ganz und gar nicht. Trotzdem verkniff er sich weitere Fragen zur Natur des Transportes.

Der Kunde bezahlte.

Der Kunde war König.

»Ist das alles?«, fragte er stattdessen nur.

Henderson schnaubte. »Man hat mir versichert, dass Sie den hohen Preis wert sind, Gentlemen – ich gebe zu, jetzt, wo ich Sie sehe, fällt es mir nicht leicht, das zu glauben. Aber ich habe wohl keine andere Wahl.«

»Nein«, räumte Otto ein. »Aber Sie können beruhigt sein. Dieser verrückte Amerikaner mag keine Ahnung vom Glücksspiel haben, aber als Pilot ist er ein Ass.«

»Ich meine nicht den Amerikaner«, schnarrte es zurück.

»Dann darf ich Sie beruhigen – für meinen Partner lege ich jederzeit beide Hände ins Feuer.«

»Danke sehr«, knurrte Otto.

»Gern geschehen.«

Henderson nickte nur, überzeugt schien er nicht. Offenbar hegte er gegen Ottos Landsleute ein tiefes Misstrauen, das seine Ursache wohl im Krieg hatte. Doch ihm schien auch klar zu sein, dass ihm in dieser Situation keine Wahl blieb. »Ich wünsche einen guten Flug«, sagte er steif.

»Danke.« Jack nickte. »Und richten Sie Ihrer Klientin schöne Grüße aus – ich nehme es ihr nicht übel.«

Der Engländer straffte sich, in seinen bleichen Gesichtszügen schien sich etwas zu verkrampfen. »Wovon sprechen Sie?«

»Wie schon gesagt, dank ihrer falschen Vorhersage habe ich heute Abend ein kleines Vermögen verloren. Hatten Sie nicht gesagt, dass Madame Pandora immer die Wahrheit spricht?«

»Das ist auch so.«

»Aber sie hat gesagt, dass die Sieben heute Nacht meine Glückszahl wäre – doch die Kugel fiel auf die Vierzehn. Ist nicht ganz dasselbe.«

»Es gibt viele Wahrheiten, Mr. Kelley«, sagte Henderson nur und gab ihm zum Abschied die Hand. »Leben Sie wohl. Auf dass Sie Ihr Ziel wohlbehalten erreichen.«

»*Bye*«, erwiderte Jack und nahm seine Hand.

Einen Augenblick sahen die beiden Männer einander an, dabei suchte jeder den anderen zu durchschauen. Dann wandte sich Henderson ab und nickte Otto zum Abschied zu – einem Deutschen die Hand zu schütteln, schien er nicht über sich zu bringen.

Der Brite stieg in den noch immer laufenden Wagen, legte den Rückwärtsgang ein und fuhr zurück. Schon kurz darauf war der 514 die Straße hinauf verschwunden.

»Na schön, großer Zauberer«, meinte Jack, »machen wir uns auf den Weg.«

»Schon dabei«, erwiderte Otto, der bereits damit beschäftigt war, die Leinen zu lösen, mit denen die *Liberty* am Kai vertäut war. »Skipper«, sagte er plötzlich, »hast du das schon gesehen?«

Jack wandte sich um.

Sein Partner deutete auf die Nummer, die mit weißer Farbe auf den rostigen Poller geschrieben worden war.

Es war die Sieben.

9

Zimmer 507, Hôtel Hermitage
Wenig später

Als Baron Eugen von Troneck zu sich kam, fühlte er zunächst nichts als Schmerz.

Schmerz, der in seinem Hinterkopf pulsierte und von dort die Wirbelsäule hinab und bis in seine Arme flutete. Er hatte den salzigen Geschmack von Blut auf den Lippen. Und da waren Flecke, die vor seinem Auge tanzten, als er es öffnete.

Er brauchte einen Moment, um sich zu besinnen, wann und wo er sich befand. Beinahe überrascht stellte er fest, dass er bäuchlings auf dem Boden lag, auf einem weichen Teppich, der mit Blut besudelt war. Sein sich allmählich fokussierender Blick erkannte ein Sofa und einen kleinen Beistelltisch, einen Sekretär und einen Kleiderschrank. Und durch den offenen Durchgang des angrenzenden Zimmers ein Himmelbett und eine Frisierkommode. Die Wände waren weiß getäfelt, die Decke mit kitschigem Stuck verziert.

Ein Hotelzimmer, schoss es von Troneck durch den Kopf.

Und mit der Erkenntnis, wo er sich befand, kehrte schlagartig auch die übrige Erinnerung zurück. Ein Stöhnen entfuhr ihm daraufhin.

Schwerfällig stemmte er sich auf, bekam die Armlehne des Sofas zu fassen und zog sich daran hoch. Mit weichen Knien ließ er sich auf die Kissen sinken, keuchend vor Schmerz und Anstrengung. Sein Magen rebellierte, ihm war speiübel, während er sich in dem von zwei Wandlampen beleuchteten Zimmer umblickte.

Der zum Sekretär gehörige Stuhl lag am Boden, ebenso wie zwei Dutzend zerfledderter Rosen – die Überreste des Blumensträußes, den von Troneck mitgebracht hatte. Beides waren Zeugnisse des Kampfes, der hier stattgefunden hatte.

Sie waren zu zweit gewesen.

Männer mit Masken über den Köpfen. Über den Balkon und die infolge der Hitze offene Tür waren sie in das Zimmer eingedrungen, kurz nachdem von Troneck dort erschienen war, um Larna King – oder Madame Pandora, wie sie sich auf der Bühne nannte – seine Aufwartung zu machen.

Der Vorführung im Casino hatte er beigewohnt, war dabei gewesen, wie die Wahrsagerin das Publikum in ihren Bann gezogen hatte. Für seinen erlesenen Geschmack war die Darbietung ein wenig zu billig gewesen, mit einem Aufzug, der allzu sehr auf die Reize der Dame gesetzt hatte. Aber so wie er selbst war wohl auch Madame Pandora eine Meisterin darin, zu täuschen und zu manipulieren. Bis kurz nach Mitternacht hatte er gewartet und war dann wie vereinbart auf ihr Zimmer gegangen, nicht ohne durch seinen Adjutanten vorher noch in der Boutique des Hotels einen Strauß Rosen besorgt zu haben. Je glaubwürdiger er den verliebten Professor Unrat spielte, desto dienlicher würde es seinen Zwecken sein. Er hatte ihr das Gefühl geben wollen, ihn zu kontrollieren, und dabei doch das Heft des Handelns in den Händen behalten ... bis zu dem Zeitpunkt, als die Vermummten aufgetaucht waren.

Der eine hatte sich auf ihn gestürzt, der andere sich der

Wahrsagerin angenommen. Alles war blitzschnell gegangen, zur Gegenwehr war keine Zeit geblieben.

Von Troneck hatte einen scharfen Schmerz an seinem Hinterkopf verspürt, dann hatte sich bereits der Mantel der Bewusstlosigkeit über ihn gebreitet. Das Letzte, woran er sich erinnerte, war Larna King, wie sie von Chloroform betäubt in den Armen ihres Häschers erschlaffte.

Dann nur noch Dunkelheit.

Sie war entführt worden, vor seinen Augen – und er hatte nichts tun können, als tatenlos dabei zuzusehen. Plötzlich schoss ihm ein weiterer alarmierender Gedanke durch den Kopf.

Das Logbuch!

Gehetzt blickte er sich um, konnte es jedoch nirgendwo entdecken. Die Entführer, wer immer sie gewesen waren, hatten nicht nur die Wahrsagerin, sondern auch das Logbuch mitgenommen. Ob sie gewusst hatten, worum es sich dabei handelte? Warum sonst wohl hätten sie ein uraltes, in einem abgegriffenen Ledereinband steckendes Buch mitgehen lassen, die Perlenketten auf dem Frisiertisch jedoch unbeachtet liegen gelassen?

Trotz des heftigen Schmerzes, der nach wie vor in seinem Schädel tobte, brachte von Troneck ein Grinsen zustande.

Er war kein Trottel, und seine hohe Position bei der Gesellschaft hatte er nicht erhalten, weil er sich leicht hinters Licht führen ließ. Seine Methode bestand darin, seinen Gegnern stets einen Schritt voraus zu sein – auch jenen, die er noch gar nicht kannte.

Es war wie bei einer gepflegten Partie Schach: Die Eröffnungszüge waren gemacht, das erste Bauernopfer gebracht worden – nun begann das eigentliche Spiel, und der Baron war zum Äußersten entschlossen, es zu gewinnen.

Schwerfällig raffte er sich auf die Beine und hob die Offiziersmütze vom Boden auf. Im Vorbeigehen warf er einen Blick in den Spiegel, reinigte sein Gesicht notdürftig von Blut, ehe er das Zimmer verließ.

Eugen von Troneck war zufrieden, sein Plan war aufgegangen.

Seine Feinde waren aus dem Schatten getreten.

Nun konnte er sie bekämpfen.

10

Luftraum östlich von Saragossa, Spanien
Morgen des 24. August 1937

Seit beinahe drei Stunden waren sie unterwegs.

Zunächst waren sie der französischen Küste in westlicher Richtung gefolgt, um dann bei Toulon die Abkürzung übers Meer zu nehmen und auf direktem Kurs Tarragona anzusteuern. Dann jedoch waren sie bereits nördlich von Barcelona nach Westen abgebogen und hatten Kurs auf Saragossa genommen, das sie in Kürze passieren würden. Von dort würden sie zunächst Valencia ansteuern, um dann abermals den Kurs zu ändern und auf direktem Weg Lissabon anzufliegen.

Diese Route war aus zwei Gründen notwendig, nämlich einerseits, um auf den von Rochas ausgehandelten Korridoren einigermaßen sicher durch den spanischen Luftraum zu kommen, andererseits aber auch, um die vorgegebene Flughöhe von maximal siebentausend Fuß nicht zu überschreiten – so konnte Jack die S 55 konstant bei fünftausend Fuß halten.

Er hatte noch eine ganze Weile lang gerätselt, was es mit dieser seltsamen Vorgabe auf sich haben mochte. Doch im Grunde konnte es seinem Partner und ihm egal sein, solange die Fracht ihren Bestimmungsort nur rechtzeitig erreichte und sie ihre Belohnung bekamen.

Inzwischen zog der neue Tag herauf.

Ein rötlicher Streifen setzte den Himmel von Osten her in Brand, und Jack fühlte die Müdigkeit bleiern und schwer auf sich lasten. Er war froh, als Ottos zerknitterte Miene im Durchstieg zum Cockpit erschien.

»*Moin*, Skipper.«

»Guten Morgen, Schlafmütze«, begrüßte Jack ihn grinsend. »Haben Majestät wohl geruht?«

»Willst du mich verscheißern?« Der Deutsche streckte seine hagere Gestalt, dass die Knochen nur so knackten. Dann erst zog er die Hosenträger seiner Drillichhosen hoch und kletterte ins Cockpit. »Unter einer geruhsamen Nacht stelle ich mir was anderes vor, als in einer unentwegt schaukelnden Hängematte zu liegen.«

»Über dem Meer hat es ab und zu ein wenig gerumpelt«, gab Jack zu. »Liegt an der Flughöhe.«

»Was meinst du mit ›ab und zu‹?« Otto schickte ihm einen vorwurfsvollen Blick von der Seite. »Ich hatte das Gefühl, mit einem Panzer zu fahren.«

Jack blies durch die Nase. »Das liegt nicht an meinen Flugkünsten, Oz. Sondern am Schnaps.«

»Besserwisser«, maulte Otto und schickte einen Wust an deutschen Verwünschungen hinterher – es war sein morgendliches Ritual. »Soll ich dich ablösen, damit du dich ein wenig aufs Ohr hauen kannst?«

»Danke.« Jack nickte. Sein Partner war Mechaniker und ein wahrer Meister seines Fachs, doch eine Ausbildung zum Piloten hatte er nie erhalten. Trotzdem hätte Jack Ottos Flugkünsten jederzeit sein Leben anvertraut. »Ich nehme noch den nächsten Kurswechsel vor«, kündigte er an. »Vielleicht kannst du ja vorher noch für ein ordentliches Frühstück sorgen.«

»Aber natürlich, der Herr.« Otto schnitt eine Grimasse.

»Wie wär's mit rabenschwarzem Kaffee und roten Bohnen aus der Dose? Kalt, natürlich.«

Jack grinste freudlos. »Klingt großartig für mich.«

»Kein Wunder, du bist Amerikaner«, frotzelte Otto und wollte sich aus dem flachen Sitz schälen, um wieder in die Schwimmergondel hinabzusteigen – als plötzlich ein Schatten auf sie fiel.

Blitzschnell wischte er über sie hinweg und etwas flog über das Cockpit, dicht oberhalb des Rotors.

»Verdammt, was war das?«, zischte Otto.

»Eine fremde Maschine!«, rief Jack.

»Ist der Kerl wahnsinnig? Beinahe hätte er uns ger...«

Der Rest des Satzes blieb Otto förmlich im Hals stecken, denn in diesem Moment wischte eine leuchtende Glutspur über das Kanzelglas hinweg.

»Die ... die schießen auf uns!«, rief er fassungslos.

»Schön, dass du's gemerkt hast«, knurrte Jack.

»A-aber wie ...? Ich meine ...«

In diesem Augenblick schoss der Urheber der Garbe über ihre Köpfe hinweg. Es war ein Doppeldecker, eine schlanke Jagdmaschine. Zuerst sah man nur die graublaue Unterseite, aber als er sich zur Seite neigte, konnte man auch den grünbraunen Tarnanstrich erkennen. Keine Hoheitszeichen, dafür ein schwarzes »X« auf dem Seitenleitwerk.

»Verdammt«, platzte Otto heraus. »Das ist eine deutsche Maschine, eine Heinkel He 51!«

»Wunderbar«, knurrte Jack. »Und was zum Henker hat die hier im Süden zu ...?« Er verstummte, als erneut mehrere Garben Leuchtspurmunition nur knapp über die *Liberty IV* hinwegsengten.

»Da ist noch einer«, stellte Otto fest, der den Kopf so drehte, dass er durch das Kanzelglas nach hinten blicken konnte. »Diese Legion Condor, mit der die Nazis angeblich die spanischen Nationalisten unterstützen, gibt es also doch!«

»Das würde zumindest erklären, warum sie uns angreifen«, knurrte Jack.

»Ja«, stimmte Otto grimmig zu. »Die sind auf Rochas' Waffen nicht angewiesen, die haben ihren eigenen Plunder.«

»Dann wollen wir sehen, ob sie auch damit umgehen können. Anschnallen, Oz!«, rief Jack.

»Verstanden!«

»Und ab geht die Post!«

In einem abrupten Manöver drückte Jack das Steuer nach vorn. Die Höhenruder ächzten angesichts der Gewalt, die ihnen angetan wurde, aber die leichte Bauweise der S 55 sorgte dafür, dass sie augenblicklich gehorchte.

Jäh senkte sie ihre beiden Nasen, und Jack ließ das Flugzeug zwei-, dreihundert Fuß in die Tiefe sacken, um es dann hart wieder aufzufangen.

»Wo sind sie?«, fragte er.

Otto sah durch das Cockpitglas hinauf. »Auf zwei Uhr! Da ist noch eine dritte Maschine!«

Jack unterdrückte eine Verwünschung. Er erwog, seinen Partner an das Fiat-Revelli-MG zu schicken, das auf der Buglafette der rechten Gondel montiert war. Aber in einem direkten Schusswechsel waren sie den deutschen Maschinen nicht gewachsen. Die Heinkels waren zu schnell, zu wendig und entschieden zu bissig, um sich auf einen Luftkampf mit ihnen einzulassen. Von den Piloten, die am Steuer saßen und darauf brannten, sich zu bewähren, ganz zu schweigen.

Erneut ließ er die *Liberty* sinken, der blaugrünen Schlangenlinie des Ebro entgegen, die das flache Ackerland durchschnitt. Wenn überhaupt, dann hatte er nur dort unten eine Chance, die lästigen Zecken loszuwerden.

Doch die drei Heinkels blieben ihm auf den Fersen.

Von ihren BMW-Motoren angetrieben, stürzten sie aus der Luft und gaben abermals Feuer. Jack reagierte blitzschnell und betätigte die Querruder, stellte die Maschine lotrecht, um den leuchtenden Garben auszuweichen, die die deutschen MG 17 auf sie spien – doch das Manöver wäre nicht notwendig gewesen. Mit einigem Abstand sengten die Projektile an der *Liberty* vorbei.

»Was ist da los?«, fragte er. »Entweder, die Jungs in den Cockpits sind echte Sonntagsschützen …«

»Glaub ich nicht«, meinte Otto.

»… oder sie legen es gar nicht darauf an, uns vom Himmel zu holen«, spann Jack den Gedanken weiter. »Die wollen wohl nur Eindruck schinden und uns zur Landung zwingen. Wahrscheinlich halten sie uns für Schmuggler.«

»Wie kommen die bloß darauf?« Otto schüttelte den Kopf. »Kannst du sie abhängen?«

»Ich geb mein Bestes, großer Zauberer«, versicherte Jack und ließ die Maschine ein letztes Mal absacken. Diesmal so weit, dass er sie erst unmittelbar über dem Fluss wieder auffing. Zugleich beschleunigte er, und indem er dem Lauf des Ebro in südlicher Richtung folgte, jagte er die S 55 durch das Spalier der Bäume, die das Ufer zu beiden Seiten säumten.

Die Pappeln und Weiden bogen sich in dem Sog, den die beiden Isotta-Fraschinis entfalteten. Jack war schon immer gut darin gewesen, Flugmanöver auszuführen, von denen halbwegs vernünftige Piloten lieber die Finger gelassen hätten, und ein Flugboot mit achtzig Fuß Spannweite durch dieses grüne Labyrinth zu steuern, gehörte ganz sicher dazu. Im Krieg hatten ihm Manöver wie dieses oftmals die Haut gerettet, aber auch ihm war klar, dass irgendwann der Tag kommen würde, wo er sich verschätzte und einen tödlichen Fehler beging.

Und als die Spitze der rechten Tragfläche den Wipfel einer Pinie abrasierte, fragte er sich, ob dieser Tag nicht vielleicht vorhin angebrochen war …

»Sachte, Skipper«, warnte nun auch Otto, doch ihre drei Verfolger ließen ihnen keine Wahl.

Längst waren auch sie in Tiefflug übergegangen und in den Flusslauf eingeschwenkt. Wie zornige Hornissen schossen die Doppeldecker der S 55 hinterher. Dem, der auf der rechten Flanke der kleinen Staffel flog, wurde sein Übereifer jedoch zum Verhängnis: Beim Abfangen seiner Maschine war er zu tief und versäumte es, sie aus dem Sturzflug kommend wieder rechtzeitig in horizontale Lage zu bringen. Die Folge war, dass sein linkes Doppeldeck ins Wasser des Flusses tauchte.

Die Geschwindigkeit der Maschine und die Trägheit des Wassers trugen einen kurzen, aber heftigen Kampf aus, der damit endete, dass die Tragflächen brachen. Um seine Vertikalachse wirbelnd, traf der Torso der He 51 aufs Wasser, prallte jedoch infolge der hohen Geschwindigkeit und des flachen Aufschlagwinkels wieder ab. Wie ein Stein, den Kinder zum Jux übers Wasser flitzen ließen, schlitterte das Wrack der Maschine über die Oberfläche, ehe es auf die Uferböschung traf und zerschellte. Die Heinkel He 51 verging in einem grellen Feuerball, dem eine dunkle Rauchwolke folgte.

»Einen haben wir«, triumphierte Otto.

»Das war Zufall«, erwiderte Jack wenig zuversichtlich. Die anderen beiden Doppeldecker hingen nach wie vor an seinem Heck, und er sah keine Möglichkeit mehr, sie abzuschütteln. Zumal der Baumbewuchs zu beiden Seiten des Flusses gerade dabei war, sich zu lichten. Entweder, er schickte seinen Partner jetzt ans Maschinengewehr, oder …

»Scheiße!«, brüllte Otto in diesem Moment auf Deutsch – und hatte nur zu recht damit. Denn eine vierte Jagdmaschine schoss den Fluss herauf, frontal auf sie zu!

Die beiden MGs der Heinkel gaben Feuer.

Das Wasser des Flusses spritzte auf, als sich die Garben auf die *Liberty* zufraßen. Jack war klar, dass dies die letzte Warnung war, die die Deutschen ihm zukommen lassen würden, die nächste Garbe würde die S 55 durchsieben.

In einem letzten, beinahe verzweifelten Versuch, den Häschern zu entkommen, ließ er die Savoia-Marchetti zur Seite ausbrechen. Die Maschine gebärdete sich wie ein bockiger Gaul, als Jack sie zwang, steil aufzusteigen, an der Längsachse zu kippen und so in beinahe vertikaler Lage zwischen zwei Pappeln hindurchzuschießen, die am Flussrand standen.

Doch abgesehen davon, dass Otto eine weitere Kanonade deutscher Verwünschungen abschoss, führte auch dieses Manöver nicht zum Erfolg. Zwar waren sie der einen Maschine ausgewichen, doch die schnelleren und wendigeren Verfolger hatten sie im nächsten Moment bereits wieder eingeholt. Indem sie dicht über ihnen flogen, hinderten sie die S 55 daran, wieder aufzusteigen.

Jack suchte fieberhaft nach einem Ausweg, bei dem er die *Liberty* nicht in einen schwelenden Haufen Schrott verwandelte.

Er fand keinen.

»Feierabend«, sagte er lakonisch auf Deutsch – eines der Wörter, die er von seinem Partner aufgeschnappt hatte.

Die Maschine, die vorhin auf sie zugeschossen war, ging längsseits. Am Steuer saß eine mit Fliegerbrille und Lederhaube vermummte Gestalt, die ihnen mit unmissverständlichen Gesten zu landen bedeutete. Jack nickte nur – und bedankte sich mit einem unverschämten Grinsen.

Die Jagd war ohnehin zu Ende.

Die drei verbliebenen Doppeldecker begleiteten die *Liberty* den Fluss hinab. Jack spekulierte auf einen Fehler der Piloten, auf eine Unaufmerksamkeit, die er nutzen konnte, um vielleicht doch noch aus ihrer Eskorte auszubrechen. Doch diesen Gefallen taten sie ihm nicht.

Ein kurzes Stück flussabwärts verlief parallel zum Wasser eine behelfsmäßige Landebahn. Unweit davon waren Zelte und Baracken errichtet worden, und unter Tarnnetzen waren die Umrisse leichter Artilleriegeschütze zu erkennen.

Die Heinkels erzwangen die Wasserung der *Liberty IV* und blieben selbst noch in der Luft, um zu verhindern, dass Jack durchstartete und wieder aufstieg. Am Ufer wimmelte es inzwischen bereits von Soldaten, die in hellbraunen Uniformen und schwarzen Stiefeln steckten und Boote zu Wasser ließen, um zur *Liberty* überzusetzen. Bewaffnet waren sie mit Erma-Maschinenpistolen und der klobigen MP28, Bleispritzen der übelsten Sorte, mit denen Jack nicht anbinden wollte. Er drosselte die Motoren und drehte die Maschine aus dem Wind.

»Weißt du, Oz, irgendwie kommt mir das seltsam vor. Diese Kerle da draußen scheinen uns geradewegs erwartet zu haben.«

»*Pshaw*«, wehrte Otto ab. »Wie sollten sie …?«

Sie sahen einander an.

»Rochas«, sagten beide gleichzeitig.

»Der Mistkerl hat uns verpfiffen«, fügte Otto hinzu.

»Das würde erklären, wieso sie uns aufgelauert haben«, pflichtete Jack bei. »Es muss um die Fracht gehen …«

»Du meinst die Kiste im Laderaum?«

Wieder wechselten die beiden einen Blick – und dachten in diesem Moment genau dasselbe.

»Schnell«, drängte Jack und löste seinen Gurt. Ein Blick aus dem Cockpitfenster – die Soldaten in den Booten hatten die Hälfte der Distanz bereits zurückgelegt. »Tu so, als ob du Probleme mit dem Anker hättest«, wies er seinen Partner an, »das verschafft uns etwas Zeit. Ich nehme mir inzwischen die Fracht vor. Mit etwas Glück finden wir dort etwas, das wir als Verhandlungsmasse verwenden können.«

»Verstanden, Skipper. Aber sagte Henderson nicht, wir sollten auf gar keinen Fall …?«

»Henderson ist nicht hier, sondern zwei Dutzend deiner Landsleute, und die sind irgendwie sauer auf uns«, fiel Jack ihm ins Wort, während sie bereits in die Schwimmergondel hinunterstiegen. »Noch Fragen?«

»Keine«, versicherte Otto und huschte vor zum Bug, um den Anker zu werfen.

Jack schlug die andere Richtung ein und eilte in den Laderaum, der den rückwärtigen Teil der Gondel einnahm. Die Kiste, die sie in Monte Carlo übernommen hatten, war dort fest verzurrt. Jack löste rasch die Gurte. Dann zog er aus einer Wandhalterung ein Brecheisen und ging daran, den Deckel der Kiste zu lösen.

Es knarrte und knackte, Holz und Nägel schienen das Geheimnis um jeden Preis bewahren zu wollen. Doch Jack ließ nicht locker, und als sich Otto dazugesellte und mithalf, gab der Kistendeckel endlich nach. Es krachte und splitterte, und sie zerrten das Holz beiseite, um einen Blick ins Innere zu werfen. Was sie sahen, raubte ihnen den Atem – und das gleich in mehrfacher Hinsicht.

Es war eine Frau.

Dem Aussehen nach um die dreißig und bestechend attraktiv. Ihr Haar war blond, jedoch kurz geschnitten, ihre Gesichtszüge anmutig und unnahbar zugleich. Reglos lag sie in der Transportkiste, in wollene Decken gewickelt.

»Verdammt«, brummte Otto, »ist sie …?«

»Nein, sie atmet«, widersprach Jack, »aber sie schläft tief und fest, vermutlich wurde sie betäubt.«

»Aber von wem?« Otto sah ihn zweifelnd an. »Was soll der ganze Mist?«

»Weiß ich nicht, Partner. Aber wenn dieser Mr. Henderson jetzt hier wäre, würde ich ihm gerne ein paar Fragen …«

»Besatzung des fremden Flugbootes!«, hörten sie in diesem Moment jemanden von draußen in sehr deutschem Englisch rufen. »Sie werden aufgefordert, sich augenblicklich zu ergeben und Ihre Maschine mit erhobenen Händen zu verlassen, andernfalls eröffnen wir das Feuer! Sowohl Ihre Fracht als auch Ihr Flugzeug sind hiermit beschlagnahmt!«

»Scheiße«, knurrte Jack.

»Ich rede mit ihnen«, meinte Otto. »Wie du schon sagtest – sind ja schließlich Landsleute von mir.«

11

Luftraum über Nordfrankreich
Zur selben Zeit

Die Maschine war ein massiges Flugboot vom Typ Short S 23 Empire. Schwer und träge lag es in der Luft, angetrieben von vier mächtigen Bristol-Pegasus-Motoren, deren tiefes Brummen die Konstruktion erbeben ließ.

Anders als die Maschinen desselben Typs, die in den Diensten der *Imperial Airways* flogen, war diese nicht fein ausgestattet. Den Salon und das Promenadendeck suchte man hier vergeblich. Noch nicht einmal ordentliche Sitze für die wenigen Passagiere gab es, und der Boden war auch nicht mit Teppichen beschlagen; stattdessen waren dort Gitter aus Leichtmetall verlegt, und die unverkleideten Wände ließen die Spantenkonstruktion unter der Außenhülle erkennen. Es war eine jener Maschinen, die die britische Regierung zur Erledigung von Sonderaufgaben erworben und dem Kommando der Royal Air Force unterstellt hatte.

Noch in der Nacht hatte Peter Henderson Monte Carlo verlassen. Ein Motorboot hatte ihn aufs Meer gebracht, wo die S 23 bereits gewartet hatte, und noch vor Tagesanbruch waren sie nach England aufgebrochen.

Man hatte ihm Zeit gegeben, sich ein wenig auszuruhen, doch an Schlaf war nach der ganzen Aufregung nicht zu denken gewesen. Auf einer der Pritschen liegend, die sich im wulstigen Bugraum der S 23 befanden, unterhalb des Cockpits, war er die ganze Zeit über wach, während die Ereignisse wieder und wieder vor seinem geistigen Auge abliefen. Fortwährend fragte er sich, ob er auch nichts übersehen hatte. Es stand viel auf dem Spiel, zu viel vielleicht … und vielleicht hätte er sich mit diesen Leuten niemals einlassen sollen.

Vielleicht …

Irgendwann erhielt er Gesellschaft.

Über die karge Metallleiter stiegen zwei Gestalten zu ihm in den Bugraum, wie sie gegensätzlicher nicht hätten sein können: Der eine Mann war ein Hüne von sechseinhalb Fuß und mit eher schlichten Gesichtszügen, der andere klein und drahtig und mit Augen, die listig durch die Gläser einer Nickelbrille funkelten. Als Henderson an Bord gekommen war, hatte sich der Kleine als Hopkins vorgestellt, der Hüne als Mason. Allerdings war mehr als zweifelhaft, dass dies ihre wirklichen Namen waren …

Henderson setzte sich auf und strich flüchtig sein Haar zurecht, während die beiden ihm gegenüber auf der anderen Pritsche Platz nahmen.

»Gute Arbeit, Mr. Henderson«, sagte Hopkins. Seinen richtigen Namen mochte er verheimlichen können, aber nicht den ausgeprägten Yorkshire-Akzent. »Der SIS wird Ihren Einsatz sehr zu schätzen wissen.«

»Danke.« Henderson nickte. »Haben Sie das Logbuch bereits sichten können?«

»Soweit es mir möglich gewesen ist. Im Hauptquartier werden sich unsere Spezialisten darum kümmern.«

»Natürlich. Und das Geld?«

»Werden Sie wie vereinbart bekommen, wenn wir London

erreicht haben.« Mason verzog das Gesicht. »Noch lieber wäre es mir allerdings gewesen, ich hätte die Belohnung an Sie beide übergeben können.«

Henderson straffte sich. »Mrs. King hat sich entschlossen, nicht nach London zu reisen. Wie mir gesagt wurde, ist ihre Anwesenheit dort nicht zwingend erforderlich.«

»Das ist richtig. Aber Colonel Z hätte dennoch gerne ihre Bekanntschaft gemacht. Schließlich ist sie eine herausragende Persönlichkeit, nicht wahr? Und nach allem, was man hört, soll sie auch sehr anziehend sein.«

»Colonel Z?«, fragte Henderson. Die andere Bemerkung überhörte er geflissentlich.

»Die Codebezeichnung unseres Abteilungskommandanten«, erklärte Hopkins achselzuckend. »In diesen Zeiten kann man nicht vorsichtig genug sein. Die Deutschen haben überall Spione. Sie sind der Grund dafür, dass Abteilung Z überhaupt gegründet wurde.«

»Ich verstehe.« Henderson nickte – und schalt sich zum ungezählten Mal einen Narren dafür, dass er sich mit diesen Leuten eingelassen hatte.

Andererseits, war es nicht seine Pflicht gewesen als Bürger des britischen Empire? Und die Belohnung von fünfhundert Pfund Sterling war schließlich auch nicht zu verachten gewesen. Larna und er würden damit ein neues Leben in den Vereinigten Staaten beginnen.

Zumindest war das der Plan.

Sein Plan …

12

Fuentes de Ebro
24. August 1937

»Wow«, machte Jack. Seine Stimme hallte von den kahlen Steinwänden wider. »Und wie du mit ihnen geredet hast, Oz! Richtig hart verhandelt hast du mit ihnen!«

»Was hätte ich denn tun sollen?«, fragte Otto und zuckte mit den knochigen Schultern. Im schwülen Halbdunkel kauerte er Jack gegenüber auf dem nackten Boden. »Da war das Kind doch schon längst in den Brunnen gefallen.«

Jack schnitt eine Grimasse. Er hatte sich erst daran gewöhnen müssen, dass sein Partner deutsche Redewendungen konsequent übersetzte. Das Englische kannte keine in den Brunnen gefallenen Kinder. Aber er musste zugeben, dass das Bild den Sachverhalt ziemlich treffend beschrieb.

Die deutschen Soldaten, die es offiziellen Angaben zufolge in Spanien gar nicht gab, hatten nicht lange gefackelt, sondern die *Liberty* geentert und Jack und Otto abgeführt. Dass Letzterer Deutscher war, hatte sie nicht groß interessiert. Statt lange zu verhandeln, hatten sie die beiden Gefangenen in eine verfallene Bauernkate am Rand des Lagers gesperrt. Dort saßen sie nun seit geschlagenen vier Stunden.

Es stank erbärmlich in dem alten Gemäuer, die Legionäre hatten es bislang wohl benutzt, um darin ihre Notdurft zu verrichten. Die Sonne brannte auf das löchrige Ziegeldach und heizte es auf, sodass es im Inneren kaum auszuhalten war.

Jack seufzte. »Jedenfalls wissen wir jetzt, warum wir nicht höher als siebentausend Fuß fliegen durften.«

»Allerdings – wir sind zu Komplizen einer verdammten Entführung geworden.« Otto sammelte geräuschvoll Spucke und spie sie aus. »Wir hätten misstrauisch werden sollen, wenn Rochas freiwillig so viel Geld rausrückt. Aber du musstest ja unbedingt darauf eingehen!«

»Als ob wir die Wahl gehabt hätten!« Jack blies durch die Nase. »Außerdem habe ich von dir keinen Einwand gehört, großer Zauberer. Oder willst du behaupten, du hättest das alles kommen sehen?«

»Nein, verdammt! Aber uns hätte klar sein müssen, dass etwas faul ist an dieser Sache, und wie!«

Das stimmte nun allerdings.

Denn als die deutschen Legionäre an Bord der *Liberty IV* gekommen waren, waren sie nicht allzu überrascht darüber gewesen, im Frachtraum eine mit Chloroform betäubte Frau vorzufinden. Schon das allein ließ vermuten, dass hier etwas ganz und gar nicht stimmte – und dass entweder Rochas oder Henderson nicht mit offenen Karten gespielt hatte.

Oder alle beide …

»Wer die Frau wohl sein mag?«, rätselte Otto.

»Weiß ich nicht, Oz, aber in jedem Fall scheint sie mächtige Feinde zu haben. Wenn dieser elende Henderson jetzt hier wäre, würde ich ihn in die Mangel nehmen und die Wahrheit aus ihm rausprügeln, und zwar Wort für …«

»Wir kriegen Gesellschaft«, meldete Otto.

Tatsächlich war vor der morschen Holztür plötzlich der

dumpfe Tritt von Stiefeln zu hören, und jemand wies die Wachen mit barscher Stimme an, die Tür aufzuschließen.

»*Jawoll*«, schnarrte es, dann wurde eine Kette weggezogen, und die Tür schwang knarrend auf. Grelles Licht flutete ins Innere der Hütte, das Jack und Otto blendete. Blinzelnd konnten sie die Umrisse eines Mannes erkennen, der Stiefelhosen und Barett trug, wohl ein Unteroffizier.

Mit im Rücken verschränkten Armen stand er da und betrachtete die Gefangenen. »Mitkommen«, befahl er dann.

Jack und Otto kamen nicht dazu, aus eigener Kraft aufzustehen – vier Legionäre platzten in die Kate, packten sie, rissen sie vom Boden hoch und schleppten sie nach draußen ins grelle Licht. Mit vorgehaltenen Maschinenpistolen trieben sie sie quer durch das Lager, in dem rege Betriebsamkeit herrschte. Geschätzte zweihundert Kämpfer in hellbraunen und sandfarbenen Uniformen waren dabei, die Einsatzbereitschaft der Geschütze herzustellen. Auf dem Rollfeld nebenan wurden die Flugzeuge gewartet. Außer den Heinkels, mit denen Jack und Otto bereits Bekanntschaft geschlossen hatten, waren auch zwei Frachtmaschinen vom Typ Junkers W 34 darunter. Mit einem Blick zum nahen Fluss vergewisserte sich Jack, dass die S 55 dort noch wohlbehalten vor Anker lag.

Immerhin etwas.

Man brachte sie in eine Baracke, die auf der anderen Seite des Lagers errichtet worden war. Ein Ventilator, der unter dem Dach aus Wellblech hing, zerpflückte die schwüle Luft mit matten Hieben. Ein Kartentisch, ein Hocker und ein Feldbett bildeten die einzige Einrichtung.

Der Unteroffizier nahm Haltung an und salutierte. »Die Gefangenen, wie befohlen, Herr Hauptmann!«

Der Mann, dem der Gruß galt, hatte über dem Kartentisch

gebrütet. Erst jetzt blickte er auf, bedachte Jack und Otto mit einem undeutbaren Blick aus seinen grauen Augen, und nickte dann.

»Danke, Kurz. Das ist alles.«

»Herr Hauptmann.« Der Unteroffizier salutierte wieder und verließ die Baracke, während ihre Bewacher Jack und Otto auf die Knie zwangen.

»Ich protestiere gegen diese Behandlung!«, ereiferte sich Otto auf Deutsch. »Ich bin Bürger des Deutschen Reiches und verlange eine Erklärung!«

»Gewiss, Herr Keller, die werden Sie bekommen.« Der Hauptmann umrundete den Kartentisch und baute sich vor ihnen auf. Seine sandfarbene Uniform saß perfekt, doch genau wie die Flugzeuge draußen auf dem Rollfeld ließ auch sie ein Hoheitsabzeichen vermissen. Die deutschen Kämpfer waren tatsächlich im verdeckten Einsatz. Ein Geschenk ihres Führers an seinen guten Kumpel Franco, dachte Jack grimmig.

Dass der Hauptmann ihre Namen kannte, war nicht weiter verwunderlich. Nachdem die Legionäre das Flugboot geentert hatten, hatten sie ihnen sofort Waffen und Papiere abgenommen. Beides entdeckte Jack auf dem Feldbett wieder – unglücklicherweise unerreichbar weit entfernt.

»Da bin ich aber gespannt«, knurrte Otto. »Darf man wenigstens erfahren, wer Sie sind?«

»Mein Name ist Tanner. Ich bin der Befehlshaber dieser Kompanie«, erklärte der andere nicht ohne Stolz.

»Was haben Sie hier zu suchen?«, fragte Jack. Das Deutsch, das sein Partner ihm beigebracht hatte, war gut genug, um sich verständigen zu können.

Tanner hob die Brauen. Sein Gesicht war sonnengebräunt und kantig, mit einer schmalen Nase und einem spitzen Kinn, das Durchsetzungskraft verriet. Sein Haar war mehr weiß als blond, ausgebleicht von der spanischen Sonne. »Das ist die Frage, die ich eigentlich an Sie richten wollte, Herr Kelley.«

»Brauchen Sie nicht«, wandte Otto ein. »Sie wissen doch schon alles. Sonst hätten Sie uns nicht mit Ihren Fliegern aufgelauert.«

Tanner schien einen Moment zu überlegen, doch dann huschte ein hämisches Grinsen über sein Gesicht. »Die Fahndungsmeldung hatte uns in der Nacht erreicht. Und eine Maschine wie die Ihre ist etwas zu auffällig, um sie zu übersehen.«

»Was wollen Sie?«, fragte Jack auf Deutsch, um dann wieder in seine eigene Sprache zu verfallen. »Sie haben kein Recht, uns hier festzuhalten!«

»Doch, Herr Kelley, das haben wir sehr wohl«, versicherte der Offizier, der offenbar auch des Englischen mächtig war, »denn ich fürchte, dass Sie beide sich einer Entführung schuldig gemacht haben. Und korrigieren Sie mich, wenn ich falsch liege – aber das ist sogar in den Vereinigten Staaten von Amerika ein Verbrechen, oder nicht?«

Jack schnaubte, der spöttische Tonfall des anderen ging ihm gehörig auf die Nerven.

»Wir wussten nicht, was sich in der Kiste befindet«, beteuerte Otto. »Wir haben die Ladung lediglich übernommen und sollten sie nach Lissabon fliegen.«

»Wer ist die Kleine überhaupt?«, wollte Jack wissen.

»Diese Information unterliegt strenger Geheimhaltung«, beschied ihm der Offizier.

»Was bedeutet, dass Sie es auch nicht wissen.« Jack grinste schief. »Ich war auch beim Militär.«

»Das habe ich angenommen«, entgegnete Tanner in unverhohlener Abscheu. »Vermutlich haben Sie dort das Fliegen gelernt und gegen das Deutsche Reich gekämpft.«

»Schuldig.« Jack nickte.

»Der Krieg ist vorbei, das alles spielt keine Rolle mehr«, wandte Otto ein. »Tatsache ist, dass mein Partner und ich aufs Kreuz gelegt wurden, als man uns diese Fracht übergab.«

»Wo ist die Frau jetzt?«, fragte Jack. »Es gibt da ein paar Fragen, die ich ihr gerne stellen würde.«

»Ich auch«, pflichtete Otto bei.

»Angesichts Ihrer Lage glaube ich Ihnen das sogar – aber das ist nicht mehr möglich.« Der Hauptmann strich den Ärmel seiner Feldbluse zurück und warf einen Blick auf seine Armbanduhr. »Die Dame befindet sich in diesem Augenblick bereits auf dem Weg nach Logrono, wo sich ein Stützpunkt unserer Truppen befindet. Von dort wird sie mit der Eisenbahn weiterreisen, eine hochgestellte Persönlichkeit des Deutschen Reiches hat offenbar großes Interesse an ihr.«

»Warum mit der Eisenbahn?«, fragte Otto.

»Das geht Sie nichts an. Ohnehin haben Sie beide andere Sorgen. Wir haben hier nicht sehr viel übrig für Glücksritter und Schmuggler, die am Krieg verdienen wollen, deshalb habe ich Ihre Exekution angeordnet. Ihre Maschine geht in den Besitz des Deutschen Reiches über.«

»Mistkerl«, knurrte Jack.

»Es herrscht nun einmal Krieg in diesem Land, und im Krieg gilt das Recht des Stärkeren.« Tanner lachte nur. »Ihnen, Herr Keller, habe ich allerdings ein Angebot zu machen«, fügte er hinzu und wandte sich an Otto. »Ihren Ausweispapieren habe ich entnommen, dass Sie in der kaiserlichen Armee gedient haben und zudem Flugzeugmechaniker sind.«

Otto schürzte die Lippen. »Und?«

»Da wir bedauerlicherweise in der vergangenen Woche zwei unserer Mechaniker verloren haben, biete ich Ihnen die sofortige Freilassung an, unter der Auflage, dass Sie in diese Einheit eintreten und für sie arbeiten.«

»So einfach?« Otto hob die Brauen.

»Nun, da Sie ein deutscher Landsmann sind, gehe ich davon aus, dass, sollten Sie niederen Beweggründen gefolgt sein, es einzig und allein die Schuld dieses Amerikaners gewesen ist.«

»Dieser Amerikaner«, knurrte Jack, »kann Sie verstehen. Und zwar Wort für Wort.«

»Umso besser.« Der Hauptmann verzog keine Miene.

Otto schnaubte hörbar. »Ich danke für das großzügige Angebot«, sagte er. »Das Problem ist, ich habe mir geschworen, niemals wieder in meinem Leben eine Uniform zu tragen.«

»Ist das Ihr letztes Wort?«

Jack stieß Otto von der Seite an. »Überleg dir das, Oz«, raunte er ihm zu. »Wir müssen nicht beide ins Gras beißen.«

»Hören Sie auf den Amerikaner, Herr Keller«, stimmte Tanner zu, »offenbar hat er zumindest einen Funken Anstand im Leib. Wenn Sie erst vor dem Erschießungskommando stehen, ist es zu spät, um es sich noch anders zu überlegen.«

Auf dem Boden kniend, starrte Otto düster vor sich hin. »Das muss ich nicht«, erklärte er schließlich mit fester Stimme. Dabei hob er den Blick und sah dem Hauptmann direkt ins Gesicht. »Wenn Kerle wie Sie von Anstand reden, kriege ich das große Kotzen. Schieben Sie sich Ihr Angebot gefälligst in den Arsch und reparieren Sie Ihre verdammten Flugzeuge selbst!«

Die Selbstgefälligkeit bröckelte wie alter Mörtel aus Tanners Zügen. Einen Moment lang versuchte er, die Beleidigung mit einem Grinsen abzutun, aber dann fielen seine Mundwinkel herab. »Wie Sie wollen, Keller«, zischte er und wandte sich seinen Leuten zu. »Abführen und erschießen, sofort!«

»Jawohl, Herr Hauptmann.«

Ihre vier Bewacher zögerten keinen Augenblick. Mit grober Gewalt wurden Jack und Otto gepackt, in die Höhe gerissen und mit vorgehaltenen MP28 nach draußen getrieben.

»Sturer Mistkerl«, zischte Jack. »Wieso hast du das getan?«

»Geht dich nichts an.«

»Jetzt werden wir beide sterben.«

»Das hätte schon vor langer Zeit passieren können«, knurrte Otto. »Alles danach war ein Geschenk.«

Jack erwiderte nichts mehr darauf, ihm war klar, was der Freund meinte. Damals, in diesem verdammten Krieg, hatte jeder von ihnen bereits mit dem Leben abgeschlossen.

Das hier fühlte sich genauso an …

»Dort hinüber!«, befahl einer der Soldaten und deutete zum Flussufer.

Welche Ironie, dachte Jack.

Sie würden mit Blick auf ihr Flugzeug sterben.

13

Sie überquerten das Gelände, die Mündungen der Maschinenpistolen im Rücken. Fieberhaft suchte Jack nach einem Ausweg, nach einer Möglichkeit, wie sie ihren Häschern vielleicht doch noch entkommen könnten.

Erfolglos.

Offenbar, dämmerte es ihm, hatten sie ihr Glück einmal zu oft herausgefordert.

Plötzlich lag ein Pfeifen in der Luft!

Ein hässlicher Ton, den Jack und Otto eine sehr lange Zeit nicht mehr gehört hatten – und den sie dennoch sofort wiedererkannten.

»Mörserbeschuss!«, brüllte in diesem Moment bereits einer ihrer Bewacher – und die Ereignisse überstürzten sich.

Es war keine bewusste Entscheidung, sondern ein vor langer Zeit erworbener Reflex, der Jack und Otto dazu brachte, sich bäuchlings auf den Boden zu werfen und den Kopf mit den Armen zu schirmen. Die Soldaten schrien und taten es ihnen gleich, während sich das Pfeifen zu einem schrillen Ton steigerte.

Im nächsten Moment krachte es.

Jack wusste nicht, wo die Granate eingeschlagen war, aber es musste ganz in der Nähe sein. Der Boden unter ihm erbebte, als wäre er von einer gewaltigen Faust getroffen worden. Die Druckwelle zerrte an ihnen, und Jack hatte das Gefühl, als würde etwas haarscharf über ihn hinwegzischen. Dann prasselten Erdreich und Gesteinsbrocken herab. Und da waren Männer, die wie von Sinnen schrien …

Jack riskierte einen Blick.

Beißender Pulvergestank lag in der Luft, Schwaden von Staub und Rauch zogen über sie hinweg. Nur wenige Schritte von ihm entfernt wälzte sich einer ihrer Bewacher in seinem Blut. Ein weiterer war am Bein verwundet und schrie aus Leibeskräften, während sich seine Kameraden um ihn kümmerten.

»Oz?«, rief Jack.

»Ich bin okay«, versicherte sein Partner, der baumlang ausgestreckt neben ihm lag.

Ringsum herrschte Chaos.

Die Mörsergranate hatte mitten im Lager eingeschlagen, überall waren Uniformierte auf den Beinen. Befehle wurden gebrüllt, eine Sirene kreischte.

Und niemand achtete mehr auf die Gefangenen …

»Weg hier!«, stieß Jack hervor, zumal schon wieder ein Pfeifen in der Luft lag.

Der Einschlag erfolgte diesmal auf der anderen Seite des Lagers. Ein Zelt wurde getroffen, Menschen und Material von der Wucht der Explosion durch die Luft geschleudert. Irgendwo ratterte ein Maschinengewehr.

»Scheiße«, stieß Otto hervor und raffte sich auf die dünnen Beine. In gebückter Haltung wollten sie davon, durch den Staub und die Schwaden von Rauch und Pulverdampf.

Plötzlich hielt Jack inne.

Vor ihnen auf dem Boden lag ein regloser Körper in bizarrer Verrenkung.

Es war Hauptmann Tanner.

Ein Splitter hatte ihn in den Hals getroffen, seine Uniform war blutdurchtränkt. So ungläubig wie anklagend starrten seine leblosen Augen zu ihnen empor.

»Für den ist der Krieg zu Ende«, kommentierte Jack trocken, ehe sie weiterhuschten.

Das Lager war in heller Aufregung.

Man hatte einen Angriff wohl erwartet und war dabei gewesen, sich auf ihn vorzubereiten, doch nun schien er schneller oder auch heftiger erfolgt zu sein als gedacht. Wieder schlugen Granaten ein, diesmal gleich mehrere. Die Explosionen krachten und schlugen klaffende Krater. Noch mehr Verwundete schrien, und auf dem Rollfeld ging eine der Heinkels in hellen Flammen auf.

Befehle wurden gebrüllt, Legionäre rannten hektisch umher, während die Unteroffiziere die Gegenwehr zu organisieren suchten – mit Erfolg, wie es schien. Unter donnerndem Getöse gaben die leichten Feldhaubitzen Feuer, während mehrere MG34 hässlich zu rattern begannen.

»Geh an Bord und mach die Maschine klar!«, wies Jack Otto an und deutete zum Fluss. »Ich komme gleich nach!«

Sein Partner sandte ihm einen Blick, vermied es aber, Fragen zu stellen. Sie kannten sich lange genug, um einander blind zu vertrauen.

»Aye, Skipper«, bestätigte Otto nur und rannte in gebückter Haltung weiter durch das Chaos aus Staub und Rauch, während Jack die Richtung änderte.

So schnell seine Beine ihn trugen, lief er zurück zur Baracke des Hauptmanns auf der anderen Seite des Lagers. Er fand sie unbewacht und stürzte hinein, nahm sich die Papiere und die beiden Waffen, die noch immer herrenlos auf dem Feldbett lagen. Den Colt Army rammte er kurzerhand in sein leeres Holster, Ottos C96 stopfte er sich in den Hosenbund.

Dann verließ er das Zelt wieder, und während am Südrand des Lagers ein wahres Inferno aus Schüssen und weiteren Detonationen losbrach, rannte er Hals über Kopf zum Fluss, wo Miss *Liberty* jenseits der Uferböschung im blaugrünen Wasser dümpelte, im Augenblick noch heil und unbeschädigt, aber das konnte sich jeden Moment ändern …

Wieder hörte Jack das hässliche Pfeifen einer Granate.

Ein Instinkt sagte ihm, dass sie in seine Richtung geflogen kam, und da es auf dem gestampften Boden weit und breit keine Deckung gab, holte er das Letzte aus seinen müden Muskeln heraus und lief so schnell er nur konnte.

Obwohl es nur ein Steinwurf war, schienen das Flussufer und die *Liberty IV* plötzlich unendlich weit entfernt zu sein. Seitenluk und Bugausstieg der rechten Gondel standen offen, Otto war bereits oben auf dem Flügel und dabei, die Propeller anzukurbeln – doch das Pfeifen der Granate wurde in Jacks Ohren immer lauter, steigerte sich, bis es selbst das Donnern der Haubitzen übertönte.

Vor vielen Jahren erworbene Erfahrung sagte Jack, dass es nichts brachte, sich nach dem verdammten Ding umzudrehen. Aufhalten konnte man es nicht, man verlor nur wertvolle Zeit, die einen das Leben kosten konnte …

In diesem Moment erreichte er die Uferböschung.

Wie Babe Ruth zu seiner allerbesten Zeit rutschte er mit den Beinen voran über die Kuppe und den Anhang hinab – als hinter ihm die Granate einschlug.

Es krachte fürchterlich, doch weder Explosion noch Druckwelle erwischten ihn. Haarscharf sengten tödliche Splitter über ihn hinweg, um plätschernd im seichten Uferwasser zu landen.

Einen Herzschlag später glitt auch Jack ins Wasser, auf dem Hintern schlitternd wie ein Kind auf einer Rutschbahn. Er sprang auf, setzte über das Kiesbett, bis das Wasser tief genug war, und warf sich dann nach vorn, schwamm mit kräftigen Zügen zur S 55. Sich aus dem Wasser zu ziehen und durch das Luk an Bord zu klettern, kostete ihn Kraft, die er kaum noch hatte, aber er biss die Zähne zusammen. Jack schloss das Seitenluk und erklomm die Leiter zum Cockpit, klemmte sich keuchend hinter das Steuer, nass wie er war.

Durch das Kanzelglas gab er Otto ein Zeichen und betätigte den Anlasser. Sein Partner warf die Propeller an. Die Isotta-Fraschinis revanchierten sich mit einem satten Tuckern, das sich in ein kraftvolles Brausen steigerte, als Jack die Motoren warmlaufen ließ.

Durch den Bugeinstieg kam Otto wieder in die Maschine und zwängte sich ebenfalls auf seinen Sitz.

»Alles klar, Skipper.«

Jack prüfte kurz die Steuerung, für weitere Checks blieb keine Zeit. Sie konnten nur hoffen, dass Miss *Liberty* ihren Dienst treu versehen und sie von diesem Ort davontragen würde …

Wieder schlugen Granaten ein, zwei im Lager und eine am Flussufer. Wasser spritzte in einer gewaltigen Fontäne, ein Schwall traf die S 55, die sich davon jedoch nicht beeindrucken ließ, die Motoren liefen weiter. Jack lenkte die Savoia-Marchetti auf den Fluss hinaus und beschleunigte. Aufgrund ihrer Kopflastigkeit neigte die Dame dazu, bei allzu gefühlloser Behandlung zu viel Auftrieb unter das Höhenleitwerk zu bekommen und mit den Nasen einzutauchen. Doch Jack war schon immer gut darin gewesen, die Wünsche seiner Mädchen zu erahnen, noch ehe diese ausgesprochen wurden. Mit den

Seitenrudern glich er aus und sorgte dafür, dass die Maschine fest im Wasser liegen blieb. Und sobald er sie gegen den Wind gedreht hatte, gab er Schub.

Die S 55 sprang nach vorn und hob ein wenig an. Jack gab der Maschine nur so viel Zeit, wie sie unbedingt brauchte – kaum hatten die Schwimmer das von der Strömung bewegte Wasser verlassen, zog er die *Liberty* nach oben, und in steilem Winkel stieg sie in den Himmel.

»Yeehah!«, rief Jack in bester Cowboymanier. »Nicht schlecht für zwei Kerle, die gerade noch vorm Erschießungskommando standen!«

Er legte die Maschine in eine Linkskurve und zog über das Lager hinweg, in dem noch immer helle Aufregung herrschte. Mehrere Zelte und Baracken standen in Flammen, dunkle Rauchsäulen quollen in den Himmel, zwischen denen die Savoia-Marchetti in die Höhe kletterte.

»Sieh dir das an, Skipper«, meinte Otto, durchs Kanzelglas deutend. »Das ist eine gewaschene Großoffensive, die da anrollt! Sieht aus, als hätten die Republikaner alles aufgeboten, was sie haben!«

Auch Jack konnte jetzt die Staubwolken sehen, die von Südosten heranrollten und von viel Bewegung auf dem Boden zeugten: Panzerwagen und motorisierte Infanterie vermutlich, und womöglich auch noch ein paar altmodische Reiter, die sich unerschrocken in die Schlacht stürzten, den deutschen MG34 entgegen. Jack wusste nicht, ob er sie für ihren Heldenmut bewundern oder ihre Dummheit beklagen sollte. Zudem war am Himmel ein heftiges Gefecht im Gang – die deutschen Heinkels gegen russische Polikarpov-Jagdflugzeuge, die im Dienst der spanischen Regierungstruppen standen. Die Garben von Leuchtspurmunition, mit denen sich die Maschinen gegenseitig beharkten, schienen den Himmel über dem Ebro in Flammen zu setzen.

»Jetzt wird mir klar, warum sie die schöne Unbekannte nicht einfach ausgeflogen haben«, meinte Jack, während er die Maschine immer höher zog, ein wenig abseits des Kampfgeschehens und bemüht, nicht die Aufmerksamkeit der Kämpfenden auf sich zu ziehen.

»Ja, die wussten wohl, dass es ein harter Tag wird«, bestätigte Otto. »Das erklärt auch, warum Tanner mit uns kurzen Prozess machen wollte.«

»Eigentlich nur mit mir«, verbesserte Jack, und sie tauschten einen Blick.

»Gern geschehen«, brummte Otto.

»Des einen Leid, des anderen Freud«, meinte Jack mit grimmigem Grinsen. »Dieses kleine Intermezzo hat uns nicht nur den Kragen gerettet, sondern verschafft uns auch die Möglichkeit, uns unsere Fracht zurückzuholen!«

»Unsere Fracht zurückzu…?« Sein Partner starrte ihn verständnislos von der Seite an. »Du willst doch nicht etwa …?«

»Was sonst?«, fragte Jack dagegen. Er warf einen Blick auf den Kompass und richtete den Kurs der Maschine nach Norden aus. »Ohne sie brauchen wir uns in Lissabon erst gar nicht blicken zu lassen.«

»Aber … der Handel ist geplatzt! Dieser Schweinehund von Rochas hat uns verraten!«

»Das wissen wir nicht mit Bestimmtheit, Oz. Soweit es mich betrifft, haben wir einen Deal, und wir werden unseren Teil davon erfüllen.«

»Aber …«

»Und außerdem«, fügte Jack grimmig hinzu, »will ich wissen, wofür dieser ganze Mist eigentlich gut sein sollte. Wenn ich diesem Mr. Henderson jemals wieder begegnen sollte, werde ich ihn gehörig in die Mangel nehmen, das darfst du mir glauben. Ich kann's nicht ausstehen, wenn ich reingelegt werde.«

»Ich ja auch nicht«, beteuerte Otto. »Aber wie sollen wir denn bitte schön ...?«

»Wir wissen alles, was wir wissen müssen: Sie haben sie nach Logrono gebracht, von dort ging es mit der Eisenbahn weiter. Was glaubst du, wie viele Züge dort unterwegs sein werden, während ein republikanischer Angriff erfolgt?«

»Zugegeben, aber ...«

»Und ihre Luftraumüberwachung wird heute mit anderen Dingen beschäftigt sein, als auf ein paar harmlose Schmuggler zu achten, das kannst du mir glauben!«

»Verdammt noch mal«, verschaffte sich Otto auf Deutsch Gehör. »Darf ich vielleicht auch mal was sagen?«

Jack sandte ihm einen Seitenblick. Er hatte die Maschine auf fünftausend Fuß gebracht und steuerte sie nach Norden, fort von der Front. »Klar«, meinte er achselzuckend, »schieß los.«

»Das hier ist ein Flugzeug«, meinte Otto und machte eine Handbewegung, die die ganze S 55 umfasste, von den Isotta-Fraschinis bis zu den dreifachen Seitenflossen. »Das Mädchen fährt aber mit der Eisenbahn, richtig?«

»Soweit verstanden«, bestätigte Jack. »Und?«

Otto schnitt eine Grimasse und rollte mit den Augen. »Wie, beim großen Otto Lilienthal, willst du das hinkriegen? Mit der Miss *Liberty* auf den Schienen fahren?«

»Du solltest mich besser kennen, großer Zauberer.« Jack grinste breit und schickte ihm einen bedeutungsvollen Blick.

»Nein«, sagte Otto kopfschüttelnd. »Das ist nicht wahr, oder? Das willst du nicht wirklich tun!«

»Doch«, versicherte Jack. »Und du auch, Partner.«

14

Schienenstrecke Logrono-Bilbao
Zur selben Zeit

»Wie fühlen Sie sich?«

Eugen von Troneck saß in einem mit dunkelgrünem Samt bezogenen Sessel. Er trug seine schwarze Uniform, die wie immer perfekt an seinem sehnigen Körper saß, und war sichtlich bemüht, die Ruhe zu bewahren. Aus seinem verbliebenen Auge jedoch sprühte blanker Zorn.

»Es geht, ich … ich habe Kopfschmerzen.«

Die Frau, die auf der anderen Seite des mit rötlichem Holz getäfelten Salonwagens auf dem Sofa kauerte, bot einen desolaten Anblick.

Es war schwer zu glauben, dass es dieselbe Frau war, die ihn vor nicht einmal zwölf Stunden auf ihrem Hotelzimmer in Monte Carlo empfangen hatte. Da war sie schön und verführerisch gewesen, hatte nach Veilchen geduftet und ein verführerisches, spitzenverziertes Nachtgewand aus champagnerfarbenem Satin getragen. Nun steckte ihr eigentlich vollendeter Körper in unansehnlichen Hosen und einem wollenen Troyer, wie Seeleute ihn trugen und der viel zu groß für sie war. Sie schien sich darin zu verstecken wie in einer Rüstung. Mit um die angezogenen Beine geschlungenen Armen kauerte sie da, an Hand- und Fußgelenken mit ledernen Stricken gefesselt.

Ihre Züge waren bleich und wirkten ausgezehrt, die Schminke darin war verwischt. Ihr knabenhafter Haarschnitt war wirr und in Unordnung, die Vorstellung, dass er sie noch vor wenigen Stunden als äußerst anziehend empfunden hatte, war von Troneck in diesem Moment fremd. Wo war ihre Anmut geblieben? Ihre Anziehungskraft? Die Aura des Geheimnisvollen, die sie zuvor noch umgeben hatte?

Sie hatte in der Tat an Attraktivität eingebüßt.

In jeder denkbaren Hinsicht …

»Man hat Ihnen bereits ein Mittel gegeben«, stellte er fest, nicht unfreundlich, jedoch um Sachlichkeit bemüht.

»Hat nicht geholfen.«

Er nickte, während er sie weiter unverwandt ansah. »Sehen Sie es mir nach, Larna King, aber nach allem, was seit gestern geschehen ist, hält sich mein Mitgefühl in engen Grenzen. Das alles hätten Sie sich überlegen sollen, *bevor* Sie versucht haben, mich zu hintergehen.«

»Ich habe Sie nicht hintergangen, wie oft muss ich das noch wiederholen? Ich weiß selbst nicht, was geschehen ist oder warum ich mich hier befinde!«

»Und Sie erwarten, dass ich das glaube?«

»Offen gestanden ist mir gleichgültig, was Sie glauben und was nicht«, entgegnete sie. »Ich will wissen, wo ich bin und warum ich hier festgehalten werde!«

Mit dem Kinn deutete sie auf die Fenster des Waggons, deren Rollos allesamt herabgelassen waren. Nur wenig Licht drang herein, träges Halbdunkel herrschte. Der schwankende Boden und das gleichförmige Rumpeln machten aber unmissverständlich klar, dass sie sich rasch fortbewegten.

»Dann will ich Ihre Neugier befriedigen«, sagte von Troneck. »Sie befinden sich in Nordspanien, in einem Sonderzug auf dem Weg nach San Sebastian, wo uns ein deutsches Flugzeug an Bord nehmen wird.«

»Spanien? San Sebastian?« Unverständnis sprach aus ihrem Blick, garniert mit einem Hauch von Panik. »Wie bin ich hierhergekommen? Und warum?«

»Bedauerlicherweise haben Sie einen ungünstigen Zeitpunkt für Ihren Ausflug nach Spanien gewählt. Die Streitkräfte der Republik haben heute mit einer Großoffensive begonnen, weshalb der Luftraum nicht sicher ist. Aus diesem Grund mussten wir mit dem hier« – er deutete auf das noble, aber etwas in die Jahre gekommene Interieur des Wagens – »vorlieb nehmen.«

»Das meine ich nicht.« Sie schüttelte den Kopf, ebenso verängstigt wie verwirrt. »Sie haben mich gewaltsam entführt, und ich will, dass Sie mich unverzüglich wieder frei lassen!«

»Ich soll Sie entführt haben?« Von Troneck legte den Kopf schief. Er verengte sein einzelnes Auge zu einem schmalen Schlitz, als könne er so besser durchschauen, was in ihr vorging. »Was ist das Letzte, woran Sie sich erinnern?«

»Das habe ich Ihnen bereits mehrfach erzählt. Da sind diese beiden vermummten Kerle, die uns in meinem Hotelzimmer überfallen. Einer von ihnen packt mich von hinten und presst mir etwas auf Mund und Nase – danach weiß ich nichts mehr.«

»Interessant.« Er nickte. »Das Letzte, woran *ich* mich erinnere, ist ein satter Schlag auf den Hinterkopf.«

»Wollen Sie damit sagen, dass Sie nichts von dem Überfall wussten? Dass Sie nichts mit meiner Entführung zu tun hatten?«

»Genau das.«

»Warum bin ich dann auf einem schmutzigen Pritschenwagen aufgewacht? In Begleitung eines deutschen Soldaten, der mich mit einer Waffe bedrohte?«

»Das tut mir leid«, versicherte der Baron. »Sie müssen den Männern die rüde Behandlung nachsehen. Der Militärdienst neigt dazu, sie etwas rau werden zu lassen.«

»Mir geht es nicht um mangelnde Umgangsformen«, versicherte Larna in ihrem Alt, der noch rauchiger klang als sonst, beinahe krächzend. »Wenn Sie es nicht waren, der mich entführen ließ, wer war es dann? Und warum bin ich hier und trage diese Fesseln? Das ergibt doch keinen Sinn!«

»Weil ich sichergehen möchte«, entgegnete von Troneck nur.

»In welcher Hinsicht?«

»Ich weiß, was ich gesehen habe«, erwiderte der Deutsche, auf sein verbliebenes Sehorgan deutend. »Kurz bevor ich selbst das Bewusstsein verlor, hat dieses Auge beobachtet, wie dieser Vermummte Sie betäubte und davonzerrte – aber das bedeutet nicht zwangsläufig, dass uns beiden vergangene Nacht dasselbe widerfahren ist.«

»Was soll das nun wieder bedeuten?«

»Sie sollten nicht versuchen, mich für dumm zu verkaufen. Den Betrachter zu täuschen, gehört doch gewissermaßen zu ihrem Metier, nicht wahr, Pandora? Ich erinnere nur an Ihr feuerfarbenes Haar …«

»Was hat das eine denn mit dem anderen zu tun?«

»Sehr viel. Ich denke, dass ich in Ihnen eine wahre Meisterin in der hohen Kunst der Manipulation vor mir habe. Und es wäre bei Weitem nicht das erste Mal, dass eine Entführung vorgetäuscht wird, um jemanden – sagen wir – endgültig von der Bildfläche verschwinden zu lassen.«

»Was?« Sie hob die Brauen, ihre Entrüstung schien echt zu sein. »Was reden Sie da für einen Unsinn? Ich wurde tatsächlich entführt, nicht nur augenscheinlich!«

»Genau da setzen meine Zweifel ein. Zumal, als ich in

jenem Hotelzimmer wieder erwachte, das Logbuch verschwunden war.«

Wieder schien sie überrascht zu sein. »Sie meinen, diese Vermummten haben es gestohlen?«

»In der Tat. Aber leider muss ich Sie enttäuschen – es war nur eine Fälschung, die mit etwas Glück meine Gegner ein wenig beschäftigen wird.«

»Welche Gegner?«

Von Troneck lächelte, dann nickte er. »Also gut«, erklärte er sich bereit, »lassen Sie uns spielen, das gute alte Spiel von Katz und Maus – aber Sie sollten nicht den Fehler begehen, mich zu unterschätzen. Sie müssen wissen, dass einem Mann in meiner Position nichts besonders lange verborgen bleibt. Deshalb weiß ich auch um die Verbindungen, die Ihr geschätzter Manager Peter Henderson unterhält.«

»Welche Verbindungen?«

»Die zum britischen Secret Service natürlich.«

»Was?« Sie schüttelte den Kopf wie jemand, der zu viel getrunken hatte und die lästige Benommenheit nun loswerden wollte. »Sie … Sie irren sich! Peter ist der harmloseste Mensch, den ich kenne! Ein Bücherwurm, der sich in seinem eigenen Büro verirren würde. Er könnte niemals …«

»Hat er aber – mutmaßlich, nachdem ich ihn in London getroffen hatte. Mein überaus großes Interesse an Ihrer Person hatte wohl sein Misstrauen geweckt.«

»Das … ist völlig absurd!«, behauptete sie, und anders als zuvor fragte er sich inzwischen, ob es ihr vielleicht doch ernst damit war.

»So?« Er hob die Braue. »Zufällig weiß ich, dass die Maschine, in der Sie bewusstlos in einer Transportkiste versteckt aufgefunden wurden, auf dem direkten Weg nach Lissabon gewesen ist. Die Piloten waren offenbar dafür bezahlt worden, keine Fragen zu stellen, sie sollten nur die Fracht ans Ziel bringen. Und wie es der Zufall weiter will, war an Bord eines Schiffes, das bereits in wenigen Tagen nach New York auslaufen sollte, eine Passage gebucht. Nicht auf Ihren Namen, sondern auf eine gewisse Lina Krakowsky, eine polnische Staatsbürgerin, wenn ich mich recht entsinne. Und wenn mich nicht alles täuscht, ist Ihnen dieser Name durchaus bekannt.«

»Wieso sollte er?«, kam die Frage wie ein Reflex. Doch zum ersten Mal verriet ihr Blick Verunsicherung.

Von Troneck lächelte abermals. »Versuchen Sie bitte nicht, mich für dumm zu verkaufen. Meine Quellen haben mir eine ganze Reihe von Namen genannt, unter denen Sie in der Vergangenheit gereist sind: Lydia Karnos, Ludmilla Karakova, Lucia Kassar. Die Initialen sind stets dieselben, die Identitäten jedoch höchst unterschiedlicher Natur, wie meine Quellen festgestellt haben.«

»Ihre Quellen?«, zischte sie. »Sie haben mich ausspionieren lassen? Arbeiten Sie etwa mit dem Geheimdienst zusammen?«

»Genau wie Sie.« Er nickte. »Für den SIS dürfte es keine Schwierigkeit gewesen sein, Ihnen einen polnischen Pass zu besorgen, schließlich sind England und Polen Verbündete. Zweifellos hat auch der verräterische Mr. Henderson eine Passage unter falschem Namen gebucht, vom MI6 mit einer neuen Identität ausgestattet. Nach allem, was man hört, sind die Briten sehr gut in diesen Dingen.«

»Aber nein, Sie irren sich …«

»Bei all diesen unterschiedlichen Identitäten ist es schwer, dahinterzukommen, wer Sie eigentlich sind, werte Pandora, zumal die Geburtsdaten der betreffenden Damen mitunter weit zurückliegen. Entweder, Sie sind weit über hundert Jahre alt – oder Sie haben es bislang versäumt, mir ein paar wesentliche Dinge Ihre Person betreffend zu erklären. In diesem Fall würde ich Ihnen empfehlen, dies rasch nachzuholen, oder ich werde Methoden anwenden, die Ihnen, so fürchte ich, nicht sehr zivilisiert erscheinen werden.«

In Larna Kings grünen Augen blitzte es. »Zeigen Sie nun Ihr wahres Gesicht?«

»Was immer notwendig ist«, entgegnete er. »Ich habe es im Guten versucht, habe alles darangesetzt, Vertrauen zu Ihnen aufzubauen und Sie für unsere Sache zu gewinnen – doch Sie haben es vorgezogen, mich zu hintergehen und zu enttäuschen.«

Zum ersten Mal widersprach sie nicht.

Stattdessen starrte sie nur vor sich hin und schien einen Augenblick nachzudenken. Als sie wieder aufblickte, schien sie für sich zu einem Entschluss gekommen zu sein.

»Und wenn ich jeden Eid schwören würde, dass ich ebenfalls getäuscht wurde?«, sagte sie dann. »Dass ich nichts von all diesen Dingen wusste und ich gegen meinen Willen aus Monte Carlo verschleppt und in dieses Flugzeug nach Lissabon gesteckt wurde?«

»Dann würde ich dies als ziemlich offensichtlichen Versuch werten, Ihren Kopf aus der Schlinge zu ziehen«, gestand von Troneck offen.

»Aber Sie würden mir zuhören?«

Von Troneck seufzte nur.

»Peter Henderson ist mehr als nur mein Manager«, bekannte Larna daraufhin.

»Ich habe es vermutet. Dennoch verspüre ich eine gewisse Enttäuschung darüber, dass Sie sich mit einem solchen Windbeutel eingelassen haben.«

»Mein Leben ist nicht immer leicht gewesen, Herr Baron.

Peter ist mir immer eine Stütze gewesen. Er versteht mich, war mir in schwerer Zeit ein guter Freund.«

»Wie rührend.« Er verzog das Gesicht.

»Peter war der Erste, der mich nicht für verrückt oder für eine Scharlatanin gehalten hat, die das alles nur vorspielt«, fuhr sie fort.

»Auch ich habe das nie geglaubt«, versicherte von Troneck.

Sie lachte freudlos auf. »Weil ich inzwischen berühmt bin, eine gefeierte Persönlichkeit – und auch das habe ich Peter zu verdanken. Er hat erkannt, dass sich meine Gabe auch kommerziell nutzen lässt.«

»Er ist ein Ausbeuter, der Sie dazu ermutigt hat, sich vor anderen Menschen wie ein Revuemädchen zu erniedrigen! Ein Parasit übelster Sorte, der sich nur an Ihnen bereichert.«

»Das ist nicht wahr.« Sie schüttelte den Kopf. »Peter wollte, dass ich damit aufhöre. Er hat gesehen, was es mit mir macht, und er wollte, dass es endet. Er wollte, dass wir in die Staaten gehen und dort ein neues Leben beginnen, fern von Pandora und allem, was sie ist, was ich sein musste, um ihrem übermächtigen Schatten zu entkommen … Aber er hat etwas Wesentliches nicht verstanden.«

»Und das wäre?«

»Dass ich ihr nicht einfach entgehen kann. Dass ich sie nicht ablegen kann wie ein altes Kleidungsstück. Pandora ist ein Teil von mir, ich kann sie nicht wirklich kontrollieren. Die Wahrheit zu kennen, ist oft genug eine Bürde.«

»Erwarten Sie jetzt Mitleid?«

»Nein«, versicherte sie leise, »zumal ich nicht annehme, dass Sie dazu überhaupt in der Lage sind. Aber diese Gabe … Pandora … begleitet mich, solange ich denken kann, wie die Luft, die mich umgibt.«

»Wie habe ich mir das vorzustellen?«

»Es sind Hunderte von Stimmen, ein fortwährendes Flüstern. Als ich ein Kind war, dachte ich, ich würde den Verstand verlieren, aber das war nicht der Fall. Es war nur die Vergangenheit, die ich hörte. Mit der Zeit habe ich gelernt, die Stimmen zu filtern, sie zu kanalisieren, sodass ich hören konnte, was sie sagen. Und schließlich begann ich auch, dies laut auszusprechen.«

»Und man hat es Ihnen schlecht gedankt«, mutmaßte von Troneck.

Sie lachte freudlos auf. »Kennen Sie die Sage von Kassandra? Die als Einzige den Untergang der Stadt Troja voraussagte, aber niemand wollte auf sie hören? Wer die Wahrheit kennt, ist in dieser Welt ein sehr einsamer Mensch, Herr Baron. Er fällt leicht in Ungnade und wird verfolgt – dies und nichts anderes ist der Grund dafür, dass ich meine Namen und meine Identitäten so häufig wechseln musste. Aber eine ist dabei stets dieselbe geblieben …«

»Pandora«, mutmaßte er.

Sie nickte. »Peter war der Erste, der mich verstanden hat. Der mir eine Zuflucht schenkte und eine Heimat. Doch die Stimmen der Vergangenheit sind niemals verstummt.«

»Erzählen Sie mehr darüber«, verlangte der Baron. »Was sind das für Stimmen?«

»Sie würden es mir nicht glauben.«

»Sie vergessen, dass ich es war, der den Kontakt zu Ihnen gesucht hat. Wäre ich nicht der Überzeugung, dass Sie über gewisse Fähigkeiten verfügen, wären wir einander niemals begegnet. Also sagen Sie mir: Was sind das für Stimmen, die Sie seit Ihrer Kindheit hören?«

»Die Stimmen jener, die vor mir die Gabe hatten, die Nachfolgerinnen Pandoras, deren Wissen von Generation zu Generation weitergegeben wurde, über die Zeitalter hinweg. Sie alle sprechen zu mir, und sie hüten ein Geheimnis seit Tausenden von Jahren.«

»Was für ein Geheimnis?«

»Das, dem auch Sie auf der Spur sind, Herr Baron«, eröffnete sie und sah ihn dabei durchdringend an. »Ich wusste, dass Sie kommen würden, damals in London. Ich hatte Sie bereits erwartet. Und deshalb wusste ich auch, was Sie von mir wollen und wonach Sie in Wahrheit suchen, noch lange bevor Sie das Logbuch erwähnten.«

Von Troneck starrte sie an. Gegen seinen Willen hatte sein Herz schneller zu schlagen begonnen, seine Handflächen waren feucht geworden. »Dann ist es wahr?«, hörte er sich selbst fragen, auch wenn er es eigentlich nicht wollte.

»Ich weiß nicht, was es gewesen ist, das Ihr Schicksal mit dem meinen verbunden hat, aber bisweilen kommt es vor, dass es solche Verbindungen zwischen Fremden knüpft. Wir nennen das dann …«

»… Bestimmung«, fiel er ihr ins Wort.

Sie nickte. »Ich fürchte, dies ist hier der Fall, auch wenn es weder Ihnen noch mir besonders behagen mag. Doch wenn das Schicksal spricht, haben wir zu folgen.«

»Haben Sie dem Treffen mit mir deshalb zugestimmt?«, wollte von Troneck wissen.

»In der Tat. Ich wollte unsere Zusammenkunft nutzen, um mehr über Sie und Ihre Forschungen herauszufinden. Ich wollte in Erfahrung bringen, was Sie bereits wissen. Aus diesem Grund habe ich auch um Einsicht in das Logbuch gebeten – doch ich schwöre bei Pandoras Wahrheit, dass ich dies in niemands anderem Interesse getan habe als in meinem eigenen. Was jedoch

Peter angeht ...« Sie unterbrach sich und sah zu Boden. »Ich glaube, diese Dinge haben ihm eine Heidenangst gemacht.«

»Genug, um damit zum Secret Service zu gehen?«

Sie nickte. »Aber ich wusste nichts davon, das müssen Sie mir glauben! Alles, was ich von Ihnen wollte, waren Informationen!«

Von Troneck stand aus seinem Sessel auf. Über den teppichbeschlagenen Boden, der leicht schwankte, trat er zu einem der Fenster und blieb davor stehen, als könnte er durch die herabgelassene Jalousie die vorbeiziehende Landschaft sehen. »Ich muss zugeben, dass ich noch immer Zweifel an Ihrer Version der Geschichte habe«, gestand er.

»Weil Sie Peter nicht so gut kennen wie ich. Er wollte mit mir nach Amerika gehen, hat verlangt, dass ich alles hinter mir lasse. Als ich ablehnte, hat er sich aus Verzweiflung wohl entschieden, mich entführen und gegen meinen Willen nach Lissabon bringen zu lassen.«

Von Troneck wandte sich wieder zu ihr um. »Sie wollen sagen, er hätte es aus Liebe getan?«

»Genau das.« Sie nickte. »Haben Sie jemals so geliebt, Herr Baron?«

Von Troneck hielt ihrem prüfenden Blick stand, seine Gesichtszüge blieben unverändert. »Nur einmal«, gestand er dann, und sein Tonfall machte klar, dass er kein weiteres Wort darüber verlieren würde.

Larna sah ihn an. Ungeweinte Tränen glänzten in ihren grünen Augen, die nun wieder den geheimnisvollen Zauber hatten. »Dann wissen Sie, wozu jemand fähig ist, der verzweifelt liebt, Herr Baron«, sagte sie leise. »Ich schwöre, dass ich nicht wusste, was Peters Pläne waren. Wäre ich mir darüber im Klaren gewesen, hätte ich es niemals zugelassen.«

»Und das soll ich glauben?«

»Als ich sagte, dass ich Ihnen bei Ihrer Suche helfen wollte, sind das keine leeren Worte gewesen«, versicherte sie. »Ich will dieses Geheimnis ergründen, Herr Baron, mindestens ebenso sehr wie Sie selbst. Aus diesem Grund hat uns das Schicksal verbunden, und auch wenn ich die Art und Weise dieser Verbindung noch nicht ganz durchschaue, kann es doch keinen Zweifel geben.«

»Keinen Zweifel woran?«

»Dass Sie und ich«, erwiderte sie, während der Zug weiter unaufhaltsam nach Norden ratterte, »dazu bestimmt sind, dieses große Rätsel der Menschheitsgeschichte zu lösen.«

15

»Das muss er sein!«

Jack zog mit der S 55 eine enge Schleife. Die Neigung um die Längsachse ermöglichte es Otto und ihm, einen Blick auf das Gelände unter ihnen zu werfen.

Unten im Tal des Ebro war die Landschaft flach wie ein Topfboden gewesen; hier im Norden war sie ungleich wilder. Ausgedehnte Wälder und von Felsen gekrönte Erhebungen prägten das Bild – und mitten hindurch wand sich ein Schienenstrang, auf dem sich ein einsamer Zug in nördlicher Richtung schleppte.

Neben der Lok – einem schnaubenden, pechschwarzen Ungetüm mit Tender – bestand der Zug nur aus drei Wagen: einem Flachwaggon, auf dem unter tarnfarbenen Planen militärisches Gerät verzurrt war, sowie zwei Personenwagen. Es war der einzige Zug auf der gesamten Strecke, also sprach viel dafür, dass es derjenige war, nach dem sie suchten.

»Ich weiß noch immer nicht, ob das eine gute Idee ist, Skipper«, wandte Otto ein.

»Ich auch nicht.« Jack schnitt eine Grimasse, während er das Steuer nach vorn drückte und die Nasen der *Liberty* senkte. »Deshalb werde ich tun, was ich in solchen Fällen immer tue.«

»Und das wäre?«

»Nicht lange nachdenken.«

Jack ließ die Maschine tiefer gehen und verlangsamte die Geschwindigkeit. »Wenn wir in ihrem Rücken anfliegen, werden sie uns mit etwas Glück nicht bemerken.«

»Und wenn wir kein Glück haben?«, fragte Otto gepresst.

»Das finden wir raus, wenn es so weit ist. Bereit, das Steuer zu übernehmen, Oz?«

»Nein, ganz und gar nicht«, erwiderte Otto, der seine kalte Pfeife zwischen den Zähnen hatte und auf dem Mundstück herumbiss, um sich ein wenig zu beruhigen. »Aber wenn du unbedingt willst, dann bringen wir es hinter uns. Ich übernehme.«

»Halt die Lady auf Kurs, großer Zauberer«, meinte Jack und klopfte ihm ermunternd auf die Schulter. »Wenn es gut läuft, bin ich gleich wieder hier.«

Der deutschen Gründlichkeit zum Trotz verzichtete Otto darauf zu fragen, was passieren würde, wenn es *nicht* gut lief – er hätte ohnehin keine Antwort bekommen. Er begnügte sich damit, seinem Partner einen grimmigen Blick zuzuwerfen, worauf Jack von der Kanzel aus in die linke Schwimmergondel abstieg und sich bereit machte. Rasch schlüpfte er in seine A2-Jacke und schloss sie, prüfte die Ladung des Colt Army. Dann ging er vor zum Bug und öffnete die Luke. Heftiger Flugwind blies ihm entgegen und raubte ihm den Atem.

Jack griff nach einer der Fliegerbrillen, die an den Wandhalterungen bereithingen, und zog sie über. Nun kam es darauf an. Die Strickleiter auszuwerfen, war eine Sache – daran in vollem Flug hinabzuklettern, ohne abzustürzen und sich dabei sämtliche Knochen zu brechen, war noch einmal etwas ganz anderes.

Er fasste sich ein Herz und stieg die metallenen Tritte hinauf, stemmte sich aus der Öffnung.

Otto hatte seine Anweisung genau befolgt und näherte sich dem Zug von hinten, in trägem Sinkflug begriffen. Von den Waggons aus war die S 55 auf diese Weise nicht zu erkennen. Brenzlig wurde es erst, wenn sich jemand auf der Heckplattform des Schlusswagens zeigte.

Jack kletterte hinaus.

Der Wind zerrte an ihm, und er versuchte, nicht daran zu denken, dass ein einziger Fehltritt sein sicheres Ende bedeuten würde. Der alte Trick, einfach nicht nach unten zu sehen, funktionierte in diesem Fall nicht, denn Jack musste wissen, wohin die Reise ging.

Vorsichtig stieg er hinaus, warf Otto in der Kanzel einen Blick zu. Dann begann er, an der Strickleiter, die rund zehn Meter nach unten reichte, in die Tiefe zu klettern.

Sprosse für Sprosse.

Stück für Stück.

Am Anfang ging es noch überraschend einfach, doch je tiefer er kam, desto waghalsiger wurde es. Jack ahnte, wie sich ein Floh fühlen musste, der sich an einem Hundeschwanz festgebissen hatte. Sich mit beiden Händen an die Sprossen klammernd, flatterte er im Wind wie das Sternenbanner über dem verdammten Fort McHenry, während der Zug unter ihm immer näher kam. In einem Anflug, den Jack selbst nicht besser hinbekommen hätte, folgte Otto dem Verlauf der Schienen und schloss zu den Waggons auf. Inzwischen galt es, nicht nur mehr den Zug im Auge zu behalten, sondern auch die Bäume, die den Schienenstrang zu beiden Seiten säumten – eine Kollision mit den Tragflächen würde das Ende der S 55 bedeuten.

So rasch er es wagen konnte, kletterte Jack bis zur untersten Sprosse. Sein Herzschlag hämmerte in seiner Brust, während er wartete. Die Waggons flogen heran, waren jetzt vielleicht noch drei, vier Meter unter ihm. Jack stieg von der untersten Sprosse ins Leere, hielt sich nur noch mit den Händen an der Strickleiter fest, während seine Beine im Nichts baumelten. Er durfte nicht zögern – wenn er auch nur einen Augenblick zu lange wartete, würde der günstigste Augenblick verstrichen sein …

Die Rauchschwaden der Lok erfassten ihn und hüllten ihn ein. Nicht nur, dass sie infernalisch nach Ruß und Feuer stanken, er konnte auch so gut wie nichts mehr erkennen.

Im nächsten Moment war der Waggon bereits heran! Mit einer Verwünschung, die ebenso gut auch ein Stoßgebet sein mochte, ließ Jack die Leiter los und stürzte.

Einen Augenblick lang umgab ihn schreckliche Leere, und der Wind zerrte an ihm.

Dann schlug er auf.

In einem Reflex warf er sich bäuchlings nach vorn, umklammerte das walzenförmige Blechdach, das rostig war und schwarz vom Ruß, während die Savoia-Marchetti über ihm steil in den Himmel stieg und in den Wolken verschwand, als hätte es sie nie gegeben. Jack spuckte den Ruß aus, den er im Mund hatte. Vorausgesetzt, er überlebte diese Dummheit, würde er Otto für diese fliegerische Glanzleistung wohl einen Drink spendieren müssen.

Flach auf dem Waggondach liegend, umgeben vom Stampfen der Lok und dem Rattern der Wagen, kämpfte Jack seinen rasenden Herzschlag nieder. Sich gegen den Fahrtwind stemmend, raffte er sich schließlich auf und kroch auf allen Vieren weiter, bis zu dem Lüftungsdeckel, der in das Wagendach eingelassen war. Ein etwa zwei Finger breiter Spalt erlaubte einen Blick ins Innere des Waggons, und Jack konnte deutsche Legionäre sehen, die dort in ihren braunen Uniformen saßen, sicher zwei Dutzend. Von der Frau – wenn sie überhaupt an Bord dieses Zuges war – war nichts zu sehen.

Jack beschloss, sein Glück beim nächsten Waggon zu versuchen. Den Vierfüßlerstand gab er auf und bewegte sich in gebückter Haltung und auf wackeligen Beinen weiter, sich mit aller Kraft gegen den Fahrtwind stemmend.

Die Lücke zwischen den Wagen überwand er mit einem Sprung, der ihn um ein Haar das Leben gekostet hätte – nur mit Mühe gelang es ihm, das Gleichgewicht zu wahren und sich auf dem Dach zu halten. Wieder arbeitete er sich zur Lüftungsklappe vor und spähte hinab. Was er sah, war das Innere eines mit Holz getäfelten Salonwagens. Es gab samtbezogene Sessel, und als Jack sich noch weiter vorbeugte, konnte er ein Sofa erkennen, auf dem eine verloren wirkende Gestalt kauerte.

Es war die Frau mit den kurzen blonden Haaren.

Sie war gefesselt.

Außer ihr schien noch jemand in dem Wagen zu sein – jemand, der eine schwarze Uniform trug, von dem Jack jedoch nur die Beine sehen konnte, auf denen er ruhelos auf und ab ging und die in schwarz glänzenden Stiefeln steckten.

Jacks Triumph darüber, dass er die Frau gefunden hatte, wich intensivem Grübeln. Fieberhaft überlegte er, wie er an sie herankommen könnte, und legte sich einen Plan zurecht – der jedoch schon im nächsten Moment keinen feuchten Dreck mehr wert war. Denn gerade, als er vom Dach auf die Plattform des Salonwagens herabklettern wollte, sah er, dass auf der Plattform des nachfolgenden Wagens bereits jemand stand.

Es war ein deutscher Legionär.

Eine Zigarette klemmte zwischen seinen Lippen, seine MP28 hing am Riemen über der Schulter, und er wollte gerade seinen Hosenstall öffnen, um seitlich vom Zug zu pissen.

In diesem Moment erblickte er Jack.

Und griff sofort nach seiner Waffe.

16

Zum Nachdenken blieb Jack keine Zeit – wenn der Kerl Alarm schlug, würde es zu spät sein!

Mit einem weiten Satz sprang er vom Dach des Waggons, direkt auf die Plattform des anderen Wagens. Der Legionär hatte die Waffe bereits in den Händen, die Finger gefährlich nah am Abzug. Jack überlegte nicht lange und schlug zu, landete einen satten Magenschwinger.

Der Mann ächzte, die Zigarette fiel ihm aus dem Mund, während er wie ein gefällter Baum nach vorn kippte. Aber wenn Jack geglaubt hatte, dass sein Gegner damit schon genug haben würde, irrte er sich gründlich. Der Deutsche kam zurück, viel schneller, als er erwartet hatte, und rammte ihm den Kolben seiner Maschinenpistole in den Unterleib. Nun war es Jack, der stöhnend niederging und das geriffelte Bodenblech der Plattform küsste, sodass seine Unterlippe heftig blutete.

»So, Freundchen«, sagte der andere und drehte seine Waffe herum, um damit auf Jack anzulegen. »Und jetzt wirst du ...«

Weiter kam er nicht, denn er blickte in den schussbereiten Lauf von Jacks Colt Army, den Jack noch im Kauern gezückt hatte.

»Kein Mucks«, schärfte Jack ihm ein – dafür reichten seine

Deutschkenntnisse durchaus. »Die Waffe weg, aber sofort!«, verlangte er.

Die Zeit drängte. Wenn einer der anderen Legionäre zum Pissen auf die Plattform kam, war es vorbei …

Der Mann hatte wohl keine Lust, sich eine Bleivergiftung einzufangen. Er nahm die rechte Hand vom Griff der Waffe und legte sie mit der linken auf den Boden.

»Mütze«, verlangte Jack. »Schnell!«

Der andere kam auch dieser Aufforderung nach. Er zog sein Schiffchen vom Kopf und warf es zu Boden. Wut und Furcht sprachen dabei aus seinen Augen.

»Und jetzt spring«, ordnete Jack an.

»Was?« Der Deutsche starrte ihn verständnislos an.

Statt zu erklären, zog Jack nur den Spannhahn zurück. Das metallische Klicken machte dem anderen klar, dass er keine Wahl hatte. Auf weichen Knien wandte er sich um – in diesem Moment war Jack bereits aufgesprungen und beförderte ihn mit einem kräftigen Stoß in den Rücken von der Plattform.

»Na also, warum nicht gleich?«, knurrte er und holsterte die Waffe.

Er behielt die Tür des Mannschaftswagens im Auge, während er hastig die Kopfbedeckung des anderen überzog. Bei der Truppeninspektion wäre er mit diesem Aufzug wohl durchgefallen, aber für seine Zwecke würde es genügen. Rasch griff er nach der herrenlosen MP28 und wechselte auf die Plattform des Salonwagens, dessen schmale Tür ein Fenster aus Milchglas hatte. Selbstbewusst nahm Jack davor Aufstellung und klopfte energisch an.

»Ja?«, blaffte es von drinnen.

Jack kannte diesen Tonfall, es war überall auf der Welt derselbe. Der herrische Tonfall von Leuten, die es gewohnt waren, Befehle zu erteilen.

Jack kratzte sein bestes Deutsch zusammen und versuchte sich zu erinnern, was Otto ihm über die Aussprache beigebracht hatte. »Meldung vom Hauptquartier!«, schnarrte er.

Einen Augenblick lang geschah nichts. Dann waren von drinnen hastige Schritte zu hören, und die Tür wurde entriegelt und aufgerissen.

»Was hat dieser Unfug zu bed…?«

Die Tirade endete, als Jack den klobigen Lauf der MP28 zwischen Tür und Angel schob. »Kein Laut«, sagte er dazu, »oder Sie sind tot.«

Das Gesicht des anderen schnappte ein wie ein Gummiband. Es waren vornehme, kultivierte Züge, die zu Jacks Überraschung wenig Bedrohliches an sich hatten – bis auf die schwarze Klappe, die über dem linken Auge verlief und nicht recht zu passen schien.

Der Mann mochte an die fünfzig Jahre alt sein. Sein graumeliertes Haar war kurz geschnitten, sein Kinn frisch rasiert. Die schwarze Uniform, die er trug, war auf seinen sehnigen Körper geschneidert worden, hatte jedoch keine Rangabzeichen, sondern nur ein seltsames Symbol auf den Kragenspiegeln, das wie ein stilisierter Baum aussah. Wer immer der Kerl war, er schien einen Sonderposten im Reich zu bekleiden.

Sicherheitsdienst womöglich.

Oder noch Schlimmeres.

Das graublaue Auge des Mannes taxierte Jack einen Moment lang, als überlegte er, ob dieser es ernst meinte. Schließlich trat der Deutsche zurück und gab den Weg in den Waggon frei. Jack ging hinein, warf die Tür hinter sich ins Schloss und verriegelte sie.

»Wer immer Sie sind, Sie machen gerade einen großen Fehler«, sagte der Mann in Schwarz voraus, während er sich zögernd ins Wageninnere zurückzog. Wände und Decke waren mit Mahagoni getäfelt, es gab einen Sekretär und eine mit dunkelgrünem Samt bezogene Sitzgarnitur. Darauf kauerte die fremde Schöne, nicht länger schlafend, aber an Hand- und Fußgelenken gefesselt.

»Glauben Sie mir, Sie sind nicht der Erste, der das sagt«, erwiderte Jack halblaut und jetzt auf Englisch. Ob der andere ihn verstand, war ihm herzlich egal.

»Amerikaner?«, fragte dieser jedoch, wobei er mühelos ins Englische wechselte. »Für wen arbeiten Sie? Die Briten? Den SIS?«

»Was?« Jack runzelte die Stirn, während er mit dem Lauf der Maschinenpistole in Richtung Sofa deutete. »Nehmen Sie ihr die Fesseln ab, aber schnell!«

Die Frau sah zu ihm herüber, schweigend und mit großen Augen. Sie schien völlig eingeschüchtert zu sein.

Der Uniformierte lachte nur. »Das ist typisch für euch Amerikaner, nie denkt ihr etwas zu Ende. Haben Sie sich schon überlegt, wie Sie von hier entkommen wollen?«

»Überlassen Sie das mir«, knurrte Jack und fuchtelte bedrohlich mit der Waffe. »An die Arbeit!«

Der andere straffte sich. »Wie Sie wollen.«

Er wandte sich um, ging zum Sofa und löste der Gefangenen die Fesseln. Doch als er sich wieder aufrichten wollte, ließ Jack den Kolben der MP28 auf ihn niedergehen. Der Uniformierte sackte zusammen und landete bewusstlos auf dem Boden.

Die Unbekannte starrte Jack fassungslos an. »Wer sind Sie, verdammt noch mal?«

Nicht nur ihre Forschheit überraschte ihn. Auch ihre Stimme, die rau war und ein wenig krächzte ... und ihm irgendwie bekannt vorkam. »Ich bin ein Freund«, versicherte er. »Ich bin hier, um Sie rauszuholen und nach Lissabon zu bringen.«

»Sie arbeiten für Peter? Peter Henderson?«

»Schätze, ja«, bestätigte Jack – es schien ihm am einfachsten zu sein. Dass er sich selbst nicht sicher war, für wen sein Partner und er im Moment eigentlich arbeiteten, hätte jetzt zu weit geführt, zumal es vor der Waggontür plötzlich Unruhe gab. Offenbar hatten ein paar der Legionäre bemerkt, dass ihr Kamerad nicht von seiner Pause zurückgekehrt war …

»Sie können natürlich auch bleiben und Ihr Glück mit Mr. Frankenstein hier versuchen«, meinte Jack mit Blick auf den bewusstlos am Boden liegenden Mann. Er konnte es kaum fassen, als die Frau tatsächlich zu überlegen schien, während es hinter der Tür immer lauter wurde.

»Herr Baron!«, rief eine besorgte Stimme auf Deutsch. »Verzeihen Sie die Störung, aber da ist etwas, das Sie wissen sollten …«

Jack bedachte den Kerl am Boden mit einem Seitenblick – offenbar hatte er gerade einen Blaublütigen ausgeknockt.

»Baron von Troneck!«, rief die Stimme, als niemand antwortete. »Ist alles in Ordnung bei Ihnen?«

Jack schürzte die Lippen.

Langsam wurde es brenzlig …

»Hören Sie, die Typen da draußen verlieren langsam die Geduld«, wandte er sich an die Dame. »Was darf's sein, Teuerste?«

Sie warf ihr wirres blondes Haar zurück und sah ihn unverwandt an, mit Augen, die so grün waren wie Smaragde. »Ich werde bleiben«, erklärte sie.

»Wie bitte?« Jack glaubte, nicht richtig zu hören.

»Gehen Sie zurück, woher Sie gekommen sind. Und richten Sie Peter aus, dass ich …«

»Das träume ich doch alles nur«, knurrte Jack. Die Maschinenpistole legte er weg, dafür trat er auf die Schöne zu und packte sie bei den Handgelenken.

»Was tun Sie?«

»Was wohl? Ich zwinge Sie zu Ihrem Glück, Ma'am«, erwiderte er, zog sie kurzerhand hoch und lud sie sich über die Schulter. »Ich weiß, dass diese Leute etwas anderes behaupten, aber glauben Sie mir, mit denen ist nicht gut Kirschen essen.«

»Lassen Sie mich los!«, protestierte sie, während sie über seiner Schulter lag wie ein Sack Mehl.

»Ich denke nicht daran.« Jack hatte die Tür im Blick. Die Silhouetten von einem halben Dutzend grober Gestalten zeichneten sich inzwischen durch das Milchglas ab.

Zeit zu verschwinden.

Mit der sich heftig beschwerenden Last auf den Schultern durchmaß Jack den Salonwagen und öffnete die Tür zur anderen Seite, indem er sie kurzerhand auftrat. Rasch zwängte er sich mit der Schönen hinaus, und das keinen Augenblick zu früh. Denn in diesem Moment flog krachend die Tür auf der entgegengesetzten Seite des Wagens auf.

Der Feldwebel, der seinen Leuten voran in den Salon stürmte, war zum Glück nicht der Allerschnellste. Sein stierer Blick fiel zunächst auf seinen reglos am Boden liegenden Vorgesetzten und wanderte erst dann zu Jack.

»He du!«, war alles, was ihm darauf einfiel. »Was …?«

Jack warf die Tür ins Schloss.

»Lassen Sie mich jetzt endlich los!«, verlangte die Frau auf Jacks Schultern, wobei sie seinen Rücken mit ihren Fäusten malträtierte.

»Gleich, Ma'am.« Jack sah zu, dass er von der Tür weg kam, und das war gut so. Denn im nächsten Moment krachte ein Schuss und zerschmetterte die Glasscheibe.

Jack stieß eine Verwünschung aus, während er kurz überlegte. Auf den Flachwagen, der an den Salonwaggon anschloss, konnte er nicht – dort gab es so gut wie keine Deckung, und vorn bei der Lokomotive würde er womöglich auf noch mehr Bewaffnete treffen. Es gab nur einen Weg, die Sache schnell und wirksam zu beenden …

Er drehte sich zur Seite, wo es kein Geländer gab und grüner Wald an der Plattform vorbeiwischte.

»Was tun Sie?«, schrie die Schöne panisch. »Sie haben doch nicht etwa vor …?«

Jack hörte nicht mehr zu. Er wartete nur auf den rechten Moment und sah ihn kommen, als sich eine Lücke zwischen den Bäumen auftat. Eine von Moos und Farn bedeckte Böschung fegte heran, die sie einigermaßen weich aufnehmen würde.

Im nächsten Augenblick warf er seine protestierende Last über Bord und sprang selbst hinterher.

Einen quälenden Moment lang umfing ihn bange Ungewissheit, dann kam ein harter Aufprall. Jack hörte seine Knochen knacken, während er sich mehrmals überschlug. Dann blieb er am Fuß der Böschung liegen. Stöhnend richtete er sich halb auf und prüfte, ob noch alles beisammen war, während er die Erde ausspuckte, die er im Mund hatte. Der Zug war inzwischen längst an ihnen vorbei. Sollten der Feldwebel und seine Leute auf den Gedanken kommen, ihn zu stoppen, würde es noch eine ganze Weile dauern, bis die Wagen zum Stillstand kamen. Und bis die Legionäre wieder hier sein würden, würde nochmals einige Zeit verstreichen …

Jack sah sich nach der Frau um und fand sie nur wenige Meter entfernt. Sie lag im hohen Gras und rührte sich nicht. Jack eilte zu ihr – sie atmete. Offenbar hatte sie sich beim Sturz gestoßen und daraufhin das Bewusstsein verloren. Auf ihrer Stirn prangte eine heftige Beule, ihr Gesicht war von Schrammen übersät, ein Ärmel ihrer Bluse war abgerissen.

Jack schob seinen Arm unter ihren Rücken und hob ihren Oberkörper an. »Hey«, sprach er sie an. »Sind Sie in Ordnung?«

Die Unbekannte blinzelte und schlug die Augen auf. Dann schien die Erinnerung auch schon zu ihr zurückzukehren ... »Haben Sie den Verstand verloren?«, fragte sie. »Wir hätten beide sterben können bei ...«

In diesem Moment, als er über sie gebeugt war, bemerkte Jack den Geruch. Dieser Duft, der sie umgab, diese Mischung aus Geheimnis und wilder Exotik, war ihm schon einmal aufgefallen, und er erinnerte sich genau, wo und wann das gewesen war. Und nun wurde ihm auch klar, warum ihm ihre Stimme so bekannt vorgekommen war!

»Sie sind das!«, rief er und legte sie auf die Erde zurück, als hätte er sich die Finger verbrannt.

»Was?« Sie hob die Brauen.

»Ihr Parfum hat Sie verraten! Und Ihre Augen«, fügte er hinzu. »Sie sind diese Wahrsagerin ... Panderosa!«

»Pandora«, verbesserte sie mit indigniertem Augenaufschlag. »Und?«

»Sie sagten, die Sieben wäre meine Glückszahl«, hielt Jack ihr vor, »also habe ich alles auf die Sieben gesetzt – und es verloren.«

»Selbst schuld, wenn Sie so gutgläubig sind.« Sie grinste freudlos.

»Haben Sie diesem Nazi auch etwas Falsches prophezeit? Ist er deswegen hinter Ihnen her?«

Sie sah Jack an, der Spott in ihren Zügen wich offener Verachtung. »Sie haben doch gar keine Ahnung, wovon Sie reden«, beschied sie ihm.

»Auch wieder wahr.« Jack zuckte mit den Schultern, dann zückte er seinen Kompass und prüfte die Himmelsrichtung. Zu dem See, wo Otto mit der S 55 wartete, konnte es von hier aus nicht weit sein.

»Was tun Sie?«, wollte Pandora wissen.

»Was fragen Sie mich? Sie sind doch das Medium von uns beiden.« Er stand auf und streckte ihr die Hand entgegen, um ihr aufzuhelfen. »Können Sie gehen?«

»Wohin?«, fragte sie. »Wenn Sie glauben, dass Sie mich einfach entführen können wie … *hey*!«

Jack hatte das Reden satt. Kurzerhand warf er sie sich wieder über die Schulter und trug sie den Hang hinab.

Die Zeit drängte.

17

»Herr Baron! Herr Baron, können Sie mich hören ...?«

Die Stimme drang wie aus weiter Ferne an Eugen von Tronecks Bewusstsein. Er wollte nicht erwachen, denn er wusste instinktiv, dass dann auch der Schmerz zurückkehren würde.

»Herr Baron ...!«

Die Stimme war zu besorgt, zu ungeduldig, um sie zu ignorieren. Von Troneck versuchte zu sprechen, aber alles, was er zustande brachte, war ein heiseres Ächzen.

»Er kommt zu sich«, stellte jemand fest.

»Herr Baron, wachen Sie auf!«

Es gab kein Zurück mehr. Von Troneck merkte, wie seine Lebensgeister zurückkehrten – und mit ihnen auch der elende Schmerz, der in seinem Genick saß und von dort seinen Hinterkopf hinauf- und seine Wirbelsäule hinabkroch. Er fand sich rücklings auf dem Boden liegend, der sich unter ihm bewegte ... *der Zug*! Der Baron biss die Zähne zusammen und versuchte, sich zu bewegen.

Und endlich schlug er das verbliebene Auge auf.

Das Erste, was er sah, waren die wenig geistreichen Gesichtszüge eines Unteroffiziers, der mit einer Mischung aus Besorgnis und Erleichterung auf ihn herabschaute.

»Herr Baron! Endlich kommen Sie zu sich!«

Es war der Feldwebel, der den Zugtransport begleitete. Ein Kommisskopf wie er im Buche stand, ein Befehlsempfänger ohne Verstand. Von Troneck hatte ihn als so unwichtig empfunden, dass er sich nicht einmal seinen Namen gemerkt hatte. Dafür kehrte schlagartig die Erinnerung an die jüngsten Geschehnisse zurück. Der Amerikaner, der plötzlich aufgetaucht war ...

»Die Gefangene, wo ist sie?« Der Baron schoss hoch, nur um es gleich zu bereuen – der Schmerz war so heftig, dass ihm ein heiserer Schrei entfuhr.

»Sie sind fort, alle beide«, gestand der Feldwebel.

»Wo ... wohin?«, stammelte von Troneck.

»Sie sind vom fahrenden Zug gesprungen.«

Der Baron brauchte einen Moment, um seine Gedanken zu ordnen. Wenn der Boden unter ihm sich bewegte, bedeutete das, dass sie sich noch immer in voller Fahrt befanden.

»Warum haben Sie den Zug nicht angehalten, Sie Trottel?«, blaffte er drauflos. »Warum nicht die Verfolgung der Flüchtigen aufgenommen?«

»Weil das nicht unser Befehl gewesen ist«, erklärte der Feldwebel in seiner schlichten Art. »Unsere Order lautet, Sie zu beschützen, Herr Baron.«

Von Troneck stieß eine Verwünschung aus.

»Sollen wir den Zug jetzt anhalten, Herr Baron?«

Von Troneck sah ihn zweifelnd an. »Wie lange war ich ...?«

»Etwa zehn Minuten, Herr Baron.«

»Dann sind sie inzwischen über alle Berge – und das ist Ihre Schuld!«

»Meine? Aber Herr Baron, ich habe doch lediglich meine Befehle ...«

»... befolgt, ich weiß.« Von Troneck schnaubte. »Mit dem

Ergebnis, dass unsere Gefangene entkommen ist und dieser impertinente Amerikaner ebenfalls. Vermutlich verstecken sie sich irgendwo im Wald, aber mit unseren paar Leuten haben wir nicht die geringste Chance, sie zu finden.«

»Herr Baron.« Der Feldwebel senkte das Haupt. Allein für die zerknirschte Miene, die er dabei an den Tag legte, hätte von Troneck ihn am liebsten erschießen lassen.

»Fahrt beibehalten«, ordnete er an, während er sich mühsam wieder auf die Beine raffte. Zwei der Soldaten mussten ihm dabei helfen. »Ich will San Sebastian so rasch wie möglich erreichen, und zwar ohne weitere Zwischenfälle. Ist das klar, Herr Feldwebel?«

»Jawohl, Herr Baron.« Der Unteroffizier schlug die Hacken zusammen und nahm Haltung an.

»Ich werde in Berlin zum Rapport erwartet. Und Sie sollten beten, dass ich dort nicht auch berichten werde, was für einen Ausbund an Dummheit und Feigheit man mit Ihnen zum Portepeeträger befördert hat! Ginge es nach mir, würden Sie wieder als Gefreiter Ihren Dienst versehen!«

»Herr Baron.« Der Feldwebel stand stramm. Sein Blick war starr auf die Wand gerichtet, was er dachte oder fühlte, war nicht festzustellen.

Steif machte er kehrt und verließ den Salonwagen, seine Leute folgten ihm. Von Troneck war klar, dass er die Autorität des Feldwebels untergraben, dass er ihn gleichsam vor seinen Leuten entmannt hatte und sie ihn vermutlich niemals wieder ernst nehmen würden. Aber in Anbetracht der Möglichkeiten, die sich ihm kraft seines Amtes und seiner Befugnisse geboten hatten, schien ihm das noch eine vergleichsweise milde Maßnahme zu sein – zumal man auch ihn in Berlin sicher nicht mit Lobeshymnen überschütten würde.

Seine Mission war es gewesen, die Wahrsagerin für ihre Sache zu gewinnen. Wenn möglich, mit Charme und Überzeugungskraft. Wenn nötig, mit roher Gewalt.

Nach der ersten Kontaktaufnahme in London war von Troneck zuversichtlich gewesen, dass Charme und Überzeugungskraft genügen würden, dennoch hatte er in weiser Voraussicht Vorsichtsmaßnahmen getroffen – und damit Recht behalten.

Hendersons Verrat hatte er kommen sehen, und auch, dass die Gegenseite noch in Monte Carlo aktiv geworden war, hatte ihn nicht sonderlich überrascht. Es war wie bei einer Partie Schach, wo man nicht nur die eigenen Züge plante, sondern auch die des Widersachers vorauszusehen versuchte, und der Baron war sehr geschickt in diesem Spiel.

Nur diesen Amerikaner hatte er nicht kommen sehen.

Wer mochte er sein, und für wen arbeitete er?

Seine Überraschung, als von Troneck ihn nach dem Secret Service gefragt hatte, schien echt gewesen zu sein. Wer also war der Mann? Nur ein Söldner, der seine Dienste meistbietend feilbot? Einer der Glücksritter, von denen sich so viele zwischen den Fronten des spanischen Bürgerkrieges tummelten?

Wer auch immer er sein mochte, er war ein Niemand.

Eine Laune des Zufalls.

Und Eugen von Troneck verspürte unbändigen Zorn darüber, dass diese Laune des Zufalls ihm ins Handwerk gepfuscht hatte. Doch eines stand fest: Dieser Niemand würde schon sehr bald bezahlen für die Niederlage, die er dem Baron zugefügt hatte.

Denn auch wenn die Wahrsagerin vorerst entkommen sein mochte, gab es doch eine Spur, die zu ihr führte …

18

Saint-Jean-de-Luz, Frankreich
Abend des 24. August 1937

Von Verfolgern unbehelligt hatten sie den Treffpunkt erreicht und waren mit der S 55 gestartet.

Weshalb die Deutschen darauf verzichtet hatten, sie durch den Wald zu verfolgen, konnte Jack nur vermuten. Vielleicht hatten sie es als aussichtslos betrachtet, vielleicht war ihnen die Gefangene auch nicht so wichtig gewesen, wie es den Anschein gehabt hatte.

Im Grunde konnte es ihm gleichgültig sein.

Aber er wollte Antworten.

Nach allem, was ihnen den Tag über widerfahren war, hatten Otto und er es vorgezogen, den spanischen Luftraum so rasch wie möglich zu verlassen, und das nahe Frankreich angesteuert. Nur wenige Meilen jenseits der Grenze hatte Jack die Maschine in einer Bucht südlich der Hafenstadt Saint-Jean-de-Luz zur Landung gebracht. Am Ende eines morschen Kais, an dem ein paar alte Boote dümpelten, stand eine heruntergekommene *Auberge*. Das dazugehörige Lokal war eine düstere Kaschemme, in der es nach Salz und billigem Fusel roch und die Fischer der Umgebung ihr sauer verdientes Geld versoffen; doch es gab dort auch eine warme Mahlzeit, und da ihnen nach der durchwachten Nacht und der ganzen

Aufregung der Magen bis zu den Knien hing, beschlossen sie einzukehren.

Sie wählten einen Tisch in einer Ecke, wo sie ungestört sein würden und den Schankraum im Auge behalten konnten, für alle Fälle. Dann bestellten sie das einzige Gericht, das verfügbar war, einen Eintopf aus Thunfisch und Kartoffeln, der jedoch gut gewürzt war und ihre Mägen mit Wärme füllte.

Auch die Wahrsagerin aß einen Teller. Wortlos löffelte sie den Eintopf in sich hinein, wobei sie es peinlich mied, Jack oder Otto anzusehen. Die Fesseln hatten sie ihr längst abgenommen, und Jack hatte ihr eins von seinen Hemden gegeben als Ersatz für die zerschlissene Bluse. Doch ein Zeichen von Dankbarkeit suchte man bei der Schönen vergebens.

»So«, sagte Jack deshalb, nachdem sie ihren Teller leer gegessen hatte, »und nun erzählen Sie.«

»Was sollte ich Ihnen erzählen?« Sie strich ihr wirres kurzes Haar zurück und sah herausfordernd von einem zum anderen. »Ich weiß ja noch nicht einmal, wer Sie beide eigentlich sind.«

»Wo Sie recht hat …« Otto schürzte die Lippen, während er sich seine Pfeife stopfte.

»Also schön«, meinte Jack. »Mein Name ist Jack Kelley, und dies ist mein Partner Otto Keller …«

»Ein Amerikaner und ein Deutscher?« Sie wirkte amüsiert. »Sie wissen, dass das wie der Anfang von einem Witz klingt, oder?«

»Wir betreiben gemeinsam ein Flugunternehmen, die *Lost Cargo Company*«, fuhr Jack fort.

»Schon wieder witzig«, stellte sie fest. »Sind Sie so etwas wie Komiker?«

Jack schnaubte und zwang sich zur Ruhe. So attraktiv die Dame sein mochte, allmählich ging sie ihm auf die Nerven. »Vor allen Dingen sind wir die beiden Idioten, die Sie unter Einsatz ihres Lebens gerettet haben«, stellte er klar. »Und das, obwohl wir eigentlich nicht den geringsten Grund dazu hatten.« Das stimmte nicht ganz, aber das brauchte sie nicht zu wissen.

Unverwandt sah sie ihn an. Es war unmöglich zu sagen, was in ihrem Kopf vor sich ging. Doch plötzlich schien sie sich zu besinnen. »Sie haben recht«, sagte sie, »bitte lassen Sie uns noch einmal von vorn beginnen. Mein Name ist Larna King«, stellte sie sich vor und streckte ihm ihre Rechte entgegen.

»Angenehm«, log er, während er ihre Hand ergriff und schüttelte. »Aber ich dachte, Sie hießen …«

»Pandora ist mein *nom de voyage*«, erklärte sie.

»Wer?«, schmatzte Otto, während er die Pfeife ansog.

»Mein Künstlername«, drückte sie es anders aus.

»Was soll das alles überhaupt?«, wollte Jack wissen. »Dieser ganze Aufzug, das rote Haar, all das geschwollene Gerede …«

»Ich bin ein Medium«, erklärte sie schlicht.

»Hab ich gemerkt.« Jack blies durch die Nase.

»Mr. Kelley, nur weil die Sieben Ihnen nicht bares Geld eingetragen hat, bedeutet das nicht, dass es nicht Ihre persönliche Glückszahl wäre. Der Kosmos pflegt den Glücksbegriff ein wenig anders zu deuten, als Sie es ganz offensichtlich tun.«

»Der Kosmos muss ja auch nicht meine Rechnungen bezahlen«, ätzte er und schnitt eine Grimasse. »Warum sind die Nazis hinter Ihnen her?«

»Wer sagt das?«

»Die Tatsache, dass Sie gefangen waren. Und dass uns eine schießwütige Einheit deutscher Soldaten auf den Fersen gewesen ist. Ich weiß nicht, wie es Ihnen geht, aber für unsereinen fühlt es sich seltsam an, eine Kiste mit einer blinden Passagierin untergejubelt zu bekommen.«

»Einen Moment«, sagte sie, während ihr prüfender Blick von einem zum anderen wanderte. »Sie sind das gewesen?«

»Verdammt richtig«, knurrte Jack.

»Das Flugzeug, das mich nach Lissabon bringen sollte«, folgerte sie weiter. »Peter hatte Sie beide damit beauftragt?«

»Genauso ist es«, gab Jack offen zu, »und ich wünschte, ich hätte mich nie auf diese Sache eingelassen. Denn davon, dass wir eine bewusstlose Wahrsagerin transportieren würden, hinter der auch noch die Nazis her sind, hat uns Ihr feiner Mr. Henderson leider nichts gesagt.«

»Sie sind wütend«, stellte sie fest.

»Verdammt richtig, ich bin wütend.« Jack hieb mit der Faust auf den Tisch. »Irgendjemand hat uns bei dieser Geschichte mächtig verladen.«

»Und Sie denken, das wäre ich gewesen?«

»Jedenfalls stecken Sie tief in der Sache drin, Schätzchen«, meinte Otto, mit dem Mundstück der Pfeife auf sie deutend. »So viel steht fest.«

»Das ist wahr«, gestand sie, »aber anders, als Sie es sich vielleicht vorstellen, denn ich hatte nichts mit der Sache zu tun. Peter Henderson hat mich in Monte Carlo gegen meinen Willen entführen und in diese Kiste stecken lassen ...«

»Aber klar.« Jack schnitt eine Grimasse. »Für wie dämlich halten Sie uns?«

»Es ist die Wahrheit«, beharrte sie.

»Wieso sollte Henderson so etwas tun?«, wollte Otto wissen.

»Ironischerweise, um mich zu retten. Ich erwarte nicht, dass Sie das verstehen, es will mir ja selbst nicht recht in den Kopf, aber so ist es offenbar gewesen. Sein Plan sah wohl vor, dass ich mich in Lissabon mit ihm treffen würde, an Bord eines Schiffes, das uns beide in die Vereinigten Staaten bringen sollte.«

»Aber daraus wurde nichts, weil Frankenstein und seine Monster auf den Plan getreten sind«, mutmaßte Jack.

Sie nickte. »Von alldem wusste ich nichts, glauben Sie mir. Ebenso wenig, wie ich wusste, dass Peter in Wahrheit für den britischen Geheimdienst arbeitet.«

»Henderson?«, schnappte Jack.

»Scheiße«, sagte Otto auf Deutsch.

»Ich weiß nicht, was Sie beide denken. Aber Sie sind hier in eine Sache geraten, die sehr viel größer ist, als Sie es sich vorstellen können.«

»Habe ich das nicht schon mal gehört?« Otto blies eine Rauchwolke, durch deren blaue Schwaden er Jack einen genervten Blick schickte.

»Nun warte doch mal, Oz ... Ist das der Grund, warum uns dieser Transport untergejubelt wurde? Der britische Geheimdienst hatte das alles eingefädelt?«

»Ich schätze, ja – vermutlich nahm man an, dass eine Firma namens *Lost Cargo Company* keine Fragen stellen würde.«

Jack und Otto tauschten Blicke.

»Ich hab's dir schon tausendmal gesagt«, brummte der Deutsche. »Wir brauchen einen anderen Namen.«

»Jedenfalls«, fuhr Larna King fort, »müssen die Deutschen irgendwie Wind von der Sache bekommen haben, ihre Spione sind überall. Deshalb waren sie auch hinter Ihnen her.«

»Aber warum?«, wollte Jack erneut wissen. »Was wollen die Nazis von Ihnen?«

Sie hielt seinem fragenden Blick stand. »Wollen Sie das wirklich erfahren?«

Jack schnaubte. »Es hätte nicht viel gefehlt, und mein Partner und ich wären bei der Sache draufgegangen. Also ja, ich will auf jeden Fall erfahren, worum es dabei ging.«

Sie zögerte einen Moment. »Um Informationen, Mr. Kelley«, eröffnete sie dann. »Überaus wichtige Informationen, über die nur ich verfüge.«

»Weil Sie eine Wahrsagerin sind?«, fragte Jack in unverhohlenem Spott.

»Informationen, die für die Zukunft der Menschheit entscheidend sein könnten«, fügte sie daraufhin hinzu.

Otto verschluckte sich am Rauch und musste husten. »Ein bisschen kleiner haben Sie's nicht, werte Dame?«

Larna seufzte. Ernst sah sie von einem zum anderen, so, als würde sie unverhohlen am Verstand der beiden zweifeln. »Glauben Sie an die Reinkarnation menschlichen Bewusstseins?«, fragte sie dann. »An verschüttete Erinnerungen?«

Jack grinste. »Ich hab schon öfter so gesoffen, dass ich mich am nächsten Tag an nichts erinnern konnte. Aber das ist nicht, was Sie meinen, oder?«

»Nein.« Sie schüttelte den Kopf und seufzte, als bemitleidete sie sich selbst dafür, mit den beiden hier gestrandet zu sein. »Ich erinnere mich an die Vergangenheit«, erklärte sie. »Und zwar nicht nur an meine eigene, sondern auch an die vieler anderer Frauen, die alle über dieselbe Gabe verfügten wie ich.«

»Sie reisten in morschen Holzkisten?«, fragte Jack.

Larna überhörte die Bemerkung. »Meine älteste Erinnerung«, erklärte sie stattdessen, »reicht Tausende von Jahren zurück. In eine Zeit, da die Welt noch von Eis überzogen war und mit dem Feuer um die Vorherrschaft kämpfte.«

»Ernsthaft?«, fragte Otto.

»Nicht doch.« Jack schnaubte. »Das ist nur die Stelle, wo wir Gänsehaut kriegen sollen.«

»Zu jener Zeit, noch lange vor dem Beginn unserer überlieferten Geschichte, erstreckte sich hoch im Norden das mächtige Reich von An. Die Mythologie kennt verschiedene Namen dafür – möglicherweise ist Ihnen die Bezeichnung *Hyperborea* ein Begriff?«

»Nein«, gab Jack offen zu.

»Antike Schriftsteller wie Herodot oder Plinius berichten übereinstimmend von einem geheimnisvollen mächtigen Königreich im Norden, das sie als *Hyperborea* bezeichnen. Es ist der letzte Rest von Kenntnis, den die Menschen der damaligen Zeit von den Hyperboreern hatten. Dabei verdanken wir ihnen unsere gesamte Zivilisation.«

»Wie das?«, fragte Otto.

»Nun, weil die An – oder Hyperboreer – unsere gemeinsamen Urahnen sind. Ein mächtiges und hoch entwickeltes Volk, das einst von jenseits der Sonne auf unsere Welt gekommen ist.«

»Was soll das heißen?« Otto nahm die Pfeife aus dem Mund und beugte sich zu ihr vor. »Etwa aus dem Weltraum?«, fragte er mit verschwörerisch gesenkter Stimme.

»Krieg dich wieder ein, Oz. Sie veralbert uns nur«, war Jack überzeugt.

»Durchaus nicht. Haben Sie nie Herbert George Wells gelesen? Den *Krieg der Welten*?«

»Nein, Ma'am. Der Krieg auf Erden hat mir gereicht.«

»Viele Gelehrte vertreten heute die Ansicht, dass die Vorfahren der Menschheit einst aus dem All gekommen sind und die Begründer unserer Hochkulturen waren – der Ägypter, der Sumerer, der Maya und anderer. Das Reich *Hyperborea* ist der Beweis, dass ihre Theorien richtig sind.«

»Verstehe«, knurrte Jack. »Und was haben Sie mit all dem zu schaffen?«

»Zur Blütezeit des Reiches der An, kurz bevor es aus der

Geschichte verschwand, gab es dort eine Hohepriesterin mit dem Namen Pandora«, begann Larna.

»War das auch die mit der Büchse?«, fragte Otto dazwischen, um an Jack gewandt hinterherzuschießen: »Wenn du jetzt lachst, hau ich dir aufs Maul.«

»Sie haben recht«, stimmte die Wahrsagerin zu. »Der Mythos von Pandora und ihren Gaben, die das Verderben in die Welt gebracht haben, ist aus dieser Geschichte entstanden. Denn Pandora ist die Hüterin eines großen Geheimnisses gewesen. Eines Geheimnisses, das so bedeutend ist, dass bis zum heutigen Tag Menschen bereit sind, dafür zu töten.«

»Und um dieses Geheimnis geht es den Deutschen?«, fragte Jack skeptisch.

»In der Tat.«

Er grinste. »Sie werden uns nicht zufällig verraten, worum es bei diesem großen, großen Geheimnis geht, oder?«

»Es kommt darauf an.«

»Worauf?«

Sie sah ihn direkt an, und er hatte das Gefühl, in ihren Augen zu versinken. »Wie sehr Sie beide bereit sind, sich bei dieser Sache einzubringen, Mr. Kelley.«

»Wie sehr wir uns einbringen?« Jack lachte freudlos auf. »In den vergangenen vierundzwanzig Stunden wurden wir belogen, hintergangen, um ein Haar vom Himmel geholt, beinahe standrechtlich erschossen und fast in die Luft gesprengt. Das genügt für meinen Geschmack.«

»Für meinen auch«, bestätigte Otto paffend.

»Und wenn ich Ihnen sage, dass es auch um Geld geht?«

»Ich will Ihnen etwas verraten, Ma'am«, sagte Jack. »Diese ganze Geschichte dreht sich für uns *ausschließlich* um Geld. Sonst wären wir kaum so dämlich, unseren Hals zu riskieren.«

Sie lächelte. »Man könnte auch erwidern, dass es Dinge gibt, für die es noch viel mehr lohnt, alles zu riskieren.«

»Wovon sprechen Sie? Ruhm und Ehre?« Jack grunzte. »Oz und ich waren beide im Krieg. Da gab es mehr Ruhm und Ehre, als ein normaler Mensch vertragen kann.«

»Wie viel hätten Sie für den Flug nach Lissabon bekommen?«

»Viertausend Dollar.«

Sie schürzte anerkennend die Lippen. »Das ist viel Geld.«

»Allerdings, und deshalb werden wir unseren Auftrag auch zu Ende bringen und Sie ans Ziel bringen. Wir brauchen das Geld, wenn wir im Geschäft bleiben wollen.«

»Außerdem können wir es uns nicht leisten, unseren Auftraggeber zu enttäuschen«, fügte Otto hinzu.

»Und wenn ich die Summe verdoppeln würde?«

»Damit wir was tun?«, wollte Otto wissen.

»Mich an ein Ziel meiner Wahl bringen.«

»Weiter nichts?« Otto hob die Brauen.

»Und wer soll uns so viel Geld bezahlen, Lady?«, fragte Jack. »Sie etwa?«

»Die britische Regierung.«

»Habe ich was verpasst?«

»Ich sagte Ihnen doch schon, dass Mr. Henderson für den Secret Service tätig ist«, erklärte Larna. »Die Deutschen sind nämlich nicht die Einzigen, die sich für Pandoras Geheimnis interessieren.«

»Okay«, meinte Jack und hob resignierend die Hände, »ich gebe zu, jetzt haben Sie mich neugierig gemacht. Was ist das für ein Geheimnis? Und wieso wissen Sie als Einzige davon?«

Larna Kings Zögern währte nur einen kurzen Augenblick. »Wie ich schon sagte, reicht meine Erinnerung weit in die

Vergangenheit zurück – denn ich stehe mit jener Pandora, der Hohepriesterin von einst, in Verbindung.«

»Sie telefonieren regelmäßig?«, feixte Jack.

»Ihr Wissen wurde von Generation zu Generation weitergegeben«, fuhr Larna unbeirrt fort, »von einem Medium an das nächste, durch die Jahrtausende hindurch. Wir alle sind miteinander verbunden, über die Grenzen des Todes hinweg.«

»Jetzt *habe* ich Gänsehaut, Skipper«, murmelte Otto.

»Durch ein altes Ritual versetze ich mich in Trance und werde eins mit der Vergangenheit«, fuhr Larna fort. »Dann spricht sie zu mir und erschließt mir ihr Wissen. Auf diese Weise erfuhr ich von Pandoras Geheimnis – und von der Gefahr, die uns allen in diesen Tagen droht.«

»Sie meinen das wirklich ernst, oder?«, fragte Jack.

»Allerdings.« Sie zog den rechten Ärmel des Fliegerhemdes zurück und entblößte ihren Unterarm. Ein Symbol war darin eingebrannt, ein Kreis mit einer stilisierten Flamme. »Dieses Mal trage ich seit meiner Geburt, Mr. Kelley. Es zeigt das kalte Feuer von An.«

Jack rieb sich das Kinn. »Nur weil irgendein Irrer Sie als Baby gebrandmarkt hat …«

»… oder gezeichnet«, fiel sie ihm ins Wort. »Mit dem Zeichen der Auserwählten versehen.«

Jack legte den Kopf schief und sah sie prüfend an.

»Ich weiß, was Sie jetzt denken, ich kenne diesen Blick«, versicherte sie. »Aber es ändert nichts an der Wahrheit – und die Wahrheit ist, dass ich dazu ausersehen bin, dieses Geheimnis zu hüten, das zum ersten Mal in der Geschichte der Menschheit ernstlich von Entdeckung bedroht ist. Zumal es gleich mehrere Parteien gibt, die sich seiner Ergründung verschrieben haben. Da sind zum einen die Mitglieder der

Golden-Dawn-Bewegung in London, der ich auch selbst einst angehört habe …«

»… und zum anderen die Deutschen«, mutmaßte Jack.

»So ist es. Baron Eugen von Troneck, den Sie kurz kennenlernten, ist der Leiter des Projektes.«

»Der Kerl, den ich im Zug niedergeschlagen habe?«

Larna nickte.

»Aber warum sind alle hinter dieser Geschichte her?«, wollte Otto wissen. »Welches Interesse haben die verdammten Nazis an *Hyperborea*?«

Larna hielt seinem forschenden Blick stand. »Sind Sie sicher, dass Sie das wirklich wissen wollen? Wissen ist ein zweischneidiges Schwert, Gentlemen …«

19

London, unbekannter Ort
Zur selben Zeit

Peter Henderson sog scharf nach Luft, als man ihm die Kapuze vom Kopf zog. Unter anderen Voraussetzungen hätte er sich bitter über diese erniedrigende Behandlung beschwert – doch in diesem Fall, das war ihm nur zu bewusst, diente sie seiner eigenen Sicherheit.

Der Raum mochte zwanzig Fuß im Quadrat messen. Die Decke war mit dunklem Holz getäfelt, der Boden mit Teppich beschlagen. Metallene Archivschränke säumten die Wände, zwei nüchterne, tief hängende Lampen spendeten Licht. Die Luft war feucht und roch muffig, was vermuten ließ, dass er sich in einem Keller befand, vermutlich irgendwo in Westminster, vielleicht auch in einem stillgelegten Tunnel der Metropolitan Railway, die die Londoner nur schlicht »Underground« nannten. Entsprechend gab es keine Fenster, nur eine Tür, deren Innenseite mit dunkelgrünem Leder gepolstert war, wohl aus Gründen der Diskretion.

Henderson war nicht allein.

Der Stuhl, auf dem er saß, wurde von den beiden Männern gesäumt, die sich ihm als Hopkins und Mason vorgestellt hatten. Vor ihm, hinter einem Ungetüm von Eichenholzschreibtisch, saß ein drahtiger, harmlos wirkender, etwa sechzigjähriger Mann in dunklem Anzug. Sein kurz geschnittenes Haar war angegraut, seine Oberlippe zierte ein Bärtchen. Durch die Augen seiner schwarz geränderten Brille taxierte er Henderson aufmerksam, beinahe lauernd.

»Mr. Henderson«, begann, er, »bitte sehen Sie uns die etwas rüde Behandlung nach, aber gewisse Ereignisse der letzten Monate haben Maßnahmen wie diese leider unumgänglich gemacht.«

»Schon gut, ich bin nicht empfindlich.«

»Willkommen bei Organisation Z«, sagte der Mann hinter dem Schreibtisch.

»Es gibt sie also wirklich.« Henderson schürzte anerkennend die Lippen. »Dann sind Sie vermutlich ... Colonel Z?«

Der andere verzog die schmalen Lippen zu einem freudlosen Lächeln. »Die Männer aus meiner Abteilung haben mir diesen Namen gegeben. Ich selbst finde ihn offen gestanden ein wenig effekthascherisch. Aber er erfüllt seinen Zweck.«

»Natürlich.«

»Mr. Henderson – wissen Sie, wie es zur Gründung dieser Organisation gekommen ist?«

»Sollte ich?«

»Nachdem sich der Secret Service während des Krieges erfolgreich sowohl in der Abwehr feindlicher Spionage als auch im Beschaffen kriegswichtiger Informationen betätigt hatte, wandte er sich mit der Kapitulation des Deutschen Reiches der Gefahr durch die Bolschewiken zu. Unsere hunnischen Freunde schienen uns durch die Fesseln des Versailler Vertrages hinreichend in ihren Möglichkeiten beschränkt, sodass wir sie für eine Weile aus unserer Aufmerksamkeit entließen.«

»Ein Fehler«, konstatierte Henderson.

»Leider mussten wir feststellen, dass mit dem Erstarken der

Nationalsozialisten die deutschen Aktivitäten in Sachen Spionage wieder sprunghaft angestiegen sind – was schließlich darin gipfelte, dass es den Deutschen gelungen ist, mehrere Maulwürfe in die Reihen von Section 6 einzuschleusen. Als eine Gegenmaßnahme wurde Organisation Z gegründet: ein Geheimdienst innerhalb des Geheimdiensts, wenn Sie so wollen, der sich mit besonderen Projekten befasst und unabhängig von den Strukturen des SIS arbeitet.«

Henderson schürzte die trockenen Lippen. Er hatte gemerkt, dass der Tonfall seines Gegenübers schärfer geworden war, und das gefiel ihm nicht.

»Warum erzählen Sie mir das alles, Sir?«, erkundigte er sich. »Ich habe meinen Teil der Abmachung erfüllt.«

»Haben Sie das?« Colonel Z erhob sich aus dem ledernen Sessel, ein unscheinbares Männchen, das jedoch eine spürbare Aura von Macht umgab. »Wo ist Mrs. King?«, wollte er wissen. »Sollte sie nicht mit Ihnen nach London kommen?«

»Das war nie offizieller Teil unserer Vereinbarung. Mrs. King hat sich entschieden, den direkten Weg nach Lissabon zu nehmen, wo ich sie in einigen Tagen treffen werde.«

Der Colonel nickte. Mit im Rücken verschränkten Händen wandte er sich zu der großen Landkarte um, die hinter seinem Schreibtisch an der Wand hing und Nordeuropa zeigte, von den britischen Inseln im Westen bis hinauf nach Skandinavien.

»Als Sie unseren Agenten zum ersten Mal von diesen Dingen berichteten, habe ich sie für ein Hirngespinst gehalten«, gab er unumwunden zu, »und Sie für einen verrückten Spinner.«

»Das war mir klar«, versicherte Henderson. »Dennoch hielt ich es für meine Pflicht, diese Informationen weiterzugeben.«

Colonel Z lachte auf und drehte sich wieder zu ihm um. Spott sprach aus seinen kleinen Augen. »Ihr Patriotismus in allen Ehren, Mr. Henderson, aber die Aussicht auf eine hübsche Belohnung dürfte bei dieser Entscheidung ebenfalls eine gewisse Rolle gespielt haben.«

»Das bestreite ich nicht, Sir. Doch bitte bedenken Sie auch, dass Mrs. King in Zukunft nicht mehr in der Lage sein wird, ihre Tätigkeit auszuüben.«

Der Geheimdienstchef erwiderte nichts darauf, aber er widersprach auch nicht. »Ich setzte einige Leute darauf an, die Sache zu überprüfen«, fuhr er fort. »Stellen Sie sich meine Überraschung vor, als ich erfuhr, dass sich der Bericht, den sie mir vorlegten, über weite Strecken mit Ihren Angaben deckt. Die geheimnisvolle Madame Blavatsky, die magischen Gesellschaften, die Mitglieder von Golden Dawn … Sie hatten recht mit dem, was Sie uns berichteten, in jeder Hinsicht. Doch den endgültigen Ausschlag für meine Entscheidung gab das eigenartige Interesse, das die Nazis neuerdings an diesen Dingen haben. Sie haben sogar eine eigene Gesellschaft gegründet, die sich ausschließlich der Erforschung solcher Phänomene widmet und die sie *Ahnenerbe* nennen.«

»Sieht ihnen ähnlich.« Henderson verzog das Gesicht.

»Ich habe also in den Handel eingewilligt, den Sie uns vorschlugen: Das Logbuch Detwards von Hoya gegen fünfhundert Pfund Sterling und eine Schiffspassage nach den Vereinigten Staaten. Doch nun stellen Sie sich meine Überraschung vor!«

»Welche Überraschung?«

»Meine Überraschung, als unsere Sachverständigen vorhin feststellten, dass das Logbuch eine Fälschung ist – und noch nicht einmal eine besonders gute!«

»Das ist nicht möglich!« Henderson sprang auf, doch die fleischige Pranke Masons packte ihn an der Schulter und drückte ihn kurzerhand auf seinen Sitz zurück.

»Das Leder und das Papier sind eindeutig keine fünfhundertfünfzig Jahre alt«, konterte der Colonel. »Vom Inhalt ganz zu schweigen.«

»Das … das wusste ich nicht«, beteuerte Henderson, dem jäh klar zu werden begann, was hier los war. »Bitte glauben Sie mir, Sir, ich …«

»Das würde ich gerne, Mr. Henderson. Aber zum einen kennen wir uns noch nicht so lange, als dass ich Ihnen bereits uneingeschränkt vertrauen würde. Und zum anderen ist da noch die Sache mit Mrs. King – oder Madame Pandora, wie sie sich selbst nennt. Statt mit Ihnen nach London zu kommen, wie ich es erwartet hätte, nimmt sie den direkten Weg nach Lissabon – und zwar, indem Sie sie entführen und als Fracht schmuggeln lassen.«

Hendersons Innerstes verkrampfte sich, während er zugleich unbeeindruckt auszusehen versuchte.

»Und bitte«, schickte der Colonel hinterher, »ersparen Sie sich selbst und mir die Blamage, so zu tun, als wüssten Sie von nichts. Ich bin der Leiter von Abteilung Z. Es ist meine Pflicht, so etwas zu wissen – oder haben Sie gedacht, wir vertrauen blind jedem hergelaufenen Fremden, der sich uns andient, nur weil er einen britischen Pass besitzt?«

»Nein«, musste Henderson zugeben, »wohl nicht.«

»Ich weiß nicht, was für ein seltsames Spiel Sie treiben. Aber Sie sollten die Gelegenheit beim Schopfe packen, es hier und jetzt zu beenden. Andernfalls könnte es sein, dass Mr. Mason Ihnen eine spezielle Behandlung zukommen lässt, und ich bezweifle, dass sie Ihnen gefallen würde.«

Von seinem Sitz aus sah Henderson an dem Hünen empor, der ein gleichmütiges Grinsen in seinen schlichten Zügen hatte. Und einen Schlagring in der rechten Hand.

»Das bezweifle ich auch«, sagte Henderson mit brüchiger Stimme. Sein Mund war plötzlich trocken, seine Kehle fühlte sich an wie ausgedörrt. »Aber es ist nicht, wie Sie vielleicht denken, Colonel. Ich habe zu keinem Zeitpunkt vorgehabt, Sie zu hintergehen.«

»Nein?« Die kleinen Augen des Geheimdienstchefs sahen ihn herausfordernd an. »Dann erklären Sie es mir. Und beeilen Sie sich, denn ich bin kein sehr geduldiger Mann.«

»Mrs. King … Larna … wollte mehr herausfinden. Sie wollte wissen, was die Deutschen bereits in Erfahrung gebracht haben, deshalb hat sie diesen Adeligen zu einer persönlichen Séance auf ihr Hotelzimmer eingeladen …«

Der Colonel nahm eine Mappe, die auf seinem Schreibtisch lag, schlug sie auf und las vor: »Eugen, Baron von Troneck, geboren 5. April 1885. Studium der Archäologie an der Universität Berlin. Kriegsteilnahme, Verwundung und Verlust des linken Auges während der Kämpfe an der Somme. Seit 1925 Mitglied der NSDAP, außerdem hochrangiges Mitglied der Forschungsgesellschaft für Ahnenerbe … Sprechen wir von diesem speziellen Adeligen?«

Henderson nickte. »Ich hatte ihn vor zwei Monaten hier in London kennengelernt. Er hat Larnas öffentliche Vorführung im Adelphi besucht und mich als ihren Manager angesprochen. Er stellte mir einige Fragen und lud uns nach Berlin ein, was ich jedoch ablehnte. Stattdessen schlug ich für den Sommer ein Treffen in Monte Carlo vor und informierte die Behörden …«

»… wodurch die Sache auf meinem Tisch landete«, ergänzte Z nickend, »und nach anfänglicher Skepsis war ich auch bereit, Ihren abenteuerlichen Theorien zumindest in Teilen Glauben zu schenken, Mr. Henderson – allerdings kommen mir inzwischen immer größere Zweifel, was Sie selbst betrifft. Sind Sie tatsächlich der rechtschaffene Patriot, der Sie zu sein vorgeben? Oder sind Sie in Wahrheit das genaue Gegenteil? Arbeiten Sie womöglich für die andere Seite? Oder für eine dritte Partei, der Sie Ihre Dienste ebenso bereitwillig angeboten haben wie uns?«

»Nichts dergleichen«, beteuerte Henderson. Seine Gesichtszüge waren puterrot geworden, Panik stieg in ihm auf. »Bitte glauben Sie mir, ich habe mit niemandem außer Ihren Leuten darüber geredet.«

»Und die Sache mit Mrs. King?«

Henderson biss sich auf die Lippen, dass sie bluteten. »Ich musste es tun«, rückte er schließlich heraus, »Larna hat mir keine andere Wahl gelassen.«

»Inwiefern?«

»Sie hatte nicht verstanden, wie gefährlich von Troneck ist. Sie dachte wohl, sie könnte ihn manipulieren, ihn mit ihren Reizen umgarnen …«

Der Colonel blies verächtlich durch die Nase. »Wollen Sie behaupten, Sie hätten aus Eifersucht gehandelt?«

»Unsinn«, knurrte Henderson, »hören Sie mir denn überhaupt zu? Larna wollte das Geheimnis auf ihre Weise ergründen. Sie wollte sich nicht damit begnügen, das Logbuch zu besorgen. Zum Schein wollte sie auf die Avancen des Barons eingehen und auf diese Weise in Erfahrung bringen, was die Nazis bereits wissen. Aber das wäre zu gefährlich gewesen, folglich musste ich sie vor sich selbst schützen.«

»Also haben Sie sie entführt?«

»Mithilfe eines Einheimischen, den ich dafür bezahlt habe.« Henderson nickte bekräftigend, während der andere ihn durchdringend ansah.

»Und Sie erwarten, dass ich Ihnen das glaube?«

»Ist mir gleichgültig«, behauptete Henderson trotzig und blickte stur geradeaus. »So ist es jedenfalls gewesen.«

Der Geheimdienstchef sah ihn durchdringend an.

»Gut«, sagte er dann, und zu Hendersons Überraschung verzichtete er darauf, weitere Fragen zu stellen, und nahm wieder hinter seinem Schreibtisch Platz. »In diesem Fall wird es Sie vermutlich bestürzen zu erfahren, dass Mrs. King nie in Lissabon eingetroffen ist.«

»Was?« Als Henderson diesmal von seinem Stuhl hochschoss, war er so schnell, dass Mason ihn nicht mehr zu fassen bekam. Mit einem Satz stürzte er zum Schreibtisch, auf den er sich mit beiden Armen stützte. »Wiederholen Sie das!«

Jetzt war Mason zur Stelle, um ihn zu packen und auf seinen Sitz zurückzubefördern. Aber Z hielt ihn mit einer Handbewegung zurück.

»Sieh an«, sagte er. »Ich stelle mit einiger Beruhigung fest, dass Ihre Panik echt ist. Es scheint Ihnen tatsächlich viel an Mrs. King zu liegen.«

»Natürlich liegt mir etwas an ihr, verdammt! Ich liebe sie«, beteuerte Henderson. »Bitte, Sir, wenn Sie etwas über ihren Verbleib wissen, dann …«

»Nichts«, konstatierte der Colonel kopfschüttelnd. »Man hat mich nur darüber informiert, dass sie nie bei dem von Ihnen beauftragten Detektivbüro eingetroffen ist.«

Henderson schnaubte. »Das alles wussten Sie also?«

Der Leiter von Abteilung Z lächelte freudlos. »Warum, glauben Sie, habe ich diesen Posten?«

»Dann muss unterwegs etwas passiert sein«, mutmaßte Henderson. Seine Gedanken überschlugen sich, während er sich fragte, was auf dem Transport schiefgegangen sein mochte. War das Flugzeug abgestürzt? War es abgeschossen worden?

Noch während er darüber nachdachte, steigerte sich seine Sorge in heillose Panik. Er konnte nur inständig hoffen, dass Larna am Leben war und wohlauf …

»In der Tat«, bestätigte Z kühl. »Und ich fürchte, unsere deutschen Gegenspieler haben damit mehr zu tun, als uns lieb sein kann.«

»Wovon sprechen Sie?«

»Vom ›großen Spiel‹, wie Kipling es einst nannte. Vom ewigen Katz-und-Maus-Spiel der Geheimdienste. Ganz offensichtlich sind uns die Nazis diesmal um einen Schritt voraus. Das gefälschte Logbuch, das sie uns untergejubelt haben, ist ein Hinweis darauf. Das Verschwinden von Mrs. King ein zweiter.«

»Aber … wie ist das möglich?« Henderson schüttelte zweifelnd den Kopf. »Ich meine, wie sollten sie von der Entführung erfahren haben? Ich habe mit niemandem darüber gesprochen!«

»Sagten Sie nicht, Sie hatten einen einheimischen Komplizen? Und was ist mit den Leuten, die Mrs. King nach Portugal bringen sollten? Gewissenlose Schmuggler zweifellos, Söldner der Lüfte, die ihre Loyalität an jeden verkaufen, der ihnen genügend Geld bezahlt.«

»Einer der beiden war Deutscher«, flüsterte Henderson, der in diesem Moment das Gefühl hatte, der größte Trottel der britischen Inseln zu sein.

»Und da fragen Sie mich ernsthaft, wie die Gegenseite von der Sache Wind bekommen haben könnte?« Der Colonel zog eine der Schubladen seines Schreibtisches auf und nahm eine Pfeife aus Meerschaum heraus, die er sich stopfte. »Ich fürchte, um dauerhaft in dieser Branche zu arbeiten, sind Sie ein wenig zu naiv, mein Junge …«

»Ich muss nach Lissabon«, erklärte Henderson kategorisch.

»Was wollen Sie dort?«

»Herausfinden, was mit Larna geschehen ist.«

»Ich sagte Ihnen doch schon, dass sie dort nicht angekommen ist.«

»Aber es ist die einzige Spur, die ich habe. Und wenn Sie recht haben, Sir, und tatsächlich die Deutschen hinter Larnas Verschwinden stecken, dann ist es zugleich auch die einzige Spur, die zum echten Logbuch führt.«

Über die Pfeife hinweg, die er sich paffend ansteckte, sah Z Henderson an. Was hinter seiner faltigen Stirn vor sich ging, war unmöglich zu deuten. Schließlich lehnte er sich zurück, nahm einen tiefen Zug aus der Pfeife und hüllte sich in Schwaden von blauem Rauch.

»Einverstanden«, sagte er dann. »Aber Sie werden sicher verstehen, dass ich Sie nach allem, was vorgefallen ist, nicht alleine gehen lassen möchte. Hopkins und Mason werden Sie deshalb begleiten.«

»Danke, Sir.« Henderson nickte. Ihm war alles recht, Hauptsache, er kam möglichst rasch nach Lissabon, um dort mit der Suche nach Larna zu beginnen.

»Sir.« Hopkins nickte ebenfalls.

Und Mason grunzte.

20

Larna schwieg noch immer.

Die Frage nach den Zielen, die das Deutsche Reich verfolgte, schwang nach wie vor im Raum, und Jack hatte das Gefühl, dass die Antwort wie ein Fallbeil über ihnen schwebte.

»Nun«, begann Larna schließlich, »zum einen geht es den Nazis natürlich darum zu beweisen, dass die arische Rasse in direkter Linie von den Hyperboreern abstammt. Außerdem«, fügte sie nach einer kurzen Pause hinzu, »kannten die An das Geheimnis des Vril.«

»Des *was*?«, fragte Otto.

Larna zuckte mit den Schultern. »Niemand weiß genau, was das Vril ist oder woraus es besteht – Pandora beschreibt es als eine ungeheure Kraft, die zum Guten wie zum Bösen genutzt werden kann, zum Erhalt wie zur Zerstörung.«

»Was von beidem die Nazis interessiert, kann ich mir denken«, meinte Jack trocken.

»Eugen von Troneck ist von dem Thema besessen. Er will eine Expedition ausrüsten, um die einstige Hauptstadt von An zu finden, wo das Geheimnis des Vril angeblich bis zum heutigen Tag bewahrt wird.«

»Was für eine Hauptstadt?«, fragte Otto stirnrunzelnd.

»Auch sie hat viele Namen – Ihre Landsleute setzen sie mit der sagenumwobenen Stadt Thule gleich. Sie haben sogar eine geheime Gesellschaft danach benannt, der zahlreiche Parteigrößen und Militärs angehören, unter ihnen auch der ›Reichsführer SS‹ Heinrich Himmler.«

»Verdammt.« Otto verdrehte die Augen.

»Vielleicht verstehen Sie jetzt, warum ich nicht einfach nach Lissabon fliegen und das nächstbeste Schiff in die Vereinigten Staaten besteigen kann. Peter hat es gut mit mir gemeint, er wollte mich in Sicherheit wissen und die ganze Angelegenheit der britischen Regierung überlassen, damit das Vril nicht den Nazis in die Hände fällt. Er wusste, dass ich nicht zustimmen würde, also hat er zu dieser verzweifelten Maßnahme gegriffen. Aber sein Plan ist gescheitert, und ich weiß genug über das Schicksal, um zu erkennen, dass dies nicht ohne Grund geschehen ist.«

Jack und Otto wechselten einen langen Blick.

Die Sache war komplizierter geworden.

Viel komplizierter.

Damit, die Dame in ein Flugzeug zu stecken und sie an ihren ursprünglichen Bestimmungsort zu bringen, würde es nun nicht mehr getan sein. Zwar klang die Geschichte, die Larna ihnen da auftischte, so abenteuerlich, dass es schwer war, sie zu glauben. Andererseits hatten die Betreiber der *Lost Cargo Company* schon manches erlebt, das ganz und gar unglaublich gewesen war, sie brauchten nur an ihr Abenteuer im südamerikanischen Dschungel zu denken. Und außerdem schienen auch die Nazis davon überzeugt zu sein, dass etwas an der Sache dran war, und allein das gab Jack zu denken …

»Diese Belohnung, von der Sie gesprochen haben«, sagte er leise. »Was müssten wir dafür tun?«

»Mich in den Norden bringen«, sagte sie nur.

»Nach England?«

»Nein, Mr. Kelley – ich meine den wirklichen Norden«, belehrte sie ihn ein wenig gönnerhaft. »Im Jahr 1387 ist vor den Lofoten eine deutsche Kogge im Nordmeer gesunken. Sie segelte unter der Flagge eines Bremer Kaufmannes namens Detward von Hoya. Bei ihm war eine Wahrsagerin.«

»Und weiter?«, fragte Jack.

»Nach allem, was wir wissen, war Detward der Letzte, der sich bemühte, das Geheimnis der An zu ergründen. Wie es heißt, war er im Besitz eines Kompasses, der seinen Besitzer der Überlieferung nach geradewegs nach Thule führt. Allerdings hat er sein Ziel nie erreicht. Das Schiff sank, und der Kompass befindet sich noch immer dort.«

»In dem Wrack?«, hakte Otto nach.

»Ganz recht.«

Jack lachte freudlos auf. »Sie haben da was falsch verstanden, Ma'am – wir sind Flieger, keine Taucher.«

»Hatten Sie gedacht, Sie würden achttausend Dollar nur fürs Fliegen bekommen?«, fragte Larna dagegen.

»Touché«, meinte Otto.

»Halt die Klappe, Oz«, knurrte Jack. »Und was ist mit den Deutschen?«

»Sie sind im Besitz von Detwards Logbuch und wissen von seiner Expedition und der Existenz des Kompasses«, erklärte Larna. »Allerdings kennen sie nicht die genaue Stelle, an der das Wrack gesunken ist.«

»Im Gegensatz zu Ihnen«, mutmaßte Jack.

»Richtig.«

»Waren die braunen Horden deshalb hinter Ihnen her?«

»Sie begreifen schnell.« Larna nickte anerkennend – oder

war es blanker Spott? »Die Frau auf dem Schiff war genau wie ich eine Nachfolgerin Pandoras. Eine deutsche Beginin, die die Gabe der Hellsicht hatte. In ihrer Heimatstadt Erfurt drohte ihr Verfolgung durch die Inquisition, also bot sie Detward an, ihm ein Geheimnis zu offenbaren, wenn er sie mitnähme …«

»… und sie erzählte ihm von Thule«, folgerte Otto.

Larna nickte. »Detward war besessen von dem Gedanken, die Stadt zu finden, doch seine Expedition scheiterte. Die Kogge sank, und nur der Kapitän überlebte. Halb tot schaffte er es, sich an Land zu retten, wo er wenig später starb. Bis zu seinem Tod erzählte er, dass ein Ungeheuer aus den Tiefen der See die Kogge vernichtet hätte.«

»Und das glauben Sie?«, fragte Jack.

»Darum geht es nicht. Der Kapitän führte ein Logbuch, durch dessen Existenz die Deutschen von diesen Ereignissen wissen. Aber natürlich steht darin nicht, wo das Wrack gesunken ist – das kann mir nur Pandora sagen.«

»Die seit mehr als fünf Jahrhunderten tot ist.« Otto griff sich an die Stirn. »Hellseherei, Seeungeheuer … Bin ich der Einzige, der hier langsam Kopfschmerzen kriegt?«

»Nein«, gestand Jack, »die hab ich allmählich auch. Aber wenn nur ein Funken Wahrheit an der Sache dran ist …«

»Alles ist wahr«, versicherte Larna. »Ich schwöre es bei allem, was mir heilig ist.«

»Ich glaube Ihnen ja, dass Sie das glauben, Kindchen«, versicherte Otto und beschrieb mit der Pfeife ein paar Kreise vor seiner Stirn. »Aber was ist, wenn Sie nicht ganz richtig im Kopf sind? Wenn Sie sich das alles nur zusammengesponnen haben?«

»Die Nazis interessieren sich dafür, Oz«, brachte Jack in Erinnerung. »Und der britische Secret Service ebenfalls.«

»Umso mehr Grund für uns, die Finger von der Sache zu

lassen«, meinte Otto. »Die Nazis wissen doch nicht, wo sich das Wrack befindet, oder?«

»Nein«, räumte Larna ein. »Aber das bedeutet nicht, dass sie nicht danach suchen werden. Und wenn sie lange genug suchen, *werden* sie es finden.«

»Sagt Ihnen das Ihre Gabe?«

»Manchmal genügt der gesunde Menschenverstand«, konterte sie. »Diese Sache ist zu wichtig, um sie dem Zufall zu überlassen. Wenn Ihre Landsleute das Vril in die Hände bekommen, werden sie …«

»Schon gut.« Otto winkte ab.

»Dann … darf ich mit Ihrer Hilfe rechnen?«

Jack und Otto tauschten einen langen Blick.

»Wir fliegen nach Norwegen und bergen den verdammten Kompass«, fasste Jack zusammen.

»Ganz recht.«

»Und dafür gibt's achttausend Dollar.«

»Oder fünfzehnhundert Pfund Sterling, ganz wie Sie wollen.« Larna lächelte. »Und zweihundert als Vorschuss auf die Hand.«

Wieder schauten Jack und Otto sich lange an.

»Scheiße«, sagte Otto dann.

21

Berlin, Deutsches Reich
Zwei Tage später

Auf den ersten Blick unterschied sich das Gründerzeitgebäude in der Raupachstraße nicht von den anderen Häusern: eine graue Fassade, hohe Fenster, eine Pforte aus schwerem Eichenholz. Nichts deutete darauf hin, dass dieses unscheinbare Gebäude die Einrichtungen eines der kühnsten wissenschaftlichen Projekte des Landes beherbergte, auf zwei Etagen, die erst zu Jahresbeginn bezogen worden waren, um dem sprunghaft gestiegenen Platzbedarf Rechnung zu tragen.

Eugen von Troneck schätzte Besuche bei der Gesellschaft für Ahnenerbe nicht besonders. Draußen auf freiem Feld, wo er eine weite Bandbreite von Sonderrechten und Befugnissen genoss, konnte er ungestört operieren und nach seinem Gutdünken verfahren – hier jedoch war er gezwungen, sich vor Leuten zu rechtfertigen, die ihm an Genie und Weitsicht längst nicht das Wasser reichen konnten. Im Gegenteil waren die meisten von ihnen derart auf ihre eigenen Theorien fixiert, dass sie weder willens noch in der Lage waren, die Wichtigkeit seiner Forschungen zu erkennen. Männer wie der Holländer Hermann Wirth, der die Gesellschaft mitbegründet hatte und eine germanische Religion zu etablieren suchte; oder Karl Maria Wiligut, ein aus der Ostmark stammender Wirrkopf, der es trotz seiner wenig wissenschaftlichen Ansichten zu Himmlers persönlichem Berater und Medium gebracht hatte.

Von Troneck hielt viel von der Gabe der Hellsicht – allein sein Versuch, Larna King für seine Mission zu gewinnen, war Beleg genug dafür, dass er nicht nur an die Kraft der Vorsehung glaubte, sondern auch überzeugt davon war, dass sie sich durch gewisse Menschen äußerte. Doch galt es zu unterscheiden, was wissenschaftlicher Überprüfung standhielt und was nicht.

Die beiden schwarz uniformierten Sturmmänner, die vor dem Treppenaufgang Wache hielten, prüften sorgfältig seinen Ausweis, erst dann ließen sie ihn passieren. Bevor er die Räumlichkeiten der Gesellschaft betrat, musste er noch eine weitere Überprüfung über sich ergehen lassen – die vermehrten Aktivitäten ausländischer Geheimdienste in Berlin machten Maßnahmen wie diese unumgänglich. Erst dann betrat er das eigentliche Quartier und suchte die *Kammer* auf, wie das Gremium der führenden wissenschaftlichen Köpfe genannt wurde: ein düsterer, von Zigarrenrauch geschwängerter Raum, auf dessen steinernem, blank poliertem Boden ein riesiges Emblem prangte – das Symbol der Gesellschaft, die heidnische Irminsäule mit den Runen der SS darauf.

Dahinter saßen Männer in grauen Anzügen an einer halbrunden Tafel. Die tief hängende Beleuchtung bedingte es, dass nur ihre Brustpartien zu sehen waren. Ihre Gesichter blieben in Dunkelheit, ihre Augen, durch die sie den Besucher skeptisch musterten, waren nur schwarz und glänzend zu erahnen.

Von Troneck trat in die Mitte, schlug die Hacken zusammen und hob die Rechte zum Gruß. »Heil Hitler.«

Der Gruß wurde nur halbherzig erwidert. Von Troneck wusste, dass nicht wenige, die dort vor ihm saßen, nicht wirklich an die Sache glaubten. Es waren Opportunisten, die Karriere machen wollten und alles andere billigend in Kauf nahmen.

»Herr Baron, was verschafft uns das Vergnügen Ihres Besuches? Eine Erfolgsmeldung, wie wir hoffen?«

Von Troneck konnte nicht unterscheiden, wer von den Versammelten gesprochen hatte. Vermutlich, so nahm er an, war es genauso gedacht. Feiglinge, einer wie der andere …

»Es gab eine Verzögerung«, gestand er ausweichend. »Allerdings nur sehr geringfügiger Natur.«

»Der Verlust der Informantin ist uns bereits vor Ihrem Eintreffen in Berlin gemeldet worden«, entgegnete eine andere Stimme. »Das ist sehr bedauerlich. Sagten Sie nicht, dass diese Wahrsagerin der Schlüssel zu dem Wrack ist? Und in der Folge auch zu dem Kompass, der dort angeblich zu finden ist?«

»Nicht angeblich, sondern ganz sicher«, verbesserte der Baron, bemüht, sich seinen Zorn nicht anmerken zu lassen. All diese Speichellecker, die dort saßen, hatten die wahre Tragweite seiner Forschungen nicht erkannt – doch statt sich schamvoll dafür zu verkriechen, schütteten sie ihre Häme über ihn aus. Zum ungezählten Male verwünschte er den verdammten Amerikaner dafür, dass er ihm diese Schmach angetan hatte.

»Wir haben allen Grund zu der Annahme, dass Salzgehalt und Temperatur in der entsprechenden Region des Nordmeers dazu beigetragen haben, das Wrack der Kogge bis zum heutigen Tag zu erhalten«, fuhr von Troneck fort, um Sachlichkeit bemüht.

»Das hatten Sie bereits bei Ihrem letzten Besuch ausgeführt, Herr Baron. Aber was nützt selbst ein vollständig erhaltenes Wrack, wenn es nicht ausfindig gemacht werden kann? Wenn ich mich richtig entsinne, gibt es in jenem Logbuch keine Angaben darüber.«

»Das ist richtig«, musste von Troneck zugeben. »Dennoch kann ich Ihnen zusichern, dass das Verschwinden der Wahrsagerin nur ein vorübergehender Rückschlag ist und die Expedition dennoch wie vorgesehen beginnen kann. Ich bin auch hier, um Ihnen zu berichten, dass alle Vorbereitungen wie geplant abgeschlossen wurden.«

»Und genau diese Vorbereitungen stellen wir infrage«, ergriff wieder ein anderer das Wort, »denn die Kosten für Ihr arktisches Abenteuer sind zuletzt völlig aus dem Ruder gelaufen! Neben den Männern und der Ausrüstung, die Sie für Ihre Expedition benötigen, wurden auch drei Flugboote angefordert, darunter ein brandneuer Prototyp!«

»Von der militärischen Unterstützung, die Sie verlangt haben, ganz zu schweigen«, fügte der erste Sprecher hinzu. »Können Sie auch nur annähernd garantieren, dass die Ergebnisse Ihrer Expedition diesen Aufwand rechtfertigen werden?«

Von Troneck stand in der Mitte des Raumes, die Dienstmütze unter dem Arm, und straffte sich. Sein Blick ging reihum, so, als könne er die Dunkelheit mit den Augen durchdringen und die Sprecher genau sehen. »Konnte Kolumbus garantieren, dass er Amerika entdecken würde?«, fragte er dagegen. »Wusste Amundsen, dass er als erster Mensch den Südpol erreichen würde? Wenn Sie Garantien verlangen, geschätzte Kollegen – damit kann ich nicht dienen. Wohl aber mit der größten Entdeckung, die die Menschheit in Jahrtausenden gemacht hat, vergleichbar nur mit der Nutzung des Feuers oder der Erfindung des Rades!«

»Bescheidenheit ist noch nie Ihre Stärke gewesen, Baron.«

»Das ist wahr, und Sie wissen, warum! Vor weniger als einem Jahr habe ich hier an dieser Stelle gestanden und Ihnen meine

Forschungspläne vorgestellt. Und obwohl viele von Ihnen nicht überzeugt waren …«

»Manche von uns sind es noch immer nicht«, warf jemand ein, quittiert von höhnischem Gelächter.

»… haben Sie die immensen Möglichkeiten erkannt, die sich aus meinen Forschungen ergeben«, fuhr von Troneck unbeirrt fort. »Meine Entdeckung würde dem deutschen Volk einen ungeheuren, möglicherweise uneinholbaren Vorsprung vor allen anderen Völkern dieser Welt verschaffen und der arischen Sache zum Sieg verhelfen! Aber natürlich, meine Herren, können wir auch einfach abwarten und nichts tun, obschon wir aus zuverlässiger Quelle wissen, dass wir längst nicht mehr die Einzigen sind, die sich auf die Suche nach Thule begeben haben und seine Geheimnisse ergründen wollen. Auch die Briten haben ihre gierigen Klauen danach ausgestreckt – was, wenn sie es vor uns finden? Wer von Ihnen möchte gerne vor den Führer treten und ihm sagen, dass wir eine überirdische, alles menschliche Begreifen übersteigende Kraft schon beinahe in unseren Händen hielten und sie aus Trägheit, mangelnder Entschlossenheit und falschem Ehrgeiz …«

»Ich muss doch sehr bitten!«, warf jemand ein.

»… einer gegnerischen Macht überlassen haben?«, fuhr der Baron unbeirrt fort. »Sie alle wissen so gut wie ich, dass sich der Himmel über Europa verfinstert. Die Hinweise verdichten sich, dass es erneut zum Krieg kommen wird! Und wenn es so weit ist, in wessen Händen soll sich jene unvorstellbare Kraft dann befinden? In unseren oder in denen unserer Feinde?«

Von Tronecks Kritiker waren verstummt.

Selbst als er geendet hatte, schienen seine Worte noch im Raum zu schweben, ein stummer Nachklang seiner Rede. Stille breitete sich aus, die eine Ewigkeit zu währen schien.

»Die Gesellschaft genehmigt hiermit Ihre Expedition, Baron von Troneck«, sagte schließlich eine scharfe, leicht singende Stimme. »*Operation Nordsturm* nimmt hier und jetzt ihren Anfang.«

22

Bergen, Norwegen
29. August 1937

Die Flugstrecke nach Norwegen hatte rund zwölfhundert Meilen betragen.

Zunächst hatte sie an der französischen Küste entlang nach Norden geführt und von dort zur Ostküste Englands, wo sie eine Zwischenlandung in Great Yarmouth eingelegt hatten. Eigentlich hatte dieser Halt nur eine Nacht lang dauern sollen, doch infolge sich zunehmend verschlechternden Wetters waren sie gezwungen gewesen, ein paar Tage am Boden zu bleiben – Zeit, die Otto genutzt hatte, um der *Liberty VI* eine erste Wartung zukommen zu lassen und die wichtigsten Teile und Baugruppen zu schmieren.

Für den Kraftstoff und die örtlichen Gebühren kam Larna King auf. Noch in Frankreich hatte sie per Telegramm Geld angewiesen, sodass sie nicht nur die laufenden Kosten bestreiten, sondern Jack und Otto auch die versprochene Anzahlung von zweihundert Pfund ausbezahlen konnte. An finanziellen Mitteln mangelte es ihr ganz offensichtlich nicht – vermutlich, sagte sich Jack, verdiente ein Medium besser als ein Luftfrachtpilot von etwas zweifelhaftem Ruf.

Nachdem sich der Nebel wieder gelichtet hatte, setzten sie ihren Flug fort und überquerten die Nordsee. Die Distanz war kein Problem für die S 55, die für Langstreckenflüge ausgelegt und bei entsprechender Vorbereitung sehr viel weitere Strecken am Stück bewältigen konnte. Dennoch ließ Otto die Maschine nach ihrer Ankunft in Bergen aufs Trockendock ziehen, um nicht nur die Maschinen, Tragflächen und Leitwerke einer eingehenden Prüfung zu unterziehen, sondern auch die beiden Schwimmer. Wenn die Reise wirklich noch weiter gen Norden führen sollte, würde dies der *Liberty IV* noch einmal ganz andere Strapazen abverlangen, und dabei wollte Otto nichts dem Zufall überlassen, sondern mit deutscher Gründlichkeit jeden Bolzen, jedes Lager, jede Schraube und jeden Drahtzug überprüfen und gegebenenfalls erneuern. Jack vertraute seinem Partner in dieser Hinsicht blind – Otto war der beste Mechaniker, den sich ein Pilot nur wünschen konnte, nicht von ungefähr hatte er ihm den Ehrentitel eines großen Zauberers verliehen.

Während sich Otto um Miss *Liberty* kümmerte, machten Jack und Larna die notwendigen Besorgungen. In Tyskebryggen, dem alten Hanseviertel, das sich unmittelbar am Hafen befand, gab es alles an Ausrüstung und Proviant, was sie für die bevorstehende Reise benötigen würden.

Neben see- und winterfester Kleidung gehörten dazu vor allem Werkzeug sowie warme Decken und Verbandmaterial. Die Verpflegung der nächsten Tage würde sich im Wesentlichen aus Büchsenfleisch, Pökelfisch, Dörrobst und Schiffszwieback zusammensetzen, dazu würde es schwarzen Kaffee geben. Hochprozentiges, das sich nötigenfalls auch zum Desinfizieren von Wunden eignete, würde ebenfalls an Bord sein: ein russischer Wodka, der seinen Weg über die Grenzen gefunden hatte und den ihnen der Händler mit einem so glücksseligen Lächeln verkaufte, als würde das Zeug wahre Wunder wirken.

Was die Bewaffnung anging, würden sich Jack und Otto auf

ihre gewohnten Bleispritzen verlassen – die Mauser und der Colt Army hatten ihnen in der Vergangenheit stets zuverlässige Dienste geleistet. Und für alle Fälle hatte Jack Otto auch noch angewiesen, das Fiat-Revelli der S 55 zu prüfen. Nur für den Fall, dass sie unerwünschte Gesellschaft bekommen würden. Die Taucherausrüstung betreffend, hatte ihnen derselbe glückliche Händler, der ihnen den Wodka verkaufte, den Kontakt zu einem Berufstaucher auf den Lofoten vermittelt, der gegen entsprechende Bezahlung nicht nur Ausrüstungen, sondern auch Knowhow zur Verfügung stellte. Und da Jack vom Tauchen keine Ahnung hatte, konnte vor allem Letzteres nicht schaden.

Die Einkäufe zusammenzutragen und zur Maschine zu bringen, dauerte den ganzen Tag. Während Otto es vorzog, im Dock bei der *Liberty* zu bleiben und sich den hinteren Motor noch einmal anzusehen, dessen Geräusch ihm noch immer nicht ganz gefiel, aßen Jack und Larna in dem Gasthaus in Bryggen zu Abend, in dem sie sich auch für die Nacht eingemietet hatten. In einer ruhigen Ecke setzten sie sich an einen Zweiertisch und bestellten *Plukkfisk*, eine Art Brei aus Fisch und Kartoffeln mit würzigem Speck. Es war eine einfache, aber auch ziemlich sättigende Mahlzeit, wobei Larna sehr viel mehr aß, als man ihr ansah.

»Donnerwetter«, meinte Jack anerkennend.

Sie lächelte. »Hätten Sie mir nicht zugetraut, was?«

»Offen gestanden, nein.«

»Sie sollten sich nicht vom Augenschein täuschen lassen, Mr. Kelley. Das ist das Erste, was ich in meinem Beruf gelernt habe. Ich versuche stets, hinter die Fassade der Menschen zu blicken. Ihr deutscher Freund zum Beispiel …«

»Oz?«

»Warum nennen Sie ihn so?«

Jack hatte fertig gegessen und schob seinen Teller zur Seite. »Sagen Sie bloß, Sie kennen nicht die Geschichte von der kleinen Dorothy und dem großen Zauberer von Oz? Ich habe gehört, in Hollywood drehen sie demnächst sogar einen Film darüber.«

»Natürlich kenne ich die Geschichte, als Kind habe ich die Bücher geliebt. Aber was hat das mit Ihnen beiden zu tun?«

Jack grinste. »Ich bin die Vogelscheuche, und Otto ist der große Zauberer. Mit einem Schraubenschlüssel in der Hand kann er echte Magie bewirken.«

Larna lachte auf. Es war das erste Mal, dass er sie lachen hörte. Es klang ehrlich und offen, und es gefiel ihm gut. »Ich muss zugeben, darauf wäre ich nicht gekommen. Und wer bin ich? Die kleine Dorothy?«

»Ich weiß nicht.« Jack nahm einen Schluck aus seinem Bierglas. »Irgendwie passen Sie nicht in dieses Bild.«

»Und warum sind Sie die Vogelscheuche? Und nicht der Blechmann oder der Löwe?«

»Dem Blechmann fehlt es an Herz, dem Löwen an Mut«, gestand Jack. »Der Vogelscheuche hingegen mangelt es an Verstand.«

»Und das ist auch bei Ihnen so?«

»Ich sitze hier«, erwiderte Jack. »Wenn das kein Beweis ist, weiß ich auch nicht.«

Sie lachte wieder. »Wie haben Ihr Partner und Sie sich kennengelernt? Sind Sie nicht einmal Feinde gewesen? Ich meine, er ist immerhin Deutscher, nicht wahr?«

»Schon«, entgegnete Jack ausweichend, er sprach nicht gern über diese Dinge. »Aber wir haben zusammen eine Menge durchgemacht.«

»Oh, ich weiß, was es bedeutet, wenn Männer das sagen.«

Sie nickte wissend. »Sie verdanken ihm Ihr Leben – und er Ihnen vermutlich auch.«

»Sie müssen es ja wissen. Darf ich Sie auch etwas fragen?«, sagte er, ehe sie weiter nachhaken konnte.

»Natürlich.«

»Warum tun Sie das?«

»Wovon sprechen Sie?«

»Irgendwie habe ich das Gefühl, dass ich nicht der Einzige bin, der eigentlich nicht hier sein sollte«, gestand Jack. »Warum vertrauen Sie zwei völlig Fremden?«

»Aus zwei Gründen«, erwiderte sie. »Erstens: Ich habe die Erfahrung gemacht, dass Loyalität käuflich ist. Und ich bezahle Sie überaus großzügig.«

»Zugegeben«, sagte Jack. »Und zweitens?«

Sie lächelte verschmitzt, beinahe rätselhaft. »Vielleicht sind zumindest Sie mir ja gar nicht so fremd, wie Sie denken.«

»Sie spielen auf Ihre Gabe an?«, knurrte Jack. »Damit ist es nicht weit her, glauben Sie mir. Denken Sie nur an die Sache mit der Sieben.«

»Das werden Sie mir ewig vorhalten, oder?«

»Ganz sicher.« Er grinste.

»Für gewöhnlich liege ich richtig mit meinen Einschätzungen, Mr. Kelley. Und mein Gefühl sagt mir, dass ich Ihnen und Ihrem Partner vertrauen kann.«

»Danke sehr. Aber etwas will mir trotzdem nicht in den Kopf: Warum haben Sie sich nicht an Ihren Freund Henderson gewandt? Wir hätten Sie auch ebenso gut nach London bringen können, und wenn er tatsächlich für den britischen Geheimdienst arbeitet, wie Sie sagen …«

»Das tut er – auch wenn er denkt, dass ich nichts davon weiß«, erwiderte sie. »Ich mag Peter, wissen Sie, ich mag ihn wirklich sehr. Offen gestanden ist er nicht nur mein Manager, sondern mein … Nun, er war eben mehr für mich.«

»Dann verstehe ich es erst recht nicht.«

»Wie würden Sie es finden, wider Ihren Willen betäubt, entführt und in eine Transportkiste gesteckt zu werden?«

»Es käme darauf an.«

»Worauf?«

»Warum es jemand getan hat.«

»Peter hat es gut gemeint, das weiß ich«, versicherte sie. »Aber das ändert nichts daran, dass er sich über meinen Willen hinweggesetzt und mich wie ein unmündiges Kind behandelt hat. Ich kann ihm in dieser Hinsicht nicht mehr vertrauen, deshalb habe ich beschlossen, die Dinge auf meine Weise zu regeln. Verstehen Sie das?«

Jack sah sie prüfend an. Sie hatte sich nicht zurechtgemacht, trug ihr kurzes blondes Haar offen und einen schlichten Pullover mit Norwegermuster, den sie am Nachmittag gekauft hatte und der noch ein wenig nach Schaf roch. Dennoch fand er sie anziehend, auf eine Art und Weise, die er selbst nicht recht erklären konnte. Sie war eigentlich nicht sein Typ, entschieden zu herb für seinen Geschmack. Dennoch merkte er, dass sie ihn in ihren Bann zog – oder vielleicht, dachte er, war es auch gar nicht so sehr Larna King, die ihn faszinierte, sondern die andere Frau.

Pandora …

»Wann haben Sie es bemerkt?«, fragte er.

»Dass Peter mir nicht die ganze Wahrheit sagt?«

»Nein, das andere …«

»Sie meinen, dass ich die Gabe habe?« Sie zuckte mit den schmalen Schultern. »Eigentlich wusste ich es schon immer. Als Kind dachte ich, dass etwas nicht mit mir in Ordnung wäre, weil ich ständig diese Stimmen hörte. Aber meine Mutter hat mich beruhigt. Sie war Russin. Wie es heißt, stehen slawische Frauen diesen Dingen näher als andere.«

»Wenn Sie es sagen.« Jack nahm wieder einen Schluck Bier. »Und Ihr Vater?«

»War Engländer, ein Brite, wie er im Buche steht«, fügte sie in gestochenem Cockney hinzu, über das Jack lächeln musste. »Er war Anwalt am Londoner Temple Bar und ein Ausbund an Seriosität, wie Sie sich denken können.«

Jack hob die Brauen. »Wie kam er damit zurecht, dass Sie ...«

»Dass ich ein Medium bin? Dass ich öffentliche Séancen abhalte, wie eine Priesterin aus grauer Vorzeit gekleidet?« Ihre Züge verhärteten sich und wurden ernst. »Er hat es nicht mehr erlebt, Mr. Kelley. Meine Eltern starben beide, als die Deutschen London bombardierten. Ich war damals elf Jahre alt.«

»Das tut mir leid«, sagte Jack – jetzt wurde ihm auch klar, warum sie auf Otto so zurückhaltend reagierte.

»Das Waisenhaus, in das ich kam, wurde von strengen Ordensfrauen geleitet. Mir war vom ersten Tag an klar, dass ich mich ihnen niemals würde offenbaren dürfen – aber in gewisser Weise habe ich durch sie auch zur Spiritualität gefunden.«

»Sie glauben an den lieben Gott?«, fragte Jack zwischen zwei Schlucken Bier.

»Ich brauche nicht mehr zu glauben, Mr. Kelley – ich *weiß*, dass da draußen sehr viel mehr ist, als die allermeisten Menschen sich vorstellen können. Und dass wir uns vor dieser Macht eines Tages verantworten müssen.«

Jack starrte in sein Bierglas, das er noch immer in der Hand hatte.

»Ist Ihnen der Gedanke unangenehm?«

»Ein wenig«, gab er zu.

»Warum?«

Er stellte das Glas zurück auf den Tisch und sah sie direkt an. »Vielleicht habe ich in meinem Leben ja ein paar Dinge getan, auf die ich nicht besonders stolz bin.«

»Ich weiß«, versicherte sie.

»Was soll das heißen?«

Sie hielt seinem Blick stand, aber in ihren makellosen Zügen war für einen Moment etwas wie Reue zu erkennen, so, als bedauerte sie, dies gesagt zu haben. »Bisweilen«, erklärte sie dann zögernd, »wenn ich Menschen die Hand reiche, die mit mir in einer gewissen – wie soll ich es ausdrücken? – Verbindung stehen, dann kann ich Bilder sehen.«

Jack erinnerte sich – da war dieser Moment im Casino gewesen, der Augenblick, als sie ihm die Hand gegeben hatte. Er wusste noch, dass sie kurz gezögert hatte …

»Diese Bilder«, fuhr sie fort, »können konkret sein oder nicht. Sie können aus der Vergangenheit stammen, aber oft sind sie nicht eindeutig.«

»Wie ist es bei mir gewesen?«

»Bei Ihnen war es sehr klar.«

»So?« Jack lehnte sich auf seinem Stuhl zurück.

»Das scheint Ihnen unangenehm zu sein.«

»Wieso sollte es?«

Larna lächelte. »Wissen Sie, was ich denke? Ich denke, mit dieser Unbekümmertheit, die Sie an den Tag legen, verhält es sich ein bisschen wie mit dieser alten Lederjacke – Sie tragen sie schon so lange, dass sie Ihnen zur zweiten Haut geworden ist. Und Sie legen sie nur höchst ungern ab.«

»Das stimmt«, bestätigte Jack. »Jedenfalls, was die A2 betrifft.«

»Als junger Mann haben Sie in den Abgrund geblickt«, fuhr sie fort, ernster jetzt.

»Das haben viele aus meiner Generation.«

»Und Sie haben sich geschworen, dass Sie das nie wieder tun wollen. Deshalb haben Sie zusammen mit einem ehemaligen Feind diese Firma gegründet, und deshalb führen Sie dieses unstete Leben. Sie laufen vor etwas davon, Jack – aber eines Tages, so fürchte ich, wird es Sie einholen.«

Jack erwiderte nichts. Stattdessen griff er nach seinem Bierglas und sah sie düster über den Rand hinweg an, ehe er es mit einem Zug leerte und energisch auf den Tisch zurückstellte. »Trinken Sie aus, wir müssen gehen«, sagte er barsch. »Morgen liegt ein anstrengender Flug vor uns. Tausend Meilen nach Norden. Wenn Sie nach einem weiteren Beweis dafür gesucht haben, dass ich keinen Verstand habe – das ist er.«

23

Seefliegerhorst List, Insel Sylt, Deutsches Reich
Zur selben Zeit

Eugen von Troneck war zufrieden.

Nicht, dass seine Suche bereits begonnen oder er schon Erfolge vorzuweisen gehabt hätte. Aber allein die Tatsache, dass er den wissenschaftlichen Rat überzeugt hatte, ihn trotz des erlittenen Rückschlags auf diese Mission zu entsenden, war ein Triumph ohnegleichen. Dabei war der Baron kein geborener Optimist.

Das Leben hatte ihn gelehrt, dass Niederlagen dazugehörten, dass er stets damit rechnen musste, dass unerwartet Gegner auftauchen und ihm eine Klinge in den Rücken rammen konnten. Sich stets wachsam umzusehen und niemandem zu vertrauen, war ihm daher zur Natur geworden. Er war ein Mann, der aus Rückschlägen Lehren zog und gestärkt daraus hervorging.

Vor allem aber hatte er gelernt, die Mechanismen zu nutzen, die das neue politische System gebracht hatte – und Furcht hatte sich als der weitaus nützlichste von ihnen erwiesen.

Die Furcht vor Verfolgung.

Vor übler Nachrede.

Vor Beobachtung.

Die panische Angst, die Gunst der Mächtigen zu verlieren …

Von Troneck war immer gut darin gewesen, die Strukturen der Macht zu durchschauen und sie für seine Zwecke zu nutzen. Im Krieg hatte ihm diese Fähigkeit das Überleben gesichert – jetzt hatte sie dafür gesorgt, dass er bekam, was er wollte. Zumal die Neuigkeiten, die ihn soeben aus Berlin erreicht hatten, sehr ermutigend waren.

Vom Fenster der Kommandantur aus blickte er auf das Hafenbecken, das eigens für die drei Staffeln der Küstenfliegergruppe 106 angelegt worden war, umgeben von Mannschaftsgebäuden, Lagereinrichtungen und Docks, in denen die Maschinen – Wasserflugzeuge der Typen Heinkel He 59 und He 60 sowie Flugboote von Dornier – gewartet werden konnten. Der Baron hatte den Stützpunkt mit Bedacht gewählt, denn er war der ideale Ausgangspunkt für die Expedition, die in Kürze ihren Anfang nehmen würde.

Die Flugzeuge waren bereits vor einigen Tagen eingetroffen. Am Kai vertäut lagen sie im graublauen Wasser der Nordsee, zum Abflug bereit.

Es waren zwei Dornier-16-Maschinen der Baureihe »Wal« – robuste Flugboote, die ihre Einsatzfähigkeit schon unter widrigsten Bedingungen unter Beweis gestellt hatten. Zwei Exemplare der leichteren Do-J-Version hatten vor etwas mehr als zehn Jahren den Norweger Amundsen zu seiner Nordpol-Expedition getragen, und es war davon auszugehen, dass auch die für den militärischen Einsatz umgerüsteten Do-16-Flugboote den hohen Anforderungen gerecht werden würden.

Es waren schmale Hochdecker, deren BMW-VI-Motoren im bewährten Tandem-System mit Zug- und Druckschraube arbeiteten. Neben den Piloten, die im offenen Cockpit ihren Dienst versahen, konnte jede der Maschinen fünfzehn Mann und ihre Ausrüstung aufnehmen – die dreißig Kämpfer der

»Legion Thule«, die von Troneck aus den Reihen der Gebirgsbrigade für dieses Unternehmen ausgewählt hatte. In den Flügeln und den seitlichen Flossenstummeln, die der Do 16 im Wasser Stabilität verliehen, befand sich genügend Treibstoff, um Entfernungen von bis zu zweitausend Kilometern zu überbrücken. Bewaffnet waren die Flugboote mit jeweils drei MG15-Maschinengewehren, die an offenen Waffenständen auf Lafetten montiert waren, eines vorn am Bug, die anderen beiden mittig nach backbord und steuerbord ausgerichtet.

Trotz all dieser Vorzüge hatte von Troneck jedoch für sich selbst beschlossen, mit der dritten Maschine zu reisen, einem ebenfalls von Dornier konstruierten Prototyp, der noch keine offizielle Typenbezeichnung hatte, von den Ingenieuren jedoch als *Do 24* gehandelt wurde. Seine Hochseeprüfung hatte dieses brandneue Flugboot noch nicht absolviert, die Erwartungen des Herstellers jedoch bereits jetzt weit übertroffen.

Mit ihrer robusten Ganzmetallbauweise und dem abgestrebten Tragflächenpaar, auf dem drei nebeneinander angeordnete Wright-Cyclone-Motoren mit je 875 PS für den Antrieb sorgten, war die Do 24 das wohl modernste Flugboot der Welt. Nicht nur die besseren Flugeigenschaften und die gegenüber der Do 16 wesentlich höhere Geschwindigkeit von dreihundert Stundenkilometern, sondern auch die um eintausend Kilometer größere Reichweite hatten von Troneck dazu bewogen, sich für dieses Modell zu entscheiden. Und noch einen Vorteil bot die neue Maschine, der vor allem den hohen Herren des wissenschaftlichen Rates sehr zugesagt hatte: Da es sich um einen Prototyp handelte, existierten noch keine öffentlichen Aufzeichnungen darüber. Falls die Expedition scheiterte, würde kaum jemand je davon Kenntnis erlangen, *Operation Nordsturm* noch nicht einmal eine Fußnote in den Geschichtsbüchern sein.

Doch wenn Eugen von Troneck – wovon er absolut überzeugt war – erfolgreich sein würde, so würde seine Entdeckung alles revolutionieren, was jemals von deutschen Ingenieuren gebaut worden war. Ein neues Kapitel der Geschichte würde aufgeschlagen werden und das Deutsche Reich endlich die Position einnehmen, die ihm unter den Nationen dieser Welt gebührte – und der Name von Troneck würde auf ewig mit diesem Triumph verbunden sein.

24

Ramberg, Norwegen
4. September 1937

Jack starrte das Gebilde an, das vor ihm auf dem grob gezimmerten Holztisch lag. Und irgendwie kam es ihm vor, als würde das verdammte Ding zurückstarren.

Es sah wie der Kopf eines Monsters aus – aus rötlich schimmerndem Kupfer bestehend, mit fast einem halben Meter Durchmesser. An der Vorderseite gab es ein kreisrundes, vergittertes Sichtfenster, das Jack wie das Auge eines Zyklopen anglotzte. Zwei ähnliche, kleinere Fenster waren wie bizarre Ohren an den Seiten des Helmes angebracht sowie ein drittes in der Stirn.

»Bist du schon mal getaucht?«

Der Mann, der das wissen wollte, hieß Leif Andersen und war ein Norweger, wie er im Buche stand. Aus einem wettergegerbten Gesicht blickten heitere blaue Augen, die von einem Wildwuchs an blondem Haar und Bart umrahmt wurden. Der Mann überragte Jack um fast einen ganzen Kopf und hatte so breite Schultern, dass er sie nacheinander durch die Tür schieben musste. Hätte Jack die Hauptrolle in einem Wikingerfilm zu vergeben gehabt, hätte er sie glatt mit Andersen besetzt.

»Nein, noch nicht«, gab er zu, worauf Andersen in ein helles, fast kindliches Gelächter ausbrach, das nicht recht zu seiner hünenhaften Erscheinung passen wollte.

»Du bist lebensmüde, ja?«, fragte er.

»Nicht unbedingt.« Jack schürzte die Lippen, worauf Andersen nur noch lauter lachte.

Jack konnte es ihm nicht verdenken. Hätte sich bei ihm jemand vorgestellt, der mal eben mit der S 55 abheben und in den blauen Himmel davonzischen wollte, hätte er ihn ganz sicher auch ausgelacht.

»Im Ernst, mein Freund – bist du sicher, dass du das tun willst? Die ganze Ausrüstung – der Anzug, die Gewichte, die Schuhe und all der Kram – wiegt an die hundert Kilo. Und in diesem Schätzchen hier«, er klopfte gegen die Metallhülle des Helmes, dass sie wie eine Glocke tönte, »kann es einem schon mal eng werden, wenn man es nicht gewohnt ist. Und das ist hässlich, wenn man gerade unter Wasser ist.«

»Kann ich mir vorstellen«, gab Jack zu.

»Und?«

»Dann werde ich mich eben daran gewöhnen müssen«, erwiderte er achselzuckend. Tatsächlich behagte ihm die Aussicht, in einem Gummianzug und mit einem Monsterhelm wie diesem auf dem Kopf dem Meeresgrund entgegenzusinken, ganz und gar nicht. Der Gedanke an die tausenddreihundert Pfund Sterling, die Larna ihnen dafür bezahlen würde, dafür umso mehr.

»*Greit*, wie du willst.« Andersen nickte. »Aber ich kann nichts versprechen. Die Stelle, die ihr genannt habt, befindet sich zwar noch auf dem Küstenschelf, aber wenn das Wrack nicht gerade auf einer Sandbank liegt, kommen wir nicht ran.«

»Wie tief kann man mit dem Ding da tauchen?«, fragte Jack, auf den Helm deutend.

»Wir tauchen mit einem Luft-Sauerstoff-Gemisch, damit schaffen wir vierzig Meter. Mein Onkel hat auch schon fünfzig geschafft, ist aber nicht zu empfehlen. Hast du gute Lungen?«

»Woher soll ich das wissen?«

»Rauchst du?«

»Gelegentlich«, gab Jack zu.

»Lass es. Ist nicht gut fürs Tauchen«, warnte Andersen.

»Ich habe nicht vor, eine Gewohnheit daraus zu machen«, versicherte Jack. »Das gilt fürs Tauchen *und* fürs Rauchen.«

Der Norweger grinste. »Vielleicht erübrigt sich das ja, weil dein erster Tauchgang auch dein letzter ist.«

Jack schnaubte. »Ich hoffe, du bist gut in dem, was du tust. Als Fremdenführer bist du lausig.«

»Ich bin Taucher von Beruf. Sinkt etwas auf den Grund des Meeres, hole ich es wieder rauf. So, wie mein Vater und mein Onkel vor mir. Und meine Vettern ebenfalls.«

»Vielleicht sollte ich mal mit denen reden. Schließlich erhält man nicht jeden Tag Gelegenheit, auf die Schnelle zweihundert Pfund Sterling zu verdienen …«

Andersen sah Jack fest ins Gesicht. »Ich bringe euch raus, und ich tauche mit dir runter. Wenn dieses Wrack da unten ist, dann finden wir es.«

Er streckte Jack die gerötete, wettergegerbte Pranke entgegen, und Jack ergriff sie.

»Wann?«, fragte er nur.

»Wenn der Wind günstig ist und der Wellengang es zulässt, stechen wir bei Sonnenaufgang in See, fünf Uhr.«

»Verstanden.«

Jack nickte und wandte sich ab, verließ Andersens Laden, der sich in einer nach Salz, Rost und Seetang riechenden Baracke an der Hafenfront befand. Zusammen mit den aus Stein gemauerten Gebäuden, die jenseits der Hafenzeile den Hang hinaufwuchsen, war das auch schon so ziemlich alles, was Ramberg zu bieten hatte. Die Ortschaft, die an der Westküste der Lofoteninsel Flakstadøya lag, mochte an die einhundertfünfzig Seelen zählen und an die dreißig Gebäude – dass ein Gasthaus darunter war, das im oberen Stockwerk auch noch Fremdenzimmer hatte, grenzte an ein Wunder.

Es nieselte. Jack schlug den Kragen der A2 hoch, unter der er jetzt einen dick gestrickten Troyer trug, dazu fellgefütterte Stiefel. Von Bergen aus waren sie weitere knapp eintausend Kilometer nach Norden geflogen und befanden sich nun jenseits des Polarkreises. Dass Otto und er noch vor nicht allzu langer Zeit auf Sardinien gesessen und unter der Sonne des Mittelmeeres geschwitzt hatten, kam ihm jetzt seltsam unwirklich vor. Zwar hatte die türkisblaue Färbung der Meeresbucht, an der Ramberg lag, etwas beinahe Karibisches; der ständige Nieselregen und der eisige Nordwind wollten jedoch nicht recht zu dieser Vorstellung passen, und nicht zum ersten Mal fragte sich Jack, was er hier eigentlich tat. Etwas Gutes hatte es immerhin, sagte er sich, während er den Weg zur Pension einschlug – Emile Rochas und seine Halsabschneider waren im Augenblick gut dreieinhalbtausend Kilometer entfernt.

Das Gasthaus hatte keinen Namen – wozu auch, es war das einzige am Ort. Jack trat unter das morsche Vordach und schüttelte den Regen von der Jacke, dann trat er ein.

Der Schankraum war karg möbliert, im offenen Kamin brannte ein Torffeuer und verbreitete Wärme. Jack grüßte den Wirt, der hinter dem Tresen stand und Gläser polierte, mit einem Nicken. Über die schmale Treppe wollte er hinauf in den ersten Stock, wo Larna ihr Zimmer hatte – Jack und Otto schliefen in ihren Hängematten auf der *Liberty*. Doch kaum hatte er seinen Fuß auf die unterste Stufe gesetzt, rief ihm der Wirt etwas zu.

Der Mann konnte kein Englisch, und Jack verstand nicht, was er sagte. Doch aus den Gesten, die er mit den langen Armen vollführte, folgerte Jack, dass Larna nicht oben auf ihrem Zimmer war, sondern wohl hinter dem Haus. Er nickte und nahm den Hinterausgang, wobei ihm der Wirt noch etwas hinterherrief, das wie »badstu« klang. Jack verstand auch dieses Wort nicht, aber es hörte sich wie eine Warnung an, und ganz automatisch glitt seine Hand zum Griff des Colt Army, den er jetzt ständig bei sich trug.

Das Gasthaus hatte einen kleinen, von einer Steinmauer umgebenen Hinterhof, in dessen Mitte eine Hütte stand, die ziemlich baufällig wirkte. Es gab nur eine Tür und ein kleines Fenster, und aus einem Kamin wölkte Rauch.

Die Sache gefiel Jack nicht.

Er zückte den Colt, während er zu der Hütte huschte. Durch das Fenster versuchte er einen Blick ins Innere zu erheischen, doch das war nicht möglich, weiße Schwaden nahmen ihm die Sicht. Was in aller Welt ging da drin vor?

Jack fackelte nicht lange.

Er riss die Tür auf und stürmte hinein – und hatte das Gefühl, gegen eine Wand aus Hitze und Feuchtigkeit zu rennen. Dichter Dampf drang ihm entgegen und raubte ihm sowohl den Atem als auch die Sicht.

»Stecken Sie das Schießeisen weg, Cowboy«, hörte er Larna sagen. »Das werden Sie hier drin nicht brauchen.«

Jack behielt den Colt in der einen Hand, während er mit der anderen wedelte, um die Dampfschwaden zu vertreiben. Endlich konnte er etwas erkennen – und was er sah, verschlug ihm abermals den Atem. Denn da lag Larna King inmitten all der Hitze und der wabernden Schwaden auf einer hölzernen Bank – und zwar splitternackt.

»Äh …«

»Schließen Sie den Mund wieder. Und die Tür bitte auch«, verlangte sie. »Es zieht.«

Jack kam sich vor wie ein Idiot. Er holsterte und schloss die Tür, worauf es unerträglich heiß wurde in der Hütte. Er zog die A2 aus, aber es half nicht viel.

»Sie wollten mir etwas mitteilen?«, fragte Larna.

Sie machte keine Anstalten, sich zu bedecken, also starrte Jack auf den Boden, er wusste ja, was sich gehörte. »Wissen Sie, vielleicht sollte ich später noch einmal …«

»Nicht nötig. Was gibt es?«

»Der … der Handel steht«, berichtete Jack ein wenig stockend. »Andersen hat zugesagt, uns rauszufahren. Und er wird selbst an dem Tauchgang teilnehmen.«

»Sehr gut.« Sie lächelte. »Wollen Sie nicht ablegen? Ihnen scheint heiß zu sein hier drin.«

Jack nickte. Es stimmte, ihm stand der Schweiß auf der Stirn. Allerdings nicht nur wegen der feuchten Hitze, die in dem verdammten Schwitzkasten herrschte …

»Jack«, sagte sie, während sie ihn von Kopf bis Fuß musterte, »wie ich sehen kann, ist der Handel mit Mr. Andersen nicht das Einzige, was steht. Kann es sein, dass mein Anblick Sie in Erregung versetzt?«

Er biss sich auf die Lippen. An sich mochte er es, wenn Frauen wussten, was sie wollten und nicht lange um den heißen Brei herumredeten. Larna allerdings war nicht nur direkt, sondern auch unverfroren. Und verdammt aufreizend.

»Ein wenig«, gab er offen zu.

»Und?«

Er schüttelte den Kopf. »Sie sind eine Klientin, Larna. Und ich würde niemals ...«

»Sind Sie sicher?« Sie setzte sich auf und sah ihn an. Ihre Haut, an der glitzernder Schweiß herabrann, war weiß wie Alabaster, ihre Brüste klein, aber wohlgeformt und einladend. Er ertappte sich dabei, dass er sie anstarrte, trotzdem konnte er seinen Blick nicht von ihr wenden.

Wieder einmal hatte sie ihn völlig überrumpelt – wie viele Überraschungen hatte diese Frau noch auf Lager? Und wie viele Personen verbargen sich noch hinter dieser – zugegebenermaßen ziemlich attraktiven – Fassade? Da war das unnahbare Medium, die hilfsbedürftige Verfolgte, die unerschrockene Entdeckerin – und nun auch noch die ruchlose Verführerin? Ziemlich viel für Jacks Geschmack ...

»Werden Sie Ihre Kleider endlich los«, schlug sie vor. »Es ist wirklich heiß hier drin.«

Und wie heiß es war.

Verdammt heiß ...

»Nein«, widersprach Jack in einem letzten Aufbäumen trotziger Willensstärke, »ich sollte gehen und mich aufs Ohr hauen. Wir müssen morgen früh raus.«

»Wie Sie meinen – es ist Ihre Entscheidung, Jack.«

Die Art und Weise, wie sie ihn ansah, ihr herausfordernder Blick, ihr halb geöffneter Mund, ihre unverhüllte Schönheit – all das signalisierte ihm, dass es ganz und gar nicht seine Entscheidung war. Und dass sie ohnehin längst getroffen war.

Er löste den Waffengurt mit dem Colt Army und ließ ihn zu Boden gleiten, dann schlüpfte er aus Troyer und Hemd. Mit nacktem Oberkörper trat er auf sie zu, und sie erhob sich und kam ihm entgegen, geradewegs durch die Dampfschwaden, die um ihren schweißnassen Körper schmeichelten. Sie half ihm dabei, sich seiner restlichen Kleidung zu entledigen, dann fasste er sie um die Hüften und zog sie an sich heran.

Ihre Blicke trafen sich, und genau wie in jener Nacht in Monte Carlo hatte er das Gefühl, sich im tiefen Grün ihrer Augen zu verlieren. Larna schlang ein Bein um ihn und presste sich an ihn, und ihre Lippen begegneten sich in einem Kuss, der beider Verlangen noch mehr entfachte.

Wer hatte behauptet, dass die Nächte am Polarkreis kalt sein würden?

25

Hafen von Ramberg, Norwegen
Zwei Tage später

Eugen von Troneck stand vor dem Gebäude, von dem die Einheimischen keck behaupteten, dass es ein Hotel sein sollte, und blickte an der schäbigen, aus groben Natursteinen gemauerten Fassade empor.

»Und?«, fragte er den Mann, der soeben auf die Straße trat. Wie von Troneck selbst trug auch er keine Uniform, sondern gewöhnliche Winterkleidung, doch seine Art, sich zu bewegen, verriet die militärische Herkunft.

»Der Wirt sagt, sie hätten das Haus am frühen Morgen verlassen«, erstattete er schnarrend Bericht.

»Und es war ganz sicher unsere Freundin?«

»Jawohl, Herr Baron. Die Beschreibung passt haargenau. Und der Amerikaner war ebenfalls bei ihr.«

Von Troneck verzog kaum merklich das Gesicht, aber zu seiner eigenen Verblüffung versetzte es ihn in eine gewisse innere Unruhe, dass Larna King diese Absteige offenbar zusammen mit dem Amerikaner bewohnt hatte. Eine Aufwallung von Eifersucht durchströmte ihn, für die er sich selbst zur Ordnung rief. Seine persönlichen Empfindungen taten hier nichts zur Sache. Sein ganzes Interesse hatte dem erfolgreichen Ausgang der Mission zu gelten, alles andere war nicht von Belang!

»Also haben wir sie verpasst«, folgerte er.

»Ich fürchte, ja, Herr Baron.«

Von Troneck nickte, dann machte er wortlos kehrt und ging zum Hafen zurück. Der Leutnant folgte ihm in respektvollem Abstand.

Am Pier standen noch mehr Soldaten in Zivil. Von Troneck war die Maskerade zuwider. Wäre es nach ihm gegangen, hätte er die Wehrmacht ganz offiziell in diesen Breiten operieren lassen – wer wollte sie daran hindern? Doch der Rat hatte ihm die Leitung der Expedition nur unter der Auflage übertragen, dass er sich an internationales Recht halten würde. Als ob das für den, der die größte Kraftquelle im Kosmos in Händen hielt, noch verpflichtend gewesen wäre!

Am Kai, der ein gutes Stück in die Bucht hinausreichte, lag am äußersten Ende neben den Kuttern und Trawlern der einheimischen Fischer auch ein Flugboot vertäut, die wohl eigenartigste Konstruktion, die von Troneck je gesehen hatte: zwei Schwimmer, die durch ein mächtiges Flügelpaar verbunden waren, in dessen Mitte das Cockpit untergebracht war. Es war schwer zu glauben, dass dieses abenteuerliche Vehikel – die Savoia-Marchetti S 55 – ein Meisterwerk italienischer Ingenieurskunst sein sollte. Aber es war der beste Beweis dafür, dass die Informationen, die man ihm übermittelt hatte, zutreffend waren.

»Wir haben das Flugboot geentert und durchsucht, Herr Baron«, meldete ein diensteifriger junger Oberjäger. »Es ist niemand an Bord.«

»Ausrüstung?«

»Werkzeuge und Winterkleidung, dazu Proviant für schätzungsweise zwei Wochen.«

»Danke.« Von Troneck nickte – auch das deckte sich mit

dem, was man ihm mitgeteilt hatte. »Haben Sie alles nach Anweisung vorbereitet?«

»Jawohl, Herr Baron. Wir warten auf Ihren Befehl.«

»Ist hiermit erteilt«, entgegnete von Troneck ohne Zögern, worauf der andere Haltung annahm und salutierte.

Dann kehrte er zu seinen Leuten zurück, und sie lösten die Taue des Flugzeugs. Die abenteuerliche Konstruktion schaukelte im Wellenschlag, und sofort erfasste sie die Strömung und trug sie hinaus in die türkisfarbene, von schroffen Bergen umrahmte Bucht. Mit im Rücken verschränkten Armen wohnte der Baron dem Schauspiel bei, schaute zu, wie die S 55 noch ein wenig weiter aufs offene Meer hinausdümpelte – und im nächsten Moment von einem gelben Feuerball zerfetzt wurde.

Die Explosion war so heftig, dass sie die Konstruktion in der Mitte auseinanderriss. Die Tragflächenhälften wirbelten davon und tauchten ins Wasser ein, wo sie sofort versanken. Auch eine der Schwimmergondeln ging sofort unter, die andere schwamm noch eine Weile in einem lichterloh brennenden Teppich aus Flugbenzin, ehe auch sie schließlich versank. Und schon nach wenigen Minuten waren von der einstmals so stolzen Savoia-Marchetti nur noch eine dunkle Rauchwolke am Himmel und ein in allen Regenbogenfarben schillernder Ölfilm geblieben, der gleichmütig auf dem Wasser trieb.

Der Knall der Explosion hatte die Menschen von Ramberg aus ihrer Ruhe gerissen. Einige kamen aus ihren Häusern, doch sie schienen instinktiv zu wissen, dass es besser war, auf Distanz zu bleiben. Wie Schafe standen sie in einiger Entfernung und begnügten sich damit, betroffen bis anklagend dreinzublicken.

Von Troneck war es einerlei.

»Gute Arbeit, Männer«, lobte er. »Und jetzt lasst uns sehen, ob unsere Freunde dort sind, wo wir sie vermuten …«

26

Nordmeer, fünfzehn Seemeilen nordwestlich von Flakstadøya
Zur selben Zeit

Sie hatten noch zwei Tage warten müssen, bis die See sich beruhigt hatte – am Morgen des 6. September schließlich lag sie still und friedlich. Der Wind hatte sich gelegt, graue Wolken ballten sich am östlichen Horizont, so, als wollten sie die Sonne am Aufgehen hindern; fahles Licht herrschte und ließ das Wasser geheimnisvoll, beinahe unheimlich schimmern.

Pünktlich um 5.00 Uhr hatten sie sich am Kai getroffen und das Boot bestiegen, das sie zum Ausgangspunkt ihres Tauchgangs bringen sollte. Es trug den Namen *Solveig* – benannt, wie Leif Andersen stolz erzählte, nach seiner Großmutter – und war ein alter Krabbenkutter, der zu Tauchzwecken umgebaut worden war: Die Fangvorrichtung war entfernt worden, dafür waren achtern unter einer Überdachung aus Segeltuch zwei Seilwinden installiert. Als Mannschaft hatte Andersen seine drei Vettern Gustav, Arne und Einar mitgenommen, baumlange Kerle mit blonden Haaren und Bärten und einem ehrlichen Lächeln in den rotwangigen, wettergegerbten Gesichtern. Jack wäre es lieber gewesen, die Zahl der Mitwisser geringer zu halten, aber wie man ihm erklärte, waren vier kräftige Taucherhelfer an Bord das absolute Mindestmaß für das, was sie vorhatten, und rechnete man Otto mit ein, hatten sie gerade so viele beisammen.

Auch Larna war dabei. In einen Ölmantel gehüllt und mit einer dicken Wollmütze auf dem Kopf, stand sie am Bug des Kutters und hatte die Augen geschlossen – dennoch schien sie genau zu wissen, wohin die Reise ging.

Über die schiefergraue See ging es hinaus. Trotz der geringen Dünung schaukelte die alte *Solveig* heftig, während sie ihrem Ziel entgegentuckerte, und zumindest Otto machte die Feststellung, dass er zwar der geborene Flieger sein mochte, aber nicht zum Seemann taugte. Die gerösteten Kartoffeln und den Speck, die er zum Frühstück gegessen hatte, übergab er in einem wenig feierlichen und ziemlich lautstarken Akt der See, zur Heiterkeit der Andersens.

Jack rechnete es den Norwegern hoch an, dass sie keine Fragen stellten. Die Höhe ihrer Bezahlung schien ihnen Auskunft genug zu sein, oder vielleicht hielten sie Larna auch nur für eine ziemlich exzentrische reiche Frau, die nicht wusste, wohin mit ihrem Geld – und vielleicht, sagte sich Jack, war das ja auch tatsächlich so. Er stellte allerdings fest, dass er mehr und mehr bereit war, Larnas Geschichte Glauben zu schenken, und das nicht nur wegen der vergangenen Nacht oder der satten Belohnung. Selbst der sonst so nüchterne Otto schien sich an den Gedanken gewöhnt zu haben, dass sie nur deshalb hier waren, weil ihre Auftraggeberin geistigen Kontakt mit einer Person gehabt hatte, die vor mehr als einem halben Jahrhundert einen grässlichen Tod gestorben war.

Irgendwann ließ Larna den Anker werfen, und die Vorbereitungen zum Tauchgang wurden getroffen.

Schon das Anlegen der Ausrüstung war eine sehr viel aufwendigere Prozedur, als Jack es sich vorgestellt hatte – spätestens jetzt verstand er, weshalb Andersen darauf bestanden hatte, dass vier kräftige Helfer die Expedition begleiteten. Mit dem dicken wollenen Unterzeug, das er zum Schutz vor der Kälte in der Tiefe trug, musste er in den eigentlichen Tauchanzug steigen, eine sandfarbene Pelle aus mit Gummi überzogenem Leinengewebe. So, wie das Ding roch und aussah, hatte es schon ein paar Einsätze hinter sich, und Jack wusste nicht, ob ihn das ermutigen oder eher beunruhigen sollte. Vier Männer waren nötig, um die Halskrause aus vulkanisiertem Gummi so zu weiten, dass er hineinschlüpfen konnte. Anschließend wurden ihm die mit gusseisernen Sohlen ausgestatteten Schuhe angelegt sowie Schulterposter, auf die das Schulterstück des Helmes gelegt wurde. Dieses wiederum wurde über eine Reihe von Ösen so mit dem Anzug verbunden, dass kein Wasser mehr eindringen konnte. Am Schulterstück wurde anschließend ein Brustgewicht befestigt, das zugleich auch Pressluft enthielt. Wie man Jack erklärt hatte, diente diese sowohl als Vorrat für den Notfall als auch dazu, den Helm in regelmäßigen Abständen zu spülen; die eigentliche Versorgung mit Atemluft erfolgte jedoch über ein Gerät, das ihm auf den Rücken geschnallt wurde und ihn bleischwer auf die Planken des Achterdecks zu drücken schien.

»Vielleicht hätte ich dazusagen sollen, dass ich irgendwann auch wieder auftauchen will«, kommentierte er trocken.

»Der Apparat enthält je eine Flasche mit Luft und eine mit Sauerstoff«, erklärte Gustav. »Du atmest ein Gemisch aus beidem. Was du wieder ausatmest, wird durch ein Ventil in eine Kalkpatrone gedrückt und chemisch gereinigt.«

»Aha«, machte Jack nur. Nicht, dass er irgendetwas verstanden hätte. Wenn das verdammte Ding funktionierte, war er schon mehr als zufrieden.

»Noch ist Zeit, es sich anders zu überlegen«, gab der Norweger zu bedenken. »Arne oder ich könnten für dich einspringen und ...«

»Nein«, sagte Larna entschieden. »Jack genießt mein volles Vertrauen. Ich will, dass er dabei ist.«

»Da hört ihr's.« Jack grinste abermals und nickte Larna zu. Was sie dachte, war nicht festzustellen, weder erwiderte sie sein Lächeln, noch zeigte sie sonst eine Reaktion. Tatsächlich schien sie mit ihren Gefühlen und Gedanken sehr weit weg zu sein an diesem Morgen.

»Alles okay?«, erkundigte er sich deshalb.

Sie sah ihn an, aber erst nach einigen Augenblicken schien sie ihn wahrzunehmen, so, als wäre sie aus einem Tagtraum erwacht. Sie nickte. »Ich will, dass du vorsichtig bist, hörst du? Halte die Augen offen da unten, du weißt, warum.«

»Ich glaube nicht an Seeungeheuer«, versicherte er und deutete auf den Helm, der neben ihm auf den Planken lag. »Außerdem sehe ich mit diesem Ding auf dem Kopf beinahe selbst wie eins aus.«

»Seien Sie unbesorgt, *frøken*«, versicherte Leif, der ihm auf der anderen Seite des Achterdecks gegenüberstand, wie er selbst in diesen bizarren Aufzug gehüllt. »Es ist ziemlich windstill heute Morgen, die Sicht da unten müsste gut sein. Und nach unserer Messung ist die See an dieser Stelle keine fünfundzwanzig Faden tief. Wenn die Position richtig und das Wrack wirklich da unten ist, werden wir es finden.«

»Es ist da unten«, versicherte Larna voller Überzeugung, und niemand widersprach.

Ein Gürtel mit Bleigewichten wurde Jack umgelegt, an dem ein Tauchermesser sowie eine Unterwasserlampe mit einem Gehäuse aus Messing befestigt wurden, beide von der Londoner Firma Siebe, Gorman & Co. Die Lampe brannte bereits, einen Schalter hatte sie nicht. Dazu kam noch ein gummierter Beutel, in den Jack eventuelle Fundstücke legen konnte.

Man forderte ihn auf, sich wieder auf den Schemel aus massivem Holz zu setzen, und Otto brachte den Helm, der alleine über dreißig Pfund wiegen mochte. Signalleine, Sicherungsseil und der Schlauch für das Helmtelefon waren bereits daran befestigt. Larna huschte heran, beugte sich zu Jack herab und hauchte ihm einen flüchtigen Kuss auf die Lippen, der für einen Augenblick süße Erinnerungen weckte.

»Wie machst du das nur immer?«, brummte Otto.

Jack grinste. »Schätze, ich habe einfach Glück.«

Sie stülpten ihm die kalte kupferne Kugel über.

Der saure Geruch von Metall kroch ihm in die Nase, und für einen Augenblick fühlte er Beklemmung. Er war Pilot geworden, weil er die Freiheit liebte, den grenzenlos weiten Himmel über sich – das hier war das genaue Gegenteil davon.

»Der Helm ist ein deutscher Dräger DM40«, erklärte Gustav, der Jacks wachsende Unruhe zu spüren schien. »Man kann über die Deutschen sagen, was man will, aber von Technik verstehen sie was«, fügte er mit breitem Grinsen hinzu.

»Vielen Dank auch«, sagte Otto.

Die Verbindungsschläuche zwischen Helm und Atmungssystem wurden angeschlossen und einer Prüfung unterzogen. Dann bekam Jack Handschuhe angelegt, und man zog ihn auf die Beine.

Es wurde ernst.

»Bereit?«, fragte Leif ihn grinsend.

»Bereit«, bestätigte Jack.

Leifs Vettern entkorkten eine Flasche mit offenbar hochprozentigem Inhalt, riefen lauthals »*Skål*« und tranken. Auch Otto durfte ein paar herzhafte Schlucke nehmen.

»Aquavit«, freute er sich grinsend.

»*Cheers*«, knurrte Jack.

»Wir trinken auf eure gute Rückkehr«, erklärte Arne. »Ist eine Tradition bei uns.«

»Kriegen die Taucher auch was?«, fragte Jack. Einen ordentlichen Schluck hätte er in diesem Augenblick gut gebrauchen können, schon allein gegen das flaue Gefühl im Magen. »Ist das auch Tradition?«

Leif lachte glucksend auf. »Das würde ich dir nicht empfehlen, Flieger.«

Er ließ offen, warum er es nicht empfehlen würde, und Jack kam auch nicht mehr dazu, nach dem Grund zu fragen. Denn im nächsten Moment wurden die mit einem Sichtfenster versehenen Deckel auf die Frontöffnungen der Helme geschraubt – und Jack hatte von einem Augenblick zum anderen das Gefühl, von der Außenwelt abgeschnitten zu sein.

Von der metallenen Helmkugel umfangen, nahm er die Geräusche von draußen nur noch gedämpft wahr, und Larna, Otto und die anderen durch das dicke Glas des Sichtfensters zu betrachten, war ein wenig so, als würde man im Kino einen Film sehen. Man war nur noch Beobachter.

Jack merkte, dass er schnell und hektisch Luft holte und zwang sich dazu, in ruhigen Zügen zu atmen. Seine Aufregung legte sich daraufhin ein wenig, auch weil er merkte, wie durch die geöffneten Ventile Luft in den Anzug strömte. Jack reckte den Daumen hoch als Zeichen, dass alles in Ordnung sei.

Gleichmäßig atmen, sagte er sich vor, was Leif ihm eingeschärft hatte, und in aller Eile rief er sich noch einmal all das ins Gedächtnis, was ihm der Norweger über das Tauchen und was Larna ihm über die Lage des Wracks gesagt hatte. Dann folgte er seinem Tauchpartner nach Achtern, von wo aus sie ins Wasser steigen und absinken würden.

Der Anzug war schwer. Jack ahnte, wie sich ein mittelalterlicher Ritter gefühlt haben musste – mit dem Unterschied, dass man von diesem nicht erwartet hatte, in seiner Rüstung zum Grund des Meeres zu sinken.

Dann ging es schnell.

Im einen Moment waren sie noch über Wasser, dann hatte die Tiefe sie bereits verschlungen.

27

Jack wusste nicht, was ihn im ersten Moment mehr beeindruckte – das schier unendliche Blau, das ihn zu allen Seiten umgab, oder die absolute Stille. Sein eigener Atem war jetzt das einzige Geräusch, das er noch hörte, und hin und wieder das Blubbern kleiner Luftblasen.

So ging es hinab.

Wenn er aus dem seitlichen Sichtglas blickte, konnte er Leif sehen, der sich wie er selbst an seinem Abstiegsseil hinabließ, eine bizarre Gestalt in einer fremden Welt.

»Alles in Ordnung, Skipper?«, kam Ottos Stimme knarrend aus der Sprechverbindung.

»Ja, alles okay«, bestätigte Jack.

Je tiefer sie sanken, desto weniger Licht drang von der Oberfläche ein und desto blauer wurde ihre Umgebung. Schließlich, als das Sandbraun der Taucheranzüge zu einem dunklen Türkis verschwommen war, erreichten sie den Grund.

Für Jack war es, als würde er einen anderen Planeten betreten. Sand wölkte auf, als er seinen Fuß auf den Boden setzte, in träger Langsamkeit, als hätte Zeit hier unten keine Bedeutung. Die Landschaft ähnelte einer Wüste, karg und von Steinen übersät, nur hin und wieder gab es ein paar Büschel Seegras.

»Wir sind unten«, meldete Jack und versuchte, sich in seinem Anzug zu bewegen, was unter Wasser einfacher war als auf dem Trockenen. Leif kam in sein Blickfeld und bedeutete ihm, ein wenig Pressluft aus den Brusttanks zu lassen. Die Atemluft im Helm besserte sich dadurch merklich, ebenso wie seine Standfestigkeit auf dem Grund.

Das kalte Wasser war sehr viel klarer, als er erwartet hatte, erst nach fünf, sechs Metern verschwamm ihre Umgebung zu einer dunkelblauen, fast schwarzen Wand, vor der die beiden Taucher agierten, an ihren Leinen hängend. Jack fühlte sich an das Marionettentheater erinnert, in das er sich während seiner Kindheit in Brooklyn manchmal geschlichen hatte. Nur, dass Leif und er diesmal die Marionetten waren und es kein harmloser Spaß war, sondern bitterer Ernst.

Beide griffen sie nach ihren Lampen, die fahle Kegel in die blaue Tiefe schnitten. Eine Krabbe, die vom Lichtschein erfasst wurde, huschte über den Boden davon.

»Was siehst du?« Es war nicht Otto, der das fragte. Es war Larna.

»Vor uns fällt das Gelände leicht ab«, meldete Jack.

»Geht in diese Richtung. Das Wrack muss in einer Niederung liegen.«

Jack verkniff es sich zu fragen, woher sie das so bestimmt wusste. Stattdessen bedeutete er seinem Begleiter, welche Richtung sie einschlagen sollten.

Leif legte sich nach vorn und begann über den Meeresboden zu marschieren. Jack tat es ihm gleich, doch obwohl der Anzug unter Wasser sehr viel leichter war, kostete es einiges an Kraft, gegen den Widerstand das Wassers anzukämpfen.

Mit den Lampen in den Händen drangen die beiden Taucher in die Dunkelheit vor. Jack zwang sich, ruhig und gleichmäßig zu atmen, aber er merkte auch, wie ihn das Gehen unter Wasser anstrengte. Plötzlich veränderte sich etwas.

Es war mehr ein Gefühl als ein wirklicher Eindruck, aber für einen Moment kam es ihm vor, als ob sich das Wasser um ihn herum verfinstere, so, als würde ein dunkler Schatten auf ihn fallen. Durch das kleine Stirnfenster des Taucherhelmes schaute er hinauf und glaubte für einen Moment, tatsächlich einen dunklen Schemen zu erkennen – doch schon im nächsten Moment war er wieder verschwunden.

Jacks Blick ging zu Leif, der jedoch ungerührt weitermarschierte, als wäre nichts geschehen. Ganz offenbar hatte er nichts bemerkt.

Jack ließ zusätzliche Luft in seinen Helm strömen, aber anders als zuvor nützte es nicht viel. Die Atemluft kam ihm schal und abgestanden vor, und ihm wurde seltsam warm in seinem Anzug. Er schob es auf die Anstrengung und beschloss, es zu ignorieren – zumal sich in diesem Moment vor ihnen etwas aus der blauen Dunkelheit schälte.

Zunächst war es nur eine schwarze Masse. Doch je näher sie kamen, desto klarer konnten sie erkennen, dass es sich um Formen handelte, wie sie in der Natur nicht vorkamen. Und als der Lichtschein der Lampen das fremde Ding endlich erfasste, wurde klar, dass sie das Ziel ihrer Expedition erreicht hatten.

Es war das Wrack der Kogge.

Dort lag es, still und unberührt seit fünfeinhalb Jahrhunderten. Wie eine Verheißung ragte es vor ihnen auf. Oder eine Drohung, je nachdem, wie man es betrachtete …

»Volltreffer«, meldete Jack.

»Ihr habt die Kogge gefunden?«

»Was davon übrig ist«, bestätigte Jack, während er gleichzeitig merkte, wie ihn ein Schauer durchrieselte.

Larna hatte recht gehabt.

Das Wrack war hier, genau an der Stelle, die sie ihnen bezeichnet hatte. Bedeutete das, dass sie auch mit allen anderen Dingen richtig lag?

»Was siehst du?«, wollte sie wissen.

»Es liegt auf der Seite«, beschrieb Jack den Anblick, der sich ihm und seinem Begleiter bot. »Nur eine Hälfte ist zu sehen, die andere ist im Schlick versunken. Der Rumpf ist vielleicht zwanzig Meter lang und löchrig wie ein Schweizer Käse, man kann die Spanten sehen. Ein Wunder, dass nach all der Zeit überhaupt noch etwas davon übrig ist. Muss an der niedrigen Temperatur des Wassers liegen.«

»Nein«, widersprach Larna leise. »Das ist die Macht der Vorsehung.«

Sie umrundeten das Wrack. Auch das Deck war an vielen Stellen eingebrochen, die Planken von Algen und Muscheln übersät. Vom Achterkastell waren nur Trümmer geblieben. Wie Jack von Larna wusste, hatte sich darunter einst die Kapitänskajüte befunden.

Dorthin musste er.

Jack merkte, wie sich sein Pulsschlag beschleunigte. Neugier erfasste ihn, er brannte nun selbst darauf, sich das Schiff aus der Nähe anzusehen.

Er wollte weiter, doch Leif hielt ihn zurück. Mit Gesten bot der Norweger an, das Wrack für ihn zu untersuchen, aber Jack lehnte ab – er hatte Larna versprochen, dass er das übernehmen würde, und sie hatte ihm beschrieben, wonach genau er Ausschau zu halten hätte. Es kam ihm vor, als wäre das vor Tagen gewesen – hier unten auf dem Meeresgrund schien Zeit tatsächlich keine Bedeutung zu haben.

Sein Begleiter bedeutete ihm, vorsichtig zu sein. Jack bestätigte und trat vor, während Andersen zurückblieb, um die Leinen klar zu halten.

Der Einstieg, durch den man ins Innere des eingestürzten Kastells gelangen konnte, war so schmal, dass Jack sich hineinzwängen musste. Leif half ihm noch dabei, dann war er auf sich gestellt, umgeben von schummrigem Halbdunkel.

Jack ließ die Lampe kreisen. Mit zäher Langsamkeit kroch der Lichtkreis über halb zersetzte, von Seeigeln überwucherte Holzbohlen – und fand schließlich die Öffnung, die einst unter Deck geführt hatte.

Vorsichtig setzte sich Jack in Bewegung. Die von Algen überzogenen Stiegen, über die man einst unter Deck gelangt war, verliefen jetzt waagrecht vor ihm. Sie waren so morsch, dass er sie mühelos durchbrechen konnte. Mit der Lampe in der Hand drang er weiter in das ungewisse Dunkel vor. Die Planken des Rumpfs wölbten sich über ihm, darüber das tiefe Blau der See.

»Wo bist du jetzt?«

»Achtern«, entgegnete Jack. »Ich suche nach der Stelle, die du mir beschr…«

Plötzlich stutzte er.

Erneut war ein Schatten auf ihn gefallen. Instinktiv blickte er nach oben, sah etwas über das Wrack hinwegziehen, das schwarz war und von riesenhafter Größe.

Jack kniff die Augen zusammen und öffnete sie wieder.

Was immer das Ding gewesen war, jetzt war es verschwunden.

Verdammt, begann er jetzt Gespenster zu sehen?

»Etwas nicht in Ordnung?«, fragte Larna. Sie klang besorgt.

»Nein, alles okay«, versicherte er und blinzelte abermals. Ihm war heiß in seinem Anzug, vermutlich der Schreck.

Jack fasste sich ein Herz und drang weiter in das Achterschiff vor, das zur Hälfte im Schlick versunken war. Das Wasser trübte sich mit jedem Schritt, den er tat, er durfte sich nur ganz vorsichtig bewegen. Die dünnen Wände, die das Quartier des Kapitäns einst vom Rest des Schiffes getrennt hatten, waren längst verfallen, im nächsten Augenblick stand Jack in den Überresten der Kajüte.

Larna hatte ihm diesen Ort genau beschrieben, und es war ein seltsames Gefühl, die Überreste von alldem vorzufinden. Hier also war es gewesen. Hier hatte die andere Pandora ihr Leben gelassen …

Jack, sagte eine sanfte Stimme.

»Ja?«, fragte er.

»Ich habe nichts gesagt«, versicherte Larna über die Sprechverbindung. »Ist wirklich alles in Ordnung bei dir?«

»Sicher, alles wunderbar. Ich bin jetzt in der Kajüte des Kapitäns.«

»Während der Expedition wurde sie von Detward von Hoya bewohnt«, erwiderte Larna. »Der Kompass muss …«

Ihre Stimme wurde plötzlich leiser, es knackte.

»Larna? Kannst du mich hören?«

Noch mehr Knacken, dann Stille.

»Larna?«

Keine Antwort mehr.

Die Verbindung war abgebrochen.

Jack stieß eine Verwünschung aus, sagte sich aber, dass er alle Informationen hatte, die er brauchte. Wenn Larna wieder richtig lag mit ihrer Voraussage, dann musste der Thule-Kompass ganz in der Nähe sein. Sie hatte von einer Seemannskiste gesprochen, einer Truhe mit metallenen Beschlägen – aber wo, in aller Welt, sollte er danach suchen?

Jack ließ den Lichtschein der Lampe über den Boden gleiten. Vermutlich war das verdammte Ding irgendwo dort im Schlick begraben – nur wo? Die Suche ähnelte der nach der berühmten Nadel im Heuhaufen.

Jack ...

Wieder hörte er die Stimme, so deutlich, wie wenn Larna über das Telefon mit ihm sprach – und doch war es anders. Die Stimme war nicht in seinem Helm, nicht in seinem Ohr.

Sondern in seinem Kopf ...

Es ist hier, Jack ...

Er hatte Schweiß auf der Stirn. Wo, zum Henker, kam die verdammte Stimme her? Und weshalb war ihm in dem verdammten Anzug so heiß, dass er ihn am liebsten auf der Stelle losgeworden wäre? Hätte ihm nicht vielmehr kalt sein müssen?

Hier, Jack ...

Ihm war, als käme die Stimme diesmal von hinter ihm. Er wandte sich um und glaubte für einen Moment tatsächlich, eine verschwommene Gestalt im Halbdunkel zu erkennen. Er lenkte den Schein der Lampe dorthin – aber natürlich war niemand zu sehen. Dafür ein rötlicher Schimmer, als der Lichtschein darauf fiel.

Rostiges Metall!

Jack ging hin und ließ sich auf die Knie nieder. Er legte die Lampe so auf den Boden, dass sie die Stelle beleuchtete, dann begann er, mit den Handschuhen im Schlick zu wühlen. Weiteres Sediment wurde dadurch aufgewühlt und trübte das Wasser, bis er kaum noch etwas erkennen konnte.

Er beugte sich so weit hinab, wie er es wagen konnte, wobei er mehrmals Luft ablassen musste, um seine Lage im Wasser zu tarieren. Endlich hatte er das rostige Ding freigelegt – es war ein Griff, soweit er es sagen konnte, und womöglich hatte er einmal zu einer Truhe gehört …

Jack zog daran – mit durchwachsenem Ergebnis. Das Ding brach ab, und er fiel zurück, konnte sich nur mit Mühe wieder fangen. Inzwischen schwitzte er wie ein Schwein. Schweiß drang aus seinen Poren und tränkte die wollene Kleidung, es fiel ihm zunehmend schwerer, einen klaren Gedanken zu fassen.

Es musste an dieser verdammten Kogge liegen, an diesem seltsamen Ort. Irgendetwas hier stimmte nicht …

Du musst graben, Jack, immer tiefer, sagte die Stimme, worüber er sich inzwischen kaum noch wunderte.

In kniender Haltung, das eine Bein angewinkelt auf dem Boden, das andere hinter sich gestreckt, wühlte er weiter im Schlick und bekam tatsächlich etwas zu fassen, das sich quadratisch und fest anfühlte. Er biss die Zähne zusammen, zog und zerrte daran mit aller Kraft, bis er das Gefühl hatte, das Blut in seinen Adern würde Blasen schlagen.

Endlich gab das verdammte Ding nach!

Jack zog es aus dem Boden und richtete sich damit auf, taumelte zurück in den Schiffsrumpf, wo das Wasser weniger trüb war. Ihm dämmerte, dass er die Lampe zurückgelassen hatte, aber er scherte sich nicht darum, für ihn zählte nur, was er in seinen Händen hielt – und mit Erleichterung stellte er fest, dass es tatsächlich eine Kiste war, an die zwei Fuß breit und je einen Fuß tief und hoch.

Von Schlick überzogen, hatte sie die Zeit verblüffend unbeschadet überdauert. Natürlich waren die Beschläge rostig, aber das Holz war nicht von Organismen überzogen. Den Deckel aufzubrechen, stellte trotzdem keine große Schwierigkeit dar. Jack drehte kurzerhand das Messer aus der Scheide, die noch vor dem Tauchgang mit Wasser gefüllt worden war – andernfalls hätte sie sich aufgrund des Unterdrucks nicht mehr öffnen lassen. Die Klinge gab dem rostigen Schloss den Rest, und der Deckel klappte auf.

Was auch immer in der Kiste gewesen sein mochte, hatte sich in Wohlgefallen aufgelöst. Jacks Hände fassten in nichts als formlosen Schlamm – doch plötzlich glitzerte etwas im Halbdunkel! Jack griff danach.

Es war ein kleines, unscheinbares Etwas, ein metallener Anhänger in Form eines gezackten Blitzes, der an einer Kette hing. Beides schien aus reinem Silber zu bestehen, denn es hatte keinen Rost angesetzt und sah aus wie neu.

Es war wohl das, wonach sowohl Larna als auch die Nazis so überaus eifrig suchten.

Der Kompass nach Thule.

Mit einem triumphierenden Grinsen steckte Jack das Ding in den Beutel an seinem Gürtel und schloss ihn sorgfältig. Seine Hände bebten heftig dabei, aber es gelang ihm, und der einzige Wunsch, den er jetzt noch hatte, war, diesen Ort zu verlassen und an die Oberfläche zurückzukehren, möglichst rasch …

Es war der Moment, in dem erneut der dunkle Schatten auf ihn fiel – und im nächsten Augenblick brach etwas mit Urgewalt durch den Schiffsrumpf!

Jack taumelte zurück. Das Messer hatte er fallen gelassen und wusste nicht, wo es geblieben war, alles, was er sah, war das Ding, das auf ihn zukam.

Es war rabenschwarz und von riesenhafter Größe!

Das aufgerissene Maul war weit genug, um einen Taucher ganz zu verschlingen, mit Reihen mörderischer Zähne. Noch grausiger jedoch waren die Augen der Kreatur, die wie Kohlen im Halbdunkel glommen und ihn feindselig anzustarren schienen.

Dies ist dein Ende, Jack …

Die Stimme in seinem Kopf hatte sich verändert, klang jetzt kalt und abweisend wie die Tiefe selbst und so endgültig wie der Tod. Jack wich zurück, bis die Deckbalken der auf der Seite liegenden Kogge seiner Flucht ein Ende setzten. Das mörderische Maul flog heran.

Und mit ihm kam die Schwärze.

28

»Skipper? Hörst du mich, Skipper? Komm endlich zu dir!«

Die Stimme schien von weit her wie durch dichte Nebelschleier zu ihm zu dringen, so dumpf und verzerrt hörte sie sich an. Jack kam nicht einmal der Gedanke, dass er gemeint sein könnte, und verharrte in der Dunkelheit, die ihn umgab.

»Skipper! Verdammt, tu mir das nicht an! Hörst du mich?«

Die Stimme wurde energischer, und Jack merkte, wie jemand ihn packte und rüttelte. Auch das war ihm herzlich egal. Er hatte das Gefühl, dass ihn nichts mehr etwas angehen musste, dort, wo er war.

Er hatte Ruhe gefunden.

Frieden und Stille.

Endlich …

»Jack! Du verrückter amerikanischer Bastard! Wach gefälligst auf, oder …«

Inzwischen schwang Panik in der Stimme mit. Jack überlegte noch, ob er ihr vielleicht doch Gehör schenken sollte, als etwas in seinem Gesicht explodierte. Es war eine Pranke, schwer wie ein Hammer und groß wie ein Schinken.

Der Schmerz vertrieb die Nebelschleier und riss ihn jäh ins

Bewusstsein zurück. Für einen kurzen Moment verspürte er etwas wie Bedauern, dann nahm er die Helligkeit über seinen geschlossenen Augenlidern wahr und schlug sie auf.

»Skipper! Da bist du ja wieder!«

Ein Gesicht schwebte über ihm, eine hagere Miene, aus der ein besorgtes Augenpaar blickte. Darunter ein breiter Schnauzbart und darüber ein Schädel so kahl wie ein Hühnerei und im Grunde auch ähnlich geformt.

»Oz …« Jack erschrak selbst darüber, wie hohl und brüchig seine Stimme klang. Die Stimme von jemandem, der bereits vom Jenseits umfangen gewesen war …

Die Erkenntnis brachte ihn vollends zu Bewusstsein.

Er erkannte, dass er auf dem Rücken lag, auf den Planken der *Solveig*. Noch immer trug er den Taucheranzug und das klobige Schulterstück, Helm und Atmungssystem hatte man ihm abgenommen.

»Du hast Glück gehabt«, sagte eine andere Stimme. Jack drehte den Kopf und schaute in Leif Andersens wettergegerbte Wikingermiene. Auch er trug noch seinen Anzug und den metallenen Kragen, seine Vettern lugten ihm neugierig über die Schulter. »Das hätte böse enden können, wirklich.«

»Wo … ist Larna?«, stieß Jack hervor.

»Hier.« Ihr Gesicht tauchte über dem von Otto auf. Ihre Augen waren gerötet, Tränen glänzten darin. »Ich dachte, wir würden dich verlieren.«

Jack grinste schief. »So schnell gehe ich nicht verloren«, behauptete er mit krächzender Stimme.

»Um Sprüche zu reißen, reicht es jedenfalls immer«, meinte Otto. »Was, verdammt noch mal, ist da unten passiert? Die Verbindung war plötzlich abgerissen.«

Jack sah ihn an – und schlagartig kehrte die Erinnerung zu

ihm zurück und schien ihn erneut in die dunkle Tiefe zu ziehen wie das Blei an seinem Gürtel …

»Da war etwas«, flüsterte er. »Ein riesiges dunkles Ding. Das hat mir eine Scheißangst gemacht, Oz.«

»Ich habe nichts gesehen«, sagte Leif. »Aber ich war auch auf der anderen Seite des Wracks – vielleicht ist es ja ein Wal gewesen – ein *hundvhal*, ein *spaekhugger*.«

»Ein Schwertwal«, übersetzte Gustav ungefragt. »Die sind nicht selten in dieser Gegend. Sie sind eigentlich in Rudeln unterwegs, aber manchmal gibt es Einzelgänger, die …«

»Es war kein Wal«, widersprach Jack atemlos. »Was ich da unten gesehen habe, war ein verdammtes Monster. Groß und schwarz, mit mörderischen Zähnen und einem Schlund wie der Eingang zur Hölle!«

»Bist … du dir da auch ganz sicher, Skipper?« Otto machte kein Hehl aus seinen Zweifeln, und Jack konnte es ihm nicht verdenken.

Sein Blick ging zu Larna in der Hoffnung, dass sie etwas Klärendes zu sagen hätte – schließlich war sie es gewesen, die ihm erzählt hatte, dass die Kogge damals von einem Meeresungeheuer angegriffen worden war.

Aber Larna sagte nichts.

Wenn sie etwas wusste, so behielt sie es für sich und begnügte sich damit, ihn seltsam anzusehen.

»Vielleicht war es auch ein Grönlandwal«, wandte Arne nachdenklich ein. »Die sehen ähnlich aus, sind nur sehr viel größer. So ein Biest wird bis zu zwanzig Meter lang. Allerdings hat es keine Zähne wie der Orca.«

Jack schüttelte weiter den Kopf. Er war überzeugt, dass er dort unten keinem Wal begegnet war, aber je intensiver er sich zu erinnern versuchte, desto mehr wich das Bild vor ihm zurück, bis er es kaum noch greifen konnte. Es war wie bei einem Albtraum, der sich unmittelbar nach dem Erwachen noch erschreckend wirklich anfühlte, dann aber rasch verblasste.

»Du hattest einen Tiefenrausch, mein Freund«, sagte Leif. »Kann manchmal passieren. Dabei fängt man an, seltsame Dinge zu sehen und zu hören, ehe man das Bewusstsein verliert.«

Jack überlegte – sollte das die Lösung sein? Es wäre einleuchtend gewesen. Jedenfalls sehr viel einleuchtender als eine Stimme, die in Gedanken zu ihm sprach. Oder eine Kreatur, die seit mehr als fünfhundert Jahren dort unten auf dem Meeresgrund lauerte. Vermutlich, sagte er sich, hatte Andersen recht: Es waren Wahnvorstellungen gewesen, beflügelt durch das, was Larna ihm über das vermeintliche Monster erzählt hatte. Und die Kogge war damals womöglich tatsächlich einem Wal begegnet, der sie angegriffen und auf den Meeresgrund geschickt hatte …

Jack nickte und versuchte, sich ein wenig aufzurichten. Otto und Gustav halfen ihm dabei. »Wer hat mich raufgeholt?«, wollte er wissen.

»Das waren Einar und ich«, erwiderte Gustav. »Aber Leif hat dich unten gehalten, das war noch wichtiger.«

»Weshalb?«

»Wir waren ziemlich tief, mein Freund«, erklärte Andersen. »Wenn man danach zu schnell auftaucht, wird das Gas in deinem Blut giftig, und das kann dich noch schneller umbringen als der Tiefenrausch.«

»Hm«, machte Jack, während er gleichzeitig beschloss, die Sache mit dem Tauchen in Zukunft bleiben zu lassen – das war nichts für ihn. »Und du hast dafür gesorgt, dass das nicht passiert?«

Der Norweger grinste über sein ganzes bärtiges Gesicht.

»War ein Stück Arbeit. Aber wie's aussieht, hab ich's hinbekommen.«

»Danke.« Jack nickte. »Du hast was gut bei mir.«

»Hätte wirklich nicht viel gefehlt, und du wärst da unten abgenippelt«, brummte Otto. »So was machst du nie wieder, ist das klar?« Mit dem Handrücken wischte er sich über die Augen und schickte eine deutsche Verwünschung hinterher.

»Schon gut, Oz, ich bin okay«, versicherte Jack. »Und jetzt hilf mir auf die Beine.«

Otto tat ihm den Gefallen, und gemeinsam mit Arne wuchtete er Jack vom Boden hoch. Für einen Moment hatte Jack ein Flimmern vor Augen, und er war sich nicht sicher, ob er im nächsten Moment wieder die Planken küssen würde. Aber indem er sich an der Reling festhielt, schaffte er es, sich aufrecht zu halten.

»Und?«, fragte Larna nur und sah ihn mit großen Augen an.

Jack grinste. Wortlos griff er in den Beutel, den er an seinem Gürtel befestigt hatte, holte das kleine Ding heraus und hielt es ihr hin. »Ist es zufällig das, wonach du suchst?«

Sie schlug die Hand vor den Mund, während sie den Fund betrachtete. Obwohl es nicht wirklich wie ein Kompass aussah, schien sie es sofort zu erkennen.

Sie griff nach der Kette und ließ die Nadel frei daran hängen. Sofort richtete sie sich aus – nach Nordosten, soweit Jack es feststellen konnte.

»Ja, das ist es«, flüsterte sie.

Der Widerschein des Silbers warf ein Glitzern auf ihr Gesicht und verlieh ihren grünen Augen einen seltsamen Glanz. Hätte Jack es nicht besser gewusst, hätte er gesagt, dass sie gar nicht das kleine Artefakt betrachtete, sondern dass ihr Blick viel weiter reichte, in ungeahnte Ferne.

»Schön«, meinte Otto und klatschte in die von Kälte und Salz geröteten Hände, »dann können wir ja an Land zurückkehren, in die *Liberty* steigen und nach England fliegen! Die Gegend hier gefällt mir nämlich nicht«, fügte er mit einem Blick auf die graue See hinzu. »Ist irgendwie unheimlich hier.«

»Was soll ich da erst sagen?«, hielt Jack dagegen. »Ich bin es schließlich gewesen, der auf dem Meeresgrund einem Monster begegnet ist. Und jetzt gebt mir endlich einen Schluck von diesem verdammten Aquav…«

»*Dritt!*«, rief Leif Andersen in diesem Moment. Mit vor Entsetzen weit aufgerissenen Augen starrte er an Jack vorbei hinaus aufs Meer.

Jack fuhr herum – gerade rechtzeitig, um zu sehen, wie etwas riesig Großes aus der Tiefe emporschoss.

Aber es war kein Wal und kein Monster, das mit Urgewalt durch die graue Oberfläche des Nordmeers stieß. Es war noch nicht einmal eine Kreatur aus Fleisch und Blut.

Sondern der keilförmige, stählerne Bug eines U-Bootes.

Gischt spritzte nach allen Seiten, als der Bug wieder eintauchte. Der Turm und ein davor montiertes Geschütz schoben sich aus den grauen Fluten und schließlich auch noch der Rest des schlanken, stahlgrauen Kolosses, gegen den sich die *Solveig* wie ein Spielzeug ausnahm.

Es war ein deutsches U-Boot vom Typ VII A, rund zweihundert Fuß lang und nicht nur mit Torpedos bewaffnet, sondern auch mit einer 8,8-cm-Kanone. Und die Uniformierten, die durch das Turmluk auf Deck stürmten, waren bereits dabei, das Geschütz auf den Kutter zu richten.

In diesem Moment wurde Jack nur zu klar, was *dritt* bedeutete, und er stimmte aus vollem Herzen zu.

29

Sie kamen an Bord.

Zwei Schlauchboote hatten vom U-Boot übergesetzt, bis zum Rand mit Kerlen besetzt, deren blaugraue Kampfmonturen jedes Hoheitszeichen vermissen ließen – wo hatte Jack das nur schon einmal gesehen? Die wollenen Sturmhauben, die die Männer zum Schutz vor Wind und Kälte trugen, ließen sie anonym und noch gefährlicher wirken – von den Maschinenpistolen, mit denen sie bewaffnet waren, ganz zu schweigen.

Jack und Otto tauschten düstere Blicke.

Einen Augenblick lang hatten sie noch erwogen, Widerstand zu leisten und zu versuchen, mit dem Boot zu entkommen. Doch angesichts der überlegenen Feuerkraft des Feindes wäre dies glattem Selbstmord gleichgekommen. Zumal sich Jack in dem Taucheranzug, den er noch immer trug, nicht einmal richtig bewegen konnte.

Ihnen blieb nur abzuwarten.

Zwei der grau Uniformierten schwangen sich über die Reling, langläufige Maschinenpistolen im Anschlag. Jack, Otto und die Norweger hoben unwillkürlich die Hände und wichen zurück. Acht weitere Bewaffnete kamen daraufhin an

Bord und sicherten mit ihren schussbereiten Waffen – jeder Versuch einer Gegenwehr hätte nun in einem blutigen Debakel geendet.

Dann erschien der Befehlshaber der Kerle.

Jack spuckte aus.

Er hatte diese Visage schon einmal aus der Nähe gesehen und eigentlich keinen Wert darauf gelegt, diese Erfahrung zu wiederholen …

»So treffen wir uns wieder«, sagte Eugen von Troneck in flüssigem, aber recht deutschem Englisch, wobei sein einzelnes Auge Jack spöttisch musterte. Anders als seine Leute trug er einen langen, rabenschwarzen Mantel, der mit dickem Fell gefüttert war. »Unverhofft kommt oft, Herr Kelley.«

Jack schnaubte. Der Kerl kannte inzwischen seinen Namen, was vermuten ließ, dass er gute Verbindungen hatte. Allerdings machte ihn das nicht einen Deut sympathischer.

»Ich muss gestehen, dass es mir zunächst schwergefallen ist zu glauben, dass zwei hergelaufene Abenteurer meine Kreise derart gestört haben sollten«, fuhr er fort, wobei seine Stimme vor Hochmut triefte. »Wie es aussieht, habe ich Sie beide wohl unterschätzt, meine Herren. Aber würde ich nicht aus Fehlern lernen, stünde ich jetzt nicht vor Ihnen.«

»Schön für Sie«, stieß Jack hervor. »Haben Sie auch etwas zu sagen, oder reden Sie bloß?«

»Diese ungeduldigen Amerikaner«, kommentierte der Deutsche sarkastisch. »Wissen Sie, dass es einen Teil von mir gibt, der Sie dafür bewundert? Immer mutig vorwärtsstreben, niemals zaudern und erst recht keine Fragen stellen!«

»Sie reden bloß«, war Jack jetzt überzeugt.

»Nur leider«, fuhr von Troneck unbeirrt fort, »war das in diesem Fall die falsche Strategie. Sie hätten Fragen stellen sollen, Kelley, und zwar den richtigen Personen. Nicht wahr, meine liebe Pandora?«

Damit wandte er sich erstmals an Larna – und Jack fiel auf, dass etwas nicht stimmte. Weder hatte Larna die Arme erhoben wie sie alle, noch war echtes Entsetzen in ihren Gesichtszügen zu erkennen. Beinahe so, als ob sie …

Ein hässlicher Verdacht kroch in Jack empor wie ein verdorbener Hotdog. Ihm wurde speiübel, während er gleichzeitig inständig hoffte, dass er sich irrte.

»Ist die Expedition von Erfolg gekrönt gewesen?«, erkundigte sich von Troneck bei ihr.

»Allerdings, Herr Baron.« Larna nickte und hielt die Kette mit der Kompassnadel hoch. »Hier ist, wonach wir beide so fieberhaft gesucht haben.«

»Wir beide?«, platzte Otto heraus. Seine Blicke pendelten zwischen Larna und dem Baron hin und her, während auch er sich zu wünschen schien, dass er sich das alles nur einbildete. »Sie … Sie machen gemeinsame Sache mit diesen Kerlen?«

»Diese Kerle, Herr Keller, sind Ihre Landsleute und Waffenbrüder«, wies von Troneck ihn auf Deutsch zurecht, »und es wäre Ihre heilige Vaterlandspflicht, sie nach Kräften zu unterstützen!«

»Danke«, brummte Otto, »ich habe meine heilige Pflicht für Kaiser und Vaterland bereits erfüllt – seitdem suche ich mir lieber selbst aus, zu wem ich gehöre und zu wem nicht. Verdammte Verräterin«, fügte er mit Blick auf Larna hinzu.

»Der Verrat, Herr Keller, ist ganz auf Ihrer Seite«, beschied ihm von Troneck kalt.

»Ist das wahr?«, fragte Jack. Sein Blick war auf Larna gerichtet, so, als ob die anderen gar nicht da wären und es auch keine

Maschinenpistolen gäbe, die auf ihn zielten. »Du arbeitest für die Nazis?«

»Ich stehe im Dienst der Wahrheit«, verbesserte sie, und es erschreckte ihn, wie kalt und gefühllos sie dabei klang.

»Dann hast du dir eine ziemlich schlechte Gesellschaft ausgesucht, Schätzchen«, knurrte Otto, »denn mit der Wahrheit haben diese Leute ungefähr so viel zu tun wie ein toter Hund mit dem Bellen.«

»Ihre Bitterkeit können Sie sich sparen, Keller«, konterte von Troneck. »Madame Pandora hat ihre Entscheidung ganz bewusst getroffen – zugunsten des Deutschen Reiches und gegen Sie beide, meine Herren. Sonst hätte sie uns wohl kaum die Koordinaten Ihres kleinen Abstechers unter Wasser übermittelt.«

»Übermittelt? Wann hast du …?« Jack starrte sie fassungslos an. Dann wurde es ihm klar. »Das also hast du in Wirklichkeit getan, als du der Bank telegrafiert hast …«

»Der Bank habe ich auch telegrafiert«, entgegnete sie schlicht. »Aber eben nicht ausschließlich.«

Jack konnte, wollte es einfach nicht glauben. »Du hast uns vorgeführt, uns hintergangen. Wir waren nur nützliche Idioten, die für dich die Kastanien aus dem Feuer holen sollten – in Wahrheit hattest du nie vor, nach England zurückzukehren und die Sache dem Geheimdienst zu übergeben!«

»Das war es, was sie Ihnen erzählt hat?« Von Troneck dehnte das hagere Gesicht in offenbar ehrlicher Bewunderung. »Ich muss zugeben, meine liebe Pandora, Ihre Raffinesse beeindruckt selbst mich!«

Das Kompliment glitt an Larna ab, wie überhaupt alles an ihr abzugleiten schien, was gesprochen wurde. Sie trat auf Jack zu und sah ihm fest in die Augen.

»Es tut mir leid«, sagte sie leise, »das musst du mir glauben.«

»Blödsinn.«

»Wäre es dir lieber, ich würde dich belügen und behaupten, dass sie etwas gegen mich in der Hand haben? Dass ich dazu gezwungen worden wäre? Du verdienst die Wahrheit, Jack – und die Wahrheit ist, dass es bei diesem Spiel nur einen Sieger geben kann. Deshalb musste ich sicherstellen, dass ich die richtige Seite wähle.«

Jack schnaubte vor Wut und Frustration. Einmal mehr hatte er das Gefühl, im Blick ihrer grünen Augen zu versinken, auch wenn sie ihm jetzt eher wie Sümpfe vorkamen, die ihn verschlingen wollten. Was am Vortag gewesen war, schien eine Ewigkeit zurückzuliegen. Was, verdammt noch mal, hatte sie mit ihm gemacht? Ihn hypnotisiert? Mit einem verdammten Zauberbann belegt?

Nein, sagte er sich.

Sie war einfach nur in seinem Leben aufgetaucht, das hatte schon voll und ganz genügt.

Er lachte bitter auf.

»Ich gestehe, dass ich dem infantilen amerikanischen Humor bisweilen nicht recht folgen kann«, gestand von Troneck. »Was, in aller Welt, ist so komisch?«

»Sie«, eröffnete Jack. »Sie und Ihre ganze Zinnsoldatentruppe. Denn Sie bilden sich ein, dass diese Frau auf Ihrer Seite wäre und dass Sie sie kontrollieren könnten – aber das ist ein Irrtum, glauben Sie mir! Pandora wird stets nur das tun, was für Pandora gut ist«, fügte er mit einem vernichtenden Blick auf Larna hinzu. »Früher oder später werden Sie das auch erkennen. Aber dann wird es zu spät sein.«

»Sieh an.« Der Baron hob die sichtbare Braue. »Sollte ich mich in Ihnen getäuscht haben, Kelley? Haben wir es etwa noch mit einem zweiten Medium zu tun, das in der Lage ist, in die Zukunft zu blicken?

»Dazu braucht es keine Wahrsagerei«, konterte Jack mit freudlosem Grinsen. »Jemand hat mir mal gesagt, dass bisweilen der gesunde Menschenverstand ausreicht.«

»Interessant«, log von Troneck, ohne mit der Wimper zu zucken. »Und nun entschuldigen Sie uns bitte, meine Herren. Pandora und ich haben eine Verabredung mit dem Schicksal – genau wie Sie beide übrigens.«

»Was haben Sie vor?«, fragte Otto.

Der Baron sandte ihm einen Seitenblick. »Ich muss zugeben, dass ich ein gewisses Bedauern darüber empfinde, dass Sie es vorziehen, mit dem Feind unterzugehen, Keller, als Ihrer eigentlichen Bestimmung gerecht zu werden. Haben Sie denn keine Ehre im Leib?«

»Ach, wissen Sie, die alte Heimat ist nicht mehr das, was sie mal war, seit Mistkerle wie Sie dort das Sagen haben«, konterte Otto. »Sprechen Sie mir noch einmal von Ehre, und ich kotze Ihnen direkt auf Ihre polierten Stiefel.«

Von Tronecks Züge verkrampften sich. »Ich sehe schon, jedes Entgegenkommen wäre bei Ihnen verschwendet, der Umgang mit dem Amerikaner hat Sie verdorben. Wie gut, dass ich dem Wirken Ihrer seltsamen kleinen Firma bereits ein Ende gesetzt habe.«

»Sie haben *was* getan?«, hakte Jack nach.

»Ihre Maschine – eine Savoia-Marchetti, richtig? – existiert nicht mehr. Ich habe sie in die Luft sprengen lassen.«

»Du beschissener, mieser …«, begann Otto und hätte sich am liebsten mit bloßen Fäusten auf den Baron gestürzt. Doch der Lauf einer Maschinenpistole, den man ihm ins Genick presste, brachte ihn rasch wieder zur Besinnung.

»War ein hübsches Feuerwerk«, versicherte der Soldat, der die Waffe hielt, vermutlich ein Unteroffizier. Die anderen Kerle lachten dröhnend.

»Seien Sie nicht allzu traurig, meine Herren, Sie hätten ohnehin keine Verwendung mehr dafür gehabt«, versicherte von Troneck. »Über Bord mit ihnen«, fügte er an seinen Unterführer gewandt hinzu.

»Nein!«, rief Larna entschieden. »Wir brauchen sie noch.«

»Wozu, wenn ich fragen darf?« Der Baron schüttelte unwirsch den Kopf. »Diese beiden werden für Unruhe sorgen, wann immer sich die Gelegenheit dazu ergibt.«

»Dann sehen Sie zu, dass Sie keine Gelegenheit bekommen«, entgegnete Larna mit fester Stimme. »Aber diese Männer haben ihren Zweck auf dieser Mission noch nicht erfüllt.«

»Und da sind Sie sich auch wirklich sicher?«

Sie hielt seinem kritischen Blick stand. »Natürlich«, versicherte sie. »Ich bin das Medium von uns beiden, vergessen Sie das nicht.«

Einen Augenblick lang zögerte er, und Jack befürchtete schon, er würde doch noch Befehl erteilen, Otto und ihn wie Fischabfall ins Meer zu kippen. Aber er besann sich anders.

»Gut«, erklärte er sich einverstanden. »Fesselt sie und bringt sie an Bord des U-Bootes«, wies er den Unteroffizier an.

»Was ist mit den Norwegern?«, fragte dieser, auf Leif und seine Vettern deutend.

»Sie bleiben hier«, sagte von Troneck nur, wandte sich ab und bestieg selbst als Erster das Schlauchboot, mit dem er gekommen war, um dann Larna dabei behilflich zu sein. Einige der Soldaten fesselten Jack und Otto unterdessen mit ledernen Riemen, während die anderen auf Leif zutraten und begannen, brutal auf ihn einzuprügeln.

Ein Gewehrkolben landete in seiner Magengrube und schickte ihn mitsamt dem Taucheranzug, den er noch immer trug, auf die Planken. Gustav wollte ihm zur Hilfe kommen, da ereilte ihn ein brutaler Hieb in den Nacken und ließ ihn ebenfalls zusammenbrechen. Mit ihren Militärstiefeln traten einige Soldaten auf die beiden wehrlosen Männer ein, wobei sie lachten und spotteten, während ihre verbliebenen Kameraden die beiden anderen Norweger in Schach hielten. Erst auf Anordnung ihres Gruppenführers hin wandten sie sich ab und gingen von Bord. Ihre blutigen, zerschundenen Opfer ließen sie zurück, ohne sich noch einmal nach ihnen umzudrehen.

»*Kyss meg i ræva*«, rief Leif ihnen hinterher. Blut rann dabei aus seinen Mundwinkeln.

Mit raschen Paddelschlägen brachten die Deutschen die beiden Schlauchboote zum U-Boot zurück. Während sich Larna gleich mehrere helfende Hände entgegenstreckten, wurden Jack und Otto wie Lastensäcke auf das schmale Oberdeck des U-Bootes geworfen, ehe man sie wieder hochriss. Von Troneck, Larna und ein junger Offizier – vermutlich der Kommandant des Unterseebootes – standen oben auf dem Turm und schauten zu.

»Herr Kapitänleutnant?«, sagte von Troneck beiläufig.

»Ja, Herr Baron?«

»Ich will, dass Sie das Fischerboot zerstören. Ich möchte nicht, dass es Zeugen dieser Begegnung gibt.«

»Verstanden, Herr Baron.«

»Bastard!«, zischte Jack, wofür er einen harten Stoß in den Rücken kassierte.

»Tun Sie das nicht!«, widersprach auch Larna.

Jacks Einwurf ignorierte von Troneck. Larna jedoch sah er seltsam von der Seite an. »Zuerst diese beiden Abenteurer, und nun auch noch die Norweger? Ich hätte nicht gedacht, dass Sie ein so weiches Herz haben, meine gute Pandora! Gerade Ihnen müsste doch die Unausweichlichkeit klar sein, mit der die Geschichte über all jene hinwegschreitet, die sich als zu schwach erweisen oder unfähig, sich ihren Herausforderungen anzupassen!«

»Gewiss«, versicherte Larna, »aber …«

Von Tronecks Gesichtszüge versteinerten, sein Blick wurde hart. »Torpedieren, sobald Sicherheitsdistanz erreicht ist«, bekräftigte er seinen Befehl.

»Verstanden, Herr Baron«, schnarrte der Kommandant.

Jack konnte den Glanz in Larnas Augen sehen, offenbar kämpfte sie mit den Tränen. Aber das änderte nichts daran, dass sie ihre Entscheidung getroffen und sie alle verraten hatte. Und Leif und seine Vettern würden die Ersten sein, die mit ihrem Leben dafür bezahlten …

Durch das Turmluk stopfte man die Gefangenen ins Innere des U-Bootes, von Troneck und Larna folgten.

In der Zentrale, in die die Turmleiter führte, kamen Matrosen und Offiziere mit automatenhafter Disziplin ihren Aufgaben nach. Innerhalb von Minuten war das Boot tauchbereit und ging auf Sehrohrtiefe. Kurz darauf fraß sich ein schlanker Schatten dicht unter der Wasseroberfläche auf die *Solveig* zu und zerfetzte sie in einer heftigen Explosion.

»Ziel zerstört, Herr Baron«, meldete der Kapitänleutnant.

Dann ließ er das U-Boot wenden und einen neuen Kurs einschlagen, und durch die blaue Tiefe der See glitt es lautlos und mit unbekanntem Ziel davon.

30

Baixa de Lisboa, Portugal
Zur selben Zeit

Das Büro befand sich in der *Rua da Alfândega* unweit des Zollhafens von Lissabon. Die entsprechenden Behörden und die örtliche Börse befanden sich in unmittelbarer Nähe, was vermuten ließ, dass die beiden Betreiber des Detektivbüros *Silva & Silva* ihr Geld gewöhnlich mit Firmenermittlungen verdienten. Am Flugplatz eine ominöse Transportkiste in Empfang zu nehmen und deren Inhalt wohlbehalten und sicher in ein Hotel in der Lissaboner Altstadt zu bringen, gehörte wohl weniger zu ihrem Tätigkeitsfeld. Doch weil er nicht an mehreren Orten zugleich sein konnte, hatte sich Peter Henderson entschlossen, die Gebrüder Silva mit dem heiklen Auftrag zu betrauen, zumal sie einen integren Ruf genossen.

Ein Fehler, wie er inzwischen wusste.

Die S 23 hatte Hopkins, Mason und ihn in die portugiesische Hauptstadt gebracht. Der Gedanke, nun sogar mehr oder weniger offiziell für seiner Majestät Geheimdienst zu arbeiten, behagte Henderson zwar nicht besonders, aber er hatte keine Wahl gehabt. Allein die Reise nach Portugal hätte ohne die Hilfe des SIS mehrere Tage in Anspruch genommen – Zeit, die Larna womöglich nicht hatte. Der Gedanke, dass ihr unterwegs etwas zugestoßen sein könnte, brachte Henderson an den Rand der Verzweiflung, und das Wissen, dass er daran schuld sein würde, machte es nicht besser.

Einreiseformalitäten gab es nicht. Die Beamten ließen die drei Briten, die sich offiziell als Geschäftsleute tarnten, ungehindert passieren. Wie der redselige Hopkins erklärte, lag das an der Politik, die António de Oliveira Salazar, der starke Mann des *Estado Novo*, verfolgte und die in diesen unruhigen Zeiten die Nähe Großbritanniens suchte. Aber auch die Deutschen hatten ein massives Interesse daran, sich mit dem portugiesischen Staatschef gutzustellen, dessen Land ein Lieferant von kriegswichtigen Rohstoffen war. Und obwohl das Deutsche Reich nicht müde wurde zu versichern, dass es keinerlei kriegerischen Absichten hegte, war es vor Ort äußerst aktiv. Wie Henderson erfuhr, wimmelte es in Lissabon von deutschen Kontaktleuten und Agenten, und ihm wurde klar, was für ein Narr er gewesen war. Ohne es zu ahnen, hatte er Larna in eine Schlangengrube geschickt.

»Ist es das?« Hopkins sandte ihm einen Seitenblick. Genau wie Mason hatte auch er seinen grauen Anzug gegen einen karierten Zweireiher getauscht, der den Hünen aber nicht weniger bedrohlich wirken ließ.

Henderson warf einen Blick auf den Zettel in seiner Hand. Die Adresse stimmte überein. Er legte den Kopf in den Nacken und blickte an dem Geschäftshaus empor, das wie viele Gebäude rings um den *Praça do Comércio* im neoklassizistischen Stil gehalten war: weiß getünchte Gebäude mit Bogengängen und schmiedeeisernen Balkonen; die hohen Fenster und Hauseingänge von Säulen und Kapitellen umrahmt.

Aus dem grellen Licht der Nachmittagssonne trat Henderson in das Dunkel des Eingangs. Sein Blick glitt suchend über die Messingschilder neben den Briefkästen.

»Vierte Etage«, stellte er fest, und sie traten ein.

Der Geruch von Kalk schlug ihnen entgegen, vermischt mit dem von Bohnerwachs. Hopkins und Mason wechselten einen Blick, und der Hüne ging voraus. Die Stufen der Holztreppe ächzten unter seinem Gewicht, als er nach oben stieg, Henderson und Hopkins folgten.

Mit jeder Stufe merkte Henderson, wie sich sein Pulsschlag beschleunigte – und das nicht wegen der Anstrengung …

Ihr erster Weg hatte sie ins Hotel Tivoli geführt, wo er von Monte Carlo aus eine Suite gebucht hatte und wohin die Silvas Larna hätten bringen sollen. Doch eine Nachfrage dort hatte lediglich ergeben, dass weder sie noch die beiden Detektive zum vereinbarten Zeitpunkt eingetroffen waren. Ein Besuch bei *Silva & Silva* sollte nunmehr Aufschluss bringen, und so sehr Henderson darauf brannte zu erfahren, was geschehen war, so sehr fürchtete er sich auch davor. Er hatte in bester Absicht gehandelt, doch was hieß das schon? Auch Katastrophen erwuchsen mitunter aus guten Absichten. Warum hatte er sich überhaupt in diese Dinge eingemischt?

Sie erreichten den vierten Stock.

Eine Reihe dunkel gebeizter Türen erstreckte sich den Gang hinab. An eine davon war ein fleckiges Messingschild montiert.

Silva & Silva
Investigações Particulares

Henderson trat vor und wollte anklopfen, doch Masons fleischige Rechte hielt ihn zurück. Erst jetzt sah Henderson, dass die Tür nicht verschlossen, sondern angelehnt war – für die MI6-Agenten war das Grund genug zur Vorsicht.

Mit routinierten Gesten griffen sie nach ihren Webleys. Hopkins benutzte einen altmodischen, aber eleganten Bulldog; Mason, in dessen Pranke dieser Revolver wie ein Spielzeug gewirkt hätte, hielt einen schweren Mk6 in der Hand. Mit einem warnenden Blick in Hendersons Richtung stieß er die Tür auf, wobei sie zu beiden Seiten in Deckung gingen.

Knarrend schwang die Tür ins Innere, gab den Blick auf einen schmalen Gang frei. Die beiden aus Stroh geflochtenen Panamahüte, die an der Garderobe hingen, ließen vermuten, dass die Herren *Silva & Silva* nicht ausgegangen waren – doch wieso hatte die Tür dann offen gestanden?

Sich hinter Masons breitem Rücken haltend, der sich wie ein alter Mark-I-Panzer durch den Gang wälzte, folgte Henderson seinen Begleitern. Sie passierten eine Toilette und ein Vorzimmer mit Aktenschränken und einem Schreibtisch mit einer verwaisten Schreibmaschine.

Am Ende des Ganges befand sich das eigentliche Büro.

Zwei große Schreibtische standen dort Stirn an Stirn. Inmitten der Unterlagen, die darauf ausgebreitet waren, erhoben sich zwei Bankerlampen mit grünen Schirmen. Helles Licht drang durch die beiden großen Fenster, von denen aus man auf die belebte *Rua* und das nahe Handelszentrum blicken konnte. Doch von den Gebrüdern Silva fehlte jede Spur.

»Das gefällt mir nicht«, knurrte Mason. Es kam nicht oft vor, dass er etwas sagte, aber er sprach Henderson aus der Seele. Irgendetwas stimmte nicht, das war mehr als offensichtlich. Und auch ohne ein Medium zu sein, ahnte Henderson, dass es mit Larnas Verschwinden zu tun hatte.

Die Agenten sahen sich in dem Büro um.

Während Hopkins die auf den Schreibtischen verteilten Papiere durchblätterte, nahm Mason die Aktenschränke in

Augenschein. Die meisten waren abgeschlossen und ließen sich nicht öffnen. Schließlich gelangte er zu der Truhe, die zwischen den beiden Fenstern stand.

»Scheiße«, entfuhr es ihm.

»Was?« Alarmiert fuhr Henderson herum.

Mason deutete hinab zum Boden, auf seine großen Füße, die in hellbraunen Lederschuhen steckten. Aber dann wurde Henderson klar, dass der Agent nicht seine Schuhe meinte, sondern den dünnen roten Rand, der den Teppich rings um die Truhe tränkte.

»Scheiße«, sagte nun auch Hopkins. Er warf einen Stapel Fotografien, die er durchgesehen hatte, auf den Schreibtisch zurück und gesellte sich zu seinem Kompagnon. »Zur Seite«, verlangte er und zog zwei Dietriche aus der Tasche, mit denen er sich am Schloss der Truhe zu schaffen machte. Sekunden später sprang es auf.

Henderson war klar, dass ihm nicht gefallen würde, was er sah. Dennoch trat er neugierig vor, als Mason den schweren Truhendeckel anhob.

Der einfallende Sonnenschein flutete das Innere der Kiste mit Licht, ebenso wie die beiden Leichen, die darin lagen, in gegensätzlicher Richtung übereinandergelegt, sodass der eine Tote zwischen den Beinen des anderen emporstarrte, mit leerem Blick und, so kam es Henderson vor, in stummer Anklage.

Wer immer die beiden umgebracht hatte, hatte Wert darauf gelegt, dass es lautlos geschah. Beiden hatte man die Kehlen durchgeschnitten, Kragen und Brust ihrer weißen Hemden waren dunkelrot besudelt. Der Anblick war das eine – das Summen der Fliegen, die nun plötzlich aufstoben, begleitet von beißendem Verwesungsgeruch, war noch einmal etwas anderes.

Der schwere Deckel der Truhe hatte den Gestank bislang wohl zurückgehalten, jetzt stieg er in der schwülen Hitze auf und sorgte dafür, dass Henderson sich übergeben musste.

»Mahlzeit«, kommentierte Hopkins trocken, während er die Leichen flüchtig untersuchte. Da die Toten einander auffallend ähnlich sahen, sprach alles dafür, dass es sich um die Gebrüder Silva handelte.

»Ihr erstes Mal?«, wollte er von Henderson wissen.

Henderson nickte, während er sich die Kotze von den Lippen wischte. Ein wenig betreten schaute er auf das, was er am Boden hinterlassen hatte.

»Muss Ihnen nicht peinlich sein, geht vielen so.« Der SIS-Agent prüfte die Temperatur und die Steifheit der Leichen. »Besonders lange liegen sie noch nicht hier«, stellte er dann fest. »Höchstens zwei Tage, würde ich sagen. Der Gestank kommt vor allem von dieser verdammten Hitze.«

»Und wer ist das gewesen?«, fragte Henderson.

Mit einem schiefen Grinsen schob Hopkins seinen Hut in den Nacken. »Weiß ich nicht, die beiden Jungs hier können uns ja nichts mehr erzählen. Aber wenn ich mir ansehe, wie kaltblütig sie abgestochen wurden, würde ich einen Zehner wetten, dass es Agenten der *Abwehr* gewesen sind.«

Henderson zuckte bei dem deutschen Wort zusammen. »Das würde bedeuten, dass …«

»Ganz recht, Mr. Henderson – dass das Ableben dieser beiden Gentlemen und das Verschwinden Ihrer Angebeteten unmittelbar zusammenhängen.«

Henderson verzichtete darauf, den MI6-Mann wegen seines zynischen Geredes zurechtzuweisen. Außerdem hatte Hopkins recht. Wenn es tatsächlich die Deutschen gewesen waren, hatten die beiden Silvas vermutlich deshalb sterben müssen, weil sie Larna bei ihrer Flucht behilflich sein sollten. Fragte sich nur noch, woher die Deutschen davon gewusst hatten …

In der unbestimmten Hoffnung, dort einen Hinweis auf Larnas Verbleib zu finden, wandte sich Henderson den beiden Schreibtischen zu und begann, die darauf verstreuten Unterlagen zu sichten.

»Lassen Sie's gut sein, ich hab mir das Zeug schon angesehen«, meinte Hopkins. »Ist alles auf Portugiesisch und hat rein gar nichts zu tun mit …«

Henderson hörte ihm gar nicht zu, denn in diesem Moment geriet ein Blatt Papier in seine Hände, das unter den anderen gelegen hatte.

Mit flüchtiger Hand, so, als ob große Eile geboten gewesen wäre, hatte jemand etwas mit Bleistift darauf gekritzelt.

Es war nur ein einziges Wort.

Traidor.

Henderson konnte kein Portugiesisch. Aber das Wort unterschied sich nur in einem einzigen Buchstaben von seiner englischen Entsprechung, sodass es leicht zu verstehen war. Ein eisiger Schauder durchrieselte ihn.

»Haben Sie das auch gesehen?« Er hielt das Blatt hoch, sodass Hopkins es lesen konnte.

»Und?«, fragte der.

»Das bedeutet *Verräter*, oder nicht?«

»Schon möglich, und?«

»Es wurde sehr hastig geschrieben. Womöglich wollte eines der Mordopfer noch etwas mitteilen – nämlich dass es einen Maulwurf gibt, der den Deutschen alles verraten hat.«

»Nette Theorie«, erkannte Hopkins mir freudlosem Grinsen an. »Sie vergessen dabei nur eine Kleinigkeit: In Abteilung Z gibt es keine Maulwürfe. Das ganze verdammte Ding wurde überhaupt nur gegründet, um die Gefahr von Spionen auszuschließen.«

Henderson nickte, er erinnerte sich, dass Colonel Z das gesagt hatte. »Und wenn Sie sich irren?«, fragte er. »Wenn die Deutschen doch noch einen Informanten innerhalb des Secret Service haben? Das würde erklären, warum sie von Larnas unfreiwilliger Reise nach Lissabon wussten.«

»Um das zu wissen, brauchten sie keinen Informanten«, widersprach Hopkins achselzuckend. »Sie selbst sind das Risiko eingegangen, indem Sie diesem Verbrecher Rochas und seinen fliegenden Strolchen vertraut haben. Wissen Sie, wie man den Kerl in einschlägigen Kreisen nennt? Sie nennen ihn *Spinne*, weil sein Netz überallhin reicht.«

Henderson schnaubte. Er wusste nur zu gut, dass der andere recht hatte, aber alles in ihm sträubte sich, es zuzugeben. »Rochas und seine Leute haben weiß Gott genug Geld dafür bekommen«, versicherte er. »Die ganzen Einnahmen von Monte Carlo sind dafür draufge...«

Plötzlich stutzte er.

Ein hässlicher Gedanke kam ihm. Fragend sah er Hopkins an. »Ihr Vorgesetzter wusste nichts von Rochas«, sagte er, »und Ihnen gegenüber habe ich den Namen niemals erwähnt.«

»Und das bedeutet?« Hopkins hielt seinem forschenden Blick gelassen stand.

Henderson erwiderte nichts darauf. Beklommene Stille kehrte ein, in der jeder der drei Männer seine Chancen und Möglichkeiten abzuwägen schien.

Dann überstürzten sich die Ereignisse.

Mason, der trotz seines schlichten Gemüts sofort zu begreifen schien, was die Stunde geschlagen hatte, wandte sich zu seinem Partner um, den Mk6 halb erhoben – doch er kam nie dazu, die Waffe zu betätigen. Denn in diesem Moment bellte Hopkins' kleiner Bulldog auf, ein heller, peitschender Knall wie vom Schlagen einer Tür.

Mason zuckte zusammen und stand wie vom Donner gerührt. Der Blick seiner Augen wurde glasig, und erst, als ein dünner Blutfaden über das Gesicht des Hünen rann, sah Henderson das Loch, das unterhalb der Hutkrempe in seiner Stirn klaffte.

Mason wankte. Noch einen Moment hielt er sich auf den Beinen, dann brach er zusammen und schlug zu Boden. Ungerührt trat Hopkins zu ihm, entwand ihm den Webley und steckte ihn in seinen eigenen Hosenbund.

»Sie«, entfuhr es Henderson, dessen entsetzter Blick zwischen dem leblos am Boden liegenden Hünen und Hopkins hin und her pendelte. »Verdammter Mörder!«

»Korrektur, Mr. Henderson«, widersprach Hopkins mit überlegenem Lächeln und richtete seine Waffe auf ihn. »Den guten Mason haben Sie auf dem Gewissen. Er war ein schlichter, braver Kerl. Hätten Sie ihn durch Ihre Neugier nicht auf dumme Gedanken gebracht, wäre er noch am Leben.«

»Verräter!«, war alles, was Henderson dazu einfiel. »Sie sind das also gewesen.«

»Schuldig im Sinn der Anklage.« Hopkins zuckte resignierend mit den Schultern.

»Aber … wieso? Sie sind Engländer, Mann!«

»Das sind mein Vater und meine beiden älteren Brüder auch gewesen, und alle drei sind sie im Krieg für König und Vaterland gefallen. Und wofür?« Er lachte spöttisch auf. »Die Welt verändert sich, Mr. Henderson. Sie bewegt sich mit großen Schritten auf den nächsten Krieg zu, und ich werde nicht zu den armen Schweinen gehören, die irgendwo in einem Graben sitzen und elend verrecken. Denn bis dahin habe ich meinen Lohn kassiert und bin längst auf dem Weg nach Südamerika.«

»Verräter«, sagte Henderson noch einmal. Und dann dämmerte ihm, dass er die Spur, nach der er gesucht hatte, unmittelbar vor Augen hatte. »Larna«, stieß er hervor. »Wo ist sie?«

Hopkins sah ihn unverwandt an. »Offen gestanden, Mr. Henderson, sollten Sie sich in diesem Augenblick mehr Gedanken über Ihren eigenen Verbleib machen.« Damit hob er die Waffe und richtete sie direkt auf ihn.

»Nein!«, rief Henderson entsetzt und riss abwehrend die Hände hoch, auch wenn es angesichts der Bedrohung herzlich sinnlos war. »Tun Sie das nicht, Hopkins! Ich bitte …«

In diesem Moment bellte der Bulldog ein zweites Mal.

31

»Skipper?«

Ottos Stimme riss Jack aus seinem Schlummer. Er war überrascht darüber, dass er überhaupt geschlafen hatte, vermutlich lag es an den Nachwirkungen des Tiefenrausches.

Er wusste noch, dass das Unterseeboot auf Tauchfahrt gegangen war, danach trübte sich seine Erinnerung ein – jetzt fand er sich in einer Koje liegend, die weniger breit war als er selbst, in einer spärlich beleuchteten Röhre aus Metall. Der Geruch von Maschinenöl und feuchtem Leder stieg ihm in die Nase, die gesamte Konstruktion erbebte unter dem gleichmäßigen Stampfen der Diesel.

»Wir sind aufgetaucht«, informierte ihn Otto, der auf der anderen Seite der Röhre in einer schmalen Koje lag, wie er selbst mit Armen und Beinen an das Gestänge der Pritsche gefesselt. Von seinem Taucheranzug trug Jack nur noch die wollene Unterkleidung. Teils war sie noch feucht, teils brannte getrocknetes Salz auf seiner Haut.

Er versuchte, sich zu orientieren. Offenbar befanden sie sich im Bugraum des U-Bootes. Unmittelbar über ihnen hingen Torpedos, gewaltige, rostbraune Ungetüme, dazwischen weitere Kojen, ganz vorn am Bug die Ausstoßrohre. Die Enge war bedrückend – wann, fragte sich Jack, würde er endlich wieder ein Cockpit von innen zu sehen bekommen? Wann den freien Himmel spüren?

Vermutlich nie, sagte er sich.

Jack brauchte nur an Larna zu denken, an den Moment, da sie ihren wahren Charakter offenbart und gezeigt hatte, auf wessen Seite sie tatsächlich stand, um sich hundeelend zu fühlen.

»Scheiße, Oz«, sagte er nur.

»Kannst du laut sagen.«

»Wie lange war ich weggetreten?«

»Weiß ich nicht. Meine Uhr haben sie mir abgenommen, und sie waren nicht so freundlich, die Zeit durchzusagen. Ich weiß nicht mal, ob es draußen Tag ist oder Nacht.«

Jack nickte. Im Grunde spielte es auch keine Rolle. »Wohin bringen die uns?«

»Weiß ich nicht, und ist mir auch egal«, schmollte Otto. »Ich will nur weg von hier. Und ich habe Hunger.«

Jack musste unwillkürlich lächeln. Bei seinem Partner pflegten Sorgen stets durch den Magen zu gehen, bei ihm war genau das Gegenteil der Fall. »Tut mir leid, Oz«, sagte er.

Otto stieß ein Schnauben aus. »Würde ich jedes Mal zehn Dollar bekommen, wenn du das sagst, hätte ich mich längst zur Ruhe setzen können.«

»Hast du es kommen sehen?«, fragte Jack nur.

»Dass das Mädchen eine falsche Schlange ist?« Otto schnaubte abermals. »Nein, Skipper. Aber etwas haben wir wenigstens gelernt.«

»Nämlich?« Jack sah zu ihm hinüber.

»Dass Wahrsagerinnen nicht zwangsläufig die Wahrheit sagen«, eröffnete ihm sein Partner, und trotz des Verrats und der Klemme, in der sie steckten, mussten beide grinsen. Es war reiner Galgenhumor, Heiterkeit von der Sorte, die verhinderte, dass man nicht den Verstand verlor.

Schritte polterten auf dem Rost, das den Boden des Druckkörpers bedeckte. »Sie kommen«, zischte Otto – und im nächsten Moment bückten sich bereits vier grau uniformierte Soldaten durch das niedrige Schott in den Bugraum.

»Mitkommen«, sagte einer von ihnen barsch, während die anderen sich bereits daran machten, die Fesseln vom Pritschengestänge zu lösen. Der Gedanke an Flucht kam Jack reflexhaft in den Sinn, aber wohin hätten sie auf diesem verdammten Kahn fliehen sollen?

Er leistete keinen Widerstand, ebenso wenig wie Otto. Unsanft wurden sie durch das Schott bugsiert und in den nächsten Raum geführt, wo sich die Quartiere der Offiziere und Feldwebel befanden. Sie waren ebenfalls eng und knapp bemessen, aber mit ihrer zweckmäßigen Einrichtung aus Holz wirkten sie im Vergleich zu den Kojen der Mannschaften wie das verdammte Ritz. Ein kleiner Bereich war mit als Vorhänge aufgehängten Decken abgetrennt – Larnas Quartier, vermutete Jack.

Durch ein kreisrundes Luk stieß man Otto und ihn in die Zentrale, wo der Obersteuermann und die Rudergänger ihren Dienst versahen. Jack sah Rohrleitungen, Skalen und Stellräder, wohin er auch blickte, dazu die Kartentische und das jetzt eingefahrene Periskop des Kommandanten. Inmitten der gewölbten Decke klaffte der Aufstieg zum Turm.

»Rauf da!«, gab ihnen einer ihrer Bewacher barsch zu verstehen, und sie stiegen die eisernen Sprossen empor. Tageslicht flutete ihnen entgegen wie eine Verheißung, dazu eisig kalte, klare Luft, die nach Schnee roch und die Jack gierig in die Lungen sog. Zumindest würden sie nicht hier unten sterben, in diesem engen, stinkenden, stählernen Sarg.

Sie wurden bereits erwartet.

Von Troneck stand auf der von einer hohen Brüstung umgebenen Turmplattform, zusammen mit Larna und dem Kommandanten. Während die beiden Deutschen ein überlegenes Grinsen zur Schau trugen, waren Larnas Züge unmöglich zu deuten. Vielleicht hätte Jack so etwas wie Bedauern hineingedeutet, hätte er inzwischen nicht gewusst, was für ein eiskaltes, berechnendes Miststück diese Frau sein konnte.

Er wich ihrem Blick aus und beschloss, sie so gut es ging zu ignorieren.

Es ging *nicht* besonders gut.

»Haben Sie wohl geruht?«, erkundigte sich von Troneck wie ein Maître im Hotel. Er sagte es auf Deutsch, und sein einzelnes Auge funkelte in einer Mischung aus Feindseligkeit und Schadenfreude.

Jack antwortete nicht. Er stand nur da, während man Otto und ihm die Hände auf den Rücken fesselte. Dann erst gestattete man ihnen, nach vorn an die Brüstung zu treten.

Viel gab es dort allerdings nicht zu sehen.

Das schlanke Deck des U-Bootes, das im aufgetauchten Zustand wie ein ganz gewöhnliches Schiff durch die Wellen pflügte, verlor sich jenseits des Bordgeschützes in weißem Nebel. Dem Licht nach zu urteilen, das durch die weißen Schwaden drang, mochte es später Nachmittag sein, aber das hatte wenig zu bedeuten. Die Tage im Norden waren um diese Jahreszeit noch immer lang, die Dämmerung setzte bereits gegen drei Uhr morgens ein. Jack versuchte dennoch zu schätzen.

Wenn das U-Boot Richtung Norden gefahren war, würden sie bei einer Durchschnittsgeschwindigkeit von zwölf Knoten …

»Geben Sie sich erst gar keine Mühe, unsere Position herauszufinden«, beschied ihm der Baron, der seine Gedanken zu erraten schien. »Der Ort, an den wir uns begeben, ist unauffällig genug, um auf keiner Karte aufzutauchen – und der Nebel trägt noch zusätzlich dazu bei, ihn zu verschleiern. Andernfalls hätten wir Sie beide wohl nicht auf Deck gebeten.«

»Ge*treten* trifft es besser«, brummte Otto.

»Was mich auf die Frage bringt, wieso Sie uns heraufbringen ließen«, fügte Jack hinzu. Er wusste ja, dass von Troneck Englisch verstand, also tat er ihm nicht den Gefallen, Deutsch zu sprechen, obwohl er es leidlich beherrschte. Otto hatte mal gesagt, dass es sich drollig anhörte, wenn Amerikaner Deutsch sprachen. Und wenn Jack etwas im Augenblick nicht wollte, dann war es, drollig zu klingen …

»Warum wohl?« Von Troneck wandte sich ihm zu. »Vielleicht, weil ich wollte, dass Sie beide *das hier* sehen«, erwiderte er, weiter unbeirrt lächelnd.

»Was denn? Diese verdammte Nebelsuppe?«

»Nicht ganz. Herr Kapitänleutnant?«

»Es muss jeden Augenblick zu sehen sein, Herr Baron«, entgegnete der Kommandant, der durch einen Feldstecher spähte. Auch Jack und Otto blickten bugwärts, nur um festzustellen, dass sich der Nebel bereits ein wenig gelichtet hatte. Das U-Boot war jetzt ganz zu sehen und rechts und links davon die grüngraue See. Und im nächsten Moment tauchte aus den Schwaden schemenhaft etwas auf …

Eine Insel.

Sanft hob sie von der einen Seite an, auf der anderen fiel sie über schroffe Klippen steil ins Meer ab. Auf ihr waren bizarre Formen zu erkennen, die Jack beim Näherkommen als Ruinen identifizierte, Überreste einer Festung, die bereits vor Hunderten von Jahren aufgegeben worden sein musste.

Wer immer auf dieses kleine Eiland stieß, musste der Überzeugung sein, dass es dort nichts gab außer ein paar alten Trümmern. Doch dieser Eindruck täuschte ganz offenbar …

»Dies«, erklärte von Troneck in unverhohlenem Stolz, »ist die Ausgangsbasis unserer Expedition: ein vorgeschobener deutscher Außenposten inmitten internationaler Gewässer. Wir nennen ihn *Walhall.*«

»Bescheiden wie immer.« Jack grinste freudlos. Spätestens jetzt wurde ihm klar, weshalb der Baron Otto und ihn hatte auf Deck holen lassen. Es ging ihm einfach nur darum, vor ihnen anzugeben und zu protzen.

»Für unsere Zwecke ist der Posten vorzüglich geeignet, wie Sie gleich feststellen werden«, fuhr von Troneck entsprechend unbescheiden fort, während sich das Unterseeboot weiter der Insel näherte. Über die Sprechverbindung zur Zentrale gab der Kapitänleutnant Order, das Tempo zu drosseln und den Kurs zu korrigieren – jetzt fuhren sie auf die steile Seite der Küste zu. Als sie einen der vorgelagerten Felsen umfuhren, offenbarte sich dahinter eine Öffnung in der Klippenwand.

Ob sie natürlichen Ursprungs war oder ob die selbst ernannten Herren der Insel mit einer guten Portion Sprengstoff nachgeholfen hatten, ließ sich nicht eindeutig erkennen. Doch sie war hoch und weit genug, um das aufgetauchte U-Boot passieren zu lassen. Jenseits der Öffnung, die wie ein großes Tor inmitten der graubraunen Felswand klaffte, erstreckte sich eine Höhle. Sie war schnurgerade, was nun doch nahelegte, dass man bei der Entstehung kräftig nachgeholfen hatte, und groß genug, um das gesamte Unterseeboot aufzunehmen. Durch mehrere Deckenöffnungen fiel Tageslicht ein.

»Hübsches Versteck«, lobte Otto, und es war nicht einmal geheuchelt. Für Errungenschaften moderner Ingenieurskunst hatte er immer etwas übrig.

»Warten Sie, bis Sie den Rest sehen.« Von Troneck grinste wieder.

Das U-Boot kam zum Halt, und vom Höhlenrand, wo eine Galerie aus rostigen Gitterplatten verlief, wurden Leinen herübergeworfen, mit denen die Matrosen das Boot vertäuten. Dann wurde eine Planke angelegt, und von Troneck bestand darauf, der Erste zu sein, der von Bord ging. Larna und zwei Bewaffnete folgten, dann wurden Jack und Otto aufgefordert, von der Turmplattform zu steigen und sich an Land zu begeben. Zwei weitere Soldaten blieben dicht hinter ihnen, ihre Maschinenpistolen im Anschlag.

Die Galerie, die auf in den Fels getriebenen Stahlstreben verlief, führte bis ans Ende der Höhle und von dort über eine Reihe von Stufen steil in die Höhe, dem Tageslicht entgegen. Jack bedachte das Typ-VII-U-Boot, das nun in der Höhle vor Anker lag, mit einem letzten deprimierten Blick. Allmählich begann ihm klar zu werden, mit wem sie sich eingelassen hatten. Von Troneck war keiner der Kerle, mit denen sie es üblicherweise zu tun hatten – kein verschlagener Dieb und kein zwielichtiger Schmuggler, kein Gangster vom Schlage Emile Rochas', der nur einfach den fetten Hals nicht voll genug kriegen konnte; er war intelligent und berechnend und sich seiner Autorität in vollem Umfang bewusst – und er war Repräsentant einer Macht, die man nach Kriegsende zu einem Zwerg hatte stutzen wollen und die nun dabei war, sich als Riese wieder zu erheben. Ein Riese allerdings, der nichts Gutes im Schilde führte …

Sie erreichten den Ausgang der Höhle. Der Posten, der dort stand, nahm Haltung an, als er von Troneck gewahrte. Der Baron nickte. Über einen schmalen Pfad führte er die kleine Gruppe zu etwas, das die Überreste eines einstmals trutzigen

Turmes sein mochten: ein quadratisches Fundament mit einer brüchigen, nur noch brusthohen Mauer.

Von hier aus ließ sich die gesamte Insel überblicken. Man konnte die alte Festungsmauer sehen, die von der Klippe den Hang hinab verlief und auf deren wiederhergestellten Wehrgängen man bei näherem Hinsehen Wachen entdecken konnte. In ihren grauen Uniformen verschmolzen sie optisch so mit dem Gestein, dass sie kaum auszumachen waren, in jedem Fall nicht von einem Schiff aus, das zufällig vorüberzog. Auf der windabgewandten Seite der nur karg bewachsenen Insel gab es eine von zwei Felsarmen begrenzte Bucht; drei Flugzeuge lagen dort im ruhigen Wasser vor Anker, mächtige Flugboote, deren metallene Hüllen im fahlen Tageslicht schimmerten.

»Potztausend«, entfuhr es Otto.

»Nicht wahr?« Von Troneck lächelte stolz. »Die beiden baugleichen Exemplare sind sogenannte *Wale*: Flugboote des Typs Do 16, die an Verlässlichkeit und Robustheit kaum zu überbieten sind. Sie werden Männer und Ausrüstung sicher ans Ziel unserer Expedition bringen.«

Jack wollte gerade sagen, dass ihn das herzlich wenig interessierte, als Otto auf das dritte Flugboot deutete.

»Und diese Schönheit?«, wollte er wissen.

Zu Jacks Verdruss hatte er auch noch recht damit, denn das dritte Flugboot unterschied sich grundlegend von den beiden anderen. Mit der glatten, silberglänzenden Aluminiumhülle, seiner eleganten Stromlinienform und dem auf den Tragflächen sitzenden Dreifachantrieb sah es eher wie etwas aus den *Flash-Gordon*-Serials aus, die in den Kinos im Vorprogramm liefen.

»Dies«, erklärte von Troneck feierlich, »ist die Do 24, die jüngste Errungenschaft deutscher Ingenieurskunst: ein hochseetaugliches Flugboot, das Geschwindigkeiten bis zu 350 Stundenkilometern erreicht, bei einer Reichweite von beinahe 3000 Kilometern.«

»Donnerwetter.« Otto schnalzte mit den Lippen. »Ich habe gehört, dass Sie an so einem Schätzchen arbeiten, es aber noch nie zu sehen bekommen.«

»Kaum jemand hat das bislang«, versicherte der Baron. »Es ist ein Prototyp, das erste Exemplar seiner Art.«

Jack gab es nur widerstrebend zu, aber auch er war beeindruckt. Für einen Augenblick stellte er sich vor, wie es wäre, am Steuer dieser Maschine zu sitzen, Schub zu geben und in den kobaltblauen Himmel abzuheben …

»Eines muss man deinen Landsleuten lassen, Oz«, raunte er seinem Partner leise zu. »Wenn sie etwas anpacken, dann wird nicht gekleckert …«

»… sondern geklotzt«, ergänzte Otto seufzend. »Ich weiß.«

32

Nach der kleinen Inselführung, die dazu gedient zu haben schien, von Tronecks Eitelkeit zu befriedigen und den Gefangenen die deutsche Überlegenheit zu verdeutlichen, kehrten sie in die U-Boot-Höhle zurück. Wie sich zeigte, zweigten von dort noch weitere Stollen ab, ein ganzes System von Gängen und Kammern, die den Offizieren und Mannschaften des Außenpostens als Unterkünfte dienten, ohne dass sie von außen gesehen werden konnten: eine geheime Basis mitten im Nirgendwo.

Zu Jacks Überraschung steckte man Otto und ihn nicht in irgendein dunkles Loch. Stattdessen gab man ihnen Gelegenheit, sich zu waschen und in normale Kleidung zu schlüpfen – Otto hatte den Beutel mit den Kleidern von der *Solveig* mitgenommen, und Jack war ihm dankbar dafür. Wenigstens würde er in seinen eigenen Klamotten sterben.

Doch vorerst war davon noch nicht die Rede.

Ein Trupp Bewaffneter brachte sie in ein Gewölbe, das so etwas wie die Offiziersmesse der Anlage sein musste. Es gab einen Teppich und einen Lüster mit elektrischen Kerzen, der von der Decke hing und an diesem Ort in etwa so passend wirkte wie eine Kuckucksuhr in einem türkischen Dampfbad. Und um es noch bizarrer zu machen, stand auf einem Beistelltisch in der Ecke ein Grammophon und spielte. Gesang säuselte aus dem Schalltrichter, irgendeine Oper, Jack kannte sich damit nicht aus. In der Mitte des Gewölbes befand sich ein länglicher, weiß gedeckter Tisch, an dem bereits zwei Personen saßen: Larna King und, am Ende der Tafel, Eugen von Troneck.

Der Baron hatte die übliche schwarze Uniform an, die ihn wie einen dunklen, drohenden Geist erscheinen ließ. Larna hingegen hatte ein Kleid aus dunkelgrünem Satin an, das an den Armen und um die Hüften gerafft war – aber das allein war nicht der Grund, warum Jack zweimal hinsehen musste, um sie zu erkennen. Sie trug eine Perücke, ähnlich wie die, die sie an jenem Abend in Monte Carlo getragen hatte – oder war es gar dieselbe? Feuerrotes Haar, das offen auf ihre Schultern fiel. Jack hatte keine Ahnung, was die Maskerade bedeuten sollte, aber widerstrebend musste er sich eingestehen, dass sie atemberaubend aussah, wenn auch fremd und unnahbar.

Von Troneck erhob sich, als die neuen Gäste den Raum betraten. »Bitte«, forderte er sie mit einem Lächeln auf, das man fast als freundlich hätte durchgehen lassen können, »nehmen Sie Platz, Gentlemen.«

Er sprach Englisch, offenbar war er großmütiger Laune. Kein Wunder, dachte Jack verbissen, während er sich auf einen der Stühle sinken ließ. Der verdammte Mistkerl war ja auch dabei, alles zu kriegen, was er wollte.

Einschließlich des Mädchens.

Jack vermied es, Larna anzusehen.

Es war schlimm genug zu wissen, dass sie ihm gegenübersaß. Ihre Anwesenheit war wie ein Stachel in seinem wunden Fleisch. Sie hatte ihn vorgeführt, hatte ihn benutzt und weggeworfen wie ein Messer, das stumpf geworden war. Im Nachhinein spielte es auch keine Rolle mehr, warum er auf sie hereingefallen war, dennoch nagte es an ihm. War es die Gier nach der Belohnung gewesen? Die Aussicht, sich endgültig von Rochas loszukaufen? Oder hatte er, wie Otto es wohl ausgedrückt hätte, einmal mehr nur mit dem besten Körperteil gedacht?

»Ich hatte angenommen, dass Sie nach der langen Reise sicher hungrig sein würden«, tönte von Troneck großtuerisch, »ich habe deshalb ein Dinner zubereiten lassen.«

Dinner, echote es in Jacks Kopf.

Also war es Abend. Sie mussten ein gutes Stück zurückgelegt haben, um die vierhundert Seemeilen.

An der Wand, wo zwei bewaffnete Posten standen und leer in die Luft starrten, hing eine große Karte der Grönlandsee, an deren linkem Rand die Küstenlinie von Grönland zu erkennen war, am rechten Rand jene von Spitzbergen. Die U-Boot-Insel war nicht darauf verzeichnet, aber Jack sah sich in seiner Vermutung bestätigt, dass sie in nördliche Richtung gefahren waren.

»Es gibt sautiertes Kalb mit Erbsen und Kartoffeln«, kündigte der Baron an, während er sich wieder setzte und nach der Serviette griff, die er aufschüttelte und auf Brusthöhe über seine Uniform breitete. »Ich hoffe, den Geschmack meiner Gäste damit zu treffen«, fügte er hinzu, wenn auch nur in Larnas Richtung, die rechts von ihm saß. Jack und Otto hatten auf der linken Seite der Tafel Platz genommen.

»Natürlich, Herr Baron«, entgegnete Larna und zeigte ein Lächeln, das für Jacks Geschmack entschieden zu verbindlich war. Noch immer verstand er das alles nicht. Was ging vor zwischen den beiden? Er war nur ein schlichter Kerl aus Brooklyn. Das hier überstieg sein Fassungsvermögen.

Der Vorhang, der den Durchgang zum Nebenraum verschloss, wurde beiseitegeschlagen, und zwei Uniformierte traten auf, die als Kellner fungierten. Mit ihren vor Eifer geröteten Wangen wirkten sie noch jünger, als sie es ohnehin waren. Jeder von ihnen trug zwei große Teller, die mit glänzenden Servierhauben versehen waren. Nachdem sie sie aufgetragen hatten, hoben sie zunächst bei Larna und dem Baron und schließlich bei Jack und Otto die Hauben.

Verführerisch würziger Duft strömte ihnen in einer Dampfwolke entgegen. Das Essen sah gut aus. Und es erinnerte Jack daran, dass er seit einer gefühlten Ewigkeit nichts gegessen hatte. Trotzdem rührten weder Otto noch er es an.

»Nur zu«, forderte von Troneck sie auf, während er selbst zu Messer und Gabel griff. Man hätte glauben können, noch immer in Monte Carlo zu sein, in einem der piekfeinen Lokale, die Jack und Oz wenn überhaupt nur von außen zu sehen bekamen – wären da nicht die beiden Bewaffneten gewesen und das nackte Felsgestein der Wände. »Ich darf Ihnen versichern, Gentlemen«, fuhr der Baron fort, »die Speisen sind weder vergiftet noch auf sonst eine Weise …«

Er stutzte, als sie noch immer keine Anstalten machten, nach dem Besteck zu greifen. »Wie unhöflich von mir«, schalt er sich selbst in schlecht gespielter Strenge. »Kein Wunder, dass Sie Ihr Essen nicht anrühren, wo wir es doch versäumt haben, auf unser aller Wohl anzustoßen.« Er griff nach dem schweren Glas aus Bleikristall, das einer der jungen Kerle inzwischen mit rotem Wein gefüllt hatte. »Auf die Expedition!«

»Auf die Expedition!«, erwiderte Larna und hob ebenfalls ihr Glas. Der Klang ihrer Stimme ließ Jack innerlich zusammenzucken, vor allem die Ehrerbietigkeit, die darin mitschwang … Wie hatte er sich nur so in ihr irren können?

Jack und Otto tauschten Blicke. Keiner von beiden machte Anstalten, sein Glas zu erheben.

»Sie sehen mich verwirrt, Gentlemen«, sagte von Troneck freundlich, aber ohne Heiterkeit. »Warum so unhöflich?«

»Ich trinke nicht mit Mördern«, stellte Otto klar.

»Sie hatten keine Veranlassung, Andersen und seine Jungs zu töten«, fügte Jack hinzu.

»So, wie ich keine Veranlassung hatte, Sie und Ihren Partner am Leben zu lassen«, konterte der Baron. »Dass Sie beide hier sind, haben Sie ausschließlich der Tatsache zu verdanken, dass Madame Pandora sich für Sie verwendet hat.«

»Danke«, sagte Jack ohne rechte Freude. Erstmals sah er Larna direkt an. Sein Blick war vernichtend, aber sie hielt ihm ungerührt stand. »Wie konntest du nur?«, fragte er leise.

Sie nahm einen Schluck Wein und stellte ihr Glas wieder auf den Tisch zurück. Er konnte sehen, dass ihre Hände dabei zitterten, immerhin, eine menschliche Regung.

»Es ist nicht so einfach«, erwiderte sie. »Ich erwarte nicht, dass Sie das verstehen, Mr. Kelley, aber hier geht es um mehr, als Sie ahnen. Um sehr viel mehr.«

Mr. Kelley, echote es in seinem Kopf.

Larna wollte also nicht, dass von Troneck erfuhr, dass sie einander nähergekommen waren. Ein Teil von ihm hätte gute Lust gehabt, darauf zu pfeifen und es dem arroganten Mistkerl direkt ins Gesicht zu sagen. Ohnehin gefiel ihm nicht, wie er Larna ansah. Was war das für eine seltsame Verbindung zwischen den beiden? Jack beschloss, den Mund zu halten und das Spiel mitzuspielen, auch wenn er selbst nicht recht wusste, wieso.

»Ich habe Verantwortung«, stellte Larna klar. »Eine große Verantwortung, die mir das Schicksal übertragen hat.«

»Verstehe«, knurrte Jack. »Und Sie finden, dass das hier«, er machte eine Handbewegung, die sowohl von Troneck als auch die beiden Bewaffneten an der Wand einschloss, »eine verantwortungsvolle Gesellschaft ist, Miss King?«

»Madame Pandora«, verbesserte von Troneck, während er sich vom Fleisch abschnitt und auf seine Gabel lud. »Nur sie ist heute hier. Miss King ist auf dem Kutter zurückgeblieben. Gewissermaßen haben wir sie zusammen mit dem alten Kahn auf den Grund des Ozeans geschickt.« Er lachte, aber ihm war anzusehen, dass es mehr war als ein geschmackloser Scherz. Der Baron schien tatsächlich zwischen Larna und Pandora zu unterscheiden, zwischen der Frau und der Wahrsagerin. Vermutlich trug sie deshalb diese Verkleidung zur Schau, die an sich nur lächerlich war, aber in diesem bestimmten Moment, in dieser Situation, auch etwas Verstörendes hatte.

Von Tronecks Besessenheit mit Larna war Jack schon früher aufgefallen, im Grunde bereits bei ihrer ersten Begegnung im Zug. Genau wie sie schien er an der Wahrheit ihrer Aussagen nicht den geringsten Zweifel zu hegen, hatte eine ganze Expedition darauf gegründet. Vermutlich war es vor allem das, was sie verband … Jack wusste selbst nicht, ob ihn das trösten sollte oder nur noch wütender machte.

Von Troneck schob sich die Gabel in den Mund und aß, wie es schien, voller Genuss. »Ich muss dem Koch ein Lob aussprechen«, sagte er. »Das Essen beim Militär hat sich verändert seit meinen Tagen.«

»Sie waren im Krieg?«, fragte Otto.

Der andere nickte zwischen zwei Gabeln Erbsen. »Das will ich meinen. Einem französischen Granatsplitter verdanke ich die Tatsache, dass ich nur noch über meine halbe Sehkraft verfüge.« Er hob das Haupt und sah sie beide mit dem verbliebenen Auge an.

»Wer genau sind Sie eigentlich?«, wollte Jack unverblümt wissen. »Und *was*, zum Henker, sind Sie?«

»Neugier, Mr. Kelley, ist eine recht ungesunde Leidenschaft. Und sie scheint mir auch sehr amerikanisch zu sein.«

»Ich würd's auch gern wissen«, versicherte Otto.

»Erweisen Sie mir dann die zweifelhafte Ehre, mit Madame Pandora und mir zu speisen?«

»Kommt darauf an.«

»Worauf?«

»Ob mir der Appetit bis dahin noch nicht vergangen ist«, erwiderte Otto, ohne dem stechenden Blick des einzelnen Auges auszuweichen.

Von Tronecks Mundwinkel zuckten, als wüsste er nicht, ob er lachen oder sie verächtlich verziehen sollte. Dann legte er sein Besteck weg und tupfte sich die Lippen mit der Serviette. »Eugen von Troneck«, stellte er sich dann vor. »Baron von Troneck, um genau zu sein, Sonderbeauftragter der Forschungsgesellschaft für deutsches Ahnenerbe in Berlin.«

»Also ein Mitglied der SS«, schnaubte Otto. »Das erklärt die schwarze Uniform. Aber warum kein Dienstgrad?«

»Weil ich außerhalb der militärischen Hierarchie stehe. Diese Uniform, Herr Keller, ist wie so vieles in diesen Tagen eine bittere Notwendigkeit.«

»Ich hab keine an«, konterte Jack. »Und Otto auch nicht.«

Von Troneck lächelte böse. »Das ist der Grund, warum Sie beide auf der falschen Seite der Tafel sitzen.« Er lachte wie zuvor, dann griff er wieder nach dem Besteck und aß weiter, wenn auch nicht mehr ganz so genussvoll wie zuvor. Das Gesprächsthema schien ihm zu missfallen. »Sie sollten sich weder an Äußerlichkeiten festklammern noch an dem, was Sie über mein Land zu wissen glauben.«

»Ich bin da geboren«, versicherte Otto. »Ich weiß eine ganze Menge.«

»Aber Sie sind lange nicht da gewesen, oder? Sie haben keine Ahnung, was in den vergangenen Jahren dort geschehen ist.«

»Wovon genau sprechen Sie jetzt? Von den Idioten, die im Stechschritt durch Berlin paradieren? Oder von den Juden, die offen angefeindet werden?«

»Ich heiße nicht alles gut, was im Namen der neuen Zeit geschieht, Herr Keller«, versicherte der Baron. »Aber auch Sie werden nicht leugnen können, welch kometenhaften Aufstieg unsere geliebte Heimat in den letzten Jahren absolviert hat, der Niederlage im Krieg zum Trotz! Der Führer und seine Vertrauten sind als Erste willens und bereit, alles zu tun, was notwendig ist, um dem deutschen Volk zu Raum und Wirkung zu verhelfen, zu seinem Platz in der Geschichte!«

»Herrgott«, fluchte Otto, »ist das Ihr Ernst? Glauben Sie immer noch, dass die Welt am deutschen Wesen genesen muss? Haben Sie nicht gesehen, wozu dieser Irrsinn führt? Hat Ihnen der eine Krieg nicht gereicht?«

»Durchaus.« Von Troneck nickte. »Ich bin dabei gewesen und habe meinen Preis für das Vaterland entrichtet – und genau deshalb bin ich hier.«

»Na klar, das ergibt Sinn«, schnaubte Jack mit einem giftigen Blick in Larnas Richtung. »Wahrscheinlich hilft es, ein Medium zu sein, wenn man diesen Unsinn verstehen will.«

»Das ist durchaus nicht notwendig«, versicherte von Troneck säuerlich. »Aber ich will nicht verhehlen, dass wir ohne Madame Pandora und ihre … erstaunliche Fähigkeit … nicht da wären, wo wir heute sind. Und wohl auch nicht im Besitz des Kompasses … jedenfalls noch nicht.«

»Gern geschehen«, knurrte Jack verdrießlich. Er bereute, das verdammte Ding nicht einfach auf dem Meeresgrund gelassen zu haben. Stattdessen hatte er es heraufgeholt und wäre dabei fast noch draufgegangen. »Jedenfalls wissen wir jetzt eines«, sagte er, an Larna gewandt.

»Was?«, fragte sie.

»Das dort unten in der Tiefe ist kein Monster gewesen, sondern nur Einbildung«, meinte Jack, auf sein Oberstübchen deutend. »Die echten Monster treiben an der Oberfläche ihr Unwesen«, sagte er mit Blick auf von Troneck. »Genauso schwarz, genauso hinterhältig und genauso widerwärtig.«

»Sie wollen es einfach nicht verstehen«, sagte sie.

»Was gibt es da nicht zu verstehen?« Jack lachte bitter auf. »Wir wurden mal wieder angeschmiert. Aber das passiert uns ja nicht zum ersten Mal, nicht wahr, Oz?«

Was Otto erwiderte, war nicht zu verstehen, und vermutlich war es auch besser so.

»Hier geht es nicht um mich oder um Sie, noch nicht einmal um Parteien, Nationen oder Kontinente. Sondern einzig und allein um die Wahrheit – und die Wahrheit ist, dass dieser Kompass und der Ort, an den er führt, alle Nöte der Menschheit auf einen Schlag kurieren können.«

»Oder ihr ganz neue bereiten«, konterte Jack düster. Er hatte Larnas Ausführungen noch im Ohr, von der Macht des Vril, das zum Guten ebenso genutzt werden konnte wie zur Zerstörung. Und gerade deshalb wollte ihm nicht in den Kopf, weshalb sie gemeinsame Sache mit den Nazis machte.

»So wie Sie dachte Pandora früher auch«, versicherte von Troneck, der ungeniert weiter aß. Dass er der Einzige war und auch Larna ihren Teller noch kaum angerührt hatte, schien ihn nicht zu stören.

»Und jetzt nicht mehr?« Jacks Blick pendelte zwischen ihr und dem Baron hin und her.

Wieder ließ von Troneck das Besteck sinken. »Zweifellos ist Ihnen nicht entgangen, dass sich diese Welt auf eine Katastrophe zubewegt, Mr. Kelley. Auf einen weiteren Krieg, noch verheerender als der letzte.«

»Woran Ihr geliebter Führer seinen Anteil hat«, hielt Jack dagegen. »Er rasselt mit dem Säbel und spricht gerne davon, dass Deutschland wieder stark und mächtig werden muss. Und natürlich braucht es dazu Waffen und Soldaten.«

»Haben Sie Angst vor Worten, Mr. Kelley?«

Jack schnaubte verächtlich. »Fragen Sie das mal die Jungs dort unten in Spanien.«

»Kommen Sie. Jede Macht und jedes Volk auf dieser Welt trachtet danach, größer und mächtiger zu sein als das andere. Das britische ebenso wie das italienische, das französische wie das amerikanische. Wir können nichts dafür, es ist gewissermaßen unser Schicksal, um die Vorherrschaft auf dieser Welt zu streiten, so, wie sich Wölfe darum streiten, wer der Stärkste im Rudel ist.«

»Schöner Vergleich.« Otto schnitt eine Grimasse.

»Doch ich gebe Ihnen recht, wenn Sie sagen, dass dieser Streit nicht auf ewig fortgeführt werden kann. Dass dieses Schicksal irgendwann zu unser aller Untergang führen wird, wenn es uns nicht gelingt, einen Ausweg aus diesem Kreislauf der ewigen Zerstörung zu finden, der Tausende und Abertausende von Menschenleben vernichtet. Und dieser Ausweg ist das Vril, jene Kraftquelle von unerschöpflichen Ausmaßen, die dort oben im ewigen Eis auf uns wartet, an dem sagenumwobenen Ort, den man einst als Hyperborea kannte, das sagenumwobene Reich von An!«

Seine Stimme war immer lauter geworden, zuletzt hatte

er wie ein Wanderprediger geklungen oder wie einer dieser Kerle auf dem Jahrmarkt, die ihre Attraktionen in den höchsten Tönen anpriesen. Doch Jack war oft genug auf der Kirmes gewesen, um zu wissen, dass das, was man zu sehen bekam, meist weder das Geschrei noch das Eintrittsgeld lohnte …

»Wollen Sie mir jetzt ernstlich weismachen, Sie würden dieses Zeug – dieses Vril, wenn es überhaupt existiert – nur zu friedlichen Zwecken nutzen wollen und nicht, um damit Waffen zu bauen?«, fragte Jack, mehr an Larna als an von Troneck gewandt. »Ist es das, was er erzählt hat?«

»Es existiert, glauben Sie mir, und es ist völlig unerheblich, zu welchen Zwecken wir die Kraft des Vril nutzen«, eröffnete der Baron achselzuckend, noch ehe Larna etwas erwidern konnte, »denn unsere Macht wird damit so groß und überwältigend werden, dass wir auf einen Schlag als unbesiegbar gelten werden. Vielleicht werden die Briten noch versuchen, sich uns in den Weg zu stellen, vielleicht auch diese unentwegten Amerikaner … doch am Ende werden sie die absolute Überlegenheit des Deutschen Reiches anerkennen und sich unterwerfen müssen. Kriege werden als das entlarvt werden, was sie tatsächlich sind, nämlich sinnlos und grausam, und werden endgültig der Vergangenheit angehören …«

»… genau wie die Freiheit«, fügte Jack hinzu. »Was Sie im Schilde führen, ist nicht Frieden für die Welt, sondern brutale Unterdrückung!«

»Im Ergebnis macht es keinen Unterschied«, stellte von Troneck klar. »Wir stehen am Beginn einer neuen Zeitrechnung, meine Herren, in der die alten Regeln und Gesetze keine Gültigkeit mehr haben werden.«

»Lassen Sie deshalb diese Musik abspielen?«, fragte Otto, nach dem Grammophon deutend.

»Sie kennen das Stück?«

»Wagner, Götterdämmerung«, erwiderte Otto ohne Zögern. »Erster Aufzug, zweite Szene ›Hier sitz ich zur Wacht‹.«

»Sieh an.« Von Troneck nickte anerkennend. »Offenbar sind Sie nicht immer ein heimatloser Herumtreiber gewesen.«

»Nein«, gab Otto zu, äußerte sich jedoch nicht weiter dazu. Jack hatte sich daran gewöhnt, dass sein Partner bisweilen Dinge wusste, von denen er noch nie in seinem Leben gehört hatte – es war nur ein weiterer Grund, warum er ihn den *großen Zauberer* nannte.

»Sie haben recht mit Ihrer Vermutung«, bestätigte von Troneck ungerührt. »Wenn der größte Schatz der Menschheit geborgen ist, wenn die arische Rasse ihrer historischen Verantwortung gerecht geworden ist und das Erbe der An angetreten hat, werden endlich Frieden und Einheit auf dieser Welt herrschen!«

»Autsch«, machte Otto. »Vorhin haben Sie sich noch nach einem ganz vernünftigen Kerl angehört – jetzt klingen Sie wie ein kompletter Irrer. Wann ist es passiert? Sind Sie durchgedreht im Grabenkrieg?«

»Ein jämmerlicher Versuch, mich zu provozieren, Keller. Sehr durchschaubar.«

»In einer Hinsicht haben Sie jedenfalls recht«, sagte Jack bitter in Larnas Richtung. »Das alles verstehe ich tatsächlich nicht.« Sein Blick war so vernichtend, dass sie ihm nicht länger standhielt, sondern auf ihren Teller starrte.

»Das Vril ist eine uralte, zerstörerische Macht«, sagte sie leise. »Auf gar keinen Fall darf sie unterschätzt werden.«

»Keine Sorge, das werden wir nicht«, versicherte von Troneck. Er hatte zu Ende gegessen und schob seinen Teller beiseite. »Wenn wir das Vril mit Ihrer Hilfe geborgen haben, werden wir es sofort hierherbringen, auf dieses Eiland, und es in diesen verborgenen Katakomben erforschen. Die erforderlichen Fachleute hierfür sind bereits angefordert und werden in wenigen Tagen eintreffen: Physiker, Geologen, Völkerkundler und Archäologen. Die klügsten Köpfe Deutschlands werden zusammenarbeiten, um dem Vril das Geheimnis seiner Macht zu entlocken – und Sie, werte Pandora, wird man wie eine Göttin verehren!«

Sie sah ihn an. Wieder einmal vermochte Jack nicht zu sagen, was in ihrem Gesicht vor sich ging. An ihren Augen meinte er jedoch eine stille Bewunderung für den Deutschen und seine hochtrabenden Pläne abzulesen – auch wenn sie allem widersprachen, woran sie eigentlich hätte glauben sollen.

»Warum nur?«, fragte er noch einmal.

»Ich sagte es schon«, erwiderte sie. »Ich will auf der Siegerseite stehen.«

»Dann, meine Liebe«, tönte von Troneck und grinste dabei so ölig, dass Jack ihn am liebsten dafür getreten hätte, »darf ich Sie zu Ihrer Wahl beglückwünschen.«

Er hob sein Glas, prostete ihr zu und leerte es.

Jack und Otto wechselten einen Blick, dann standen sie auf und wandten sich zum Gehen.

Der Appetit war ihnen endgültig vergangen.

33

Spitzbergen, unbekannter Ort
16. September

Der Flug war unruhig.

Fortwährende Böen ließen die Do 16 erzittern, deren BMW-Motoren mit dumpfem Brummen gegen die Naturgewalten ankämpften. Tief hängende Wolken behinderten die Sicht, und zuletzt hatte auch noch Schneetreiben eingesetzt, was den Flug endgültig zur Herausforderung machte. Doch die robuste Konstruktion des Flugzeuges schien alles wegzustecken, was Wind und Wetter ihr entgegenwarfen. Wie ein Schiff, das durch hohe Wellen pflügte, hielt sie weiter auf ihr Ziel zu, das nur eine kannte: Larna King, die zusammen mit Eugen von Troneck in der Führungsmaschine des kleinen Geschwaders saß und mithilfe des Thule-Kompasses die Flugrichtung vorgab. Anders als gewöhnliche Kompassnadeln schien sich diese nicht am Magnetfeld der Erde auszurichten, sondern am Vril …

Nach dem nur wenig romantischen Dinner waren Jack und Otto wie erwartet ins Loch gewandert und acht Tage dort geblieben, in einer dunklen Kammer, bei Wasser und angeschimmeltem Brot. Gerade als sie angefangen hatten zu denken, dass man es sich vielleicht anders überlegt und beschlossen hätte, sie hier versauern zu lassen, waren sie abgeholt, in warme Kleidung gesteckt und zu den Maschinen gebracht worden, die in der kleinen Bucht des U-Boot-Stützpunktes vor Anker lagen.

Damit sie keinen Ärger machten, waren sie getrennt worden. Jack kam in die eine Do 16, Otto in die andere, zu einem handlichen Bündel verschnürt und eingepfercht zwischen Holzkisten, zum Schutz vor Kälte mit Filz umwickelten Rohrleitungen und zwei Dutzend Schlittenhunden – große Grönlandhunde mit graubraunem Fell und strengem Geruch, die Jacks einzige Gesellschaft im Laderaum waren. Ein kleines Bullauge in der Hülle der Frachtkammer war alles, was ihm zur Orientierung blieb.

Zu Beginn des Fluges erheischte er gelegentlich noch einen Blick auf die anderen beiden Maschinen, Ottos Do 16 und die sehr viel elegantere Do 24, die die Gruppe anführte. Mit Wolken und Schnee trübte sich die Sicht jedoch zunehmend ein, und er konnte weder eine ordentliche Bestimmung der Flugrichtung vornehmen noch die Zeit schätzen, die sie in der Luft waren. Als die Flugboote in Sinkflug übergingen und schließlich zur Landung ansetzten, mochten an die fünf Stunden vergangen sein. Der heftige Nordwind hatte sich fraglos als Hemmnis erwiesen, nach Jacks grober Schätzung konnten sie kaum weiter als sechshundert Meilen gekommen sein. Schließlich lichteten sich die Wolken, und die graue See kam in Sicht, umrahmt von Eis und schneebedeckten Bergen, die, wenn Jacks Mutmaßungen richtig waren, zum Nordosten Grönlands gehörten.

Hierher also hatte der Kompass sie geführt …

Die Art und Weise, wie der Pilot der Do 16 die Maschine trotz schlechter Sicht und bewegter See sicher herunterbrachte, rang Jack kollegialen Respekt ab – das war allerdings auch schon alles, was er an Sympathie für seine Häscher aufzubringen vermochte.

Die »Wale« wasserten zuerst in der Bucht, während das Führungsflugzeug eine weite Schleife zog. Durch das Bullauge konnte Jack es deutlich sehen. Er war beeindruckt von der Eleganz, mit der sich die Do 24 in die Kurve legte, dann von ihren Wright-Cyclone-Motoren getrieben in einen schnurgeraden Anflug überging und schließlich inmitten schäumender Gischt auf dem Wasser aufsetzte. Wie gerne hätte er selbst am Steuer dieses Babys gesessen.

Voraustrupps wurden in Schlauchbooten an Land geschickt, die Pfeiler ins Eis schlugen. Anschließend wurden die Flugboote mit Tauen herangepullt, fest vertäut und über Planken entladen. Ein Feldwebel mit harten Gesichtszügen kam zu Jack in den Laderaum, schnitt seine Fußfesseln durch und befahl ihm barsch, an Land zu gehen.

Hier sah er Otto wieder. Wie Jack trug auch er Kleidung aus dichtgewebter Wolle und eine hüftlange Jacke aus Seehundfell mit Kapuze, dazu fellgefütterte Stiefel. Offenbar wollte man nicht, dass sie erfroren, das war immerhin schon etwas.

Auch die Grönlandhunde wurden an Land gebracht, ihr heiseres Gebell erfüllte die kalte Luft. Wie sich zeigte, war an Bord von Ottos Maschine ein weiteres Dutzend Hunde gewesen, die nun an den ebenfalls mitgebrachten Schlitten angespannt wurden, in einer Fächeranordnung zu je vier Tieren, was insgesamt sechs Schlitten entsprach.

Noch während man die Gefährte mit Ausrüstung belud – von Proviant und Werkzeugen über Verbandszeug und eine photographische Kamera schien man an alles gedacht zu haben –, gesellten sich von Troneck und Larna hinzu.

Der Baron trug einen Mantel aus dunklem, beinahe schwarzem Fell, dessen Kragen er hochgeschlagen hatte, um sich vor Wind und Kälte zu schützen; ein Gürtel aus schwarzem Leder lag darüber, in dessen Holster eine Luger steckte. Eine Schirmmütze in Baschlikform, die um das Kinn geschlossen werden konnte, sowie eine Schneebrille darüber komplettierten die Erscheinung. Larna trug einen Mantel aus hellgrauem, beinahe weißen Pelz, der ihr bis zu den Knöcheln reichte, dazu eine Kosakenmütze aus weißem Fell, die ihrem Auftreten etwas theatralisch Unwirkliches verlieh.

»Wie aus einem Märchen«, fand Otto.

»Ja«, bestätigte Jack bitter. »Die Schneekönigin. Frostig kalt und mit einem Herz aus Eis.«

»Was sehen Sie so verdrießlich drein, Gentlemen?«, rief von Troneck zu ihnen herüber. »Das Wetter ist wie gemacht für eine Exkursion!«

»Wenn Sie es sagen.«

»Ich habe meine Leute angewiesen, Ihnen die Fußfesseln abzunehmen. Ich hoffe, Sie wissen diese Gunst zu schätzen.«

»Na, und ob«, brummte Otto mit einem schiefen Grinsen. »Dann können wir von hier aus ja nach Hause laufen.«

Von Troneck verzog das Gesicht zu etwas, das wohl ein Lächeln sein sollte. »Im Gegenteil, Sie haben die Ehre, mit dem Hundeschlitten zu fahren – es sei denn, Sie ziehen es vor, sich auf Skiern zu bewegen.«

Jack sah nach den Soldaten. Ein kleiner Trupp war dabei, ein Zelt zu errichten – vermutlich die Piloten und Mechaniker, die bei den Flugzeugen bleiben würden. Der Rest der Männer – Jack zählte zweiundzwanzig – war entweder den Schlitten zugeteilt oder dabei, sich Skier an die Füße zu schnallen. Offenbar handelte es sich um Soldaten, die eine Spezialausbildung erhalten hatten. Bewaffnet waren sie mit Bergmann-Maschinenpistolen des Typs MP35, die sie zusammen mit dem Marschgepäck auf dem Rücken trugen, dazu Bündel der bei den Deutschen üblichen Stielhandgranaten an den Koppeln. Über ihren Kampfmonturen trugen sie weite, schneefarbene Blusen, deren Kapuzen sie über die grauen Baschlikmützen geschlagen hatten; wenn sie sich im Schneetreiben nur fünfzig Schritte entfernten, waren sie kaum noch zu erkennen.

»Sind Sie beeindruckt?«, fragte von Troneck Beifall heischend. »Die Abteilung T hat diese speziellen Tarnmäntel entwickelt. Die Männer meiner Einheit sind die Ersten, die sie im Einsatz erproben dürfen.«

»Ehrlich gesagt frage ich mich eher, warum Ihre Leute bis an die Zähne bewaffnet sind. Wollen Sie einen Krieg anfangen? Ich dachte, dies wäre eine friedliche Expedition?«

Der Blick aus von Tronecks einzelnem Auge schien Jack durchbohren zu wollen. »Natürlich ist es das«, sagte er. »Aber ich bin von Natur aus ein vorsichtiger Mensch, Mr. Kelley. Und Sie sollten besser auch etwas vorsichtiger sein.«

»Rechnen Sie mit Problemen?«, bohrte Jack weiter, die Drohung einfach überhörend – Otto und er waren Gefangene am sprichwörtlichen Ende der Welt, sollte er sich da noch einschüchtern lassen?

»Sagen wir, dass wir mit *allem* rechnen«, entgegnete von Troneck und warf Larna einen Blick zu, der Jack nicht gefallen wollte. Denn ganz offenbar hatte sie dem Baron Dinge gesagt, die sie ihm vorenthalten hatte. Überhaupt hatte Jack nicht damit gerechnet, sich auf einer Expedition wie dieser wiederzufinden, hatte geglaubt, dass Ottos und seine Beteiligung an dieser Sache damit enden würde, Larna nach England zu fliegen, den Kompass den Briten zu übergeben und dann eine satte Belohnung zu kassieren.

Wie dämlich er doch gewesen war – denn das war zwar Ottos und sein Plan gewesen, aber niemals der von Larna.

Von Troneck wies seine Leute an, sich zum Abrücken bereit zu machen. Offenbar wollte man keine Zeit verlieren, zumal das Tageslicht noch eine Weile andauern würde, ehe es in die lange Dämmerung überging, die um diese Jahreszeit im hohen Norden herrschte.

Larna und von Troneck nahmen im vordersten Schlitten Platz, der zugleich auch der größte war – Jack musste an ein Königspaar denken, das ausfuhr, um sein Reich zu besichtigen. Dann kamen die Gepäckschlitten, auf deren Kufen auch Jack und Otto mitfuhren; jeweils flankiert von den Legionären, die auf ihren Skiern durch den frisch gefallenen Schnee glitten und über schier unerschöpfliche Ausdauer zu verfügen schienen.

Von der sie umgebenden Landschaft waren bislang nur die schneeverwehten Felshänge der Bucht zu sehen gewesen, in der sie gewassert waren; nun, da sie weiterzogen, wurde Jack klar, dass es nicht wirklich eine Bucht war, sondern ein Fjord, dessen landeinwärts gerichteter Teil zugefroren und von Firn bedeckt war; zu beiden Seiten ragten teils verschneite, teils von Geröll übersäte Berghänge auf, deren Gipfel in Schnee und aufkommendem Nebel nur deshalb zu erkennen waren, weil das Licht der tief stehenden Sonne sie in unirdischen Farben leuchten ließ – hier ein feuriges Orange, dort ein sanftes Violett, in das sich glitzerndes Silber mischte.

Es war ein Bild von bedrückender Schönheit, und unwillkürlich musste Jack an die Musik denken, die von Troneck während des Dinners abgespielt hatte, an die so wuchtigen wie melancholischen Klänge, die aus dem Grammophon gekommen waren. Jack konnte sich noch gut an den Titel erinnern, den Otto genannt hatte.

Götterdämmerung.

Jack schauderte, während er auf dem Schlitten stand und

sich mit den gefesselten Händen an den hölzernen Rahmen klammerte. Ihm war schweinekalt, und seine Laune war noch weit unterhalb der eisigen Temperaturen. Sein Partner und er befanden sich in der Gewalt von Leuten, die entweder alle den Verstand verloren hatten und einem Phantom nachjagten – oder auf dem besten Weg dazu waren, dem ewigen Eis ein Geheimnis zu entreißen, das es über Jahrtausende hinweg gehütet hatte.

Und er wusste beim besten Willen nicht, welche dieser beiden Möglichkeiten ihm lieber war.

34

Sie arbeiteten sich die Eisrinne hinauf.

Eine Vorhut von Skifahrern prüfte jeweils das Terrain, ehe die Schlitten und der Rest des Trosses nachkamen. Von Troneck schien kein unnötiges Risiko eingehen zu wollen. Weshalb auch, Eile war nicht geboten. Er war so weit gekommen und stand kurz vor dem Triumph, wer wollte ihm den Sieg jetzt noch streitig machen?

Je weiter sie ins Landesinnere vordrangen, desto mehr wichen die Berge auf beiden Seiten zurück, was vermuten ließ, dass es sich doch nicht um einen Fjord, sondern um eine gefrorene Wasserstraße zwischen Landmassen handelte. Hatte das alte Thule also am Meer gelegen? Womöglich auf einer Insel?

Flach und scheinbar endlos breitete sich das Gelände vor ihnen aus; je weiter sie sich von den Bergen entfernten, desto öfter musste der kleine Zug anhalten, um den Kurs neu zu bestimmen. Zu diesem Zweck befragte Larna den Kompass, der sich in alle möglichen Richtungen drehte, nur nicht nach Norden – doch offenbar wusste sie genau, wie sie dies zu deuten hatte, und von Troneck schien ihr beinahe blind zu vertrauen.

Noch immer war Jack nicht in der Lage, die Beziehung zu durchschauen, die die beiden pflegten. Während der Baron ziemlich gleichgültig zu sein schien, was Larna betraf, jedoch geradezu besessen von Pandora wirkte, schien es ihr vor allem darum zu gehen, das Ziel ihrer Suche zu erreichen, ganz gleich, was sie dafür tun oder mit wem sie sich dafür verbünden musste. Jack hatte sich keineswegs eingebildet, sie wirklich zu durchschauen – er hatte sich mit dem Gedanken abgefunden, dass er Frauen wohl niemals ganz verstehen würde. Doch dass sie mit den Nazis gemeinsame Sache machte, hätte er niemals gedacht, vermutlich kam er deshalb nicht über ihren Verrat hinweg. In gewisser Weise, überlegte er, hatte sie mit von Troneck wohl mehr gemeinsam als mit einem abgehalfterten Kriegsveteranen, der sich als Pilot eher schlecht als recht durchs Leben schlug.

Larna und der Baron hatten ihr Leben beide dieser einen Sache verschrieben, waren wie besessen davon, das Reich von An zu finden und das Geheimnis seiner Macht zu entschlüsseln.

Beide glaubten sie an Dinge, die sich mit bloßem Verstand nicht erklären ließen, an Wahrsagerei und an Seelenbünde, die über Zeit und Raum hinweg Bestand hatten.

Und beide waren sie bereit, für ihre Überzeugung über Leichen zu gehen.

Mit anderen Worten, sie waren füreinander wie gemacht, dachte Jack bitter.

Je mehr es dämmerte, desto kälter wurde es auch. Der Schneefall ließ merklich nach, dafür nahm der Wind, der von Norden in die Senke wehte, deutlich zu und trieb ihnen lose Flocken und winzige Eissplitter entgegen, die in den Gesichtern wie Nadelstiche schmerzten. Dennoch machte von Troneck keine Anstalten, Zuflucht zu suchen oder ein Nachtlager aufzuschlagen.

Mit ihren Schals und Schneebrillen versuchten sich die Männer gegen das grimme Wetter zu schützen – Jack und Otto hatten weder das eine noch das andere bekommen. Sie froren erbärmlich auf ihren Schlitten, die lautlos durch den Schnee glitten, während die Peitschen der Musher immerzu knallten und die Hunde erbarmungslos antrieben.

Als sich dunkles Zwielicht über die Ebene senkte, wurden Sturmlampen entzündet – Batterien hätten der Kälte nicht lange standgehalten. In ihrem flackernden Schein steuerte der Zug eine Wand aus Fels und Eis an, die wie eine gewaltige Mauer vor ihnen aufragte, an die hundertfünfzig Meter hoch. Am Fuß der Wand war das Eis an einigen Stellen aufgebrochen, weiße Schollen schwammen dort auf dunklem Wasser. Hier endlich ließ von Troneck anhalten, und nachdem die Vorhut bestätigt hatte, dass das Gelände sicher war, gab er Befehl, die Schlitten abzuspannen.

Mit einer Disziplin, die Jack Anerkennung abnötigte, gingen die vom Marsch erschöpften Soldaten sofort dazu über, ein Nachtlager zu errichten. Planen wurden ausgebreitet und darüber zwei komfortable Offizierszelte errichtet, die dem Baron und Larna als Unterkünfte dienen sollten. Die Legionäre selbst fanden sich in Gruppen von je vier Mann zusammen und verbanden dreieckige Zeltbahnen zu Gebilden, die wie kleine Pyramiden aussahen. Anschließend sollte ein Wall aus Schnee um das kleine Zeltdorf aufgeschüttet werden, hoch genug, um den Wind abzuhalten, und weit genug, um auch den Pferch für die Hunde einzuschließen. Mit dieser Knochenarbeit wurden Jack und Otto betraut, während die Legionäre sich Zigaretten ansteckten und den warmen Rauch gierig in ihre Lungen sogen. Jack versuchte, eine zu schnorren, erntete aber nicht mehr als hämisches Gelächter.

»Besonders gastfreundlich sind deine Landsleute gerade nicht«, raunte er Otto zu, während er den Feldspaten wütend in den gefrorenen Firn rammte.

»Nein, nicht mal die Pfeife haben sie mir gelassen«, maulte Otto. Statt Qualm stieß er dampfenden Atem in die kalte Luft. »Und dieser verdammte Wind macht mir zu schaffen. Ich kann jeden einzelnen Knochen spüren.«

»Durchhalten, Oz«, schärfte Jack ihm ein.

»Ach ja? Wozu denn? Kannst du mir das mal verraten?«

Jack blieb eine Antwort schuldig – er wusste ja selbst nicht, was die Deutschen mit ihnen vorhatten. Im Grunde waren sie nur am Leben, weil Larna gesagt hatte, dass sie noch Verwendung für sie beide haben würde. Und nach allem, was geschehen war, war Jack sich nicht sicher, ob er wirklich wissen wollte, worin diese spezielle Verwendung bestand.

Ein ums andere Mal versenkte er die Schaufel im Schnee. Das weiße Land ringsum versank in Dunkelheit, nur noch die Sturmlampen im Lager verbreiteten Licht. Essensrationen wurden ausgegeben, und der Geruch von gebratenem Fleisch, der plötzlich in der Luft lag, verriet, dass Eugen von Troneck auch in dieser unwirtlichen Gegend nicht auf gewisse Annehmlichkeiten verzichten wollte.

»Ich hasse ihn«, stieß Otto missmutig hervor. »Ich hasse diesen Knilch wirklich.«

»Kann ich dir nicht verdenken.« Jack grinste freudlos.

Keiner ihrer Bewacher achtete mehr auf sie, und für einen Moment flackerte der Gedanke an Flucht in seinem Bewusstsein auf – um sofort wieder zu erlöschen. Ohne einen Kompass und die entsprechende Kleidung würden sie erfroren sein, noch ehe die Nacht zu Ende war. Und selbst wenn sie beides gehabt hätten, wohin hätten sie gehen sollen?

So, wie die Dinge lagen, blieb ihnen wohl nur, die Zähne zusammenzubeißen und …

Er verstummte, als die Schlittenhunde plötzlich bellten.

»Was haben sie bloß?«, fragte Otto.

Jack richtete sich auf. Mit zu Schlitzen verengten Augen spähte er in die Dunkelheit, die jenseits des Lagers herrschte. Doch alles, was er sah, war schwarzer Fels und blauer Schnee, dazwischen zähe Nebelfetzen.

Trotzdem hatte er das Gefühl, dass …

»Verdammt, wollt ihr wohl aufhören?«, rief eine barsche deutsche Stimme vom Lager herüber. »Was haben die dämlichen Tölen jetzt wieder?«

In diesem Moment nahm Jack aus dem Augenwinkel eine Bewegung wahr. Alarmiert fuhr er herum, nur um zu sehen, wie sich etwas aus der Finsternis schälte, groß und dunkel.

Und im nächsten Moment brach vor seinen Augen erneut das blanke Grauen hervor.

Und anders als dort in der Tiefe war es diesmal keine Täuschung.

35

Die Kreatur, die aus der blauen Dunkelheit kam, war so wirklich wie der Schnee und die Kälte. Wie ein wahr gewordener Albtraum stürzte sie aus der Finsternis, offenbar angelockt vom Licht der Laternen, und griff ohne Vorwarnung an.

»Oz!«, konnte Jack gerade noch brüllen, während er den Freund bereits zur Seite stieß. Ohne Zögern hechtete er hinterher, warf sich bäuchlings aus der Bahn, die das Monstrum brach – und das keine Sekunde zu früh. Der riesige, massige Körper wälzte sich an ihnen vorbei. Jack hatte den wilden Geruch von Tier und den Gestank von fauligem Fisch in der Nase. Im Halbdunkel sah er ledrige Haut und mörderische Zähne, die über einen Meter lang sein mochten.

»Was zum Henker …?«

Jack rollte sich ab und sprang wieder auf die Beine, um nach der Kreatur zu sehen. Doch erst jetzt, da der Lichtschein der Laternen sie erfasste, konnte er erkennen, worum es sich tatsächlich handelte. Es war keine urzeitliche Kreatur und auch kein Dämon aus der Tiefe, sondern ein Walrossbulle – allerdings der gewaltigste, den Jack je gesehen hatte.

Das Tier war mannshoch und an die fünf Meter lang. Die Flossen, auf denen es sich fortbewegte, waren gewaltige Schaufeln, das nach vorn gewölbte Haupt, in das der massige Körper ansatzlos überging, von furchteinflößender Größe, von den beiden mächtigen Hauern, die darin staken, ganz zu schweigen. Und es schien verdammt schlechter Laune zu sein …

Die Augen der Kreatur waren weit aufgerissen und leuchteten wild, während sie sich über den geradezu lächerlich niedrigen Wall wälzte. Dann war die Bestie auch schon im Lager.

Alles schien gleichzeitig zu geschehen.

Die Hunde bellten weiter und zerrten wie von Sinnen an den Pflöcken, an denen sie angebunden waren. Die Wachen am Ofen sprangen auf und wichen entsetzt zurück. Auf manches waren sie in ihrer Ausbildung vorbereitet worden, aber ganz sicher nicht auf zweieinhalb Tonnen lebenden, schnaubenden Fleisches, die sie unter ihrer Masse begraben und zermalmen wollten.

Die Legionäre schrien, worauf das Tier den Kopf in den Nacken warf und in fürchterliches Gebrüll verfiel, so, als wollte es das Geschrei der Männer übertönen. Einer von ihnen schaffte es nicht, sich rechtzeitig vor den Stoßzähnen des Bullen in Sicherheit zu bringen – die mörderischen Hauer erfassten ihn und schleuderten ihn hoch in die Luft.

Dann eröffnete der erste Soldat das Feuer.

Die Mündungsflammen, die aus dem Lauf der Maschinenpistole zuckten, erhellten flackernd die Nacht, das hässliche Rattern hallte von der Eiswand wider. Ob der Bulle getroffen wurde, war nicht festzustellen – das Tier wurde nur noch wütender.

Indem es sich zur Seite warf, begrub es eines der pyramidenförmigen Zelte unter sich. Den grellen Schreien nach, die unter der Plane hervordrangen, hatten es nicht mehr alle Legionäre geschafft, sich rechtzeitig in Sicherheit zu bringen.

Wieder änderte das Tier seine Richtung und wälzte sich durch das Lager, gleich einem wilden Stier, geradewegs auf die beiden Offizierszelte zu, in denen Larna und von Troneck schliefen. Auf den größenwahnsinnigen Baron hätte Jack zur Not verzichten können. Doch was Larna betraf, durchfuhr ihn eisiges Entsetzen. »Verdammt, Oz«, stieß er hervor – dann war er auch schon unterwegs, quer durch das Lager, das in Geschrei und Chaos versank. Eine der Sturmlaternen war zerbrochen, das auslaufende Petroleum hatte eine Zeltplane entzündet, die nun lichterloh brannte. Im flackernden Feuerschein schien alles nur noch schneller zu geschehen, geisterhafte Schatten huschten über die eisige Felswand, bizarre Cartoons in einem Kino des Irrsinns.

Wieder ratterten Maschinenpistolen. Mündungsfeuer flackerte, und man konnte sehen, wie die Projektile in die ledrige Haut des Tieres schlugen – doch für den Bullen schienen es Nadelstiche zu sein, die ihn nur noch mehr in Rage brachten. Jack musste das tobende Tier irgendwie umgehen, wenn er auf die andere Seite des Lagers wollte.

Larna stürzte aus ihrem Zelt. Sie sah die wütende Kreatur, die sich geradewegs auf sie zuwälzte, und stieß einen Laut des Entsetzens aus. Von Troneck kam dazu, sein schwarzer Mantel wehte offen um seine hagere Gestalt. Sein verbliebenes Auge erfasste die Situation mit einem Blick. Ohne Zögern hob er die Luger, die er bereits in der Hand hielt, und feuerte.

Der scharfe Knall der P08 peitschte durch den Lärm, aber das Walross ließ sich dadurch nicht aufhalten. Von Troneck feuerte ein zweites und ein drittes Mal, doch es war, als würden die Parabellum-Geschosse von dem Koloss abprallen – oder vielleicht setzte der Baron sie in der Aufregung auch alle daneben. Noch zwei, drei Meter mochten zwischen Larna und von Troneck und dem sich wie von Sinnen gebärdenden Tier liegen – als ihnen ein Unteroffizier beisprang. Der Mann hatte seine MP35 bereits im Anschlag und zog den Stecher durch. Die Garbe, die aus der Mündung fetzte, traf das Tier aus nächster Nähe und schlug in Brust und Hals. Blut trat hervor, doch auch der Schmerz hielt den Bullen nicht auf.

In seiner Raserei warf sich das Tier nach vorn, brachte den Schützen zu Fall und begrub ihn unter sich. Der gellende Schrei des Mannes verstummte jäh, als sein Brustkorb zerquetscht wurde. Die Wucht, mit der sich der Bulle auf ihn warf, war so heftig, dass der Boden erzitterte – gefolgt von einem hässlichen, markerschütternden Knacken.

Jack, der die Offizierszelte beinahe erreicht hatte, merkte, wie der Boden unter seinen Füßen plötzlich schwankte und ihm jäh ins Gedächtnis rief, dass sie sich den ganzen Tag über auf verschneitem Eis bewegt und auch ihr Lager darauf errichtet hatten – und nun war dieses Eis dabei zu brechen!

Ob es an der Jahreszeit lag oder am Gewicht, mit dem sich der Koloss darauf warf – das Eis zersprang mit grässlichem Bersten. Schollen bildeten sich, die prompt unter dem Gewicht des Untiers nachgaben. Das Walross stürzte bäuchlings ins Wasser, das sich jäh unter ihm auftat und es verschlang. Die Scholle, auf der sich Jack befand, stieg dadurch an, und nur durch einen beherzten Sprung gelang es ihm, sich auf weniger schwankenden Boden in Sicherheit zu bringen.

Zwei der Legionäre rutschten mitsamt ihres Zeltes ins eiskalte Wasser, als ihre Scholle sich plötzlich steil aufstellte. Einer der beiden betätigte dabei versehentlich den Abzug seiner Waffe. Die daraus hervorschlagende Garbe peitschte quer durch das Lager, irgendwo schrie jemand getroffen auf. Innerhalb von Augenblicken hatte sich die militärische Disziplin in ein wogendes, lärmendes Chaos verwandelt, und der Schusslärm, das Geschrei, das Gebell der Hunde und vermutlich auch der Geruch frischen Blutes machten den Walrossbullen nur noch wilder.

Mit einem kraftvollen Satz katapultierte er sich wieder aus dem Wasser und versuchte sich aufs Trockene zu schleppen. Von Troneck feuerte ein ums andere Mal, bis ein leeres Klicken signalisierte, dass die Luger mit ihren Argumenten am Ende war. Da warf er die Waffe von sich und ergriff kurzerhand die Flucht, während Larna noch immer dastand, die grünen Augen vor Entsetzen geweitet und vor Schreck nicht fähig, sich zu bewegen.

In diesem Moment langte Jack bei ihr an.

Er sah das Walross in sein Blickfeld kommen, wie eine außer Kontrolle geratene Dampflok – und sprang.

Mit einem langen Hechtsprung setzte er durch die Luft, bekam Larna im Flug zu fassen und riss sie mit sich, einen Sekundenbruchteil, ehe der massige Körper des Untiers wie ein Geschoss hinter ihnen einschlug. Sie landeten hart und überschlugen sich, ehe sie schließlich benommen liegen blieben – doch der Walrossbulle gönnte ihnen keine Ruhe.

Nachdem er eine Schneise der Zerstörung durch das Lager gebahnt hatte, warf er sich erneut in das dunkle Wasser. Die Scholle, auf der Jack und Larna lagen, kippte jäh.

Jack gelang es irgendwie, sich in Schnee und Eis festzukrallen, Larna hingegen verlor den Halt. Ihre Stimme überschlug sich, als sie abrutschte. Rücklings schlitterte sie der eisigen schwarzen Flut entgegen – im buchstäblich letzten Augenblick bekam Jack sie am Handgelenk zu fassen.

Ein Ruck durchlief ihn, und er fürchtete schon, selbst den Halt zu verlieren. Aber er biss die Zähne zusammen und hielt aus, obwohl seine Muskeln fast zu bersten schienen.

»Festhalten«, zischte er Larna zu, die panisch zu ihm heraufblickte – zumindest *das* hatte sie wohl nicht kommen sehen.

Sie warf sich herum und schaffte es, ihre freie Hand um sein Handgelenk zu legen. So hingen sie einen endlos scheinenden Augenblick lang an der fast lotrecht aufragenden Scholle – ehe diese wieder ins Wasser zurücksank und ihre Lage sich stabilisierte. Zu verdanken war dies Otto und einigen der Legionäre, die vom Schollenrand aus zur Hilfe gekommen waren.

»Alles in Ordnung, Skipper?«

Jack schaute keuchend zu ihm auf. Zu mehr als einem schiefen Grinsen war er nicht fähig.

Jetzt erst bemerkte er, dass sich der Lärm ringsum gelegt hatte. Das Untier war in der Tiefe unter dem Eis verschwunden, so plötzlich, wie es aufgetaucht war. Beklommenes Schweigen lag über dem Lager. Die Hunde hatten sich bereits wieder beruhigt, nur die Schreie und das Stöhnen der Verwundeten waren noch immer zu hören.

Jack wälzte sich auf die Knie. Blut rauschte in seinem Kopf, und er wankte. Larna, die noch immer auf der Scholle lag, zu erschöpft und entsetzt, um sich zu bewegen, sah ihn aus großen Augen an.

»Danke«, sagte sie nur.

Jack nickte nur. Warum er sein Leben riskiert hatte, um sie zu retten, wollte ihm selbst nicht in den Schädel. Er hatte gehandelt, ohne lange nachzudenken, wieder einmal … oder hatte er gar nicht anders gekonnt, als ihr zu helfen? Hatte sie dies womöglich doch vorausgeahnt und ihn mitgenommen, damit er ihr das Leben rettete …?

Der Kopf schwirrte ihm, und nicht nur von der Anstrengung. Er wollte sich vollends auf die Beine raffen, als ein dunkler Schatten hinzutrat und vor ihm stehen blieb.

»Ich hätte nicht gedacht, dass es einmal dazu kommen würde – aber ich muss Ihnen wohl meinen Dank aussprechen, Kelley.«

Jack sah an der schlanken schwarzen Gestalt empor. Eugen von Tronecks einzelnes Auge blickte auf ihn herab. Der Widerschein der Flammen spiegelte sich darin, und es schien nicht zu wissen, ob es ihn mit Bewunderung oder Missachtung betrachten sollte.

»Gern geschehen«, feixte Jack und kam wankend hoch.

»Indem Sie Pandora gerettet haben, haben Sie dem Deutschen Reich einen wertvollen Dienst erwiesen«, bekräftigte der Baron.

»Genau, was ich schon immer wollte.« Jacks Grinsen wurde noch breiter. »Was bekomme ich dafür? Einen schnellen Tod durch Erschießen?«

Das Auge des Barons starrte ihn weiter an. Er schien etwas erwidern zu wollen, als der Leutnant des Zuges hinzutrat und salutierte. »Erstatte Bericht, Herr Baron. Ein Mann vermisst, zwei tot, zwei weitere verwundet.«

»Verstanden«, sagte von Troneck ohne erkennbare Regung und ohne seinen Blick von Jack zu nehmen. »Falls die Wunden nicht versorgt werden können, wissen Sie, was zu tun ist.«

»Jawohl, Herr Baron.« Der Leutnant machte kehrt und verschwand.

»Ist das Ihr Ernst?«, fragte Otto. »Ist das die Art und Weise, wie Sie sich Ihren Leuten gegenüber erkenntlich zeigen?«

Von Troneck sandte ihm einen verständnislosen Blick. »Die Legion Thule besteht ausschließlich aus Freiwilligen, Keller. Jeder meiner Leute hat genau gewusst, worauf er sich einlässt und auch, dass es kein Spaziergang werden würde.«

»Ausflüchte«, widersprach Otto zähneknirschend. Wenn er

etwas auf den Tod nicht leiden konnte, dann waren es selbstherrliche Offiziere. Im Krieg hatte es viel zu viele davon gegeben. »Diese Männer hätten nicht draufzugehen brauchen, wenn Sie sich die Mühe gemacht hätten, sich einen einheimischen Führer zu nehmen! Vermutlich sind wir versehentlich in das Revier dieses Tieres eingedrungen, und …«

»Nein«, widersprach Larna, so laut und entschieden, dass Otto verstummte. Inzwischen stand sie wieder auf den Beinen, aber die Begegnung mit dem Untier steckte ihr sichtlich noch in den Gliedern. Trotzdem war da noch etwas anderes, ein Ausdruck in ihrem Gesicht, als ob sie etwas wüsste, das anderen verborgen war. »Dieses Tier hat uns direkt angegriffen. Es hat *mich* direkt angegriffen …«

»Pandora, bei aller Wertschätzung«, wandte selbst von Troneck ein, »womöglich stehen Sie noch unter dem Schock der Ereignisse, ich denke nicht, dass …«

»Es mag Ihnen gefallen oder nicht, Baron, aber dieses Tier hat sich nicht so verhalten, wie es Walrossbullen normalerweise tun. Und haben Sie seine gigantische Größe bemerkt?«

»Natürlich, aber …«

»Worauf willst du hinaus?«, fragte Jack unverblümt.

»Es ist das Vril«, eröffnete Larna mit einer Stimme, die ihn schaudern ließ. »Es ist überall – im Felsen und im Eis, im Wasser und in der Luft. Es verändert die Natur.«

»Was wollen Sie damit sagen?«, erkundigte sich von Troneck. »Dass dieses Walross in gewisser Weise … *verändert* wurde?«

»Es war kein Zufall, dass es uns angegriffen hat«, bestätigte Larna, ohne auf die Frage einzugehen.

Ihr Blick war glasig geworden, beinahe leer, Jack fühlte sich an jene Nacht in Monte Carlo erinnert, die eine Ewigkeit zurückzuliegen schien.

»Die Natur weiß um das Geheimnis, das wir ihr entreißen wollen, und sie wird alles unternehmen, um es zu hüten.«

»Dann scheint sie nicht zu wissen, was deutsche Entschlossenheit ist«, tönte von Troneck und warf sich stolz in die Brust – ein Geck in einer schwarzen Uniform, der weder wusste noch wissen wollte, worauf er sich eingelassen hatte.

»Das Vril muss ganz in der Nähe sein«, brachte Larna ihren Gedanken zu Ende, die Prahlerei des Barons überhörend. »Ich denke, dass wir unser Ziel schon morgen erreichen werden.«

»Ach ja?«, fragte Otto neugierig. »Und wo ist es?«

Ohne Zögern deutete Larna an der steil aufragenden Wand aus Fels und Eis empor.

»Dort oben«, sagte sie.

36

Die Nacht war kalt und weckte unangenehme Erinnerungen.

An den Krieg.

An Entbehrung.

An Verlust.

Während Otto wie ein Baby schlief – jedenfalls ließen seine gleichmäßigen, schnarchenden Atemzüge dies vermuten –, lag Jack die meiste Zeit über wach und verwünschte sich selbst dafür, dass er sich noch vor nicht allzu langer Zeit über die glühende Hitze des Südens beschwert hatte. Was zum Henker war falsch daran, schon am Morgen unter warmer Sonne aufzuwachen, eine schöne Frau im Arm und eine Pulle Whisky auf dem Nachtschrank? Zum ungezählten Male fragte er sich, wie er in diese Lage geraten war.

Falsche Entscheidungen.

Viele falsche Entscheidungen.

Immerhin blieb es die Nacht über ruhig, ihr monströser Besucher ließ sich nicht mehr blicken. Vielleicht, sagte sich Jack, war der Walrossbulle auch an den Folgen all der Schusswunden verendet. Was Larna gesagt hatte, wollte ihm nicht aus dem Kopf. War das Tier tatsächlich auf widernatürliche Weise verändert gewesen? Hatte es im Auftrag einer uralten Macht gehandelt? Oder war alles nur ein einziger verdammter, dämlicher Zufall?

Er fand keine Antwort auf diese Fragen. Grübelnd fiel er erst spät in einen unruhigen Schlaf, der abrupt endete, als sie noch vor Tagesanbruch wieder geweckt wurden. Das Lager musste abgebaut werden, und da eine Flucht reichlich sinnlos gewesen wäre, verzichtete man darauf, Jack und Otto wieder zu fesseln, und setzte sie stattdessen als Arbeitskräfte ein.

Otto sprach kaum etwas an diesem Morgen. Die Anwesenheit seiner Landsleute schien ihm zuzusetzen, vermutlich wusste er nicht, wie er sich ihnen gegenüber verhalten sollte, und die Legionäre verspotteten ihn, indem sie seine etwas gebückte Haltung und seinen schlaksigen Gang nachahmten – junge Burschen, die den Großen Krieg nur aus Erzählungen kannten. Zu gerne hätte Jack ihnen klar gemacht, aus welchem Holz der Mann geschnitzt war, über den sie sich lustig machten, aber das wäre sinnlos gewesen. Diese Jungs waren bis zu den Ohren voll mit der Scheiße, die die Nazipropaganda ihnen eingetrichtert hatte. Im Grunde konnten sie noch nicht einmal etwas dafür. Die meiste Zeit über sprach Otto Englisch mit ihnen, nur hin und wieder verwendete er einen Brocken Deutsch – schon das ließ erkennen, dass er sich ihnen nicht mehr zugehörig fühlte. Er war ein Heimatloser, verloren, wie so viele aus ihrer Generation.

Von den Toten und den beiden Verwundeten war am Morgen nichts mehr im Lager zu sehen. Man hatte sich ihrer entledigt, wie von Troneck es verlangt hatte, rasch und geräuschlos. Nichts durfte das Vorankommen der Expedition hemmen oder ihren Erfolg gefährden.

Der Baron selbst schien in seinem Zelt gut geruht zu haben, anders als Larna, die leichenblass war und dunkle Ränder um die Augen hatte. Das Gesicht, das unter der Pelzmütze hervorblickte, hatte etwas Schädelhaftes. Noch mehr erschrak Jack jedoch über den Ausdruck in ihren Augen. Er hatte diesen Blick lange nicht mehr gesehen, der Blick eines Menschen, der in den Abgrund gesehen hatte.

Wiederum arbeiteten die Legionäre mit äußerster Disziplin. Als die Dämmerung schließlich einsetzte, war das Lager bereits abgebaut. Was die Männer nicht als Marschgepäck auf den Rücken nahmen, wurde auf die Schlitten gepackt, die man jedoch nicht wieder anspannte. Stattdessen wurden Steigeisen ausgegeben und die Besteigung der Felswand vorbereitet, die sich wie ein drohendes Mahnmal über ihnen erhob, einhundertfünfzig Meter hoch und von Schnee und Eis überzogen.

Der Leutnant wählte drei aus der Mannschaft, die ihn begleiten sollten. Zu viert begannen sie den Aufstieg. Hier zeigte sich, dass die Männer der »Legion Thule«, wie von Troneck seinen Haufen großspurig nannte, offenbar einer Gebirgseinheit angehörten, denn dies schien ihr eigentliches Terrain zu sein: Mit großem Geschick und bewundernswerter Ausdauer arbeiteten sie sich an der fast senkrecht aufragenden Wand empor und trieben Haken um Haken in Eis und Fels, während ihre Kameraden am Fuß der Felswand sie über Seile sicherten.

Für den Offizier und die drei jungen Kerle schien es eine Art Bewährungsprobe zu sein, eine willkommene Chance, ihr Können unter Beweis zu stellen; entweder, dachte Jack bitter, sie hatten keine Ahnung, was der wahre Zweck dieser Expedition war, oder sie scherten sich schlicht nicht darum und befolgten einfach nur ihre Befehle.

Kaum hatten sie die Wand bezwungen, machten ihre Kameraden sich an den Aufstieg. Die einen kletterten den nun vorgegebenen Pfad hinauf, die anderen richteten ein Seilzugsystem ein, an dem nicht nur die Schlitten und die Hunde hinaufgezogen wurden, sondern, auf einer Vorrichtung sitzend, die an eine Kinderschaukel erinnerte, auch Eugen von Troneck und Larna. Jack und Otto wies man an, selbst zu klettern – ob sie damit Erfahrung hatten oder nicht, war ihren Häschern herzlich gleichgültig.

Auf den ersten Metern fühlte sich Jack wie ein Schwein auf Rollschuhen, unsicher auf dem ungewohnten, lotrecht verlaufenden Terrain. Otto, der unter ihm nachfolgte, gab pausenlos deutsche Verwünschungen von sich – das kostete ihn zwar einerseits wertvollen Atem, schien ihm aber andererseits die Kraft zu verleihen, die er brauchte. In seinen Augen lag dabei ein wütendes Flackern.

»Schon außer Puste, Vaterlandsverräter?«, zischte ihm ein Unteroffizier zu, der grinsend an ihnen vorbeizog, mit routinierten Bewegungen einen Fuß über den anderen setzend. Otto begnügte sich damit, in seiner Schimpfkanonade fortzufahren, der andere lachte nur.

Je höher sie gelangten, desto peinlicher vermieden sie es, nach unten zu sehen – ausgerechnet sie, die Betreiber der *Lost Cargo Company*, die Cowboys der Lüfte. Aber es war ein himmelweiter Unterschied, ob man im Cockpit einer Maschine hockte und den Wind unter den Flügeln hatte, oder ob man an einer senkrecht abfallenden Eiswand achtzig Yards über dem Boden hing, nur durch einen Strick aus Hanf gesichert, während der eisige Nordwind an einem zerrte.

Mehrmals glitt Jack am Eis aus und hätte den Halt verloren, wenn nicht ausgerechnet seine Häscher ihn gesichert hätten. Seine Knie, die diese Art der Fortbewegung nicht gewohnt waren, begannen zu zittern, und er musste seinen ganzen Willen aufwenden, um immer noch weiter emporzusteigen. Otto unter ihm schien es genauso zu gehen – die Kanonade seiner Flüche legte inzwischen öfter Feuerpausen ein, und schließlich verstummte sie ganz.

Jack war ebenso erschöpft wie erleichtert, als sie die Abbruchkante erreichten. Eine behandschuhte Rechte streckte sich ihm entgegen und zog ihn vollends hinauf, er revanchierte sich mit einem Nicken. Dann sank er nieder, und es war ihm egal, dass der Schnee seine wollene Kleidung durchnässte. Seine Lungen brannten von der kalten Luft, jeder Muskel in seinem Körper schmerzte, und sein Magen rebellierte so, dass er sich am liebsten übergeben hätte.

Aber sie waren oben.

Vor ihnen lag eine weite Ebene aus Firn und Eis, ein gewaltiger Gletscher, der seit Jahrtausenden Bestand haben mochte. Nach Osten und Westen schien er sich endlos zu erstrecken, im Norden wurde er von einer Gebirgskette begrenzt. Anders als am Tag zuvor gab es keinen Nebel, die Luft war kalt und klar, sodass sich bei jedem Atemzug kleine Dampffähnchen bildeten.

»Bist du okay, Skipper?« Otto kroch neben ihn, stöhnend und auf allen vieren.

Jack nickte nur und sah ihn fragend an.

»Ging mir nie besser«, behauptete Otto, dem Anschein zum Trotz. Seine Gesichtszüge waren gerötet, die Wangen jedoch seltsam fahl. Die Augen schienen tiefer in ihren Höhlen zu liegen als sonst. Dunkle Ränder hatten sich darum gebildet, und es lag ein Ausdruck darin, den Jack bei seinem Partner sonst nicht kannte. Da war Müdigkeit, natürlich. Aber auch ein Anflug von Verzweiflung.

»Wird schon, Oz.« Auch wenn ein Teil von ihm lieber liegen geblieben wäre, raffte er sich auf die Beine und hielt seinem

Partner die Hand hin, um ihn ebenfalls hochzuziehen. Otto wankte. Sein Atem pfiff, seine Gesichtszüge wirkten ausgemergelt. Auch wenn er das Gegenteil behauptete – Jack kannte seinen Partner gut genug, um zu wissen, dass es ihm beschissen ging.

Die letzten Legionäre erreichten das Plateau, und nach einer kurzen Rast bereitete der Zug das Abrücken vor. Erneut wurden die Schlittenhunde angespannt, und die Männer legten ihre Skier an. Ein Stück voraus stand eine einsame Gestalt im Schnee: Larna in ihrem weißen Mantel. Sie hatte den rechten Arm ausgestreckt und hielt die Kette mit der Kompassnadel so, dass sie sich frei ausrichten konnte. Das kleine Artefakt blitzte in der Morgensonne, die inzwischen über den Horizont geklettert war und den Schnee so gleißen ließ, dass es in den Augen schmerzte.

Die Legionäre hatten Brillen aus dunkel getöntem Zelluloid, das von ledernen Manschetten umrahmt war und so zuverlässig vor Schneeblindheit schützte. Für ihre Gefangenen hatten sie solchen Luxus nicht parat, Jack und Otto würden sich also vorsehen müssen. Man bugsierte sie zu den Schlitten, und sie stiegen auf, und nachdem auch Larna und von Troneck in ihrem Gefährt Platz genommen hatten, setzte sich der Zug wieder in Bewegung.

Sie kamen langsamer voran als am Vortag, weil von Troneck immer wieder Befehl zum Halten gab. Larna pflegte dann auszusteigen und ein Stück vorauszugehen, um den Kompass zu befragen; manchmal ließ sie sich auch im Schnee nieder und befühlte ihn, und Jack fragte sich, wonach sie dabei suchen mochte. Aber wann immer sie zum Zug zurückkehrte, schien sie genau zu wissen, in welche Richtung sie sich zu wenden hatten.

Erst gegen Mittag – sie hatten sich ein gutes Stück in die Ebene hinaus gekämpft – legten sie eine weitere Rast ein. Büchsenfleisch wurde ausgegeben, das die Männer gierig in sich hineinstopften. Da sichtete jemand in einiger Entfernung ein Rudel Polarwölfe. In ihrem schneeweißen Fell wirkten sie wie übernatürliche, geisterhafte Erscheinungen, doch die Soldaten des Zuges hatten wenig Sinn für derlei Dinge. Der Leutnant zückte seine P08 und feuerte, und daraufhin veranstaltete der gesamte Zug ein wildes Wettschießen auf die Tiere, das von lautem Hallo und Gelächter begleitet wurde.

Von Troneck ließ seine Leute gewähren, er schien zu wissen, was notwendig war, um sie bei Laune zu halten. In Larnas Gesicht jedoch glaubte Jack Scham zu erkennen und leises Grauen. Ihre Blicke trafen sich, doch er hätte nicht sagen können, was in ihr vor sich ging. Sie hatte eine Mauer um sich errichtet, spielte eine Rolle wie damals im Casino, und es war unmöglich festzustellen, was sie dachte.

Schließlich brachen sie wieder auf, und die Odyssee über den Gletscher setzte sich fort. Bald ließ Larna den Zug nach Nordosten, dann wieder nach Westen ziehen, in einem wilden Zickzackkurs, den sich ein Irrsinniger ausgedacht zu haben schien. Je länger das scheinbar ziellose Treiben dauerte, desto weniger Sinn schien es zu ergeben, und während Jack auf dem Schlitten kauerte und die Augen zum Schutz vor der gleißenden Helligkeit zusammenkniff, fragte er sich immer wieder, ob Larna womöglich tatsächlich den Verstand verloren hatte. Oder vielleicht, sagte er sich, waren sie ja alle längst dem Wahnsinn verfallen, die sie Larnas aberwitzigen Theorien Glauben geschenkt hatten.

Eine versunkene Zivilisation am Ende der Welt.

Eine uralte, längst vergessene Macht.

Eine geheimnisvolle Substanz.

Konnte es das alles geben?

Irgendwann begann sich unter den Soldaten des Zuges leiser Unmut zu regen. Er wurde nicht offen geäußert, dazu waren von Tronecks Männer zu diszipliniert und fürchteten sich vermutlich auch zu sehr vor Strafe. Aber wenn man in die Gesichter sah, konnte man ihre Erschöpfung und die wachsende Frustration erkennen. Jack wusste nur zu gut, wozu so etwas führen konnte. Doch am späten Nachmittag endete die Irrfahrt.

Wieder stieg Larna aus ihrem Schlitten und ging ein Stück voraus. Wieder befragte sie den Kompass, wieder ließ sie sich nieder und befühlte den Schnee, so, als verspürte sie etwas, das außer ihr niemand wahrnahm. Dann erhob sie sich, wandte sich von Troneck zu und nickte.

Offenbar wähnte sie sich am Ziel der Suche – auch wenn sich dieser Flecken Schnee und Eis rein äußerlich in nichts von all den anderen unterschied, die sie den Tag über durchquert hatten.

Von Troneck stand auf und applaudierte mit den in dicken Fellhandschuhen steckenden Händen, als befände er sich nicht inmitten einer unwirtlichen Eiswüste, sondern auf einer ihrer Séancen. Dann befahl er, erneut ein Lager aufzuschlagen.

Hoch war die Sonne den Tag über ohnehin nicht gestiegen, doch inzwischen sank sie schon wieder dem Horizont entgegen und leitete die lange Phase der Dämmerung ein, in der die Schatten lang wurden und die Temperaturen in eisige Tiefen stürzten.

37

Trotz ihrer Erschöpfung arbeiteten die Legionäre fieberhaft daran, das Lager zu errichten. Im Unterschied zum Vortag wurde außer den beiden Offizierszelten und den Pyramiden für die Unteroffiziere und Mannschaften in der Mitte des Lagers auch noch etwas aufgebaut, das Jack an eine Jurte erinnerte: In einem an die vier Meter großen Kreis wurde eine schulterhohe Wand aus Schnee errichtet, über die man in flacher Kegelform eine Zeltplane spannte; ein aus provisorisch zusammengebundenen Skiern bestehender Pfeiler bildete die Mittelstütze, auch einen Rauchfang für eine Feuerstelle gab es. Jack, der zusammen mit Otto wieder dazu verdonnert worden war, einen Lagerwall zum Windschutz aufzuschütten, fragte sich, was die eigentümliche Behausung darstellen sollte, zumal von Troneck rings um die Jurte in X-Form gekreuzte Skier aufstellen ließ, an denen nicht weniger zweckentfremdete Soldatentornister befestigt wurden, die Larna wiederum mit einem Zeichen bemalte, das Jack schon früher gesehen hatte: Es war ein Kreis mit einer Flamme darin, dasselbe Zeichen, das sie auch als Brandmal auf dem Unterarm trug. Das kalte Feuer von An hatte sie es genannt.

Von Troneck begleitete sie dabei auf Schritt und Tritt wie

ein verliebter Pennäler und ließ alles mit der mitgebrachten Kamera dokumentieren. Wie schon am Vortag fragte sich Jack, ob der Baron und die Wahrsagerin womöglich beide den Verstand verloren hatten – doch Larna wirkte nicht wie jemand, der dem Irrsinn verfallen war. Im Gegenteil schien sie genau zu wissen, was sie tat, was die ganze Sache noch viel verstörender machte.

Als die Dunkelheit hereinbrach, wurden rings um die Jurte Fackeln entzündet, und Larna verschwand im Inneren und tauchte nicht wieder auf. Jack verkniff es sich, irgendwelche Fragen zu stellen, er hätte ja doch keine Antwort bekommen. Genau wie Otto kaute er auf dem Büchsenfleisch herum, das man ihnen überlassen hatte. Es schmeckte grauenvoll, halb gefroren, wie es war. Aber da sie den ganzen Tag über nichts gegessen hatten, war ihnen das herzlich gleichgültig.

Keiner von ihnen sprach ein Wort. Ihnen beiden war klar, wie aussichtslos ihre Lage war und dass es diesmal wohl kein Entkommen geben würde. In den vergangenen zwanzig Jahren hatten sie dem Sensenmann unzählige Schnippchen geschlagen, doch nun schien ihre Glückssträhne endgültig gerissen zu sein.

»Verdammte Sieben«, schmatzte Otto kauend in die Stille.

»Verdammte Sieben«, bestätigte Jack – und beide grinsten einander freudlos an.

Es gab keinen Vorwurf, sie kannten einander zu gut und hatten zu viel miteinander durchgemacht. Doch Jack erschrak darüber, wie erschöpft und ausgezehrt sein Freund aussah, und ihm dämmerte, dass er selbst wohl einen nicht weniger desolaten Anblick bot …

»Sie amüsieren sich?«

Eine dunkle Gestalt war zu ihnen getreten. Jack brauchte nicht aufzusehen, um zu wissen, dass es von Troneck war.

Vermutlich war er nur gekommen, um sich an ihrem elenden Anblick zu weiden.

»Ja, danke, ganz großartig.« Jack nickte. »Ist alles ein toller Spaß.«

Der Baron verzog die Mundwinkel zu einem sardonischen Lächeln. »Pandora verlangt nach Ihnen«, sagte er.

»Nach uns?« Otto hob die Brauen.

»Nach ihm.« Von Troneck zeigte anklagend auf Jack.

»War ja klar.« Otto schnaubte.

»Und wenn ich nicht will?«, fragte Jack. Er hatte keine Lust, nach von Tronecks Pfeife zu tanzen. Und nach Larnas schon gar nicht.

»Ich gestehe, dass es mir lieber wäre, wenn Sie dem Ritual fernbleiben würden«, schnarrte der Baron. »Aber wie die Dinge liegen, will sie Sie nun einmal unbedingt dabeihaben. Sie sagt, es würde für kosmischen Ausgleich sorgen.«

Nicht, dass Jack irgendetwas davon verstanden hätte. Aber als von Troneck beiseitetrat, wurden zwei Bewaffnete sichtbar, die ihre Maschinenpistolen in den Anschlag nahmen und auf Jack richteten. Und das wiederum verstand er sehr gut.

»Was für ein Ritual?«, fragte er, während er sich widerwillig erhob. Seine Hosen waren halb durchnässt vom Schnee, er fröstelte. »Wo genau will sie mich unbedingt dabeihaben?«

»Das werden Sie früh genug erfahren.« Der Baron nickte den Bewaffneten zu, worauf sie Jack in ihre Mitte nahmen und zur Jurte eskortierten. Jack nickte Otto zum Abschied zu – er hatte keine Ahnung, was ihn erwartete.

Von Troneck folgte ihm mit ausgreifenden Schritten durch den knirschenden Schnee. Von den Wachen abgesehen, hatten sich die meisten der Legionäre aufs Ohr gelegt, sodass gespenstische Stille im Lager herrschte. Der kreisrunde Eingang zur

Jurte wurde von einer zweckentfremdeten Felddecke verschlossen. Von Troneck schlug sie beiseite und ließ Jack eintreten, ehe er selbst unter dem niedrigen Sturz hindurchschlüpfte.

Es war warm im Inneren der Jurte. Nicht so heiß wie in der *badstu*, aber doch sehr viel wärmer als draußen, was von dem Feuer rührte, das in der Mitte der Hütte brannte und dessen Rauch durch die Deckenöffnung abzog – einer der Schlitten war kurzerhand zerlegt worden, um Brennmaterial zu beschaffen. Der Schnee auf dem Boden war infolge der Flammen geschmolzen und mehrere Decken auf dem nunmehr kahlen Eis ausgebreitet worden.

Auf diesen Decken, jenseits der lodernden Flammen, kauerte Larna … oder vielmehr ihr anderes Selbst.

Pandora.

Der Anblick war so unerwartet wie atemberaubend. Bis auf einen Lendenschurz und einen Umhang aus grauem Stoff hatte sie sich ihrer Kleider entledigt. Der Feuerschein warf flackerndes, unstetes Licht auf ihre unverhüllte Brust, von ihrem Haupt wallte nun wieder üppig rotes Haar. Natürlich war es eine Perücke, aber es wirkte an ihr so natürlich, als wäre es ein Teil von ihr. Nicht zum ersten Mal fragte sich Jack, ob es tatsächlich Larna war, die in Pandoras Rolle schlüpfte, oder ob es sich in Wahrheit umgekehrt verhielt. Ihre Unterarme ruhten auf den nackten Oberschenkeln, die Spitzen von Daumen und Zeigefinger berührten einander. Ihre Augen hatte sie fest geschlossen, dennoch schien sie die beiden Männer wahrzunehmen, die die Jurte betreten hatten.

»Nehmt Platz«, forderte sie sie in ihrem rauchigen Alt auf. Von Troneck ließ sich daraufhin auf einem eigens für ihn aufgestellten Feldhocker nieder, Jack auf das nackte Eis.

Ihm fiel auf, dass die Jurte nicht nur vom Geruch des brennenden Holzes durchsetzt war. Noch etwas anderes hing in der Luft, das schwer war und süßlich und seine Sinne benebelte. Jack schüttelte sich, aber er wurde die Benommenheit nicht los. Zäh wie Honig sank sie in sein Bewusstsein ein.

Was, beim großen Charles Lindbergh, sollte das hier werden? Von Troneck hatte von einem Ritual gesprochen. Die Errichtung der Hütte, das rätselhafte Symbol, Larnas Aufzug und das verdammte Zeug in der Luft – all das gehörte wohl dazu.

»Ist es Ihnen bereits gelungen?«, erkundigte der Baron sich beflissen. Sein verbliebenes Auge glänzte vor Gier. »Konnten Sie die Verbindung herstellen?«

Larna erwiderte nichts, ihre Miene und ihre Haltung blieben unverändert. Nur das Knacken des Feuers war zu hören, Funken stoben auf und stiegen mit dem Rauch empor.

»Pandora?«, fragte von Troneck leise.

Sie schlug die Augen auf. Ob sie die Besucher sah, war nicht wirklich festzustellen, denn ihr Blick schien durch Jack und von Troneck ebenso hindurchzugehen wie durch die Flammen, die sich flackernd in ihren Augen spiegelten.

»Warum seid Ihr hier?«, fragte sie leise. Sie sprach anders als sonst, etwas tiefer und monoton. Es sollte wohl nahelegen, dass sie mit der allerersten Pandora in Verbindung stand, der Hohepriesterin von Hyperborea.

Jack glaubte ihr kein Wort, schon nicht aus purem Trotz. Anders als von Troneck …

»Um die Wahrheit zu suchen, wahre Erkenntnis«, beantwortete der Baron ohne Zögern die Frage.

»Worüber?«

»Über die Vergangenheit, die große Vergangenheit des Reiches Hyperborea und des Volkes der An … und die Kraft, die ihnen zu eigen war. Die Kraft des Vril.«

Jack streifte den Baron mit einem Seitenblick. Von Troneck schien nicht den geringsten Zweifel daran zu hegen, dass Larna King in diesem Moment tatsächlich eine andere, dass sie über die Abgründe der Zeit hinweg mit einer Frau verbunden war, die seit Tausenden von Jahren tot war. Vorausgesetzt, sie hatte überhaupt jemals gelebt.

Zumindest ein Teil von Jack hätte das gerne geglaubt. Er hatte die Erfahrung gemacht, dass es zwischen Himmel und Erde manches gab, das sich mit dem bloßen Verstand nicht erklären ließ. Aber nach allem, was er inzwischen über Larnas Schauspielkünste wusste, hegte er doch ziemliche Zweifel an diesem ganzen Hokuspokus.

»Das Vril ist die Kraft, der einst alles entsprungen ist, und mit dem Vril wird es enden«, sagte sie. »Wahrheit oder Tod, die Macht über Leben und Untergang.«

Dachte sie sich das alles aus, während sie sprach? Oder hatte sie es vorher hübsch auswendig gelernt wie eine Schauspielerin ihren Text?

»Erbe der An kann nur sein, wer der Kraft des Vril würdig ist«, fuhr sie ernst, beinahe vorwurfsvoll fort.

»Ich, Eugen von Troneck, bin ihrer würdig«, verkündete der Baron im Brustton der Überzeugung. »Ich bin hier als Repräsentant eines ganzen Volkes, das ihrer würdig ist!«

»Ansichtssache«, knurrte Jack halblaut.

»Wenn Ihr Euch für würdig erachtet, das Vril zu erben, seid Ihr dann auch bereit, den Preis dafür zu entrichten?«

»Welchen Preis?«

»Wahrheit oder Tod«, erwiderte sie.

»Ich bin ein Mann von Wissenschaft und Wahrheit«, erklärte von Troneck kategorisch.

»Warum sucht Ihr dann nach dem Vril?«

»Um seine Kraft zu nutzen, im Namen meines Volkes … zum Wohl der gesamten Menschheit.«

Jack hatte das Gefühl, sich übergeben zu müssen. Und es lag nicht am kalten Büchsenfleisch.

»Was muss ich tun, um das Vril zu bekommen?«, bohrte von Troneck weiter, jetzt in unverhohlener Gier.

»Eure Suche ist beinahe zu Ende«, lautete die Antwort, »das Ziel ist nicht fern. Den großen Wall, der einst errichtet wurde, um das Reich der An zu schützen, habt Ihr bereits überwunden. Was Ihr nun sucht, liegt in der Tiefe, im ewigen Eis verborgen.«

»Wie kann ich es dann erreichen?«, verlangte der Baron zu wissen, quengelnd wie ein kleines Kind. »Was muss ich tun? Sagt es mir, Pandora! Auf der Stelle!«

Sein Tonfall war scharf und fordernd geworden. Vielleicht war das der Grund dafür, dass Larnas Blick sich veränderte und sie ihn direkt anzusehen schien.

»Ihr müsst bereit sein zu sterben«, sagte sie, »denn wer immer das wahre Vril berührt, wird einen langsamen, grausamen Tod erl…«

In diesem Moment waren draußen vor der Hütte aufgeregte Stimmen zu hören – und Larna schien zu erwachen. Ihr Blick fokussierte sich, und sie sah die beiden Männer an, als würde sie sie eben erst gewahren. Sie griff nach dem Umhang und zog ihn enger um die Schultern, bedeckte ihre Blöße.

»Was für einen grausamen Tod?«, verlangte von Troneck aufgeregt zu wissen. »Wie kann ich ihn verhindern? Hat die Hohepriesterin es Ihnen gesagt?«

Larna öffnete den Mund und schien etwas erwidern zu wollen, doch in diesem Moment wurde die Decke vor dem Hütteneingang beiseitegerissen, und der kantige Schädel des Leutnants erschien. »Herr Baron!«, platzte es aus ihm heraus.

»Was ist?« Von Tronecks Kopf flog herum. Seine Miene war eine wutverzerrte Fratze. »Hatte ich nicht gesagt, dass ich nicht gestört zu werden wünsche?«

»Ich weiß, Herr Baron, aber das … das hier ist einfach unglaublich! Sehen Sie sich das an!«

Von Troneck stieß eine Verwünschung aus. Mit einem unwirschen Schnauben fuhr er von seinem Hocker hoch und folgte dem Offizier hinaus in die Kälte.

Larnas und Jacks Blicke trafen sich. Aus dem, was er in ihren Augen las, wurde er nicht schlau, und sie schien ihm nichts erklären zu wollen. Kopfschüttelnd stand er auf und ging ebenfalls hinaus.

Das gesamte Lager war auf den Beinen, sogar jene Legionäre, die sich eigentlich bereits schlafen gelegt hatten. Auch Otto war dabei, und alle schauten sie ebenso stumm wie ergriffen auf den nördlichen Horizont.

Die schmale Linie der Berge war dort schemenhaft im blauen Dunkel zu erkennen und darüber ein Firmament voller funkelnder Sterne. Aber das war es nicht, was die Aufmerksamkeit der Männer fesselte, sondern die Erscheinung aus grünem Licht, die dort am Himmel mäanderte. Strahlend, schimmernd und sich beständig verändernd wie Rauch, der im Wind verwehte.

Es war nicht die erste *Aurora Borealis*, die Jack erlebte, aber noch nie zuvor hatte er eine gesehen, die so leuchtend und so klar gewesen war wie diese, die zum Greifen nahe zu sein schien. Der Anblick war dazu angetan, Freund und Feind für einen Moment gemeinsam staunen zu lassen – ehe von Troneck dazwischenging.

»Und deswegen stören Sie mich, Herr Leutnant? Das dort sind nichts weiter als vom Magnetfeld der Erde gelenkte Sonnenelektronen, die in der Atmosphäre leuchten!«

»Bitte verzeihen Sie, Herr Baron. Ich hatte angenommen, dass es für die Mission vielleicht von Wichtigkeit …«

»Wieso?«, bellte von Troneck weiter. »Halten Sie mich für einen Idioten? Für einen ungebildeten Barbaren? Denken Sie, ich würde an geheimnisvolle Zeichen am Himmel und anderen Zinnober glauben?«

»Nein, Herr Baron.«

»Gehen Sie mir aus den Augen!«

»Jawohl, Herr Baron«, bestätigte der Offizier und zog ab, mit eingeklemmtem Schwanz wie ein Köter, den man gescholten hatte. Auch die anderen Soldaten trollten sich, wollten den Zorn ihres Anführers nicht noch mehr erregen, nur Jack und Otto blieben zurück und starrten weiter auf das Schauspiel.

»Schon komisch, oder?«, fragte Otto.

»Ja, schon komisch«, stimmte Jack zu.

Auch er war kein Idiot. Ihm war klar, dass die moderne Wissenschaft eine hinreichend schlüssige Erklärung für das Polarlicht gefunden hatte und dass sie nichts mit alten Göttern, versunkenen Königreichen oder düsteren Prophezeiungen zu tun hatte.

Aber warum, verdammt noch mal, hatte das leuchtende Ding dort am Himmel dann ausgerechnet die Form einer Sieben?

38

Es war eine weitere Nacht, in der Jack nicht viel schlief.

Zwar nickte er immer wieder ein, doch sobald er die Augen schloss, wurde er von Albdrücken gejagt und fand nicht wirklich Ruhe. Unablässig gingen ihm Fragen im Kopf herum, auf die er keine Antwort fand.

War Larna ein Medium, oder war alles nur fauler Zauber? Hatte sie während ihrer kleinen Vorstellung tatsächlich mit einer anderen Macht in Verbindung gestanden? Hatte die Vergangenheit aus ihr gesprochen?

Je länger er darüber nachdachte, desto absurder kam ihm der Gedanke vor. Aber Tatsache war auch, dass sie mit vielen ihrer Voraussagen richtig gelegen hatte, zum Beispiel, was die Lage des Wracks auf dem Meeresgrund betraf. Oder das Monster, das dort angeblich lauerte – selbst wenn es nur eingebildet gewesen war, Jack war ihm begegnet. Und was hatte es mit diesem verdammten Nordlicht auf sich, das er wieder vor sich sah, wann immer er die Augen schloss?

Zu gerne hätte Jack das alles als Hirngespinste abgetan, aber er konnte es nicht. Zumal dort draußen ein dem Größenwahn verfallener Nazi war, der sich ein jahrtausendealtes Geheimnis unter den Nagel reißen wollte, um es für sich und seinesgleichen auszuschlachten. Wenn es nur die Fantasien eines fehlgeleiteten Spinners waren – umso besser.

Aber was – und diese Frage wurde immer drängender, je näher der Tagesanbruch rückte –, wenn von Troneck recht hatte? Wenn Larna die Wahrheit sagte und dort tatsächlich etwas unter dem Eis schlummerte, das besser nie geweckt würde?

Was dann?

Auch als der Morgen dämmerte, hatte Jack noch keine Antwort auf diese Frage gefunden. Soldaten kamen und brachten Otto und ihm Morgenrationen aus Feldzwieback, Speck und Kaffee, die vergleichsweise großzügig bemessen waren, sodass die beiden sich unwillkürlich fragten, was das zu bedeuten hatte. Handelte es sich um ihre Henkersmahlzeit?

Anschließend wurden sie aus dem Zelt gezerrt. Es war ein nebliger Morgen. Die Sonne war zwar bereits über den Horizont gestiegen, doch graue Wolken sorgten dafür, dass es seltsam dämmrig blieb. Mit vorgehaltenen Waffen führte man Jack und Otto zu Eugen von Troneck, der in seinem schwarzen Mantel und mit der Schneebrille über den Augen nicht mehr wie ein Mensch auf Jack wirkte, sondern eher wie eine Maschine. Eine Maschine, die ohne Zögern das tat, was ihre Aufgabe war.

»Haben die Herrschaften wohl geruht?«, erkundigte er sich mit vor Sarkasmus triefender Stimme.

»Hervorragend.« Jack grinste freudlos. »Könnte nicht besser sein.«

»Gut, denn Sie werden Ihre Kräfte heute brauchen.«

»Wieso?«, wollte Otto wissen. »Was haben Sie mit uns vor?«

»Kommen Sie«, sagte von Troneck nur und setzte sich in Bewegung, und ihre Bewacher forderten sie auf, ihm zu folgen.

Sie verließen das kleine Lager in nordwestlicher Richtung,

wo sich in einiger Entfernung ein Trupp von einem guten Dutzend Legionären versammelt hatte. Im Zwielicht und aufgrund ihrer Tarnkleidung waren sie kaum auszumachen, ebenso wenig wie Larna, die in ihrem weißen Mantel dabeistand und wie eine Erscheinung wirkte. Jack war sich nicht sicher – aber war das nicht genau die Stelle, über der vergangene Nacht scheinbar das Polarlicht geleuchtet hatte?

Als sie näher kamen, konnte er sehen, dass die Legionäre mit Werkzeugen ausgerüstet waren, Spitzhacken und Schaufeln, mit denen sie im Schnee gruben. Und kurz bevor sie den Trupp erreichten, flammte etwas grellgelb auf, und die Feuerlanze eines Flammenwerfers bohrte sich ins Eis. Die Hitze, die davon ausging, war bis zu ihnen herüber zu spüren.

»Sind Sie fündig geworden?«, rief von Troneck Larna zu.

Sie wandte sich zu ihnen um.

Larna sah müde aus. Ihre Gesichtszüge waren bleich, und ihre grünen Augen hatten an Glanz verloren. Hätte Jack raten müssen, hätte er getippt, dass sie ebenfalls nicht viel Schlaf bekommen hatte. Oder vielleicht zehrte das alles auch auf eine Art und Weise an ihr, die sich durch gewöhnlichen Schlaf nicht einfach wieder ausgleichen ließ …

»Pandora hat uns den Weg gezeigt«, bestätigte Larna, wobei sie die beiden Gefangenen mit einem Blick streifte. »Wir haben etwas an der bezeichneten Stelle gefunden, eine Formation aus Gestein, die offenbar nicht natürlichen Ursprungs ist.«

Von Troneck drehte sich zu Jack um, ein triumphierendes Grinsen in seinem schmalen Gesicht. »Ist Ihnen klar, was das bedeutet, Kelley? Ich bin am Ziel einer Suche, die vor mehr als fünfhundert Jahren begonnen hat. Unzählige Forscher und Reisende haben sich vor mir auf die Suche nach dem sagenumwobenen Thule begeben – aber ich habe es gefunden!«

»Ganz allein«, fügte Otto mit freudlosem Grinsen hinzu. »Meine Anerkennung.«

Der Baron war entschlossen, sich seine Hochstimmung nicht verderben zu lassen. »Legt alles frei!«, befahl er seinen Leuten, worauf noch ein weiterer Mann mit einem Flammenwerfer auf dem Rücken in den rund fünfzehn Meter durchmessenden Krater stieg.

Das System, das die Legionäre verwendeten, war im Grunde dasselbe, das Jack noch aus dem Krieg kannte: zwei Flaschen, die auf dem Rücken getragen wurden, die eine mit einem Brandgemisch, die andere mit Druckgas gefüllt. Wenn der Schütze den Abzug des Flammenwerfers betätigte, vermischte sich beides, und ein Feuerstrahl von zwölf Metern Länge schoss hervor, der alles einäscherte, was sich in seiner Bahn befand. Jack hatte gesehen, was diese furchtbaren Waffen anzurichten vermochten, und der Gestank, den sie verbreiteten, brachte Erinnerungen zurück, die er lieber vergessen hätte. Doch im Kampf gegen Schnee und Eis leisteten sie erstaunliche Dienste und legten innerhalb von Minuten frei, wozu man mit reiner Handarbeit Stunden benötigt hätte.

Weiße Wolken bildeten sich, als das Eis infolge der Hitze verdampfte, Dunstschleier stiegen aus der Grube auf. Erst als sie sich in der eiskalten Luft verloren, konnte man erkennen, was die Flammen freigelegt hatten.

Es war eine steinerne Plattform von vier oder fünf Metern Durchmesser. In ihre Mitte war etwas eingelassen, das wie eine Falltür aus massivem Metall aussah. Und da das die Plattform umgebende Eis infolge der Hitzeeinwirkung an der Oberfläche glatt geschmolzen und halbwegs durchsichtig war, konnte man erkennen, dass der steinerne Kreis nur die Oberfläche von etwas war, das sich in ungeahnte Tiefen fortsetzte.

»Was soll das sein?«, fragte Otto.

»Die Plattform eines Turmes vermutlich«, entgegnete von Troneck, »der höchste Punkt der Stadt.«

»Sie meinen … dass der Rest irgendwo dort unten liegt?«, fragte Jack. »In der Tiefe?«

»Warum nicht? Das würde erklären, weshalb Thule niemals gefunden wurde. Es liegt unter dem ewigen Eis verborgen.«

Jack schürzte die Lippen. Er musste zugeben, dass das eine Möglichkeit war. Von Troneck sandte Larna einen fragenden Blick, aber weder widersprach noch bestätigte sie. Da er seiner eigenen Feststellung nicht ganz zu trauen schien, schickte der Baron einen seiner Gruppenführer in die Grube, statt sie selbst zu untersuchen.

Der Unteroffizier rutschte und schlitterte über das Eis, ehe er das Gestein erreichte. Die MP35, die er am Riemen über der Schulter trug, nahm er in den Anschlag, als er sich der geschlossenen Falltür näherte.

»Was fürchten Sie?«, fragte Jack von Troneck spöttisch. »Kobolde oder so was? Fiese kleine Kerle aus dem Eis?«

Der Baron ging nicht auf seine Sticheleien ein. Wie gebannt war sein Blick auf seinen Untergebenen gerichtet, der bei der Falltür niederkniete und sie untersuchte.

»Sie hat kaum Rost angesetzt«, rief er herauf. »Aber sie scheint von innen verschlossen zu sein.«

»Aufmachen«, befahl von Troneck knapp, worauf der Mann kurzerhand eine Stielhandgranate von seinem Gurtzeug pflückte, sie auseinanderschraubte und für die Detonation vorbereitete.

Von Tronecks Leute zogen sich unterdessen vom Rand des Kraters zurück und gingen in Deckung. Von Troneck und Larna taten es ihnen gleich, und auch Jack und Otto folgten bereitwillig. Sie hatten beide genug von diesen verdammten Dingern explodieren sehen, um zu wissen, wie gefährlich sie waren.

Der Unteroffizier kletterte aus der Grube, nahm noch etwas Abstand und machte die Granate scharf, indem er den Strick zog. Dann warf er sie in die Mitte des Kraters, in dem er sich eben noch befunden hatte, und legte sich flach auf den Boden.

Jack zählte langsam bis fünf.

Dann krachte es.

Es gab einen wuchtigen Knall, der in der Weite der Ebene verhallte, und eine orangerote Stichflamme schoss aus dem Krater, gefolgt von dunklem Rauch und dem beißenden Gestank des TNT. Und im nächsten Moment regneten die Trümmer nieder, die die Explosion aus dem Boden gerissen hatte. Eis und Gestein prasselten in einem Umkreis von fünfzig Metern herab und verwandelten den weißen Schnee in ein rußgeschwärztes Bild der Zerstörung.

Der Unteroffizier war der Erste, der sich aus der Deckung wagte. In gebückter Haltung huschte er zum Kraterrand und warf einen Blick hinab. Dann gab er Entwarnung.

Von Troneck stieß einen Triumphschrei aus. Mit ausgreifenden Schritten eilte er zur Grube, gefolgt von Larna, Jack und Otto. Tatsächlich war die Falltür verschwunden – und mit ihr auch der größte Teil der steinernen Plattform.

Ein brüchiger, kreisrunder Stumpf ragte aus dem geborstenen Eis, und das obere Ende einer Treppe war zu sehen, die in einen schwarzen Schlund aus Dunkelheit führte. Stinkender Rauch wölkte daraus hervor wie aus dem Maul eines Drachen.

Handgranaten-Archäologie, dachte Jack.

»Der Weg nach Thule ist frei«, sagte der Baron versonnen, um sich fragend Larna zuzuwenden. »Sind Sie bereit, Pandora?

Sie ahnen nicht, wie gerne ich Sie auf dieser letzten und wichtigsten Erkundung begleiten würde!«

Larna nickte nur, ihre Miene war so unbewegt wie zuvor. Wie immer war nicht zu erahnen, was sie dachte.

»Was soll das heißen?«, fragte Jack. »Wollen Sie sie etwa ganz allein dort hinabsteigen lassen? In dieses Loch?«

»Durchaus nicht – aber ich habe Pandoras Warnung noch im Ohr. Wissen Sie noch, Kelley? Die Priesterin hat uns verraten, dass zugrunde geht, wer das Vril zuerst berührt – Sie glauben doch nicht, dass ich das sein werde?«

»Nein«, schnaubte Otto, »ganz sicher nicht. Sie gehören zu der Sorte Schweinehund, der sich noch bester Gesundheit erfreut, wenn seine Leute schon längst alle ins Gras gebissen haben.«

»Sie verkennen mich, Herr Keller. Ich habe auch nicht vor, einen meiner Leute zu opfern, obwohl ich weiß, dass jeder von ihnen sein Leben ohne Zögern für Führer und Vaterland geben würde. Doch Pandoras Wahl ist nun einmal auf Ihren Partner gefallen.«

»Was?« Jack glaubte, nicht recht zu hören.

»Ich habe gebeten, dass du mich begleitest«, bekräftigte Larna ohne auch nur eine Spur von Reue oder Bedauern. Ihre grünen Augen sahen ihn durchdringend an.

»Also dafür hast du mich noch gebraucht.« Jack schnaubte. »Ich soll zum zweiten Mal die Kastanien für dich aus dem Feuer holen und mir dabei die Finger verbrennen. War das die Zukunft, die du für mich gesehen hast?«

»Amerikaner«, spottete von Troneck. »Immer haben sie einen blumigen Vergleich zur Hand.«

»Und wer sagt Ihnen, dass ich bei der Sache mitmache?«, fragte Jack an den Baron gewandt. »Vielleicht verspüre ich ja kein Verlangen danach, mich zu opfern, nur damit Sie das verdammte Vril in Ihre Finger kriegen.«

»Meine Menschenkenntnis«, erklärte der andere achselzuckend. »Denn obwohl sie ein Mann von – sagen wir – sehr eingeschränkter moralischer Integrität sind, bin ich überzeugt, dass Sie Ihre Freunde niemals im Stich lassen würden. Und wenn Sie sich weigern zu tun, was Pandora von Ihnen verlangt, so fürchte ich, wird der gute Herr Keller es mehr als deutlich zu spüren bekommen.«

Er hatte kaum zu Ende gesprochen, als auch schon zwei Legionäre bei Otto waren. Der eine bedrohte ihn mit der Maschinenpistole, der andere hielt ihm seine P08 an den Kopf.

Jack ballte die Fäuste, aber ihm war klar, dass er nichts tun konnte. »Mistkerle«, stieß er in hilfloser Wut hervor.

»Ist schon gut, Skipper«, sagte Otto. Ihre Blicke trafen sich, und Jack war klar, was ihm sein Freund zu verstehen geben wollte. Er war auf seiner Seite.

Was auch immer er entscheiden würde …

»Also schön«, knurrte Jack widerwillig, während er sich langsam wieder entkrampfte, »wie es aussieht, haben Sie alle Trümpfe in der Hand, Mr. Baron.«

»Schon wieder ein bildhafter Vergleich«, stellte von Troneck spöttisch fest, »und zur Abwechslung einmal einer, der nicht hinkt.«

»Kann schon sein – aber krümmen Sie Otto in meiner Abwesenheit auch nur ein Haar, werde ich Sie umlegen, geht das in Ihren Nazischädel?«

Der Baron grinste nur. »Wer sagt Ihnen, dass Sie zurückkehren werden?«

Er winkte, und Ausrüstung wurde gebracht, die offenbar bereits vorbereitet gewesen war. Je ein Tornister für Jack und

Larna, darin enthalten je eine Proviantration, einfaches Werkzeug sowie ein paar Magnesiumfackeln. Neben Steigeisen für die Stiefel bekamen sie außerdem eine Sturmlampe und ein langes Seil mit, das sich Jack über die Schulter warf.

»Wie steht es mit einer Waffe?«, fragte er von Troneck.

»Sie scherzen.«

»Aber wieso denn?« Jack grinste freudlos. »Wo Sie doch bereits alle Trümpfe in der Hand halten!«

»Und so soll es auch bleiben«, konterte der Baron. »Außerdem – gegen wen wollen Sie da unten kämpfen? Gegen Kobolde? Kleine Kerle aus dem Eis?« Er lachte über seinen Scherz, den er ruchlos geklaut hatte, und Jack widersprach nicht mehr – auch wenn ihm der Gedanke, sich unbewaffnet in die eisige Tiefe aufzumachen, ganz und gar nicht gefiel.

Wie sehr wünschte er sich jetzt den Colt Army seines Großvaters an seine Seite. Aber der lag irgendwo auf dem Grund des Nordmeers, zusammen mit Ottos Mauser und dem Wrack der *Solveig* …

Ohne Zögern ging Larna auf die dunkle Öffnung zu. Mit der Sturmlampe in der Hand stieg sie über die brüchige Wendeltreppe in die Tiefe und war schon im nächsten Moment verschwunden.

»Worauf warten Sie, Kelley?«

Jack spuckte aus. Am liebsten hätte er von Troneck sein selbstgefälliges Grinsen aus der kantigen Visage geprügelt, aber das war nicht die Zeit dafür. Mit einem Nicken in Ottos Richtung wandte auch er sich der Treppe zu.

»Viel Glück, Skipper«, gab Otto ihm mit auf den Weg.

Dann stieg auch er hinab in die ungewisse Schwärze.

39

Bereits nach drei oder vier Windungen war das Tageslicht hinter ihnen verblasst, und die Sturmlaterne in Larnas Hand war die einzige Lichtquelle, die ihnen noch blieb. Ihr unsteter Schein huschte über Wände, die aus Steinen zusammengefügt und dennoch so glatt waren, dass kaum Fugen zu erkennen waren.

»Was genau ist das hier?«, wollte Jack wissen. Er sprach nur leise, aber seine Stimme klang dennoch als hohles Wispern hundertfach wider.

»Wie von Troneck schon sagte, vermutlich ein Turm«, erwiderte Larna, die vorausging. »In der Sage heißt es, die Stadt Thule habe über einen hohen Turm verfügt, auf dem ein Wächter Tag und Nacht Ausschau hielt.«

»Wann ist das gewesen?«

»Vor vielen Tausend Jahren, noch vor der letzten Eiszeit.«

»So lange steht dieser Turm also schon«, knurrte Jack. »Die Ankunft deiner Nazi-Freunde hat er allerdings nicht überstanden.«

Sie erwiderte nichts darauf, schien entschlossen, sich nicht von ihm herausfordern zu lassen. Immer weiter stiegen sie hinab, und Jack befühlte dabei die Wände. Es war schwer zu glauben, dass all dies vor so langer Zeit errichtet worden sein sollte, aber anders als am gestrigen Abend konnte Jack seine Wut und seine Frustration nicht mehr als Zweifel tarnen. All das hier war so wirklich wie er selbst, was zwangsläufig bedeutete, dass Larna recht gehabt hatte – und vermutlich auch weiter recht behalten würde.

Und das frustrierte ihn nur noch mehr.

Irgendwann – Jack glaubte schon nicht mehr daran – erreichten sie das Ende der Treppe. Die Stufen mündeten in einen langen Gang, dessen Wände mit Darstellungen versehen waren: Halbreliefs von im Laternenschein geisterhaft wirkenden Figuren. Aber anders als Larna hatte Jack kein Auge dafür.

»Sieh dir das an«, sagte sie, »diese Darstellungen sind Tausende von Jahren alt! Einige von ihnen sehen …«

Weiter kam sie nicht, denn Jack hatte sie kurzerhand überholt und an der Kehle gepackt und drückte sie gegen die Wand. Die Laterne entwand sich ihrem Griff und fiel zu Boden, wo sie weiterbrannte und flackernden Schein verbreitete.

»Einen Grund«, zischte er. »Nenn mir nur einen Grund, warum ich dich nicht auf der Stelle umbringen sollte!«

Nach Atem ringend, sah sie ihn an. Ihre Züge färbten sich rot, aber in ihrem Blick lag keine Panik. Noch nicht …

»Dann … ist auch Otto tot«, würgte sie hervor.

»Oz ist nicht dämlich«, erwiderte Jack hart. »Er weiß, dass dein Freund der Baron uns ohnehin töten wird, wenn alles vorbei ist. Also warum nicht noch ein wenig Gerechtigkeit üben, ehe wir alle ins Gras beißen?«

»Weil … weil …«, krächzte sie.

»Was? Ich kann dich nicht verstehen!«

»Weil … auf derselben … Seite.«

»Was?« Er war so überrascht, dass er seinen Griff tatsächlich ein wenig lockerte. »Willst du mir das etwa ernsthaft erzählen? Nach allem, was du abgezogen hast? Soll ich darüber lachen?«

»Nein«, versicherte sie keuchend. »Ich konnte nicht anders … musste die Deutschen holen … ohnehin in der Nähe mit ihrem U-Boot … wenn sie uns entdeckt hätten … alle getötet.«

»O Mann!« Jack schüttelte fassungslos den Kopf. »Eins muss ich dir wirklich lassen, Schätzchen – lügen kannst du. Das ist deine eigentliche Fähigkeit!«

»Nein, du verstehst nicht …«

»Was gibt es da nicht zu verstehen? Wir waren nur nützliche Idioten für dich, bis du uns hintergangen und an die Nazis verraten hast! Hinter unserem Rücken hast du ihnen telegraphiert und Oz und mich ans Messer geliefert. Von Andersen und seinen Leuten ganz zu schweigen. Und unser verdammtes Flugzeug haben wir auch verloren, das war alles, was wir hatten!«

»Es … tut mir leid.« Tränen traten ihr in die Augen, ohne dass zu erkennen war, ob es Reue war oder Atemnot, die sie hervorbrachte. Oder vielleicht schauspielerte sie auch nur einmal mehr. »Aber ich habe mich … für Otto und dich eingesetzt … nur deshalb seid ihr noch am Leben.«

»Ja, vielen Dank auch – fragt sich nur, wie lange noch, nachdem du uns in diese Geschichte hineingezogen hast!«

»Ich konnte nicht anders.«

»Wieso nicht?«

»Weil ich wusste, dass du den Kompass finden würdest … war dir vorherbestimmt …«

»Tu das nicht«, zischte er ihr ins Ohr und war versucht, wieder fester zuzudrücken. »Komm mir jetzt nicht mit irgendwelchen Weissagungen, oder ich vergesse mich.«

»Aber es ist wahr … in dem Augenblick gespürt, als sich unsere Hände zum ersten Mal berührten …«

»Lügnerin!«

»Ich habe die Dunkelheit in dir gefühlt …«

»Starte noch einen Versuch, Mädchen«, knurrte Jack. »Alle, die im Krieg waren, schleppen eine Menge dunkles Zeug herum.«

»Das meine ich nicht … viele Männer waren im Krieg, aber du … hast die andere Seite gesehen.«

»Wovon zum Henker redest du?«

»Von einer langen Nacht … in einem Wald oder Dschungel, genau konnte ich es nicht erkennen … aber du warst dort, und auch Otto war dort … und noch etwas.«

Jack erstarrte innerlich. »Wer hat dir das erzählt? Oz?«

»Dein Partner spricht nicht darüber … ebenso wenig wie du selbst … tief in eurem Innern vergraben … aber in jener Nacht … gemeinsam das Grauen durchlebt … der Beginn eurer Freundschaft.«

Jack blieb der Mund offen stehen.

Er wusste nicht, ob er wütend oder bestürzt sein sollte oder einfach nur überrascht, denn er hatte diese Geschichte nie jemandem erzählt. Es gab nur eine Person außer ihm, die davon wusste, und das war sein Partner.

Plötzlich hatte er nicht mehr die Kraft, sie festzuhalten. Er ließ ihre Kehle los, wich einen Schritt von ihr zurück und starrte sie fassungslos an. »Was soll das?«, stieß er hervor. »Willst du mich um den Verstand bringen?«

»Nein.« Sie hustete und rieb sich den schmerzenden Hals, während sie keuchend nach Atem rang. »Ich möchte nur, dass du weißt … dass ich dich kenne.«

»Was spielt das für eine Rolle? Wenn du mich kennst, dann weißt du, dass ich dich niemals verraten hätte!«

»Das ist wahr.« Sie rang sich ein Lächeln ab. »Aber allein

hättest du die Suche niemals zu Ende bringen können. Noch auf dem Weg nach England wären wir von den Deutschen abgefangen worden und kläglich gescheitert.«

»Woher willst du das wissen?« Er verdrehte die Augen. »Und komm mir jetzt nicht damit, dass du die Zukunft kennst!«

»Aber ich kenne die Vergangenheit, und ich kenne die Menschen. Dinge wiederholen sich, Jack. Die Schwestern Pandoras haben viel gesehen, und ich trage ihre gesammelten Erfahrungen in mir.«

»Eines muss man dir lassen, du hast wirklich Nerven.« Ein wenig hilflos stemmte Jack die Arme in die Hüften, richtete den Blick zur gewölbten Decke. »Wenn das so ist, warum machst du dann gemeinsame Sache mit den Nazis? Warum hast du uns zuerst verraten und uns dann gerettet? Warum, verdammt noch mal, bin ich überhaupt hier?«

Sie sah ihn direkt an, und zum ersten Mal nach langer Zeit hatte er nicht das Gefühl, in eine seelenlose Fassade zu blicken. »Weil ich deine Hilfe brauche«, sagte sie nur.

»Meine Hilfe?« Er schüttelte verständnislos den Kopf. »Wobei denn, zum Henker?«

»Die Deutschen dürfen das Vril nicht bekommen.«

»Soll das ein Witz sein? Warum hast du sie dann zur Hilfe gerufen?«

»*Niemand* darf das Vril bekommen«, verbesserte sie sich selbst. »Niemand, Jack. Verstehst du das?«

»Ich bin nicht sicher«, gab er zu.

»Von Troneck ist kein Dummkopf. Er hat die alten Quellen richtig gedeutet und die Macht des Vril verstanden, aber er will sie nur für sich selbst, für sein Volk, sein Reich, seinen Führer. Und Peter auf der anderen Seite will bewirken, dass es in die Hände der britischen Regierung fällt – aber auch die würde letztlich nur eine Waffe daraus schmieden und sie zum Krieg missbrauchen.«

»Das ist nicht dasselbe«, wandte Jack ein.

»Für die Unschuldigen, die sterben werden, macht es keinen Unterschied«, entgegnete Larna und bestätigte damit eine Erfahrung, die Jack auf den Schlachtfeldern des Großen Krieges gesammelt hatte – für diejenigen, die elend krepierten, spielte es keine Rolle, für welche Seite sie kämpften.

»Hier geht es nicht um unterschiedliche Ideologien und auch nicht um den Kampf zwischen Gut und Böse«, fuhr Larna fort. »Es gibt nur eine Wahrheit in diesem Konflikt – die Weisheit Pandoras.«

»Und das bedeutet?«

»Dass keine Seite das Vril bekommen darf. Das Vril ist eine Quelle von so unvorstellbarer Macht, dass sie jeden korrumpieren würde, der sich ihrer bemächtigt.«

»Und du erwartest, dass ich dir das glaube? Nachdem du uns die ganze Zeit über belogen und manipuliert hast?«

»Nicht die ganze Zeit über«, erwiderte sie und sah ihn seltsam dabei an, »und auch ich konnte nicht frei entscheiden. Die ganze Zeit über stand ich mit der Priesterin in Verbindung, in ihrem Auftrag handele ich.«

»Großartig.« Jack schnaubte. »Und das soll mich trösten?«

»Es gibt nur eine Lösung, Jack«, fuhr sie fort, leise und jedes einzelne Wort betonend, »nur einen Weg, um sicherzustellen, dass das Vril nicht Tod und Vernichtung verbreitet: Es muss zerstört werden.«

»Ist das dein Ernst?« Die Frage war überflüssig, denn man konnte sehen, wie bitterernst es ihr damit war.

»Deshalb habe ich dir das Leben gerettet«, gestand sie, und zu seiner Verblüffung stellte Jack fest, dass es nicht wie eine Lüge klang, die sie sich auf die Schnelle ausgedacht hatte. »Deshalb habe ich dafür gesorgt, dass von Troneck uns in die Tiefe schickt. Deshalb sind wir beide an diesem Ort, hier und jetzt.«

Jack hob die Braue. »Dann war das gestern also nur Theater? Der ganze Budenzauber?«

Sie lächelte nur.

»Du bringst mich noch um, Mädchen. Weißt du das?« Jack schnaubte. »Und was weiter?«

»Wir müssen das Vril finden und es mit uns nehmen, jedoch nur zu dem einen Zweck, es zu zerstören.«

»Wie?«

»Ich habe einen Plan«, sagte Larna. »Pandoras Plan.«

Jack nickte. »Aber du wirst mir nicht sagen, worin dieser Plan besteht, oder?«

»Das kann ich nicht, denn sonst würdest du versuchen, mich daran zu hindern. Aber ich brauche deine Hilfe.«

Jack sah sie lange an.

Selbst hier unten, im flackernden Schein der Laterne, war sie eine Schönheit, konnte er sich dem Sog ihrer Blicke nicht entziehen. War er ein Idiot, wenn er ihren Worten Glauben schenkte? War sie wieder einmal dabei, ihn zu manipulieren?

Wahrscheinlich, sagte er sich.

Aber wenn er dadurch Gelegenheit erhielt, sich an von Troneck und seinen Schergen für den sinnlosen Tod der Andersens und den Verlust der *Liberty IV* zu revanchieren, sollte es ihm recht sein.

»Verdammt«, sagte er nur.

Dann nickte er widerstrebend.

40

Immer tiefer drangen sie in die Stollen und Gänge ein, die sich vor ihnen in der Dunkelheit erstreckten. Nach Jacks Schätzung befanden sie sich gut einhundert Meter unter der Oberfläche, weit jenseits des Walls, den sie am Morgen überwunden hatten.

»Gestern Nacht hast du behauptet, dass die An diese Felswand vor langer Zeit errichtet hätten, um sich vor Angriffen zu schützen«, sagte Jack. Er hatte die Laterne an sich genommen und ging voraus, Larna folgte dicht hinter ihm. »Glaubst du das wirklich?«

»Warum nicht?«

»Ganz einfach – weil es fast fünf Jahre gedauert hat, den verdammten Hoover-Damm zu bauen, und das mit den Mitteln der modernen Zeit. Die An hingegen …«

»… haben vor Tausenden von Jahren gelebt, das ist wahr«, pflichtete Larna bei. »Aber vergiss nicht, dass ihr Wissen von einer anderen Welt stammte und dem unseren weit überlegen war.«

Jack schnaubte. Er widersprach nicht, aber diese ganze Geschichte, dass die An – oder Hyperboreer – von einem anderen Stern stammen sollten, kam ihn doch ziemlich unwahrscheinlich vor.

Andererseits wäre es nicht das erste Mal gewesen, dass er sich gründlich irrte …

Sie passierten ein Tor aus schimmerndem Metall, das auch nach all der Zeit kaum Rost angesetzt hatte – Metallogen hätten sich wohl mit Eifer darauf gestürzt und manches darum gegeben, seine Zusammensetzung zu erfahren. Aber die beiden Besucher waren an anderem interessiert …

»Hat die Hohepriesterin dir auch verraten, wo das Vril zu finden sein soll?«, fragte Jack.

»In einer Kammer unter dem Zentrum der Stadt. Von dort aus versorgte es einst das gesamte Reich mit Licht und Wärme, sodass es nicht kalt und karg war wie heute, sondern blühend und voller Leben. Die Stimmen Pandoras haben mir das gesagt.«

»Na klar.« Er schnaubte. »War eine dämliche Frage.«

»Jack.« Sie berührte ihn am Arm, und er blieb stehen und wandte sich zu ihr um. »Ich weiß, dass dir das alles seltsam vorkommen muss«, versicherte sie, »aber es ist wahr, verstehst du? All das ist wirklich geschehen, vor langer Zeit.«

»Offengestanden ist mir das gleichgültig«, erwiderte er. »Lass uns das Zeug suchen und zerstören, damit wäre ich fürs Erste schon zufrieden.«

Sie kniff die Lippen zusammen und nickte, und sie gingen weiter. Im Lichtschein der Lampe tauchte ein weiteres Tor auf, das diesmal jedoch verschlossen war. Es war drei Mannslängen hoch und so breit, dass ein Lastwagen hindurchgepasst hätte. Und in das geheimnisvoll schimmernde Metall waren Bilder eingearbeitet, Darstellungen von seltsam aussehenden Figuren, die Jack nichts sagten. Larna jedoch schien genau zu wissen, worum es sich handelte.

»Diese Bilder erzählen von der Gründung der Stadt«, kommentierte sie. »Man kann sehen, wie sich sämtliche Stile der menschlichen Frühgeschichte darin spiegeln – die der Ägypter und der Mayas ist darin ebenso vertreten wie die Indus-Kulturen, das alte China oder Mesopotamien …«

»… weil die Hyperboreer lange vor ihnen da gewesen und der Ursprung all dieser Kulturen sind«, führte Jack den Gedanken zu Ende. Zumindest das leuchtete ihm ein.

»Du hast mir damals also doch zugehört.«

»Es ging um einen Haufen Geld. *Natürlich* habe ich dir zugehört.« Er trat vor und stieß einen der Torflügel an, der sich jedoch keinen Fingerbreit bewegte. Erst als Jack mit der Schulter ansetzte und sich mit ganzer Kraft dagegenstemmte, schwang die Pforte auf.

Auf den Anblick, der sie auf der anderen Seite erwartete, waren sie nicht vorbereitet.

Das Tor mündete hinaus ins Freie – oder jedenfalls war es vor unzähligen Jahrhunderten einmal ein freier Platz gewesen. Mehrere Gebäude gruppierten sich darum, deren seltsamer Baustil wie die Bilder auf den Torflügeln gleich an mehrere Erdkulturen erinnerte. Doch am eigenartigsten war das gigantische Dach aus Eis, das sich über dem Platz und den angrenzenden Gebäuden wölbte, eine Kuppel von vielleicht fünfhundert Metern Durchmesser. Gewaltige Eiszapfen wuchsen von dieser hohen Decke und reichten teils bis zu den Gebäuden herab, die sie mit glitzerndem Frost überzogen hatten. Darüber erstreckte sich das milchige, durchscheinende Grau des Gletschers wie ein künstlicher Himmel. Ein blasser Rest von Tageslicht drang noch hindurch, weshalb es anders als in den Gängen zuvor nicht vollständig dunkel war. Ein geheimnisvolles Zwielicht herrschte, das den Platz und die umliegenden Gebäude in einen blauen, unirdischen Schimmer tauchte. Ob eine Laune der Natur oder die Kunstfertigkeit der An diese riesige Eishöhle gebildet hatte, wusste Jack nicht zu sagen. Ihm kam es vor, als befänden sie sich im Inneren einer gewaltigen, vor Kälte erstarrten Luftblase; jenseits davon waren die weiter entfernt liegenden Gebäude der Stadt nur mehr zu erahnen, eingeschlossen im ewigen Eis des Gletschers.

»Dies war einst das belebte Zentrum der Stadt«, wusste Larna zu berichten. »Händler aus allen Teilen des Reiches kamen hierher, um ihre Waren zu verkaufen, und Wissenschaftler und Philosophen, um ihre neuesten Theorien zu diskutieren. Ein freier Austausch von Waren und Gedanken.«

Jack nickte. Sein Blick fiel auf die Arkaden, die den Platz ringsum säumten. Mächtige Eiszapfen wucherten an den Säulen herab, dahinter herrschte bedrohliche Schwärze. Wie gerne hätte er jetzt seinen Colt Army bei sich gehabt, denn so faszinierend dieser Ort auch sein mochte, etwas daran gefiel ihm nicht. Je weiter sie auf den Platz hinaustraten, desto mehr hatte er das Gefühl, dass sie nicht hier sein sollten und dass jemand – oder etwas – sie schon die ganze Zeit über beobachtete …

»Gehen wir weiter«, forderte er Larna auf, mit der Laterne bald in diese, bald in jene Richtung leuchtend.

»Wieso? Was fürchtest du?« Trotz der hohen Kuppel, die sich über ihnen wölbte, klang ihre Stimme seltsam dumpf. »Dass die Dunkelheit zum Leben erwachen könnte?«

»Und wenn?«

Sie sah, wie ernst es ihm war, und senkte den Blick. »Ich weiß, dass du das schon einmal gefühlt hast.«

»Unsinn. Ich mag diesen Ort nur nicht, das ist alles. Er ist dunkel und tot.«

»Genau wie damals, richtig?«

Jack schloss kurz die Augen – und hatte für einen Moment

das Gefühl, wieder *dort* zu sein ... Die Fäulnis des Waldes, das Knacken im Unterholz, das Schnauben, das ihn verfolgte ...

»Du hast Schreckliches durchgemacht in jener Nacht«, sagte Larna und holte ihn damit wieder ins Hier und Jetzt zurück.

»Es war nichts«, versicherte er. »Nach dem Absturz war ich verletzt, müde und erschöpft. Das ist alles.«

»Du kannst dir das einreden, wenn es dir hilft. Aber es gibt stets zwei Arten, die Dinge zu sehen. Es steht dir frei, für welche von beiden du dich entscheidest.«

Sie hatten den Platz fast überquert. Vor ihnen ragte ein Gebäude auf, das die Säulenhallen an Größe weit übertraf. Die aus weißen Steinen zusammengefügte Architektur schien sich direkt in das Gewölbe aus grauem Eis zu bohren. Ein prunkvolles, von Eispfeilern gesäumtes Portal führte zum Eingangstor hinauf.

»Der Magistrat von An«, erklärte Larna. »Hier befanden sich einst die Zentrale der Macht – und das Vril.«

»Dann los«, meinte Jack grimmig und stieg die Treppe hinauf. Es fühlte sich seltsam an, über Stufen zu gehen, die seit Jahrtausenden niemand beschritten hatte. Dennoch lag kein Staub auf den Stufen, nur glitzernder Frost. Es war, als wäre nicht nur die Stadt hier unten eingefroren, sondern die Zeit selbst.

Der Eingang stand offen. Jack hatte zunächst angenommen, dass es überhaupt keine Torflügel gab, aber das war nicht der Fall. Sie hingen immer noch in den Angeln und hatten augenscheinlich aus demselben Metall bestanden wie die anderen Tore, die sie passiert hatten – doch diese waren kaum noch als solche zu erkennen. Etwas hatte sie zur Unkenntlichkeit verformt, vermutlich große Hitze, die sie wie Wachs hatte schmelzen lassen.

»Was ist hier passiert?«, stieß Jack betroffen hervor.

»Was vielen Zivilisationen widerfährt, die ihren Zenit überschreiten«, erwiderte Larna. Sie schien die Ursache genau zu kennen, jedoch nicht darüber sprechen zu wollen.

Jack stieß eine Verwünschung aus, die Sache gefiel ihm immer weniger. »Wenn es hier ist, lass uns das verdammte Zeug holen und dann rasch wieder abhauen, okay?«

Mit der Lampe in der Hand trat er in die Schwärze, die jenseits der Pforte herrschte. Der Gang, den sie mit vorsichtigen Schritten passierten, erweiterte sich schon nach kurzer Distanz zu einer Halle. Sie musste von beträchtlicher Größe sein, denn Wände und Decke wurden vom Lichtkreis der Laterne nicht erfasst. Dafür schälten sich einige unförmige, mehrere Meter hohe Schemen aus der Dunkelheit. In Reih und Glied standen sie zu beiden Seiten, als wollten sie ein Spalier bilden – und mit einiger Beklemmung wurde Jack bewusst, dass es einst imposante Statuen gewesen sein mussten, von denen jedoch nichts weiter geblieben war als von Eis überzogene Schlacke. Irgendetwas musste das Gestein verflüssigt und es in diesen bizarren Skulpturengarten verwandelt haben, vermutlich eine Hitzequelle von unvorstellbaren Ausmaßen.

Sie folgten dem Spalier bis zum Ende, wo sich der Durchgang zu einer weiteren Halle anschloss. Diese bestand aus einem weiten Rund, mit einer Kuppeldecke darüber, die teilweise eingestürzt war. Darüber konnte man das Eis der Höhlendecke sehen.

»Hier hat der Magistrat einst getagt«, berichtete Larna, »und hier war es auch, wo Pandora, die Hohepriesterin, zu den Mächtigen des Volkes sprach.«

»Was hat sie gesagt?«

Larna sah Jack von der Seite an. »Die Wahrheit. Die Hohepriesterin war das Gewissen der An.«

Jack grinste schief. »Klingt nach einem undankbaren Job. Die meisten Leute vertragen die Wahrheit nicht.«

»In dieser Hinsicht waren die Hyperboreer den Menschen gleich«, bestätigte Larna, ließ aber offen, was genau sie damit meinte.

Sie befanden sich auf einer Art Galerie, die das Rund in einem weiten Kreis umlief. Das steinerne Geländer war von Eis überzogen, eine schmale Treppe führte am Rand entlang in ungewisse Tiefe.

»Lass mich raten«, brummte Jack, »wir müssen da runter.«

»Kannst du ebenfalls hellsehen?«

Sie ging ohne Zögern voraus. Die Stufen waren schmal und von Eis überzogen, sodass sie sich vorsehen mussten, nicht auszugleiten und abzustürzen. Rund zwanzig Meter führte die Treppe in die Tiefe, dann erreichten sie den Grund des Runds. Der Boden war schwarz und eisverkrustet. Und schon nach wenigen Schritten machten die beiden Eindringlinge eine Entdeckung, auf die Jack lieber verzichtet hätte.

Es waren Skelette.

Schwärzliche Knochen und Gerippe, die teils im Boden eingefroren waren, teils darüber hinausragten. Doch das Eis, das sie überzog, hatte dafür gesorgt, dass sie nicht zerfallen, sondern zum großen Teil erhalten geblieben waren. Und so blickten Jack und Larna einer ganzen Anzahl von Totengerippen entgegen, die sich über den Boden zu schleppen schienen, der Treppe entgegen.

Und nicht eines davon sah menschlich aus.

Jack ließ den Lichtschein der Laterne wandern – hier über einen verunstalteten Torso, der ihnen die Knochenhände entgegenstreckte, dort über einen Schädel, der seltsam deformiert war. Die leeren Augenhöhlen schienen sie mit toten Blicken zu verfolgen.

Jack schluckte den Kloß hinunter, der sich in seinem Hals bildete. Reflexhaft musste er wieder an das denken, was Larna über die Hyperboreer und ihre Herkunft gesagt hatte – hier und jetzt und angesichts dieses bizarren Fundes kam ihm die Vorstellung plötzlich sehr viel weniger wahnwitzig vor …

»Was sind das für Typen gewesen?«, fragte er leise. »Sind das etwa alles …?«

»Nein«, erwiderte Larna flüsternd. Er konnte spüren, wie sie neben ihm erschauderte. »Äußerlich unterschieden sich die An in nichts von uns Menschen.«

»Was ist dann hier geschehen?«, wollte Jack schaudernd wissen.

»Ich fürchte«, entgegnete Larna leise, »ihnen allen ist etwas Entsetzliches widerfahren.«

41

Otto Keller stand vorn am Kraterrand.

Er knirschte mit den Zähnen und trat von einem Fuß auf den anderen. Einerseits, um die Kälte aus seinen hageren Gliedern zu vertreiben. Andererseits aber auch, weil er sich Sorgen machte und seine Unruhe wuchs, je mehr Zeit verstrich.

Fast eine Stunde war es her, dass Jack und Larna King in diesem schwarzen Loch verschwunden waren. Und allmählich hegte Otto Zweifel, ob es sie jemals wieder ausspucken würde …

»Wollen Sie nichts unternehmen?«, wandte er sich auf Deutsch an von Troneck, der einen halben Steinwurf entfernt auf seinem Feldhocker thronte, eine pechschwarze Gestalt im umgebenden Weiß. Er hatte sich von seinem Adjutanten heißen Kaffee bringen lassen und war gerade dabei umzurühren, die Gesichtszüge so entspannt, als befände er sich auf einem Kaffeekränzchen.

»Warum sollte ich?«, fragte der Baron dagegen. Er nahm einen Schluck von dem dampfenden Getränk und verzog missbilligend das Gesicht. Offenbar hatte er sich die Oberlippe verbrannt. Otto wusste, dass es kindisch war, aber er verspürte stille Schadenfreude.

»Womöglich ist den beiden dort unten etwas zugestoßen«, bohrte er weiter. »Vielleicht brauchen sie Hilfe. Schicken Sie wenigstens ein paar Ihrer Männer hinterher, um nachzusehen.«

»Das werde ich, Herr Keller – aber erst, wenn ich es für notwendig erachte«, erwiderte der Baron und pustete den Dampf von der Tasse.

»Und wann wird das sein? Verdammt noch mal, wenn Sie keinen von Ihren Kommissköpfen entbehren können, dann lassen Sie mich wenigstens gehen!«

»Um was zu tun?«

»Um nach dem Rechten zu sehen, um zu helfen … was weiß denn ich?« Otto schnaubte und zuckte ein wenig hilflos mit den Schultern. So genau wusste er ja selbst nicht, was er dort unten sollte. Aber zur Untätigkeit verdammt zu sein, während sein Partner auf sich gestellt war und vielleicht seine Hilfe brauchte, trieb ihn noch in den Wahnsinn.

»Ihre offenkundige Anhänglichkeit an diesen Amerikaner ist bemitleidenswert, Keller«, beschied ihm von Troneck. Die eisige Luft schien den Kaffee rasch abgekühlt zu haben, denn er nahm einen Schluck und nickte zufrieden. »Ich kann noch immer nicht glauben, dass Sie ihn Ihrer alten Heimat vorziehen.«

»Ach ja, die alte Heimat.« Ein freudloses Grinsen plusterte Ottos von der Kälte gerötete Backen auf. »Offengestanden war sie nicht besonders gut zu mir. Hat mich aus meinem alten Leben gerissen und in einen Krieg geschickt, der von Anfang an verloren war.«

»Das glauben Sie? Dann sind Sie vermutlich Kommunist.«

»Humanist«, konterte Otto.

»Jetzt haben Sie mich neugierig gemacht, Keller.« Von Troneck stellte die Tasse zurück auf den Unterteller und sah spöttisch zu ihm herüber. »Was versteht ein Mechaniker von den Idealen des Humanismus?«

»Genug, um …« Otto unterbrach sich. Er hatte keine Lust, sich weiter durch Schreien zu verständigen, und machte Anstalten, sich dem Baron zu nähern. Die beiden Legionäre, die ihn bewachten, hoben ihre Maschinenpistolen und wollten ihn daran hindern, aber ein Wink von Tronecks hielt sie zurück. Durch den infolge der Explosion mit Gesteinsbrocken übersäten Schnee stampfte Otto auf den Baron zu. »Genug, um zu wissen, dass opportunistische Mistkerle wie Sie diese Ideale mit Füßen treten«, brachte er seinen Satz wutschnaubend zu Ende.

»Als da wären?«, erkundigte sich von Troneck mit arrogantem Augenaufschlag. »Es war schon immer mein Wunsch, mit einem Mechaniker einen philosophischen Diskurs zu führen.«

»Lassen Sie sich nicht täuschen, ich bin nicht immer Mechaniker gewesen«, brummte Otto. Er hatte sich von Troneck bis auf wenige Schritte genähert. Ging er noch weiter, würden sie ihn über den Haufen schießen, das war ihm klar. »Und selbst wenn, gäbe es Ihnen kein Recht, auf mich herabzusehen, Sie arroganter blaublütiger Bastard!«

Einer seiner Bewacher trat vor und wollte Otto den Kolben der Waffe in die Seite rammen, um ihn für die Beleidigung zu bestrafen, doch von Troneck hielt ihn abermals zurück. Der Baron hatte wohl seinen Spaß an diesem Spiel …

»Die Ideale des Humanismus, Herr Keller«, beharrte er, die Beleidigung einfach überhörend. »Ich warte immer noch.«

»Wie wäre es für den Anfang mit Toleranz, Mitgefühl und der Freiheit des Gewissens?«, schlug Otto vor. »Das waren die Ideale, die Herder und Hegel einst hochgehalten haben. Sie müssen zugeben, dass in Deutschland davon nicht allzu viel geblieben ist.«

»Wir leben eben in außerordentlichen Zeiten – und außerordentliche Zeiten bedürfen außerordentlicher Männer.«

Otto lachte freudlos auf. »Die Ausrede eines jeden Opportunisten. Halten Sie Hitler wirklich für einen außergewöhnlichen Mann?«

»Er ist, was das Land in diesen Tagen braucht.«

»Nein.« Otto schüttelte den Kopf. »Er ist, was Leute wie Sie brauchen, um zu Macht und Einfluss zu gelangen und ihre Ziele um jeden Preis durchzusetzen! Sie sind kein überzeugter Nazi, alles, was Sie antreibt, ist Ihr persönlicher Ehrgeiz – und ich bin mir nicht sicher, ob das nicht noch schlimmer ist«, fügte Otto hinzu. »Die anderen sind Fanatiker und verblendete Idioten, aber wenigstens haben sie eine Überzeugung. Sie hingegen …«

»Ich habe auch eine Überzeugung«, fiel von Troneck ihm ins Wort. »Ich lebe für die Wissenschaft! Für die Vergangenheit!«

»Reden Sie sich das ruhig ein. Es ändert nichts daran, dass Sie sich diesen Leuten verschrieben haben, mit Leib und Seele. Sie nehmen den Triumph der Nazis in Kauf, obwohl Sie sie insgeheim verachten, und das alles nur, um selbst zu profitieren!«

Der Baron sah zu ihm auf.

Eine Weile taxierte er ihn mit dem einen Auge, erwiderte jedoch nichts. »Wie ich schon sagte«, konterte er dann, »Sie haben zu viel Zeit mit dem Amerikaner verbracht. Das hat Sie verdorben.«

»Sind Sie jemals dort gewesen?«, fragte Otto. »In den Vereinigten Staaten?«

»Noch niemals.« Der Baron lachte spöttisch auf. »Was sollte ich wohl auch in diesem Land der Heimatlosen, das keine Wurzeln kennt und keine Kultur?«

»Sie irren sich«, versicherte Otto. »Alle, die ihrer alten Heimat den Rücken gekehrt haben und in die Neue Welt gegangen sind, haben ihre Traditionen dorthin mitgenommen, und in den Vereinigten Staaten sind sie zu etwas Neuem verschmolzen, zu einem Traum, an den die Menschen glauben. Es vergeht dort kein Tag, an dem nicht ein neuer Wolkenkratzer in den Himmel schießt und eine neue Idee geboren wird. Es gibt dort Parkgaragen, in denen die Automobile nicht nebeneinander, sondern übereinander gestapelt werden, wussten Sie das?«

»Soll mich das beeindrucken? Erfindungsgabe gibt es auch im Deutschen Reich zuhauf!«

»Vielleicht«, räumte Otto ein. »Aber in Amerika tun die Menschen das nicht, weil sie es müssen, sondern weil sie es *dürfen*. Die Freiheit macht den Unterschied.«

»Gewäsch«, knurrte der Baron. »Wann wären die Menschen je in der Lage gewesen, mit ihrer Freiheit umzugehen?«

»Ich behaupte nicht, dass dort alles wunderbar ist«, versicherte Otto, »aber ich denke, dass dieses junge Land noch alles vor sich hat, während die Welt, wie wir sie kannten, im Sterben liegt. Und ich denke auch, dass Sie das genau wissen«, fügte er hinzu und deutete nach dem Krater, »sonst würden Sie nicht dort unten nach diesem verdammten Zeug suchen lassen – wie nennen Sie es?«

»Vril«, entgegnete von Troneck nur.

»Genau das.«

Der Baron nickte. Wenn Otto ihn zum Nachdenken gebracht hatte, wusste er es gut zu verbergen, ein überlegenes Lächeln huschte stattdessen über sein Gesicht. »Sie vergessen dabei nur eines, Herr Keller – nämlich dass die Freiheit der Entscheidung stets auch die Gefahr birgt, sich falsch zu entscheiden. Doch für diesen Fall, glauben Sie mir, habe ich vorgesorgt.«

Sein öliges Lächeln und das seltsame Blitzen in seinem Auge gefielen Otto nicht. »Was wollen Sie damit sagen?«, erkundigte er sich.

Doch von Troneck lächelte nur weiter, während von Osten ein dumpfes Brummen in der klaren Luft erklang und sich rasch näherte. »Warten Sie es ab, Herr Keller«, sagte er. »Warten Sie es nur ab.«

42

Sie folgten den Skeletten.

Dutzende bizarrer, im Augenblick ihres Todes gefangener Gestalten, deren sterbliche Überreste teils so deformiert waren, dass kaum noch etwas Menschliches an ihnen war, bildeten eine makabre Fährte. Schädel hatten sich auf groteske Weise verformt, Gliedmaßen gedehnt, Brustkörbe auf eine Weise geöffnet, als wären sie aus ihrem Inneren heraus explodiert.

Was immer diesen Leuten widerfahren war, musste grässlich gewesen sein. Und die Tatsache, dass dies mehrere Tausend Jahre zurücklag, beruhigte Jack nicht im Geringsten. Es war offensichtlich, dass all diese Menschen auf der Flucht gewesen waren, kriechend und auf allen vieren hatten sie versucht, sich davonzuschleppen. Und Larna und er gingen exakt in die entgegengesetzte Richtung, zum Ursprung dessen, wovor all diese Leute geflohen waren …

Sie erreichten die Mitte des Runds. Weitere Stümpfe ragten hier in die Höhe, die Überreste von Statuen oder Säulen, die kreisförmig angeordnet waren.

»Sieht aus wie Stonehenge«, kommentierte Jack trocken.

Larnas Blick war überrascht, beinahe amüsiert. »Was weißt du denn über Stonehenge?«

»Im National Geographic stand etwas darüber.«

»Du liest?«

»Nicht doch, da sind haufenweise Bilder drin«, entgegnete er achselzuckend. »Und das hier erinnert mich daran.«

»Ja«, stimmte Larna zu. »Oder vielleicht ist es in Wahrheit auch umgekehrt – vielleicht hat ja die kollektive Erinnerung an das hier die Menschen der Jungsteinzeit dazu veranlasst, ihre eigene Version dieses Kreises zu errichten.«

»Wieso? Was ist das hier mal gewesen?«

»Der Sitz des Magistrates von An. Hier haben die Mächtigen getagt. Sie haben beraten und Gesetze beschlossen, und hier war es auch, wo Pandora zu ihnen sprach. Wir sind fast am Ziel.«

»Tatsächlich?« Jack schaute sich im Licht der Laterne um, sah aber nichts als deformiertes Gestein. »Ich kann nichts davon entdecken. Wo ist das Wunderzeug?«

»Das Vril befand sich in einer speziellen Kammer unterhalb der Ratsrunde«, erklärte Larna. »Von dort aus versorgte es die Stadt und das ganze Reich mit Energie. Der Zugang muss ganz in der Nähe sein.«

Mit der Laterne in der Hand begab sich Jack auf die Suche – allerdings war ihm nicht wohl dabei. Irgendwie hatte er das Gefühl, dass Larna ihm nicht die ganze Wahrheit sagte, dass sie ihm noch immer etwas über diesen Ort vorenthielt.

»Hier ist etwas«, stellte er fest. Er befand sich in der Mitte des Steinkreises. Auf dem von Eis überzogenen Boden zeichnete sich etwas ab, ein Emblem, das er schon einmal gesehen hatte …

»Das kalte Feuer von An«, sagte Larna und entblößte das Brandmal auf ihrem Unterarm – es war dasselbe Zeichen, der Kreis mit der Flamme darin. »Wir sind auf der richtigen Spur.«

Jack stellte die Sturmlampe auf dem Boden ab und ließ sich auf die Knie nieder. »Da ist eine Fuge«, stellte er fest. »Scheint ein Deckel oder so was zu sein.«

Kurzerhand lud er den Tornister ab und entnahm ihm ein Beil, mit dem er auf die Eisschicht einschlug. Es dauerte nicht lange, bis er die Fuge freigelegt hatte, die im Kreis um das Symbol verlief. Mit dem kurzen Stemmeisen, das sich ebenfalls im Tornister befand, versuchte er, den Deckel anzuheben. Es gelang ihm nicht auf Anhieb, aber dann schaffte er es, das spitze Ende des Eisens in die Fuge zu treiben.

Ein Zischen erklang, als er den Deckel aufhebelte, offenbar war er luftdicht verschlossen gewesen. Und hatte für einen kurzen Moment nicht auch ein leises Ächzen in der Luft gelegen, wie aus einer menschlichen Kehle?

Jack schüttelte den Kopf.

Alles nur Einbildung.

Er winkte Larna zu sich, und gemeinsam wuchteten sie den Deckel beiseite. Er bestand aus massivem Metall und mochte rund drei Fuß Durchmesser besitzen, genau wie der Schacht, der sich darunter öffnete.

Auf allen vieren kauernd, sandte Jack Larna einen fragenden Blick, aber auch sie schien nicht zu wissen, was sie dort unten erwartete.

Jack griff abermals in den Tornister, nahm eine der Magnesiumfackeln heraus und rieb sie an. Rotes Licht flammte auf, das er in die Tiefe warf.

Der Lichtschein huschte über glatte Schachtwände, ehe die Fackel auf einem Boden aus schwarzem Gestein landete, der rund zehn Meter tiefer liegen mochte. Es schien eine Kammer dort unten zu geben, groß und geräumig.

»Du bleibst hier und hältst die Stellung«, schärfte Jack Larna ein, während er das Seil von der Schulter nahm und entrollte. Das eine Ende band er um einen der Steinklumpen, das andere warf er in den Schacht. Dann legte er den Tornister wieder an und war drauf und dran, sich in die Tiefe hinabzulassen, als Larna ihm noch einen flüchtigen Kuss auf die Wange hauchte.

»Viel Glück, Skipper.«

Er schnaubte, wusste nicht, was er daraus machen sollte – er würde sie wohl niemals ganz durchschauen.

Sich vorsichtig mit den Beinen an der Schachtmauer abstützend, stieg er schließlich in die Tiefe, dem roten Lichtschein entgegen.

Schon nach etwa drei Metern endete der Schacht, und Jack glitt am Seil in eine Kammer, die nahezu kugelförmig war: Boden und Decke waren gewölbt, bizarre Stalaktiten aus erstarrter Schlacke hingen von der Decke, zwischen denen sich der rötlich leuchtende Rauch der Fackel sammelte.

Das Magnesium war aufgebraucht, als Jack den Grund der Kammer erreichte, die Fackel erlosch. Im spärlichen Licht, das von der Laterne in die Kammer fiel, suchte er nach einer weiteren Fackel und entzündete sie. Wieder erhellte rotes Licht das Gewölbe, und Jack nahm die bizarren Überreste von etwas in Augenschein, das einst eine komplizierte Vorrichtung gewesen zu sein schien, vielleicht sogar eine Art Maschine. Wie weit entwickelt oder nicht das Ding gewesen war, ließ sich nicht mehr feststellen, mehr als ein großer schwarzer Klumpen Metall war nicht mehr davon übrig. Man konnte noch erkennen, dass seitlich einst so etwas wie lange Stacheln von dem Ding abgestanden hatten, oder vielleicht waren es auch Rohrleitungen gewesen – entlang des Äquators der Kugelkammer gab es Öffnungen, mit denen sie wohl einst verbunden gewesen waren; wirklich feststellen ließ sich das nicht mehr. Jack fiel nur auf, dass das gesamte zusammengeschmolzene Gebilde an eine riesige schwarze Spinne erinnerte, die im roten Lichtschein auf dem Grund der Kammer zu lauern schien, und das gefiel ihm nicht besonders.

Mit der Fackel in der Hand betrachtete er das Ding aus der Nähe – und stutzte, als etwas den roten Schimmer reflektierte. Es war ein Zylinder aus Metall, vielleicht eineinhalb Fuß lang und eine halbe Handspanne dick. Anders als die Vorrichtung selbst schien er unversehrt zu sein und lag einfach nur da, so, als bräuchte man ihn nur vom Boden aufzuheben …

»Ich habe hier etwas!«, rief er zu Larna hinauf. »Ich brauche nur danach zu …«

Wieder erlosch das Licht. Jack unterdrückte eine Verwünschung. Er warf die leer gebrannte Fackel von sich und tastete in der Dunkelheit nach der dritten und letzten.

»Warum willst du das Vril besitzen?«, fragte plötzlich jemand in der Dunkelheit.

Jacks Nackenhaare sträubten sich, fluchend rieb er die Fackel an. »Verdammt, Larna, du hast mich zu Tode …«

Er stutzte, als der rote Schein aufflammte und das Gewölbe wieder aus der Dunkelheit riss.

Er war nicht mehr allein.

Larna stand vor ihm, aber sie trug nicht länger ihren Mantel aus weißem Pelz, sondern war nackt bis auf den Lendenschurz und den Umhang aus grauem Stoff. Langes rotes Haar flutete über ihre Schultern, und vor dem Gesicht trug sie eine goldene Maske.

»Larna?«, fragte er verblüfft.

»Pandora«, verbesserte sie und trat aus den Rauchschwaden, die das brennende Magnesium verbreitete.

»Wie bist du …? Ich meine …« Die Fackel in der Rechten,

wich er unwillkürlich zurück. Etwas an ihr, an der Art, wie sie sprach und die Worte betonte, war anders als sonst …

»Bist du wegen des Vril gekommen?«, wollte sie wissen. Etwas Anklagendes lag in ihrer Stimme.

Nervös wischte Jack sich mit der Hand über das bärtige Gesicht – verlor er jetzt den Verstand? Aber dies war eindeutig nicht die Frau, die er kannte. Nicht diejenige, die von Troneck vergangene Nacht wie eine Taschenspielerin an der Nase herumgeführt hatte, indem sie ihm erzählte, was er hören wollte. Dies hier war anders.

Dies war *echt* …

»Schätze, ja«, stieß er hervor – in zwangloser Konversation war er nie besonders gut gewesen.

»Warum willst du es besitzen?«, fragte sie wieder.

»Gute Frage – vielleicht solltest du sie Larna stellen.«

»Larna ist nicht hier, nur ich, Pandora, die Dienerin der Wahrheit, die Seherin der An.«

»Großartig.« Jack schnaubte – warum passierten immer ihm solche Sachen?

»Das Vril war die Quelle der Macht. Es hat den Aufstieg der An ermöglicht, aber es hat sie auch vernichtet. Alles Leben in dieser Stadt hat es ausgelöscht, nicht ein einziges blieb verschont.«

»Das … das Vril hat das getan?« Jack spürte, wie ein eisiger Schauer seinen Rücken hinabkroch.

»Zweifelst du etwa an meinen Worten?«

Jack wollte etwas Sarkastisches erwidern, aber er beherrschte sich. Larna hatte recht gehabt, als sie sagte, er würde sich entscheiden müssen, was er zu glauben bereit war und was nicht. Redete er wirklich gerade mit einem jahrtausendealten Bewusstsein, das aus dunkler Vergangenheit zu ihm sprach?

Oder war alles nur Lug und Trug wie in den billigen Varietés, in die er sich als Junge geschlichen hatte?

»Was ist passiert?«, hörte er sich fragen, noch ehe sein Verstand eine Entscheidung getroffen hatte. »Hat es ein Unglück gegeben?«

»Kein Unglück. Gier hat diesen Ort und seine Bewohner zerstört, auf dem Höhepunkt ihrer Macht. Die An hatten alles, was sie sich nur wünschen konnten, und dennoch wollten sie immer mehr, wollten Krieg führen gegen die Primitiven und sich die ganze Welt unterwerfen. Die Saat der Vernichtung haben sie immer in sich getragen, tief in ihren verdorbenen Herzen – ich, Pandora, habe nur getan, was ich als Dienerin der Wahrheit tun musste.«

»Was heißt das?«, fragte Jack, während er noch weiter vor ihr zurückwich. Er ahnte, dass ihm die Antwort nicht gefallen würde.

»Ich habe die Macht des Vril entfesselt – und sie hat alles zerstört«, entgegnete sie schlicht.

»Du?« Er starrte sie fragend an. »Du hast das alles getan?«

Sie nickte nur, und mit Bestürzung wurde ihm klar, dass die Katastrophe, die diesen Ort vor langer Zeit ereilt hatte, genau hier ihren Ausgang genommen hatte, in dieser Kammer.

Der Mythos von Pandora und ihrer Büchse mit den Verderben bringenden Gaben fiel ihm wieder ein und dass Larna gesagt hatte, dieser Mythos habe im Reich der An seinen Anfang genommen.

Wie recht sie gehabt hatte …

»Wozu also willst du das Vril?«, fragte die Priesterin.

»Ich will es nicht für mich«, versicherte Jack, »sondern um es zu zerstören, ein für alle Mal. Wenn es so gefährlich ist, wie du sagst, dann muss es vernichtet werden.«

Sie kam auf ihn zu, und da er mit dem Rücken bereits zur gewölbten Wand stand, konnte er nicht mehr weiter zurück. Pandora streckte ihre Hand aus und berührte die seine – und im nächsten Augenblick strömte eine wahre Flut an Erinnerungen durch sein Bewusstsein, Bilder und Empfindungen, die er lieber längst vergessen hätte.

MG-Feuer.

Einschläge.

Zerfetzte Körper.

Der Himmel in Flammen.

Unauslöschlich hatte sich all das in sein Gedächtnis eingebrannt, zusammen mit dem erbärmlichen Geschrei der Verwundeten und seiner eigenen Todesangst. Er hatte die letzten zwanzig Jahre seines Lebens damit zugebracht, diese Erinnerungen sorgfältig in seinem Inneren zu vergraben – eine Berührung Pandoras genügte, um sie wieder ans Licht zu holen.

»Ich habe in dein Herz gesehen«, flüsterte sie. »Du kennst die Dunkelheit. Nimm das Vril mit dir und vernichte es, wie du gesagt hast …«

Die Fackel war längst erloschen. Rauchschwaden tränkten die Luft und brannten in seinen Lungen, er hustete, während er sich benommen zu orientieren versuchte.

»Jack? Was ist mit dir?«

Er zwinkerte und schlug die Augen auf. Sein Kopf war schwer und dröhnte, er schüttelte ihn, um die Benommenheit loszuwerden.

Im Licht der Sturmlampe sah er Larna vor sich stehen. Sie trug Mantel und Winterkleidung und sah ihn stirnrunzelnd an. »Ist alles in Ordnung?«, fragte sie.

Er brauchte einen Moment, um zu registrieren, dass er nicht mehr in der Kammer war. Offenbar war er am Seil herausgeklettert, denn er stand wieder in der Mitte des Steinkreises, in der Kuppelhalle des Magistrats. Erinnern konnte er sich nicht an das Geringste.

Außer an *sie* …

Larna sah ihn wissbegierig an. »Du hattest heraufgerufen, dass du etwas gefunden hättest …«

»Das habe ich«, bestätigte Jack. »Aber ich habe es nicht …«

Jetzt erst bemerkte er das Gewicht des Tornisters auf seinem Rücken. Er lud ihn ab und kniete nieder, um ihn zu öffnen. Die Magnesiumfackeln fehlten, er hatte sie aufgebraucht. Aber da war der zylindrische Gegenstand, den er unten in der Kammer entdeckt hatte.

Das Vril.

»Du hast es gefunden«, flüsterte Larna ehrfürchtig.

»Das ist es also?« Er war beinahe enttäuscht.

»Das wahre Geheimnis befindet sich im Inneren«, erklärte sie, während sie vorsichtig den metallenen Behälter befühlte. »Wer es berührt, ist des Todes.«

»Zumindest das stimmte also.« Er schürzte die Lippen.

Über ihre Züge huschte ein Ausdruck, von dem er nicht wusste, wie er ihn deuten sollte. Erleichterung und Genugtuung schienen sich darin zu spiegeln, auch eine Spur von Stolz.

Und Furcht …

»Was ist da unten geschehen?« Sie hob den Blick und sah ihn mit ihren grünen Augen an. »Ich habe dich sprechen gehört.«

»Sonst hast du niemanden gehört?«

Sie schüttelte den Kopf.

»Dann«, brummte Jack, während er sich den Hinterkopf rieb und abermals an seinem Verstand zweifelte, »frage ich mich, ob *überhaupt etwas* dort unten geschehen ist.«

»Du hast das Vril gefunden«, brachte sie in Erinnerung.

Jack sah sie prüfend an. »Pandora ist noch immer hier, oder?«, fragte er leise.

Larna nickte. »Natürlich. Sie ist die Wächterin dieser uralten Hallen.«

»Hast du mich deshalb mitgenommen? Weil sie in mein Inneres sehen würde? Weil du wusstest, was sie darin finden würde? Und weil du gehofft hast, dass sie mir das Vril überlassen würde?«

Sie hob die Brauen und runzelte die Stirn. »Ich weiß nicht, was du meinst«, behauptete sie.

Doch ein wissendes Lächeln spielte um ihre Lippen.

43

Der Aufstieg war beschwerlich.

Jack wusste nicht, was ihm mehr zusetzte, die Schwere in seinem Kopf oder die scheinbar unzähligen Stufen unter seinen Füßen. Endlos schienen sie sich den Turm hinaufzuwinden, während das Gewicht seines Tornisters Jack zu Boden drückte – und mit jeder Stufe schien es noch zuzunehmen. Oder vielleicht, dachte Jack, lag es auch nur an der Erschöpfung. Körper und Geist waren ermattet, die Frage, was zum Henker dort in jener Kammer geschehen war, kreiste unablässig in seinem Kopf herum. Er war erleichtert, als ihnen von oben endlich Tageslicht entgegendrang, doch gleichzeitig wuchs auch seine Unruhe. Auf einem Treppenabsatz blieb er stehen und wandte sich zu Larna um.

»Eines haben wir noch zu klären«, sagte er.

»Ich weiß.« Sie nickte.

»Ich werde dich nicht da rausgehen lassen, ohne deinen Plan zu kennen.«

»Er ist einfach«, sagte sie.

»Also?«

Sie seufzte und zögerte kurz. »Ich muss von Troneck nur dazu bringen, den Behälter zu öffnen«, sagte sie dann.

»Das ist alles?«

»Es ist die Büchse der Pandora, weißt du noch?«

»Und wenn schon – was sagt dir, dass es funktionieren wird? Von Troneck ist nicht dämlich. Womöglich hat er Vorkehrungen getroffen.«

»Gegen das Vril?« Larna schüttelte den Kopf. »Da er nicht weiß, woraus es besteht, kann er das nicht. In der Tat weiß niemand, woraus es besteht, noch nicht einmal ich. Aber wenn es wahr ist, was die Stimmen mir verrieten, befindet es sich in einem äußerst labilen Zustand und wird reagieren, sobald es mit Licht und Sauerstoff in Berührung kommt.«

»Und dann?«

»Werden sich Eugen von Tronecks hochfliegende Pläne in Rauch auflösen. Buchstäblich«, fügte sie mit einem Lächeln hinzu, das eine Spur von Grausamkeit enthielt.

»Ist es auch das, was Pandora damals getan hat?«, wollte Jack wissen.

»Woher weißt du davon? Ich habe es dir nicht …« Sie unterbrach sich und nickte. »Sie hat es dir gesagt, nicht wahr?«

»Ich weiß es nicht.« Jack schüttelte den Kopf. »Ehrlich gesagt würde ich lieber vergessen, was dort unten passiert ist, aber wenn es darum geht, diesem Mistkerl in die Suppe zu spucken, bin ich dabei. Mich würde nur interessieren, was dabei aus uns wird«, fügte er in Erinnerung an die deformierten Skelette hinzu. »Ich habe keine Lust, so zu enden wie diese armen Schweine.«

Larna sah ihn direkt an. »Die Reaktion erfolgt nicht sofort. Uns bleibt noch Zeit, um zu fliehen.«

»Das wollte ich hören.« Jack nickte grimmig. »Halte dich an Oz und mich, in Ordnung? Wir schnappen uns einen der Hundeschlitten und sind schneller verschwunden, als diese Armleuchter *Halt* sagen können.«

»Einverstanden.« Sie nickte, und als sie diesmal lächelte, war jede Grausamkeit aus ihren Zügen verschwunden. »Jack?«

»Ja?«

»Ich hatte recht, was dich betrifft. Du bist ein guter Mensch, Jack. Ich möchte, dass du das weißt.«

Die Art, wie sie ihn mit ihren rätselhaft grünen Augen ansah, gefiel ihm nicht. Er wollte etwas erwidern, wollte sie trösten, ihr Mut zusprechen, weil er das Gefühl hatte, dass sie es brauchte, aber die rechten Worte wollten ihm nicht über die Lippen. Stattdessen stieg er zu ihr hinab, zog sie an sich heran und küsste sie auf den Mund. Was ihn dazu trieb, wusste er selbst nicht, aber sie erwiderte seine Zärtlichkeit, und für einen Moment waren sie einander so nah wie noch nie. Dann lösten sie sich wieder voneinander.

»Gib mir den Behälter«, verlangte sie.

»Nein.« Er schüttelte den Kopf. »Ich werde ihn tragen. So hast du es von Troneck doch verkauft, oder nicht?«

Sie nickte. »Das ist wahr.«

Jack knurrte eine Bestätigung, lud den Tornister ab und zog den Behälter heraus. Er fühlte sich wärmer an als zuvor. Den Tornister ließ er zurück, den Behälter trug er senkrecht vor sich her. »Also weiter«, meinte er, und sie stiegen die restlichen Stufen hinauf, eine eigenartige Prozession.

Eiskalter Wind fegte ihnen entgegen, als sie endlich die Öffnung erreichten. Jack war erleichtert, zurück zu sein, auch wenn ihm klar war, dass das Schwerste noch bevorstand.

»Sie kommen!«, meldete ein Posten, der oben am Kraterrand Wache hielt, und bis Jack und Larna hinaufgestiegen waren, wurden sie bereits von einem Empfangskomitee erwartet, dem auch Eugen von Troneck angehörte. Da stand er in seinem schwarzen Mantel und blickte ihnen erwartungsvoll entgegen, ein triumphierendes Grinsen in seinem schmalen Gesicht.

Warte, du Bastard, dachte Jack.

Auch Otto war da, ein Stück abseits. So sehr er sich über Jacks Rückkehr freuen mochte – das Unbehagen, mit dem er auf den metallenen Behälter starrte, war ihm anzusehen. Jack hätte ihm gerne ein Zeichen gegeben, ihn irgendwie wissen lassen, dass sich der Wind zu ihren Gunsten gedreht hatte, aber das war im Augenblick nicht möglich.

Erst jetzt sah Jack, dass die Deutschen in der Zwischenzeit auch nicht untätig gewesen waren. Offenbar hatten sie über Funk die Piloten verständigt und die Maschinen angefordert, die in kurzer Distanz vom Krater gelandet waren. Firn und frisch gefallener Schnee machten das in Verbindung mit der robusten Ganzmetall-Konstruktion der Flugboote offenbar möglich – hätte Jack das mit der S 55 versucht, wäre sie vermutlich in Stücke gerissen worden. Allerdings war er auch voller Bewunderung für die Piloten der Maschinen, die sowohl die beiden Do 16 als auch die Do 24 mit viel Fingerspitzengefühl aufgesetzt hatten.

Von Troneck wartete am Ende des Spaliers, das seine Leute gebildet hatten – vermutlich hatte er es so geplant, ein lächerlicher Aufmarsch, um seine Eitelkeit zu befriedigen. Einmal mehr wurde Jack nur zu bewusst, dass dieser Mann das Vril nicht wollte, um seinem Vaterland einen Dienst zu erweisen, auch wenn er das fortwährend behauptete. Dem Baron ging es nur um sich selbst, und vermutlich hatte er das mit allen Größenwahnsinnigen der Geschichte gemeinsam!

Grinsend wie ein Honigkuchenpferd stand er dort, wartend wie ein König, der seinen Tribut empfangen sollte, als Larna einmal mehr etwas tat, womit Jack nicht rechnete.

Sie hatten erst die Hälfte der Wegstrecke zurückgelegt, als sie plötzlich herumfuhr und nach dem Metallzylinder in Jacks Händen griff. Jack war nicht darauf gefasst gewesen, und so entriss sie ihm das Ding, noch ehe er reagieren konnte – und indem sie es mit beiden Armen umklammerte wie einen Schatz, blieb sie inmitten des Spaliers stehen.

Die Legionäre rissen ihre Maschinenpistolen in den Anschlag, doch Larnas heisere Stimme hielt sie zurück.

»Halt!«, rief sie laut. »Keine Bewegung! Wenn auch nur eine Kugel diesen Behälter trifft, werden wir alle sterben!«

»Larna«, zischte Jack. »Verdammt, was soll das?«

Der Blick, den sie ihm sandte, war traurig. »Es tut mir leid, Jack«, versicherte sie. »Bitte glaub mir …«

Die Legionäre ließen die Waffen sinken. Ihre verunsicherten Blicke gingen zu ihren Unterführern, die wiederum nach dem Leutnant schielten. Doch noch ehe der sich an von Troneck wenden konnte, kam dieser bereits das Spalier herab.

»Du meine Güte!«, tönte er, ohne erkennbaren Zorn, aber auch sehr viel weniger beeindruckt, als Larna es wohl beabsichtigt hatte. »Wollen Sie das wirklich tun, Pandora?«

»Ich muss, ich kann nicht anders«, versicherte sie. Ihre Züge waren wie versteinert, Tränen eiserner Entschlossenheit rannen über ihre Wangen. Jack spürte ein mieses Ziehen in der Magengrube – und das war kein gutes Zeichen.

In etwa zehn Schritten Entfernung blieb von Troneck stehen. »Um die Wahrheit zu sagen, habe ich geahnt, dass so etwas geschehen würde. Ihr Seitenwechsel um der Sache willen, und dann noch diese seltsame Veranstaltung vom gestrigen Abend, diese Hütte, von der Sie unbedingt wollten, dass wir sie errichten … Um offen zu sein, habe ich Ihnen kein Wort geglaubt, aber ich habe Sie gewähren lassen, zumal ich für weibliche

Reize nicht unempfänglich bin, und Sie, meine Liebe, haben Sie freigiebig eingesetzt.« Ein schmutziges Lächeln spielte um seine Züge, aus seinem verbliebenen Auge schlug Eiseskälte. »Aber wie ich nun erkennen muss, haben sich meine Vermutungen bestätigt – und dabei wäre ich so gerne von Ihnen überrascht worden.«

»Was, verdammt noch mal, reden Sie da?«, wollte Jack wissen. »Was soll das alles heißen?«

»Seltsam, dass gerade Sie mich das fragen, Kelley. Sie waren es doch, der mich an Bord des Fischerbootes gewarnt hat, wissen Sie noch? Sie haben mir geraten, Larna King nicht zu trauen, und mir prophezeit, dass sie auch mich irgendwann hintergehen würde.«

»Verdammter Schweinehund«, murmelte Jack – das stimmte sogar. Sein selbstgefälliges Grinsen hätte er dem Baron am liebsten aus dem Gesicht geprügelt.

»Sie drohen, sich selbst und das Vril zu vernichten, Pandora? Ist es das, was Sie mir weiszumachen versuchen?«

»So ist es«, versicherte Larna grimmig.

»Das habe ich mir gedacht.« Er wandte sich den Flugbooten zu und hob den Arm, um ein Zeichen zu geben.

Das Seitenschott der Do 24 wurde daraufhin geöffnet, und vier Personen erschienen. Zwei davon trugen die weißen Tarnanzüge der Legionäre, die anderen beiden waren Zivilisten, von denen einer einen Sack aus schwarzem Stoff über dem Kopf trug – offenbar ein Gefangener.

Auf einen weiteren Wink von Tronecks hin führten sie ihn herüber. Jack hatte keine Ahnung, wer der Mann unter der Kapuze sein sollte. Larna hingegen schien es zu ahnen.

»Bitte nicht«, wisperte sie leise, »nur das nicht …«

Die kleine Gruppe erreichte das Spalier und trat zu von

Troneck, der sie grinsend erwartete. Mit einer theatralischen Geste zog er selbst den Sack vom Kopf des Gefangenen.

Rotes Haar und ein blasses Gesicht kamen zum Vorschein, das Jack sofort erkannte – es hatte eine Zeit gegeben, da hatte er es mit Fäusten malträtieren wollen.

Es war Peter Henderson.

»Wie Sie sehen können, Herrschaften«, sagte Eugen von Troneck mit vor Genugtuung nur so triefender Stimme, »sind Sie nicht die Einzigen, die es verstehen, Menschen in Transportkisten zu schmuggeln …«

44

»Peter«, stieß Larna noch einmal hervor, und in ihren Augen konnte Jack etwas sehen, was er zuvor noch nie darin wahrgenommen hatte.

Nackte Panik.

Rettungslose Angst um das Leben dieses Mannes, den sie sehr viel mehr zu lieben schien, als sie irgendjemandem eingestanden hatte. Bis zu diesem Augenblick …

»Larna?« Henderson sah sie vor sich stehen, in ihrem weißen Mantel, den Metallbehälter umklammernd, und konnte sich ganz offenbar keinen Reim darauf machen. Überhaupt schien er keine Ahnung gehabt zu haben, wohin man ihn brachte, Verwirrung und Furcht waren ihm deutlich anzumerken, ganz abgesehen davon, dass er in einem bedauernswerten Zustand war.

Sein sonst so gepflegtes rotes Haar stand wirr vom Kopf ab, seine bärtigen Gesichtszüge waren von Blessuren übersät. Auch schien er Probleme zu haben, sich aufrecht zu halten, was vermuten ließ, dass man ihn misshandelt hatte. Außerdem war sein linkes Bein notdürftig verarztet worden, der Verband war blutig, vermutlich eine Schusswunde.

»Was hat das zu bedeuten?«, fragte Larna. Zum ersten

Mal, seit Jack sie kannte, klang sie unsicher und ängstlich wie jemand, der von einem Augenblick zum anderen in völliger Dunkelheit stand und sich zurechtfinden musste …

»Kommen Sie, meine Liebe«, sagte von Troneck gönnerhaft gedehnt, »Sie können doch nicht ernsthaft überrascht sein? Sie hatten inzwischen genügend Zeit, mich zu studieren, und müssten längst wissen, dass ich ein Mann bin, der stets einen Schritt vorausdenkt. Doch wenn ich Sie mir in diesem Moment ansehe, bin ich geneigt zu glauben, dass Sie mich unterschätzt haben, werte Pandora, und dass Sie dies hier nicht haben kommen sehen, Ihrer bewundernswerten Gabe zum Trotz. Aber vielleicht«, fügte er hämisch hinzu, »ist der Intellekt dem Instinkt ja doch überlegen, nicht wahr?«

Ob Larna ihm zugehört hatte, war zweifelhaft, ihr Blick war fest auf Henderson gerichtet. »Lassen Sie Peter auf der Stelle frei«, verlangte sie. »Er hat damit nichts zu tun.«

»Das stimmt nicht ganz, denn immerhin hat er mit dem britischen Geheimdienst paktiert«, widersprach von Troneck. »Dennoch bin ich geneigt, Ihrer Bitte nachzugeben, Pandora. Alles, was Sie dafür tun müssen, ist, mir den Behälter zu übergeben.«

»Das kann ich nicht.« Sie schüttelte krampfhaft den Kopf.

»Dann wird Ihr Geliebter sterben«, erwiderte der Baron ungerührt, und wie um seine Worte zu unterstreichen, hielt der andere Zivilist plötzlich einen klobigen Webley Mk6 in der Hand, den er Henderson an die Schläfe drückte. Jack hatte im Krieg gesehen, was für Löcher die Kaliber .455-Munition zu reißen vermochte – wenn der Kerl abdrückte, würde von Hendersons Gesicht nichts übrigbleiben.

»Bitte nicht!«, rief Larna laut, von Entsetzen geschüttelt. »Tun Sie das nicht!«

»Seien Sie vernünftig und übergeben Sie den Behälter meinen Leuten, dann wird nichts geschehen«, beteuerte von Troneck. »Wir werden das Lager abbrechen und diesen unwirtlichen Ort verlassen, und Sie beide können in den Vereinigten Staaten ein neues Leben beginnen, wie Sie es sich immer gewünscht haben …«

Die Worte waren gewählt, um Larna bis ins Mark zu treffen, und sie erreichten ihre Wirkung. Tränen rannen über ihre Wangen, während sie weiter zu Henderson blickte, innige Zuneigung in den Augen.

So hatte sie Jack nie angesehen, das wurde ihm in diesem Augenblick klar. Da war Sympathie gewesen, und vorausgesetzt, dass sie nicht nur mit ihm geschlafen hatte, um ihn für sich einzunehmen, wohl auch Leidenschaft. Aber weder hatte sie jemals diesen Ausdruck in ihren Augen gehabt, noch wäre sie bereit gewesen, um Jacks willen alles zu opfern …

»Hör nicht auf ihn, Larna!«, rief Henderson, dem schussbereiten Lauf an seiner Schläfe zum Trotz. Er versuchte, tapfer zu sein, doch aus seinen Augen sprach nackte Panik, und seine Stimme war brüchig und voller Furcht. »Tu, was du tun musst, hörst du? Nimm keine Rücksicht auf mich!«

Larna stöhnte leise. Sie bebte am ganzen Körper und wankte, all das war zu viel für sie. Jack konnte spüren, dass sie kurz davor war, den Nazis das Vril zu überlassen – und ihm war klar, dass etwas geschehen musste. Er hatte gesehen, wozu das Zeug in der Lage war, und ganz gleich, ob er es sich nur eingebildet hatte oder nicht, Pandoras Stimme klang ihm noch immer im Ohr. So ziemlich alles war besser, als von Troneck und seine Schergen mit dem Vril ziehen zu lassen.

Jack sah sich um – und fand den Blick seines Partners.

Otto hatte hinter einem der Legionäre Stellung bezogen,

einem drahtigen kleinen Kerl, den er um fast einen Kopf überragte. Der Mann war mit einer MP35 bewaffnet und hatte Stielhandgranaten am Koppel, ein ganzes Bündel.

Jack und Otto sahen einander an. Ohne auch nur ein Wort zu sprechen, verständigten sie sich. Jack nickte kaum merklich – und im nächsten Moment überschlugen sich die Ereignisse.

Otto packte den Mann und stieß ihn nach vorn, so heftig, dass er in Jacks Arme taumelte. Dem verblüfften Mann die Maschinenpistole zu entwinden, war nicht weiter schwierig, nur einen Lidschlag später hielt Jack sie in seiner Rechten und bedrohte den Legionär damit, während er ihm die Linke um den Hals schlang. Den Mann als Deckung benutzend, zog er sich die wenigen Schritte zum Kraterrand zurück – und stieß den Legionär über die Abbruchkante.

Das alles war so schnell und unerwartet geschehen, dass die anderen nicht wussten, wie sie reagieren sollten. Die Unterführer blickten nervös zu ihrem Vorgesetzten, doch noch ehe von Troneck einen Befehl geben konnte, hatte Jack die erbeutete Waffe bereits entsichert und auf den Legionär angelegt, der schreiend die Kraterwand hinabschlitterte, der dunklen Öffnung entgegen. Und indem er beide Stecher durchzog, feuerte Jack auf den Mann … oder vielmehr auf das Bündel Granaten an seinem Gürtel.

Die Maschinenpistole ratterte, von Troneck schrie einen heiseren Befehl, den aber niemand verstand – und der schon im nächsten Moment keine Bedeutung mehr hatte.

Als Jack den ersten Funken fliegen sah, warf er sich bereits zu Boden. Einen Lidschlag später krachte es.

Schon eine einzige Handgranate hatte ausgereicht, um den Zugang nach Thule frei zu sprengen – vier oder fünf dieser scheußlichen Dinger entfesselten ein wahres Inferno.

Es war, als würde der Gletscher von der Faust eines Titanen getroffen. Der Boden bebte, während Trümmer und Gesteinsbrocken in einer Kaskade mehrerer dicht aufeinanderfolgender Detonationen vierzig, fünfzig Meter hoch in die Luft geschleudert wurden, um nur Augenblicke später in einem mörderischen Regen niederzugehen, begleitet von einer heftigen Druckwelle, die aus dem Krater fegte.

Jack, der sich flach in den Schnee presste, hatte das Gefühl, von einer riesigen Hand gepackt und niedergedrückt zu werden. Er hörte die Schreie der Legionäre, die sich nicht rechtzeitig auf den Boden warfen. Dann folgten die Einschläge der Trümmer. Mit furchtbarer Wucht gingen sie nieder, zerschmetterten in einem Umkreis von fünfzig Metern alles, worauf sie trafen … und im nächsten Moment war es vorbei.

Jack hob den Blick.

Vom Spalier der Legionäre war nichts geblieben. Einige der Männer wanden sich schreiend am Boden, die weißen Schneeanzüge rot von Blut. Andere rannten kopflos inmitten der wabernden Rauchschwaden umher, wieder andere versuchten, sich um ihre verwundeten Kameraden zu kümmern.

»Oz?«, rief Jack. Wegen der Explosion hatte er ein Pfeifen im Ohr, alles hörte sich dumpf und unwirklich an.

»Hier, Skipper.« Der Freund kam auf ihn zu, humpelnd und mit einer Platzwunde an der Stirn, ein Trümmerstück musste ihn getroffen haben.

Jack sprang auf, erst jetzt merkte er, dass sein rechtes Bein schmerzte, der Schnee unter ihm war rot von Blut. Etwas hatte seinen Unterschenkel gestreift und eine Wunde gerissen. Es blutete heftig, aber er konnte auf dem Bein stehen, und nur darauf kam es im Augenblick an.

»Wo ist Larna?«, wollte er wissen, während er sich inmitten

des Chaos umblickte. Wohin er auch sah, waren nur Legionäre, von Larna keine Spur …

In diesem Moment krachte es noch einmal, doch es war keine Explosion. Ein markiges Knacken erklang, gefolgt von einem Bersten, als ob die Welt selbst entzweibräche – und tatsächlich begann der Boden unter ihren Füßen zu wanken! Während Otto ihn nur verständnislos anstarrte, wusste Jack sofort, was die Stunde geschlagen hatte: Er musste an den Hohlraum denken, den es tief unter der Oberfläche gab, an den Schild aus Gletschereis, der sich über den Ruinen von Thule erstreckte – offenbar war die Detonation so heftig gewesen, dass sie diesen Schild gesprengt hatte. Und seiner Stabilität beraubt, begann das Eis nun zu bersten …

Ein flüchtiger Blick in den Krater bestätigte Jacks Vermutung: Den Turm gab es nicht mehr, ein riesiges schwarzes Loch klaffte im Grund der Senke, von dem sich sternförmig Risse nach allen Seiten ausbreiteten …

»Weg hier, Oz!«, brüllte Jack, und sie begannen zu laufen, so schnell ihre geschundenen Körper sie trugen, vorbei an den Legionären, die nicht mehr auf sie achteten. Mit einem hässlich reißenden Geräusch teilte sich plötzlich der Boden. Ein Riss entstand, der sich im Bruchteil einer Sekunde zu einer meterbreiten Kluft erweiterte und zwei Legionäre verschlang.

Jack stieß einen erstickten Laut aus, als er dem Rand der Kluft zu nahe kam – um ein Haar wäre auch er hineingestürzt, hätte Otto ihn nicht am Kragen seiner Jacke gepackt und zurückgerissen. Taumelnd, stolpernd hasteten sie weiter, fort von dem Krater, der der Mittelpunkt des sich immer weiter ausbreitenden Infernos war, und den Flugbooten entgegen, die von der Explosion unbehelligt geblieben waren. Gegen die entfesselten Eismassen waren aber auch sie nicht gefeit.

Plötzlich, inmitten all des Chaos und der Zerstörung, ein Gesicht, das sie kannten: Henderson.

Der Engländer schien nur leicht verletzt zu sein, ebenso wie sein ziviler Bewacher, der bei ihm war und ihn gerade vom Boden hochriss.

»Hey!«, rief Jack.

Der Mann hob seinen Webley und wollte auf ihn anlegen, doch Jack kam ihm zuvor. Der Schuss aus der MP35 fuhr in die Schulter des Mannes und riss ihn zu Boden, der Revolver entwand sich seinem Griff. Im nächsten Moment waren Jack und Otto auch schon bei ihm. Während sich Otto den Mk6 holte, kümmerte sich Jack um den Gefangenen.

»Wie geht's, Mr. Henderson?«

»Kelley«, stieß er zwischen zusammengebissenen Zähnen hervor, während er ihn fassungslos ansah. »Wie …?«

»Später«, fiel Jack ihm ins Wort, »wir …«

»Skipper!«

Ottos Ruf ließ ihn herumfahren. Sein Partner stand da, den Webley in der einen Hand, mit der anderen auf die Flugzeuge deutend. »Da ist Larna!«

Jack sah in die Richtung, die sein Partner ihm bedeutete, nur um eine große schwarze Gestalt zu sehen, die eine sehr viel kleinere hinter sich herzerrte. Es war von Troneck, und er hatte Larna bei sich. Begleitet wurde er von mehreren Legionären, einer von ihnen trug den metallenen Zylinder.

Jack stieß eine Verwünschung aus, während der Baron und seine Leute bereits die vorderste Maschine erreichten. Es war einer der beiden »Wale«. Seine Motoren liefen bereits warm – und im nächsten Moment waren von Troneck und seine Geisel im Inneren der silberglänzenden Maschine verschwunden.

Und mit ihnen auch das Vril.

45

Die Explosion hatte die Stabilität des Eisschildes zunichte gemacht. Spalte und Risse breiteten sich immer weiter aus, während sich der Krater vergrößerte. Gewaltige Brocken von Firn und Eis stürzten in die Tiefe und begruben die Stadt Thule unter sich – und wenn die Flugzeuge in die eisigen Klüfte stürzten, würde es um sie ebenfalls geschehen sein.

»Lauf, Oz!«, schrie Jack.

Den verletzten Henderson in ihrer Mitte, humpelten Otto und er auf die Flugboote zu, während die Do 16, in der von Troneck mit Larna verschwunden war, bereits in den Wind drehte. Der Pilot gab Schub, und der mächtige Tandemantrieb schob die Maschine durch den Schnee, ließ sie Fahrt aufnehmen und schließlich vom Gletscher abheben, den in diesem Augenblick eine neuerliche Erschütterung durchlief.

Otto stieß eine Verwünschung aus, während von Tronecks Maschine über ihre Köpfe hinwegdonnerte und in den grauen Himmel stieß. Durch den kniehohen Schnee stapften sie den beiden noch verbliebenen Maschinen entgegen, während der Boden unter ihren Füßen bebte und sie nicht sicher sein konnten, ob sich nicht jeden Augenblick eine Spalte auftun und sie verschlingen würde.

»Durchhalten, Oz«, stieß Jack hervor, obwohl ihm selbst das Herz bis zum Hals schlug, seine Lungen wie Feuer brannten und die Muskeln in seinen Beinen kurz davor waren, den Dienst zu versagen. Spätestens jetzt machte der Mangel an Schlaf und Proviant sich bemerkbar. Henderson stöhnte, während sie ihn unnachgiebig weiterschleppten.

Jack warf einen gehetzten Blick über die Schulter, sah die Legionäre, die wie sie selbst um ihr Leben rannten, allerdings nicht zu den Flugzeugen, sondern in die entgegengesetzte Richtung, zurück zum Lager, in der Hoffnung, dass das Eis am Rand der Ebene den Gewalten trotzen würde.

Es mochte die falsche oder die richtige Entscheidung sein, Jack wusste es nicht. Ihm war nur klar, dass sie eins der beiden verbliebenen Flugboote erwischen mussten, oder es würde um sie geschehen sein.

Sie waren bis auf einen Steinwurf heran, als sich die zweite »Wal« in Bewegung setzte und ebenso mühelos vom Boden abhob wie die Maschine von Tronecks. Nun war nur noch die Do 24 übrig, und jetzt, als sie sich näherten, konnte Jack auch sehen, warum der Baron diesmal nicht die schnellste und modernste Maschine des Geschwaders genommen hatte: Das Eis unter der Do hatte sich bereits geteilt! Heck und Leitwerk hatten sich abgesenkt, und Pilot und Mechaniker waren verzweifelt damit beschäftigt, die Maschine wieder flottzubekommen, ehe auch noch der Rest von ihr von der Tiefe verschlungen und zwischen den Eismassen zermalmt würde.

Für einen Moment hegte Jack die Hoffnung, dass sie angesichts der Bedrohung zusammenarbeiten, dass sie ihre Feindschaft für einen Moment außer Acht lassen und versuchen könnten, gemeinsam von diesem Ort zu entkommen – doch diese Hoffnung erwies sich als vergeblich. Als der Pilot die drei Männer kommen sah, griff er in seine fellgefütterte Lederjacke, zog seine P08 und gab ohne Vorwarnung Feuer.

»Verdammt!«, fluchte Otto, als ihnen das Blei um die Ohren flog. Ob er sich zu Boden warf oder vor Schreck ausglitt, war nicht festzustellen, in jedem Fall riss er Henderson und Jack gleich mit aus der Schusslinie.

Mit einer Verwünschung auf den Lippen zerrte Jack die MP35 von der Schulter. Ein Ersatzmagazin hatte er nicht, aber mit etwas Glück waren noch ein paar Schuss im Magazin. Bäuchlings im Schnee liegend, dessen kalte Nässe durch die Kleider drang, klappte er das Visier der Maschinenpistole aus, zielte sorgfältig und gab mehrere Einzelschüsse ab.

Der Mechaniker, der ebenfalls nach seiner Waffe gegriffen hatte, brach zusammen. Der Pilot wollte sich in Deckung werfen, da krachte der Mk6, den Otto Hendersons totem Bewacher abgenommen hatte. Jacks Partner leerte die ganze Trommel auf den Gegner, die letzte Kugel traf den Piloten in die Schulter. Der Mann taumelte zurück, schlug rücklings gegen den Rumpf der Maschine, rutschte daran herab und hinterließ eine blutige Spur.

Jack nickte Otto zu, sprang auf und begann zu laufen. Es blieb keine Zeit, sich mit dem verwundeten Piloten einen langwierigen Schusswechsel zu liefern. Schon wieder bebte der Boden unter ihren Füßen. Entweder sie schafften es, in den nächsten Minuten zu entkommen, oder sie alle würden rettungslos verloren sein. Es war nur eine Frage der Zeit, bis das Eis endgültig bersten und alles zermalmen würde.

Mit hämmerndem Herzen hastete Jack auf den verwundeten Piloten zu, der am Rumpf der Maschine kauerte und dabei war, die Luger nachzuladen. Mit vom Blut glitschigen Händen zog er ein Ersatzmagazin aus der Tasche. Jack riss die Maschinenpistole in den Anschlag und wollte im Laufen feuern – doch die Waffe vertröstete ihn mit einem hohlen Klicken. Das Magazin war leer – währen der Pilot das seine gerade in den Griff der Luger rammte!

Jack stieß einen heiseren Kampfschrei aus, während er die letzten Meter zurücklegte. Der Pilot blickte unwillkürlich auf und verlor dadurch wertvolle Sekunden. Als er seine Waffe endlich durchlud und auf Jack anlegte, war dieser bereits bei ihm und schlug mit dem Kolben der Maschinenpistole zu. Es knackte hässlich, als der Unterkiefer des Mannes brach. Bewusstlos sackte er zusammen. Jack sah nach ihm, doch Ottos Kugel hatte die Schlagader getroffen, es gab keine Rettung mehr.

Otto und Henderson kamen angehumpelt. »Schöne Scheiße, Skipper«, stieß Otto schnaufend hervor, auf die Do 24 deutend, »wie sollen wir das Ding wieder flottkriegen?«

Jack war bereits dabei, das Heck der Maschine in Augenschein zu nehmen. Der rückwärtige Teil des Rumpfes war eingebrochen, und sie konnten von Glück sagen, dass das Leitwerk so hoch angebracht war, sonst wäre es vermutlich abrasiert worden. So war die Maschine weitgehend unbeschädigt geblieben bis auf ein paar Schrammen – mit Manneskraft allein allerdings war sie wohl nicht in Position zu bringen, daran hatten sich schon die beiden Deutschen die Zähne ausgebissen.

Jack überlegte einen Moment.

»Wie lange steht die Maschine bereits, Oz?«

»Noch nicht sehr lange, noch keine Stunde.«

Jack nickte. Er betrachtete die Wright-Cyclone-1820-Motoren auf den Tragflächen, die es zusammengenommen auf rund zweieinhalbtausend Pferdestärken bringen mochten, nahm die Steuerklappen in Augenschein und prüfte die Windrichtung – und traf dann eine Entscheidung.

»Alle Mann an Bord«, ordnete er an.

»Skipper?«, fragte Otto.

»Vertrau mir«, sagte Jack nur.

Otto widersprach nicht.

Über den seitlichen Einstieg gelangten sie an Bord. Auch Henderson erhob keine Einwände, die Erschöpfung schien ihm zu schaffen zu machen, er ließ alles willenlos mit sich geschehen. Während Otto die Startvorbereitungen traf, die Absperrhähne der Benzinleitung öffnete und die Kraftstoffpumpe betätigte, um Druck aufzubauen, zwängte sich Jack ins Cockpit. Mit einem Fetzen Stoff, den er von seinem Unterhemd abriss, verband er in aller Eile sein blutendes Bein. Dann versuchte er, sich auf den ungewohnten Konsolen zurechtzufinden: Kreiselgeräte, Kompass, Fahrt- und Höhenmesser, Variometer, Längenneigungsmesser sowie die Anzeigen für Kraftstoffdruck und Wärmemesser. Darüber hinaus war die Do 24 auf dem neuesten Stand der Technik, verfügte über eine Askania-Vollsteuerung sowie elektrische Anlasser. Da die Maschine nicht lange gestanden hatte, würde Jack auf das Andrehen der Motoren verzichten, im Vertrauen darauf, dass sie trotz der herrschenden Kälte sofort anspringen und dabei keinen Schaden nehmen würden. Für Checks blieb keine Zeit, er konnte nur hoffen, dass sein Vorgänger seinen Job ordentlich erledigt hatte – der Mann, der jetzt draußen im Schnee lag und verblutete.

Es war ein Scheißspiel.

Aber Jack hatte es nicht angefangen.

Auf seine Anweisung hin leitete Otto den Bordstrom in die

Anlassbetätigung um – und Jack betätigte die Zündschalter und startete nacheinander die Sternmotoren.

Die Wright Cyclones ließen ihn nicht im Stich. Schon begann sich der erste Propeller zu drehen. Der zweite hatte ein wenig Anlaufprobleme, ehe er sich ebenfalls dazu entschloss, rund und wuchtig seine Touren zu drehen. Und schließlich gesellte sich auch Propeller Nummer drei dazu.

Während die Motoren warmliefen, prüfte Jack flüchtig die Steuerung. Wieder wurde das Eis von schweren Erschütterungen durchlaufen, und plötzlich sackte die Maschine um einige Zentimeter ab, so, als wolle die sich öffnende Kluft sie endgültig verschlingen. Doch noch hielt die Do sich tapfer …

Den erschöpften Henderson hatte Otto auf den Sitz des Funkers geschnallt, sich selbst schob er auf den Platz des Co-Piloten. Jack warf ihm einen entschlossenen Blick zu. Er konnte nicht warten, bis Temperatur und Druckanzeigen ihr empfohlenes Soll erreicht hatten. Sobald er es riskieren konnte, betätigte er Quer- und Höhenruder und gab Schub.

Was genau ihn zu der Annahme brachte, dass dieser Trick funktionieren würde, wusste er selbst nicht zu sagen. Da war etwas in ihm, ein angeborener Instinkt, der ihn mit einer Maschine verschmelzen ließ, sobald er auf dem Pilotensitz hockte. Meist wusste er, was sie konnte, noch bevor er es ausprobiert hatte, und so glaubte er auch zu wissen, was er diesem Baby zumuten konnte.

Die Do machte einen Satz nach vorn. Ihr metallener Kiel schrammte über Schnee und Eis, doch es gelang ihr nicht, sich aus dem Spalt zu befreien.

Jack ignorierte den fragenden Blick, den Otto ihm von der Seite zuwarf. Er biss die Zähne zusammen und wiederholte das

Manöver, diesmal allerdings, indem er Vollgas gab. Die Wright Cyclones heulten auf und machten ihrem Namen Ehre – und im nächsten Augenblick schoss die Do aus der eisigen Kluft und hinaus auf die freie Ebene wie ein Korken, der aus einer Flasche Champagner sprang.

»*Wunderbar!*«, rief Otto – doch Zeit zum Aufatmen blieb ihnen nicht. Der Krater, der das Epizentrum der Zerstörung war, breitete sich immer weiter aus, der gewaltige Hohlraum in der Tiefe verschlang das geborstene Eis.

Jack unterdrückte eine Verwünschung, drehte die Maschine in den Wind und gab Schub. Der Bootsrumpf glitt durch den Schnee, mühsam zunächst, doch dann sorgte der wachsende Auftrieb dafür, dass die Reibungskräfte am Kiel geringer wurden. Jack benutzte das Tiefenruder, um die Maschine auszubalancieren. Als sich unmittelbar vor ihnen eine Kluft öffnete und die Maschine zu verschlingen drohte, zog er das Steuer heran. Das Flugboot sprang über die Spalte hinweg, verlor dadurch jedoch an Tempo – während sie geradewegs auf die Abbruchkante des Gletschers zuhielt, auf deren anderer Seite es einhundertfünfzig Meter lotrecht in die Tiefe ging!

»Skipper?«, fragte Otto, der sich merklich auf dem Nebensitz verkrampfte.

»Ich seh's«, versicherte Jack. Erneut wollte er das Tiefenruder benutzen, um die Lage des Flugbootes auszutarieren und so mehr Auftrieb unter die Flügel zu bekommen. Doch der Schnee vor dem Bug verlangsamte die Fahrt, der Gegenwind allein würde nicht mehr ausreichen, um die Maschine vom Boden zu bekommen.

»Skipper«, wiederholte Otto.

Der Abgrund war merklich näher gerückt, nur noch an die

dreihundert Yards trennten sie vom Absturz in die Tiefe, und die Distanz verringerte sich mit jedem Augenblick.

Jack gab zusätzlichen Schub, wusste jedoch, dass er dabei vorsichtig sein musste. Wenn die Maschine zu früh vom Boden abhob und die Geschwindigkeit nicht hoch genug war, würde sie wieder zurücksinken und wie ein Ball auf den Boden springen. Er musste die richtige Mischung finden …

Die Maschine nahm wieder Tempo auf, und der wachsende Auftrieb nahm Gewicht vom Kiel – allerdings kam der Abgrund nun rasend schnell heran, flog geradewegs auf sie zu …

»Skipper!«, rief Otto aus. Es war alles zugleich – Verwünschung, Beschwörung und flehende Bitte.

Im nächsten Moment hatte die Do 24 die senkrecht abfallende Felswand erreicht, die sie erst am Vortag so mühsam erklommen hatten, und schoss über den Abbruch hinaus.

Wäre dies die wendige Latécoère gewesen oder die im Vergleich sehr viel leichtere Savoia-Marchetti, hätte Jack genau gewusst, was er zu tun hatte. So jedoch gab es keine Erfahrung, auf die er zurückgreifen konnte, er setzte ganz und gar auf seinen Instinkt. Einen Augenblick lang herrschte bange Ungewissheit, ob der Abgrund die Maschine verschlingen oder der Aufwind sie tragen würde – dann zog Jack das Steuer an sich heran und gab gleichzeitig Schub. In steilem Winkel schoss die Do 24 in den grauen Himmel und ließ den tödlichen Abgrund unter sich zurück.

»Skipper«, stieß Otto hervor.

Es klang unsagbar erleichtert.

»Von Glückwünschen an den Flugzeugführer bitten wir Abstand zu nehmen«, meinte Jack trocken. »Noch haben wir nicht …«

Er hatte noch nicht ausgesprochen, als gelb leuchtende Geschosse durch den grauen Himmel zuckten. Die ersten zwei Garben gingen vorbei, eine dritte fand ihr Ziel, noch ehe Jack überhaupt begriff, woher der Beschuss gekommen war.

Es krachte infernalisch, und eine schwere Erschütterung durchlief die Maschine.

»Oz?«

»Wir sind getroffen!«, meldete Otto mit einem Blick durch das Deckenfenster des Cockpits. »Der mittlere Motor brennt lichterloh!«

46

Ein flüchtiger Blick nach oben verriet Jack, dass sein Partner nur allzu recht hatte: Die letzte Salve hatte den mittleren der drei Wright Cyclones getroffen! Orangefarbene Flammen schlugen daraus hervor, dazu dichter Rauch von verbrennendem Öl.

»Löschen, Oz!«, wies Jack seinen Partner an und deutete auf die entsprechenden Schalter im Konsolenbrett.

Jeder der drei Motoren der Do war mit einem eigenen Feuerlöschsystem versorgt, Otto betätigte den mittleren Hebel, worauf eine Löschpulverwolke aus den Düsen quoll und die Flammen erstickte – der Motor allerdings war hinüber, der Propeller stand still.

»Macht nichts«, versicherte Jack, »das Baby fliegt auch so. Mir bereitet eher Sorgen, dass der Mistkerl noch immer irgendwo da draußen ist!«

Er spähte seitlich und nach vorn aus dem Cockpitfenster, konnte jedoch keine feindliche Maschine entdecken. Auch Otto nicht, der auf der anderen Seite durch das Kanzelglas spähte.

»Der Bastard muss unter uns sein«, mutmaßte Jack. »Festhalten, Oz.«

Damit zog er die Maschine auch schon steil nach oben – und das keinen Augenblick zu früh, denn ihre Verfolger feuerten erneut. Eine leuchtend helle Garbe stach dort durch die Luft, wo die Do 24 sich eben noch befunden hatte.

Jack kniff die Lippen zusammen. Er schätzte es ganz und gar nicht, eine Maschine, die er noch kaum kannte, gleich beim ersten Flug ans Limit zu treiben – das war, als würde man beim allerersten Rendezvous die Drinks und das Vorgeplänkel einfach weglassen und die Dame gleich ins Schlafzimmer schleppen.

Es hatte keinen Stil.

Und es war obendrein gefährlich …

Jack kam es vor, als ob die beiden verbliebenen Wright Cyclones gegen die Gewalt protestierten, die er ihnen antat, als er die Do in einen engen Looping lenkte, um sie dann, als es bereits wieder in die Tiefe ging, um ihre Längsachse rollen zu lassen und in Sturzflug zu bringen – und da, direkt unter ihnen, war die feindliche Maschine!

Es war die als zweites gestartete Do 16 – vermutlich hatte die Besatzung über Funk den Auftrag erhalten, Jack vom Himmel zu holen. Die drei offenen Schützenstände der Maschine waren besetzt, und der einzige Grund, warum die Männer nicht sofort wieder Feuer gaben, war der, dass sich Jacks Maschine im Augenblick zu hoch über ihnen befand. Die Drehringlafetten erlaubten es ihnen nicht, die Maschinengewehre in so steilem Winkel auszurichten. Doch es war nur eine Frage der Zeit, bis ihr Pilot sie wieder in Schussposition bringen würde …

»Verdammter Mist«, maulte Otto. »Mit allen drei Motoren könnten wir die Pfeifen abhängen. Aber so wird das nichts.«

»Ja«, bestätigte Jack grimmig. »Ich vermute, deshalb hatten sie es auf unseren Antrieb abgesehen.«

Er legte die Do in eine steile Kurve, fing ihren Sturzflug ab und kreuzte die Flugbahn der anderen Maschine derart, dass die Schützen an den MG15 wiederum nicht feuern konnten, wollten sie nicht ihr eigenes Flugboot gefährden. Die Motoren liefen noch nicht lange genug, als dass Jack alles aus ihnen hätte herauspressen wollen, aber er gab ordentlich Schub, während er die Maschine noch weiter sinken ließ, der schneebedeckten, von Bergen umrahmten Eisfläche entgegen.

Der Pilot der »Wal« heftete sich an ihr Leitwerk, während der Bugschütze das Feuer wieder eröffnete. Der Mann widerstand der Versuchung, sein Magazin auf einmal zu leeren, stattdessen feuerte er in kurzen, kontrollierten Stößen auf sein Ziel, die alle brandgefährlich waren. Jack ließ die Do bald zur linken und bald zur rechten Seite ausbrechen, sodass sie in der Luft hin und her schwankte wie ein Boxer, der die Schläge seines Gegners auspendelte. In nur hundert Fuß Höhe fliegend, hielt Jack auf die Berge zu, auf das Tal, durch das sie mit den Schlitten heraufgekommen waren. Wenn überhaupt, hatte er nur dort eine Chance, ihre Verfolger loszuwerden.

Wieder knatterte das Bug-MG der Do 16, wieder verfehlten die Garben Jacks Maschine nur um Haaresbreite.

Und, was noch schlimmer war, die Distanz zwischen den beiden Flugbooten verkürzte sich unaufhörlich …

Zu gerne hätte Jack Otto an das Bord-MG geschickt, aber die Do 24 besaß keines. Ob es ihnen gefiel oder nicht, sie waren den Angriffen ihrer Verfolger schutzlos ausgeliefert. Eine Rollenverteilung, die Jack ganz und gar nicht passte und an der sie dringend etwas ändern mussten …

Erneut ließ er die Maschine zur Seite ausbrechen, legte sie in eine steile Linkskurve und steuerte den nächstbesten Berg an. Verschneite Felswände ragten vor ihnen auf, die so rasch in die Höhe wuchsen, dass sie schon Augenblicke später das gesamte Cockpitfenster ausfüllten. Jack behielt die geringe Höhe bei, so lang er es wagen konnte, ohne Gefahr zu laufen, am Fuß des Berges zu zerschellen. Der ihn verfolgende Pilot musste ihnen wohl oder übel auf den Fersen bleiben, wollte er nicht riskieren, dass sie ihm entkamen.

»Oz«, wies Jack seinen Partner an, »sieh zu, ob du irgendwo eine Waffe findest.«

»Und dann?«, fragte Otto. »Soll ich aus dem Fenster schießen?«

Der Blick, den Jack ihm schickte, machte klar, dass ihm nicht nach Spaßen zumute war.

»Aye, Skipper«, sagte Otto deshalb nur, löste seinen Gurt und ging nach hinten in Richtung Laderaum.

»Was geschieht jetzt?«, rief Henderson vom Funkersitz aus, die Züge bleich, die Stimme heiser vor Panik. »Die werden uns abschießen wie die Enten auf der Jagd!«

»Nicht, wenn wir es verhindern können«, brummte Otto, während er durch den ovalen Durchstieg in den Laderaum schlüpfte, um sich nach einer Waffe umzusehen.

Der Beschuss durch die Feindmaschine hatte vorübergehend ausgesetzt, der Bugschütze war wohl dabei, das Magazin zu wechseln. Jack nutzte die Gunst der Stunde und zog die Maschine nach oben, auch wenn ihm klar war, dass er sich dadurch verwundbar machte. In steilem Winkel schoss die Do an der Felswand empor, so dicht, dass ihr Sog den frisch gefallenen Schnee vom festen Firn riss und eine weiße Wolke aus Eiskristallen entfesselte, in die ihr Verfolger wohl oder übel fliegen musste, wollte er ihnen auf den Fersen bleiben.

»Oz?«, rief Jack nach hinten.

»Fündig!«, bestätigte Otto. In Wandhalterungen fand er

zwei Bergmann-Maschinenpistolen und fertig munitionierte Magazine. Kurzerhand griff er danach, rammte das Stangenmagazin in das Gehäuse und lud die Waffe durch.

»Jetzt, Oz!«, mahnte Jack.

Otto unterdrückte eine Verwünschung, er schätzte es nicht, gehetzt zu werden. Er arbeitete sich zum Seitenschott vor, wobei er steil hinaufsteigen musste und sich ein halbes Dutzend blauer Flecke holte.

»Was tun Sie da?«, schrie Henderson, der endgültig aufgewacht zu sein schien. »Haben Sie den Verstand verloren?«

»Vermutlich«, bestätigte Otto brummend in seinen Bart, indem er das Schott aufstieß und beißend kalte Luft ins Innere der Maschine ließ. Er schaffte es irgendwie, sich im schmalen Rahmen einzuklemmen, sodass er nicht fürchten musste hinauszufallen, während er sich nach draußen lehnte, die MP35 im Anschlag. Er zielte kurz und feuerte.

Die Geschosse fegten aus dem Lauf der Waffe und schlugen unter dem Leitwerk der Do 24 hindurch in die weiße Wolke, geradewegs dorthin, wo Otto ihre Verfolger vermutete. Er zog beide Abzüge durch und hörte erst zu feuern auf, als das Magazin leer war. Inzwischen hatten sie den Gipfel des Berges überwunden, und Jack brachte die Maschine wieder in horizontale Lage, was Otto mit einem dankbaren Ausruf quittierte. Er schloss das Seitenschott wieder, und durch das eingelassene Fenster konnte er sehen, wie die »Wal« aus der Tiefe emporschoss – doch etwas stimmte nicht!

Anders als Jack schien der Pilot seine Maschine nicht mehr unter Kontrolle zu haben. Ganz offenbar hatte Otto einen Volltreffer gelandet, denn das feindliche Flugboot zog eine dunkle Rauchspur hinter sich her. Und die Art und Weise, wie es in der Luft schlingerte, ließ vermuten, dass zumindest einige der

Kugeln auch ins offene Cockpit eingeschlagen sein mussten. Wie ein Geschoss stieg die Do 16 noch weiter in den Himmel, ehe sie schließlich zur Seite abschmierte und in einer weiten, steilen Kurve der Ebene und einem ungewissen Schicksal entgegensank …

»Das war ein Volltreffer!«, rief Henderson aus.

»Sieht so aus.« Otto nickte.

»Deshalb nennen wir ihn ja auch den großen Zauberer«, meinte Jack und schickte ihm ein dankbares Grinsen, als er ins Cockpit zurückkehrte. »Gut gemacht, Kumpel.«

»Und jetzt?«, fragte Otto.

»Von Troneck hat Larna!«, rief Henderson von hinten. »Bringen Sie mich zu ihr, ich muss um jeden Preis versuchen, sie zu befreien!«

Otto blickte über die Schulter zurück. »Ehrlich gesagt, Mr. Henderson, glaube ich nicht, dass ausgerechnet Sie uns Anweisungen geben sollten.«

»E-es tut mir leid, was geschehen ist«, versicherte der Brite zerknirscht. »Ich wollte Sie nicht hintergehen!«

»Ihr Plan war dämlich«, beschied ihm Jack.

»Das weiß ich inzwischen! Und wenn ich gewusst hätte, was ich damit anrichte, hätte ich niemals … Aber es war wegen Larna, verstehen Sie? Ich würde alles für sie tun! Bitte, Gentlemen, wenn Sie mir helfen, sie aus den Händen der Deutschen zu befreien, bekommen Sie …«

»Versprechen Sie nichts, was Sie nicht halten können, Sir«, knurrte Jack. »Außerdem haben wir mit dem Herrn Baron sowieso noch eine Rechnung offen.«

»Dann … werden Sie mir helfen?«

Jack blickte geradeaus durchs Cockpitfenster. Er hatte bereits die Flugrichtung geändert und die Maschine wieder auf südlichen Kurs gebracht. Und in der Ferne konnten sie vor sich am Horizont einen schwarzen Punkt erkennen.

»Von Tronecks Maschine«, stellte er fest.

»So ein Mist«, wetterte Otto. »Mit allen drei Motoren hätten wir den Mistkerl einholen können, aber so …«

Jack warf ihm einen Blick von der Seite zu.

»Müssen wir gar nicht, Oz«, sagte er. »Wir werden ihm in sicherer Distanz folgen – schließlich wissen wir ja ziemlich genau, wohin sich unser adeliger Freund verkriechen wird.«

47

Eugen von Troneck konnte es kaum erwarten.

Das Herz schlug ihm bis zum Hals, als die Insel in Sicht kam und mit ihr auch der Stützpunkt Walhall. Der Name hätte nicht passender gewählt sein können, denn hier, auf diesem entlegenen Eiland, würde er, Eugen, Baron von Troneck, das Erbe der alten Götter antreten!

Dass die Expedition in einem Fiasko geendet hatte, dass er den überwiegenden Teil seiner Einheit tot oder verwundet zurückgelassen hatte und er selbst dem Tod nur mit knapper Not entgangen war – all das spielte jetzt keine Rolle mehr. Für von Troneck zählte nur eines: der zylindrische Behälter, der in Stroh gepackt in der Holzkiste lag, die auf dem Kabinenboden verzurrt war.

Larna saß ihm auf der anderen Seite der Passagierkabine gegenüber, an den Händen gefesselt und an ihren Sitz geschnallt. Und zum allerersten Mal konnte man ihren grünen Augen mühelos entnehmen, was sie empfand …

»Sie sollten nicht mir zürnen, sondern sich selbst«, riet von Troneck ihr großmütig. »Haben Sie wirklich geglaubt, mich hintergehen zu können? Dass ich nicht merken würde, wie Sie versuchen, mich zu manipulieren?«

Sie erwiderte nichts darauf, sondern begnügte sich damit, ihn weiter anzustarren, jetzt in unverhohlener Abneigung.

»Auch auf die Gefahr hin, Sie enttäuscht zu haben, meine Teure«, fuhr von Troneck genüsslich fort, »mir ist von Beginn an klar gewesen, dass Sie Ihrer eigenen Agenda folgen. Umso überraschter bin ich gewesen, als ich Ihre Telegramme erhalten habe – doch zu keinem Zeitpunkt habe ich auch nur im Ansatz daran gedacht, Ihnen zu vertrauen. Die Frage war nur: Weshalb gaben Sie vor, mir bei der Suche nach dem Vril behilflich sein zu wollen? Weshalb hatten Sie sich entschlossen, den Amerikaner zu hintergehen, der Ihnen offenbar brauchbare Dienste geleistet hatte? In jeder Hinsicht, wie ich annehmen möchte …« Er setzte ein schmutziges Grinsen auf und genoss es zu sehen, wie sie darunter zusammenzuckte wie unter einem Peitschenhieb.

»Aber dann ist es mir klar geworden«, fuhr er unbeirrt fort. »Sie wollten das Vril zu keinem Zeitpunkt für sich selbst. Sie wähnten sich im Dienst eines größeren Schicksals, einer höheren Macht … Sie sind eine Fanatikerin, Larna.«

»Dann haben wir ja zumindest etwas gemeinsam«, erwiderte sie.

»Das ist insofern wahr, als dass auch ich an ein Schicksal glaube«, räumte der Baron ein. »Allerdings an keines, das von einer fernen Vergangenheit bestimmt wird, sondern an eines, das im Hier und Jetzt geboren wird und darauf wartet, in Besitz genommen zu werden«, führte er aus, wobei er die Rechte zur Faust ballte. »Für mein Land und für das ganze deutsche Volk.«

»Und für sich selbst«, fügte Larna hinzu. »Sie sind ein Heuchler, Baron.«

Von Troneck lachte nur. »Es wird Ihnen nicht gelingen,

mir diesen Augenblick des Triumphes zu nehmen«, versicherte er, während er durch das Bullauge der Kabine nach draußen blickte.

Die Maschine befand sich bereits im Landeanflug, und schon kurz darauf wasserte sie und fuhr in die schützende Bucht der Insel ein, wo sie am Landungssteg anlegte. Soldaten in den grauen Uniformen der Stützpunktbesatzung waren sofort zur Stelle, um die Maschine zu entladen. Von Troneck ließ Larna und die Kiste an Land bringen, wobei er weder die eine noch das andere auch nur einen Moment aus den Augen ließ. Am Eingang zu dem Bunkersystem, das die gesamte Insel durchzog, erwartete ihn ein kahlköpfiger Mann, der in seinem Alter sein mochte. Sein untersetzter Körper steckte in einem weißen Laborkittel, seine kleinen, nervös wirkenden Augen spähten durch die runden Gläser einer Nickelbrille.

»Baron von Troneck! Wie freue ich mich, Ihnen endlich persönlich zu begegnen! Krenweg ist mein Name ... Dr. Krenweg von der Naturwissenschaftlichen Fakultät der Universität Berlin!«

»Angenehm«, sagte von Troneck, während er an der Spitze seines Trosses den von nackten Glühbirnen beleuchteten Korridor hinabschritt. Der Wissenschaftler hatte Mühe, ihm auf den Fersen zu bleiben.

»Meine Kollegen und ich sind vorgestern eingetroffen«, erstattete er beflissen Bericht. »Ist es wahr, was man uns berichtet hat? Die Anweisungen der Gesellschaft für Ahnenerbe waren ... sagen wir ... eher rätselhafter Natur.«

»Was hat man Ihnen gesagt?«

»Dass es womöglich eine neue Substanz zu analysieren gäbe ... ein neues Element im Periodensystem!«

»Verstehe«, sagte von Troneck nur.

»Dann ist es also wahr? Ihre Expedition ist erfolgreich gewesen?« Krenweg blickte zurück, und die Augen hinter der Brille wurden fiebrig, als er die hölzerne Kiste sah, die zwei der Soldaten trugen. »Ist dies das fragliche Objekt?«

Von Troneck antwortete nicht. Er selbst hatte die Expertengruppe angefordert, hatte Wert darauf gelegt, dass das Vril einer eingehenden naturwissenschaftlichen Untersuchung unterzogen wurde, doch just in diesem Moment waren Krenweg und seine Kollegen ihm lästig. Wie Fliegen über einem Brocken rohen Fleisches schwirrten sie in der Luft herum und drohten diesen seinen Triumph zu schmälern, indem sie den Fokus der Aufmerksamkeit auf sich und ihre Arbeit lenkten. Dies, dachte der Baron grimmig, war *sein* großer Moment.

Es war *seine* Entdeckung.

Und er allein würde ihre Früchte ernten und nicht irgendein hergelaufener Wissenschaftler!

Sie erreichten das Laboratorium, das nach von Tronecks Angaben eingerichtet worden war. Es war ein geräumiges Gewölbe mit Wänden aus Beton und einer natürlichen Felsendecke, von der Laborlampen hingen und nüchternes Licht verbreiteten.

Die Ausstattung war bereits im Lauf der vergangenen Wochen per Schiff angeliefert worden: metallene Labortische, diverse Waagen und Mikroskope, dazu Messinstrumente, Reagenzbehälter sowie Chemikalien zur Durchführung von Bestimmungsexperimenten. Von Troneck hatte nicht vor, irgendetwas dem Zufall zu überlassen, auch wenn er dafür die Dienste von Speichelleckern wie Krenweg in Anspruch nehmen musste.

Sechs weitere Wissenschaftler standen im Labor bereit –

ein Geologe, zwei Chemiker, ein Metalloge, ein Biologe und ein weiterer Physiker wie Krenweg. Mit erwartungsvollen Mienen beobachteten sie, wie die Soldaten die Kiste auf einen der Tische hievten und den Deckel öffneten. Von Troneck ließ den Zylinder herausnehmen und auf einen der anderen Tische legen. Dann wies er die Soldaten an, den Raum zu verlassen und die Tür zu schließen. Nur er selbst und die Wissenschaftler blieben zurück. Und Larna …

»Baron von Troneck«, sagte Dr. Krenweg feierlich und mit leuchtenden Augen, »ich denke, ich spreche auch im Namen meiner Kollegen, wenn ich Ihnen versichere, wie überaus dankbar wir für diese Gelegenheit sind. Ein Fund wie dieser sucht seinesgleichen in der Geschichte, keiner von uns kann behaupten, je zuvor an einem Objekt wie diesem geforscht …«

»Genauso ist es«, fiel der Baron ihm ins Wort, »lassen Sie mich deshalb vorweg eines klarstellen, meine Herren – nämlich, dass mir ganz allein die Leitung dieses wohl größten und wichtigsten Forschungsprojektes in der Geschichte unserer Nation obliegt.«

»Ihnen?« Dr. Krenwegs kleine Augen sahen ihn zweifelnd an, während er nervös seine Brille zurechtrückte. »Aber mir wurde von Seiten des wissenschaftlichen Rates versichert …«

»Ich weiß nicht, was man Ihnen versichert hat, Doktor«, fiel von Troneck ihm ins Wort, »aber die hohen Herren des Rates werden nicht erwarten, dass ich diese meine Entdeckung aus den Händen gebe, nachdem ich so viel dafür geopfert und durchlitten habe!«

»Sie?«, fragte Larna spöttisch. »Sagen Sie das den Leuten, die Sie auf dem Plateau zum Sterben zurückgelassen haben.«

»Allen Beteiligten war klar, dass diese Anstrengung Opfer

erfordern würde«, beschied der Baron ihr kaltschnäuzig. »Aber nun sind wir hier. Die Expedition war ein voller Erfolg, und dieser Zylinder befindet sich in meinem Besitz!«

»Nun«, wandte Krenweg leise ein und griff erneut nach seiner Brille, »Sie meinen natürlich im Besitz der Gesellschaft für Ahnenerbe …«

»Nein, Doktor – ich meine in meinem persönlichen Besitz, denn nur mir ist es zu verdanken, dass sich dieser wohl größte Fund der Menschheitsgeschichte hier befindet. Und ich will auch nicht warten, bis Sie oder andere sogenannte Gelehrte mir ihr Einverständnis geben, sondern möchte hier und jetzt sein Geheimnis ergründen!«

»Hier und jetzt?« Krenweg und seine Kollegen tauschten betroffene Blicke.

»Sie wollen den Behälter öffnen?«, fragte der Metalloge.

»Allerdings.«

»Aber Herr Baron, davon kann keine Rede sein! Schon der Zylinder selbst scheint aus einer völlig neuartigen, uns unbekannten Legierung zu bestehen! Ohne die Entnahme von Proben und ohne einer eingehenden Untersuchung kann ich nicht verantworten, dass …«

»Wie lange wird das dauern?«, verlangte von Troneck zu wissen.

»Nun«, – der Metalloge tauschte erneut Blicke mit den anderen –, »eine Woche mindestens. Sie müssen bedenken, dass wir uns hier auf völlig neuem …«

»Natürlich.« Der Baron nickte wissend. »Zeit genug, um eines der hohen Tiere des Rates einzufliegen, das mich meines Postens entheben und selbst die Leitung des Projektes übernehmen wird. Wer hat sich das ausgedacht? War es Wirth? Wiligut? Oder gar der *Reichsführer SS* persönlich?«

»Aber nein«, versicherte Krenweg kopfschüttelnd, »Sie verkennen unsere Absichten! Wir wollen nur …«

»Ich kann mir vorstellen, dass eine solche Vorgehensweise dem Rat zupasskommen würde«, versicherte von Troneck, seine Wut auf die Bürokraten und Schreibtischhengste, die seine Leistung schmälern und allen Ruhm für sich haben wollten, nur mühsam beherrschend. »Aber so wird es nicht geschehen! Wir werden den Behälter hier und jetzt öffnen!«

»Aber das Risiko …«

»Ob mit Ihnen oder ohne Sie, ist mir gleichgültig, meine Herren«, stellte der Baron klar. »Entscheiden Sie selbst, ob Sie bei diesem vielleicht größten Ereignis der Wissenschaftsgeschichte zugegen sein wollen oder nicht!«

Krenweg wusste darauf nichts zu erwidern, auch seine Kollegen waren verstummt. Die Wissenschaftler tauschten verstohlene Blicke, hin und her gerissen zwischen ihrer dienstlichen Neugier und ihrer persönlichen Furcht.

»Nun«, sagte Krenweg schließlich, »wenn Sie darauf bestehen, Herr Baron, so werden wir Sie selbstverständlich in Ihrem Ansinnen unterstützen.«

Von Troneck schnaubte verächtlich, er hatte nichts anderes erwartet. »Ich nehme an, Sie wollen auch zugegen sein, meine Liebe?«, fragte er, an Larna gewandt. »Ich denke, nach allem, was Sie trotz Ihrer wiederholten Verfehlungen geleistet haben, haben Sie sich das durchaus verdient.«

»Wie großzügig von Ihnen.« Sie verzog keine Miene.

Von Troneck sah sie weiter an, während seine Mundwinkel höhnisch herabfielen. »Denken Sie, ich wüsste nicht, welches Spiel Sie spielen?«, fragte er. »Die ganze Zeit über haben Sie mir einzureden versucht, dass derjenige, der das Vril als Erster berührt, einen grausamen Tod erleidet – und das nur aus einem

Grund: Damit ich im entscheidenden Moment davor zurückschrecke, das Artefakt zu öffnen, und stattdessen Ihnen den Vortritt lasse. Ist es nicht so?«

Ihre Miene veränderte sich. Eben noch hatte sie Gleichgültigkeit zur Schau getragen, nun schien ihr das nicht mehr möglich. »Sie müssen es mir erlauben«, sagte sie und streckte ihm ihre gefesselten Handgelenke entgegen. »Bitte, lassen Sie mich den Behälter für Sie öffnen …«

»Betteln Sie, soviel Sie wollen, es wird Ihnen nichts nützen«, entgegnete von Troneck kalt. »Mir war die ganze Zeit über klar, dass Sie mich zu manipulieren versuchen, aber ich habe Sie gewähren lassen. Wissen Sie, wieso? Weil mir immer klar gewesen ist, dass Sie sich dadurch verraten würden, genau wie jetzt, in diesem Augenblick.«

»Das ist nicht wahr!«, beteuerte Larna, jetzt unverhohlen panisch. »Bitte, Herr Baron! Lassen Sie mich den Behälter öffnen, ich flehe Sie an!«

»Auf keinen Fall.« Er zog kurz entschlossen seine P08 und legte damit auf sie an. »Dr. Krenweg wird dies übernehmen.«

»Ich?« Der Gelehrte sah ihn entsetzt an.

»Was denn, Doktor?«, fragte von Troneck mit der Waffe in der Hand. »Sollten wir die Grenze Ihres wissenschaftlichen Entdeckerdrangs bereits gefunden haben?«

»Nei-nein, natürlich nicht«, beeilte sich der Physiker zu versichern.

»Dann tun Sie, was Ihre Pflicht von Ihnen verlangt, hier und jetzt!«

Krenweg sah zu seinen Kollegen, aber von ihnen war keine Hilfe zu erwarten. Daraufhin griff er nach einem Paar Gummihandschuhe und zog sie über. Dann trat er an den Tisch, um den Zylinder näher zu untersuchen. Seine Kollegen wichen zugleich einen Schritt zurück.

Von Troneck lachte nur.

»Hier ist eine Fuge«, stellte Krenweg fest, auf die Mitte des Zylinders deutend. »Hier müsste der Behälter sich teilen lassen.«

»Worauf warten Sie?«

Krenweg nickte und schien seinen ganzen Mut und Forschergeist zusammenzunehmen. Er forderte einen Kollegen auf, ihm zu helfen, und sie fassten den Zylinder von beiden Seiten und zogen daran.

Zunächst geschah nichts.

Dann war ein leises Zischen zu hören, und das Metall teilte sich in zwei gleich große Hälften, die ohne nennenswerte Reibungskräfte auseinanderglitten.

Dort, wo sich die Fuge verbreiterte, trat eine Substanz zutage. Sie war von blassvioletter Farbe und von äußerst zähflüssiger Konsistenz. Erst als sich der Zylinder eine Handbreit geteilt hatte, trat etwas davon hervor und troff auf die metallene Fläche des Untersuchungstisches, wo sie sich langsam ausbreitete.

»Was zum …?«, entfuhr es Krenweg verblüfft.

Noch mehr von der zähen Flüssigkeit rann aus dem Behälter und sammelte sich auf dem Tisch. Dabei steigerte sich ihre Farbe, bis sie innerhalb von Augenblicken zu einem kräftigen Purpur wurde, das schließlich aus seinem Inneren heraus zu leuchten begann …

»Eine Reaktion!«, rief Krenweg verzückt. »Wir haben hier eine chemische Reaktion …«

Das Leuchten steigerte sich weiter. Schon nach wenigen Sekunden ließ es die Deckenlichter verblassen und tauchte das Labor in helles Purpur, das alles zu durchdringen schien.

»Keine Hitzeentwicklung festzustellen!«, rief der Chemiker verblüfft, der rasch nach einem Thermometer gegriffen und es in die Substanz gesteckt hatte.

Die Wissenschaftler klatschten begeistert Beifall, sich der Größe des Augenblickes bewusst – als plötzlich auch Krenwegs Augen zu leuchten begannen, in demselben unirdischen Purpur, das auch den Raum erfüllte.

»Herr Kollege«, rief der andere Physiker, »was …?«

Der Rest von dem, was er sagte, ging in Krenwegs gellendem Geschrei unter. Seine Hände auf die Augen pressend, sank der Wissenschaftler hinter dem Untersuchungstisch nieder, und nur einen Herzschlag später schrien auch seine Kollegen gequält auf. Ausgehend von ihren Augen, griff das grelle purpurne Licht auf ihre Gesichter, ihre Körper und ihre Gliedmaßen über, ihre Kleider zerfielen zu Staub.

Von Troneck, der mit vor Staunen offenem Mund zugesehen hatte, wich erschrocken zurück. Sein Blick ging zu Larna, die ihn anstarrte, nicht länger flehend oder panisch, sondern mit einem Lächeln im Gesicht und voller Genugtuung.

»So endet es«, sagte sie.

Von Troneck merkte, wie das Blut aus seinen Adern wich und Todesangst ihn packte. Wie in Trance drückte er ab, feuerte auf die Seherin, die vor ihm zusammenbrach, während er herumfuhr, die schwere Tür des Labors aufriss und nach draußen stürmte. Die Soldaten auf dem Gang starrten ihm entsetzt entgegen, während sich in ihren Gesichtern bereits das purpurne Verderben spiegelte. Im nächsten Moment erfasste die vernichtende Kraft des Vril auch sie.

Von Troneck sah sich nicht nach ihnen um.

Ihre heiseren Schreie ließ er hinter sich, hetzte nur immer weiter, den Gang hinab und dem Schutzraum entgegen, der sich tief im Inneren der Anlage befand – während ihm die hässliche Erkenntnis dämmerte, dass er verloren hatte.

Alles hatte er vorherzusehen versucht, hatte alles getan, um zu triumphieren – doch nun, kurz vor dem Ziel, hatte er einen entscheidenden Fehler begangen.

Und Pandora hatte gewonnen.

48

»Skipper, sieh dir das an!«

Otto deutete durch die Frontscheibe des Cockpits. Was sie am Horizont sahen, ließ ihnen das Blut in den Adern gefrieren.

Es war eine Rauchsäule, allerdings keine, wie eine Detonation oder ein gewöhnliches Feuer sie hinterließen.

Sie war von violetter, beinahe purpurner Farbe, und ihrer Form nach ähnelte sie am ehesten der Trichterwolke eines Tornados. Wie ein gigantischer Pfeil stand sie vor den grauen Wolken und schien auf eine bestimmte Stelle in der endlosen Weite der See zu zeigen. Und Jack und Otto ahnten beide, welche Stelle das war …

»Um Gottes willen, was ist das?« Henderson hatte seinen Platz auf dem Funkersitz verlassen und war ins Cockpit geschlüpft, spähte zwischen den Sitzen nach vorn.

»Ich weiß es nicht«, sagte Jack.

Das war teils gelogen und teils die Wahrheit. Denn zwar konnte er sich denken, was dieses furchterregende Phänomen ausgelöst hatte, aber weder wusste er, was tatsächlich geschehen noch wie es dazu gekommen war. Eines jedoch spürte er deutlich: die Sorge um Larna – und die Befürchtung, sie könnten bereits zu spät sein …

Er war schon mit Höchstgeschwindigkeit geflogen, dennoch versuchte er, noch mehr aus den beiden verbliebenen Wright Cyclones herauszuholen. Die Wolke löste sich auf, je näher sie der Insel kamen, und als sie sie endlich erreichten, war davon nichts mehr zu sehen. Ruhig und scheinbar verlassen lag das hufeisenförmige, nach der geschlossenen Seite steil abfallende Eiland inmitten der grauen, von weißer Gischt gekrönten Wellen. Jack war klar, dass dies so beabsichtigt war, dass jeder, der die Insel passierte, sie für unbewohnt halten sollte. Doch ein Gefühl sagte ihm, dass das nicht die ganze Wahrheit war.

Er setzte zur Wasserung an.

Dank des schiffsähnlichen Rumpfes und der beiden Flügelstummel, die die Lage des Flugbootes im Wasser stabilisierten, war das Aufsetzen auch bei bewegter See kein Problem. Jack brachte die Do 24 weich herunter und steuerte sie in die Bucht, wo auch von Tronecks Maschine vertäut lag … oder vielmehr das, was noch davon übrig war.

»Bei Saint George«, entfuhr es Henderson atemlos. »Sehen Sie das?«

Jack und Otto nickten nur. Das Flugzeug war völlig zerstört. Aber nicht, weil seine Tanks explodiert wären oder es bei der Wasserung Schaden genommen hätte – Flügel und Rumpf waren regelrecht geschmolzen, das einstmals stolze technische Gebilde zu einem länglichen Klumpen Metall verkommen, der nur deshalb noch nicht auf den Meeresgrund gesunken war, weil im Inneren Luft eingeschlossen war.

Jack stieß eine leise Verwünschung aus.

Der Anblick erinnerte ihn auf fatale Weise an das, was er in den Ruinen von Thule gesehen hatte, tief unter dem Eis des Gletschers …

»Wo ist Larna?«, fragte Henderson bang. »Wenn sie an Bord gewesen ist, dann …«

»Ich denke, das ist sie nicht.« Jack schüttelte den Kopf. »Ich glaube, sie ist im Stützpunkt gewesen, als …«

Er verstummte, weil er nicht wusste, ob das eine gute oder eine schlechte Nachricht war. Wachsam spähten Otto und er umher, doch an Land waren nirgendwo Posten zu entdecken, weder an der Anlegestelle noch oben auf den Wehrgängen der Mauern. Da auch der Landungssteg selbst zum größten Teil zerstört war, lenkte Jack die Do 24 in Ufernähe und legte sie sanft auf Grund. Er stellte die Motoren ab, und durch das nicht einmal hüfthohe Wasser wateten sie an Land. Henderson war unbewaffnet, Jack und Otto hatten die beiden MP35 im Anschlag, die sie an Bord gefunden hatten. Allerdings bezweifelte Jack, dass sie sie wirklich brauchen würden …

»Was ist das hier?«, wollte Henderson wissen, während sie die sanft ansteigende Böschung hinaufeilten und hinter einem Felsen Deckung suchten.

»Ein deutscher Außenposten«, gab Jack zurück. »Ich nehme an, Sie sind schon mal hier gewesen.«

»Das Letzte, woran ich mich erinnere, ist Lissabon«, erwiderte der Engländer. »Dieser verdammte Hopkins hatte sich als deutscher Doppelagent erwiesen und mich entführt. Ich bekam eine Kugel ins Bein und eine Kapuze über den Kopf, das ist alles, was ich weiß.«

»Sehr viel schlauer bin ich auch nicht«, erwiderte Otto feixend. »Ich frage mich nur, wo die Besatzung des Stützpunktes geblieben ist. Bei unserem letzten Besuch hier wimmelte es von Uniformierten.«

Jack nickte – nicht, dass sie Wert darauf gelegt hätten, mit deutschen Wachtposten aneinanderzugeraten. Aber die Tatsache, dass weit und breit keiner von ihnen zu sehen war, ließ Böses ahnen.

»Vielleicht hat man den Außenposten evakuiert?«, schlug Henderson vor.

»In so kurzer Zeit? Und vergessen Sie nicht diese purpurne Wolke.« Jack schüttelte den Kopf. Er war sicher, dass etwas anderes dahintersteckte. »Wir nehmen den Eingang zum U-Boot-Bunker«, entschied er und setzte sich wieder in Bewegung. In geduckter Haltung huschte er die Anhöhe hinauf, Otto und Henderson folgten ihm. Das karge Gras, das die Insel zuvor bedeckt hatte, war so verdorrt, dass es unter ihren Stiefeln zu Staub zerfiel.

Und hier, vor dem Durchstieg, der in die Höhle führte, stießen sie erstmals auf deutsche Posten.

Es waren zwei Mann, und sie waren tot – doch das war nicht das eigentlich Erschreckende. Sondern die Art und Weise, wie sie zu Tode gekommen sein mussten.

Der eine Soldat lehnte halb sitzend an der Felswand, und hätte man nicht gewusst, dass es sich um ein menschliches Wesen handelte, hätte man es wohl nicht geglaubt. Der Leichnam war grässlich entstellt, beinahe wie verbrannt. Dennoch schien nicht gewöhnliches Feuer sein Ende herbeigeführt zu haben, denn unter Fetzen von Fleisch schauten bleiche Knochen und der nackte weiße Schädel hervor, so, als wären Haut und Fleisch förmlich von den Gebeinen geschmolzen. Der andere Posten lag bäuchlings auf dem Boden, sodass sein Gesicht nicht zu sehen war, doch wiesen seine Gliedmaßen unnatürliche Verformungen auf.

In diesem Moment wurde zur schrecklichen Gewissheit, was Jack von dem Augenblick an vermutet hatte, da er die purpurfarbene Wolke über der Insel erblickt hatte.

Der Zylinder war geöffnet worden und die vernichtende Macht des Vril entfesselt …

»Scheiße!«, sagte Otto.

Mehr gab es dazu nicht zu sagen.

Nacheinander passierten sie den Durchgang, doch die aus Metallgittern bestehende Galerie gab es nicht mehr. Der Stahl hatte sich ebenso verformt wie das Aluminium des Flugzeuges und die Knochen des Soldaten. Von dem U-Boot war nichts mehr zu sehen, es musste auf den Grund des Docks gesunken sein. Der Ölfilm, der auf dem Wasser schwamm und in allen Regenbogenfarben schillerte, war alles, das davon geblieben war. Und die grässlich entstellten Körper, die sich entlang der Kaimauer reihten. Am Ende, dachte Jack, hatten der Kapitänleutnant und seine Besatzung bitter für den Mord an den Andersens bezahlt.

Sie zogen sich zurück und suchten den unteren Bunkereingang auf, der geschickt hinter Felsen verborgen war. Das Schott hing in zu Schlacke erstarrten Fetzen, der Zugang war frei. Allerdings herrschte völlige Dunkelheit in der Anlage – der Generator war wohl ebenso zerstört worden wie alles andere.

Mit der Signallampe aus der Notausrüstung des Flugzeuges drangen Jack und seine beiden Begleiter schließlich in die Katakomben vor – und machten noch grausigere Entdeckungen als zuvor. Denn die Toten, auf die sie stießen, waren nicht nur entstellt und deformiert, sondern schienen mit Boden und Wänden des Stützpunktes regelrecht verschmolzen zu sein. Ganz gleich, ob es sich um Stahl handelte oder um massiven Beton, einige der geschwärzten Torsos steckten bis zu den Hüften darin fest. Der Lichtkegel, der unbarmherzig in die Dunkelheit schnitt, riss entstellte Schädelfratzen aus der Schwärze, die erahnen ließen, welch grausamer Tod die Soldaten ereilt hatte.

»Larna«, stieß Henderson hervor. Dann noch einmal, laut und voller Panik: »Larna! Wo bist du?«

Seine Stimme verhallte in den finsteren Gängen, er bekam keine Antwort. Jack war nur zu klar, was das bedeutete, aber auch er wollte diesen Ort nicht verlassen, ohne Gewissheit zu haben. Also gingen sie weiter.

Je tiefer sie in die Anlage vordrangen, desto weniger Leichen fanden sie – nicht, weil das Vril hier weniger gewütet hätte, sondern weil es kaum noch etwas übriggelassen hatte. Das purpurne Feuer hatte seine Opfer zur Gänze aufgezehrt noch nicht einmal Knochen waren geblieben. Ein wahres Hölleninferno musste hier unten getobt haben, und mit jedem Schritt, den sie weiter hineinsetzten, schien auch Henderson allmählich zu der Erkenntnis zu gelangen, dass es keine Überlebenden geben konnte.

Schließlich endete der Stollen vor ihnen.

Die Decke vor ihnen war eingestürzt, Fels und Beton zu Schlacke verschmolzen – jedoch nicht infolge von Hitzeeinwirkung, die man ja noch gespürt hätte. Das Vril schien auf andere Art zu wirken, schien die Substanz der Dinge selbst zu zersetzen. Jack erinnerte sich schaudernd, dass Larna es das »kalte Feuer« genannt hatte. Wie recht sie gehabt hatte …

»Mein Gott«, sagte Henderson und blieb erschüttert stehen. »Was hat sie nur getan?«

»Was sie ihrer Überzeugung nach tun musste«, erwiderte Jack. Auch er war aufgewühlt, mehr als er zugeben wollte. Denn etwas sagte ihm, dass Larna an dem Inferno, das hier getobt hatte, ihren Anteil gehabt hatte. Genau wie ihre Vorgängerin Pandora vor Tausenden von Jahren …

Henderson sah ihn an. »Haben Sie gewusst, was sie vorhatte?«

»Nein.« Jack schüttelte den Kopf. »Larna wollte verhindern, dass das Vril in die falschen Hände gerät. Aber sie gehörte nicht zu der Sorte Mensch, die anderen ihre Pläne mitteilen oder sie vorher um Erlaubnis fragen.«

»Nein, wohl nicht«, gab Henderson zu.

Er stand wie vom Donner gerührt, wankte unter der Last der Erkenntnis, dass er die Frau verloren hatte, die er mehr geliebt hatte als sein eigenes Leben.

»Es tut mir leid, Henderson«, sagte Jack, und er meinte es so ehrlich, wie man es nur meinen konnte.

»Mir auch«, versicherte Otto. »Wenn wir nur etwas früher zur Stelle gewesen wären …«

»Nein.« Henderson schüttelte den Kopf. »Wenn das Larnas Plan gewesen ist, dann gab es nichts, was wir dagegen hätten tun können. Ich fürchte, sie hatte das von Anfang an vor, schon damals in London … und auch in Monte Carlo. Es ist immer ihr Plan gewesen, seit sie in früher Kindheit von jenen Dingen erfahren hat, ihre Mission, die sie sich auferlegt hat.«

Jack hätte gerne widersprochen, aber er konnte es nicht. Im Grunde war er sich zu keinem Zeitpunkt wirklich sicher gewesen, was Larna im Schilde führte – bis zuletzt. »Sie wusste, was geschehen würde, wenn das Vril als Waffe missbraucht würde, also hat sie alles daran gesetzt, es zu vernichten.«

»Und sich selbst dabei geopfert«, fügte Otto hinzu.

Eine Weile blieben sie noch stehen, und Jack hatte den Eindruck, dass Henderson ein leises Gebet sprach. Dann wandten sie sich ab und verließen den schrecklichen Ort, waren erleichtert, als sie wieder Tageslicht sahen.

Im Bestreben, die Insel möglichst rasch zu verlassen, kehrten sie zum Flugzeug zurück. Vor dem zerstörten Landesteg blieb Jack plötzlich wie angewurzelt stehen.

Vor ihm lag etwas auf dem kargen, sandigen Boden.

Er bückte sich und hob es auf.

Es war der Thule-Kompass, der kleine Blitz an der silbernen Kette. Larna musste ihn verloren haben, als sie von Bord gegangen war … oder vielleicht, sagte er sich, hatte sie die Kette auch absichtlich fallen gelassen, weil sie gewollt hatte, dass jemand sie fand …

»Henderson?«

»Ja?« Der Engländer schickte ihm einen elenden Blick.

Jack ging zu ihm. »Larna wollte, dass Sie dies bekommen«, sagte er und hielt ihm die Kette hin.

»Ist … das der Kompass?«

Jack nickte. »Ein paar aufrechte Jungs sind dafür gestorben. Er hat Larna wirklich viel bedeutet.«

»Und sie wollte, dass ich ihn bekomme?«

Jack zögerte keinen Augenblick. »Für den Fall, dass sie es nicht schaffen sollte«, bestätigte er. »Sie meinte, Sie würden verstehen, was sie Ihnen damit sagen will.«

Henderson nahm das Kleinod mit bebender Hand entgegen und betrachtete es. Und zumindest ein wenig von seiner Trauer und seinem Schmerz schien es ihm zu nehmen.

»Ich denke, ja, Mr. Kelley«, sagte er. »Haben Sie vielen Dank.«

Jack nickte nur und ging an Bord, um die Motoren zu starten und warmlaufen zu lassen, während Otto und Henderson das Flugboot zurück ins Wasser schoben.

Sie alle waren vom dem Wunsch erfüllt, diesem grässlichen Ort den Rücken zu kehren. »Walhall« hatte Eugen von Troneck ihn genannt. »Wal*hell*« wäre passender gewesen, dachte Jack voller Bitterkeit.

Er verlor keine Zeit und startete, sobald die Maschine bereit war. Die Do 24 beschleunigte und hob geschmeidig vom Wasser ab, um sich dann in einem eleganten Bogen in den grauen Himmel hinaufzuschwingen. Ein letztes Mal ließen Jack, Otto und Henderson ihren Blick über das Eiland des Todes schweifen.

Niemals wäre ihnen der Gedanke gekommen, dass dort jemand … dass dort etwas überlebt haben könnte.

49

London
Acht Tage später

»Sie können die Kapuzen jetzt abnehmen.«

Es war die Aufforderung, auf die sie gewartet hatten. Jack, Otto und Peter Henderson zogen sich den Stoff von den Köpfen. Dass sie in einem Bentley saßen, war am charakteristischen Motorengeräusch zu erkennen gewesen. Jetzt konnten sie sehen, dass es ein nagelneuer Derby 4¼ Litre war, in schwarzglänzender Lackierung.

Vornehm, dachte Jack.

Regierungseigentum.

»Colonel Z versichert Sie seines Dankes und sendet Ihnen seine besten Empfehlungen«, sagte der blonde Mann auf dem Beifahrersitz, der einen beigefarbenen Anzug trug und ein gepflegtes Menjou-Bärtchen hatte – Geheimdienst, wie Jack inzwischen wusste. Wenn jemand solchen Wert darauf legte, auf gepflegte Weise unauffällig zu wirken, gehörte er mit großer Wahrscheinlichkeit dem britischen SIS an, diese simple Lektion hatten Jack und sein Partner in der vergangenen Woche gelernt.

Auf Hendersons Wunsch hatten sie ihn nach London zurückgebracht, und natürlich hatte die Einladung durch den MI6 nicht lange auf sich warten lassen. Zwei baumlange

Kerle mit verdächtigen Ausbeulungen in den Sakkos hatten sie überbracht und Jack und Otto aufgefordert, schwarze Kapuzen überzuziehen und sie zu begleiten. Es war die Sorte Einladung gewesen, die man nicht ausschlagen konnte, und sie hatte in ein in irgendeinem Keller verborgenes Quartier des Geheimdienstes geführt, wo sie ein ältlich aussehender, aber energisch wirkender Mann mit dem kitschigen Codenamen Colonel Z über alles befragt hatte, was oben im Norden geschehen war. Und Jack und Otto hatten bereitwillig geantwortet.

Warum auch nicht?

Es gab nichts mehr zu verheimlichen, das Vril existierte nicht länger. Larnas geheimer Plan, den sie mit niemandem geteilt hatte, war letztlich aufgegangen.

Aber zu welchem Preis …

Die Do 24, die die Männer von der *Lost Cargo Company* gekapert hatten, wurde von den Ingenieuren des SIS in Augenschein genommen, schließlich handelte es sich um einen deutschen Prototyp, dessen neuartige Bauweise genau untersucht werden musste. Jack und Otto widersprachen nicht, was hätten sie auch dagegen unternehmen sollen? Sie plädierten lediglich dafür, dass sie das Flugzeug nach erfolgter Untersuchung als Ausgleich für die zerstörte Savoia-Marchetti bekommen sollten, aber Z war ein ausgebuffter Verhandler und ließ sich auf keine Zusagen ein.

Die Mission wertete er als Fehlschlag, weil es nicht gelungen war, das Vril in britischen Besitz zu bringen, allerdings schien er nicht unfroh darüber zu sein, dass die Sache von seinem Tisch war und er sich wieder anderen Dingen zuwenden konnte. Zumal Gerüchte die Runde machten, dass man in Berlin mit dem Gedanken spielte, sich Österreich unter den

Nagel zu reißen … Welchen Dienst Larna durch ihr heldenhaftes Opfer nicht nur seinem Land, sondern der ganzen Welt erwiesen hatte, begriff der Colonel nicht – das wussten nur diejenigen, die bei den dramatischen Ereignissen dabei gewesen waren. Jack war sicher, dass weder er noch Otto noch Henderson die düsteren Ereignisse je vergessen würden, die sich dort im hohen Norden abgespielt hatten.

So wie sie Larna King niemals vergessen würden.

Nicht Pandora, nicht das Medium, das stets undurchschaubar geblieben war. Sondern Larna, die zu allem entschlossene Frau, die sich geopfert hatte, um der Welt noch größeres Unglück zu ersparen, als sie es sich ohnehin schon antat.

Die drei verabschiedeten sich von dem Mann mit dem Menjou-Bärtchen und stiegen aus. Der Bentley hatte sie im Osten der Stadt abgesetzt, an den London Docks unweit des Shadwell Fish Market. Es war Abend, und die Sonne sank bereits dem Horizont entgegen, ließ die Backsteinbauten der Werfthallen und Lagerhäuser tiefrot leuchten und die Hafenbecken und den Fluss golden glitzern. Warum Z sie gerade hier hatte absetzen lassen, war Jack ein Rätsel – vermutlich wäre es ihm am liebsten gewesen, sie hätten auf dem nächstbesten Frachter angeheuert und wären über Nacht für immer verschwunden.

Oder vielleicht hatte er auch angenommen, dass sie zumindest einen Teil ihrer Belohnung gleich in die nächste Hafenkneipe tragen würden.

Was vermutlich gar nicht so falsch war …

»Was werden Sie jetzt tun, Henderson?«, erkundigte sich Jack, während sie gemeinsam die Straße hinabgingen. Der Bentley war bereits wieder im Verkehr verschwunden.

»Um die Wahrheit zu sagen, ich weiß es nicht«, gestand der

Brite. Die Schusswunde in seinem Bein war versorgt worden und dabei zu verheilen, aber zum Gehen musste er vorerst noch einen Stock benutzen.

»Wollen Sie meinen Rat?«, fragte Otto. »Sie sollten das Ticket nehmen und in die Staaten gehen, wie Sie es ohnehin vorhatten. Dort können Sie ein neues Leben beginnen.«

Henderson nickte nachdenklich, dankbar für den Rat, aber wohl nicht überzeugt. »Ich fürchte, das würde nicht viel nützen«, sagte er leise.

»Es ist nie zu spät, um neu anzufangen«, versicherte Otto. »Glauben Sie mir, ich weiß, wovon ich spreche.«

»Offengestanden bin ich mir nicht sicher, ob ich einen solchen Neuanfang verdiene«, sagte Henderson leise. »Ich wollte nur das Beste für Larna, wollte sie beschützen ... Aber die ganze Zeit über frage ich mich, ob vielleicht alles anders gekommen wäre, wenn ich nicht versucht hätte, sie zu hintergehen und sie gegen ihren Willen nach Lissabon zu bringen.«

»Hinterher ist man immer schlauer«, meinte Jack, obwohl ihn ähnliche Gedanken quälten ... Selbstvorwürfe.

Er wusste aus Erfahrung, dass es keine Antwort auf diese Fragen gab. Und dieser Erkenntnis würde sich auch Henderson früher oder später stellen müssen.

»Und was werden Sie tun, Gentlemen?«, erkundigte er sich.

Jack zuckte mit den Schultern. »Weitermachen, irgendwie.«

»Sind Sie zufrieden mit der Summe, die Sie erhalten haben?«

»Es reicht aus, um unsere Schulden abzubezahlen«, erwiderte Otto, »aber nicht für eine neue Maschine. Wir werden uns also wohl oder übel entscheiden müssen.«

»Ja«, stimmte Jack zu, »wir können uns aussuchen, ob wir in Zukunft weiter Waffen für diesen Halsabschneider von Rochas schmuggeln wollen oder am Strand von Argentiera eine Hotdog-Bude eröff…«

»Skipper!« Otto stieß ihn mit dem Ellbogen an.

»Was denn?«, fragte Jack. »Ich denke, das umreißt ziemlich genau unsere Möglich…«

Er unterbrach sich abermals, als er sah, dass der Freund mit offenem Mund zum Ende der Straße starrte, auf das Hafenbecken, das sich dort befand und dessen Wasser im Licht der untergehenden Sonne glitzerte.

Denn dort – Jack traute seinen Augen nicht – lag neben einer Reihe britischer Seafox-Doppeldecker eine deutsche Do 24 vertäut. Und da es bislang nur diese eine gab, war es ziemlich sicher *die* Do 24 …

»Was in aller Welt …?«, entfuhr es ihm.

»Deshalb hat man uns hier abgesetzt«, eröffnete Henderson lächelnd. »Das dort soll ich Ihnen offiziell übergeben, mit den besten Empfehlungen von Colonel Z – und mit den meinen natürlich auch«, fügte er hinzu.

»Danke«, sagte Jack nur, zu mehr war er im Augenblick nicht in der Lage. Erst allmählich begann er zu begreifen, dass sie keine heißen Würstchen am Strand von Argentiera verkaufen würden und das Ende der *Lost Cargo Company* wohl doch noch nicht gekommen war …

»Nein, ich habe zu danken«, widersprach Henderson, »und mich nochmals dafür zu entschuldigen, weil ich Sie beide hintergangen und Sie über die wahre Natur Ihres Auftrages im Unklaren gelassen habe.«

»Ach, schon vergessen«, beteuerte Otto, und sie schüttelten einander die Hände.

»Alles Gute, Otto.«

»Wünsche ich Ihnen auch, Peter.«

»Leben Sie wohl, Jack«, sagte Henderson und hielt auch Jack die Hand hin. Jack ergriff sie, und die beiden Männer blickten einander in die Augen.

Jack empfand Beschämung. Er verdiente Hendersons Freundschaft nicht, hatte mit der Frau geschlafen, die dieser von Herzen geliebt hatte und die er hatte heiraten wollen – dass Jack davon nichts gewusst hatte, machte es in seinen Augen nicht besser. Sollte er etwas sagen? Sich entschuldigen? Er hätte nicht gewusst, wie, er war kein Meister großer Worte. Also ließ er es bleiben.

»Bye, Henderson«, sagte er stattdessen. »Alles Gute.«

»Wünsche ich Ihnen auch – wohin Sie der Wind auch tragen wird«, erwiderte der Brite, nach ihrer neuen Maschine deutend.

»Wir werden sehen«, meinte Jack.

Sie nickten einander zu, und er wandte sich ab.

»Ach ja, etwas noch … Jack?«

»Ja?« Jack drehte sich noch einmal zu Henderson um – und hatte ohne Vorwarnung dessen Faust im Gesicht.

Es war ein harter Schlag, der seine Nase knacken und ihn für einen Augenblick Sterne sehen ließ. Als sich der Schmerz wieder legte, fand er sich auf dem Boden sitzend wieder, benommen und aus beiden Nasenlöchern blutend. Henderson war nicht mehr da.

»Autsch«, sagte Jack.

»Du weißt, wofür das war, oder?«, fragte Otto mitleidlos.

»Schätze, ja.« Jack befühlte seine Nase. Sie war gebrochen. »Für einen Bürohengst hat er einen ordentlichen Schlag«, näselte er. »Muss man ihm lassen.«

»Durchaus.« Otto nickte und hielt ihm die Hand hin, um ihn auf die Beine zu ziehen. »Bereit, Skipper?«

Jack biss die Zähne zusammen und richtete seine Nase gerade. Für einen Moment tat es höllisch weh, aber irgendwie fühlte es sich richtig an. Er betrachtete seine blutige Hand. »Ich denke schon«, meinte er dann.

Otto zog ihn auf die Beine und stützte ihn, weil er noch immer benommen war. Dann gingen sie gemeinsam den Pier hinab und ihrem neuen Flugzeug entgegen, dessen silberfarbene Hülle im Licht der untergehenden Sonne wie eine Verheißung glänzte.

»Es ist eine deutsche Maschine«, sagte Otto mit unverhohlenem Stolz.

»Mit amerikanischen Motoren«, schränkte Jack ein.

»Irgendwie passend, oder?« Sein Partner grinste.

»Irgendwie schon«, gab Jack zu.

»Ich werde sie *Liberty V* nennen«, gab Otto in einem spontanen Entschluss bekannt.

»So ganz einfach?« Jack betrachtete ihn von der Seite. »Du verschenkst dein Herz ziemlich schnell, mein Freund.«

»So wie du, Skipper«, erwiderte Otto grinsend und zwirbelte seinen Bart. »Aber mir hat dafür noch keiner die Nase gebrochen, weißt du …«

EPILOG

Unbekannter Ort
Sechs Wochen später

Es existierte.

Am Leben gehalten von dem Nährbrei, den man täglich in seinen Magen pumpte, und von den Lösungen, die man ihm spritzte. Ein Organismus, an Leib und Seele verstümmelt, von Brandwunden grässlich entstellt und dem Tod näher als dem Leben, sodass jene, die zu dem streng geheimen Komplex tief unter den Fundamenten des Krankenhauses Zugang hatten, ihn nur schlicht den »Geist« nannten.

Von einem Tag zum anderen war er da gewesen.

Niemand wusste, um wen es sich handelte oder wer er oder sie einst gewesen war, aber natürlich gab es Gerüchte. Die einen behaupteten, der Geist wäre ein hohes Tier bei der Partei und müsste deshalb um jeden Preis am Leben gehalten werden. Andere wollten erfahren haben, er wäre ein ausländischer Spion, der ein Attentat auf den Führer habe verüben wollen; wieder andere sagten, dass man ihn von weit hergebracht hätte, redeten etwas von einer Expedition, die in den nördlichen Rand der Welt geführt habe und deren einziger Überlebender jener geheimnisvolle Geist gewesen sei. Und je mehr Zeit verging und je abenteuerlicher die Gerüchte wurden, desto mehr fürchteten sie sich vor ihm.

Anfangs sprachen sie noch ungeniert, wenn sie das mit grünen Kacheln beschlagene Krankenzimmer betraten, in dem es beißend und antiseptisch roch, unterhielten sich in seiner Gegenwart über verschiedenste Dinge. Aber je länger der Geist dort lag, wach und dennoch schlafend, lebend und dennoch tot, desto weniger sagten sie – und sie taten gut daran.

Denn unter den Lagen aus Verbänden, die den Geist umhüllten, schlug nach wie vor ein Herz. Blut floss in den Adern, und Sinne registrierten. Und hinter den grässlich entstellten Gesichtszügen arbeitete ein messerscharfer Verstand, der dabei war, all das zu verarbeiten, was er gesehen und gehört hatte.

Er hatte in den Abgrund geblickt.

Hatte die Ewigkeit gesehen und die Wahrheit, die sich dahinter verbarg – und seine Bestimmung erkannt.

Ein Sturm würde kommen und über die Welt hereinbrechen, um sie neu zu erschaffen, als einen Ort voller Möglichkeiten für jene, die sie zu nutzen wussten, ohne Beschränkungen durch mangelnde Macht oder Mittel oder auch nur durch lästige Moral.

Eine neue Zukunft.

Es war am fünfundvierzigsten Tag seiner langen Ohnmacht, als die Nachtschwester ins Zimmer kam, um ihre üblichen Routinen durchzuführen – und der Geist die Augen aufschlug.

Todesmutige Piloten, versunkene Tempel, verschollenes Gold: Das große Abenteuer ist zurück!

Bruce Baxter
LOST CARGO:
TEMPELJÄGER
Roman

352 Seiten
ISBN 978-3-404-18082-0

Bizerte, 1935: Mit ihrem Wasserflugzeug nehmen Jack Kelly und Oskar Keller Transportaufträge an, ohne Fragen zu stellen. Was sie bei Theodor Goldstein besser getan hätten, der ihre Maschine für einen Spezialtransport chartern will. Denn plötzlich ist Goldstein tot – und eine Menge Leute hinter Jack und Oskar her. Was steckt dahinter? Und welche Rolle spielt Goldsteins hübsche Tochter Casey? Eine wilde Jagd beginnt, die auf den Spuren eines verschwundenen Volkes vom alten Karthago bis an den Amazonas führt …

Lübbe